CHRISTIAN SCHLEIFER

PERCHTOLDSDORFER TOTENTANZ

Der fünfte Fall für Charlotte Nöhrer

Kriminalroman

emons:

Bibliografische Information der Deutschen Nationalbibliothek
Die Deutsche Nationalbibliothek verzeichnet diese Publikation in der Deutschen Nationalbibliografie; detaillierte bibliografische Daten sind im Internet über http://dnb.d-nb.de abrufbar.

MIX
Papier | Fördert gute Waldnutzung
FSC® C083411
FSC
www.fsc.org

Umschlaggestaltung: Nina Schäfer, nach einem Konzept von Leonardo Magrelli und Nina Schäfer
Umsetzung: Tobias Doetsch
Gestaltung Innenteil: DÜDE Satz und Grafik, Odenthal
Lektorat: Uta Rupprecht
Druck und Bindung: CPI – Clausen & Bosse, Leck
Printed in Germany 2024
ISBN 978-3-7408-2159-3
Originalausgabe

PERCHTOLDSDORFER TOTENTANZ

Christian Schleifer ist gebürtiger Perchtoldsdorfer, gefangen im Leben eines Wieners. Nach erfolgreichem Lehramtsstudium der Anglistik und Germanistik arbeitete er zwanzig Jahre lang folgerichtig als Sportjournalist bei zwei österreichischen Tageszeitungen, bevor er 2015 beschloss, sich mehr Zeit für seine Frau, die Zwillinge und das Krimischreiben zu nehmen.
www.christian-schleifer.com

Für Uta Rupprecht, die seit Jahren diese Serie lektoriert
und noch immer nicht an mir verzweifelt ist …

Die Damen und die Herren von dem Chemie-Konzern,
der unsere Stadt versaut, die feiern heute laut,
sie haben einen Grund, der geht von Mund zu Mund,
wir Zombies halten dicht, nur unsere Fässer nicht,
heut ist Zombieball, in the Grand Hotel,
alle Zombies tanzen very well, aha!

»Zombieball«, Georg Danzer

Prolog

Ladies and Gentlemen – Vorhang auf, Bühne frei für den allerersten Perchtoldsdorfer »Zombieball«. Wieder so ein doofer Name, schon klar, aber der »Schüttelwein« von der Charlotte hatte ja auch keinen besseren Namen und verkaufte sich nun, gut ein Jahr nach seiner Markteinführung, wie die sprichwörtlichen warmen Semmeln.

Ein mieser Name musste also nicht zwangsläufig etwas mit dem Erfolg eines Produkts zu tun haben. Und genau das war auch beim »Zombieball« der Fall.

Der Innovationsdrang der Charlotte hatte sich in den letzten Monaten auch auf andere Bereiche der Marktgemeinde Perchtoldsdorf ausgeweitet beziehungsweise diese infiziert. Und so kam es zur Premiere des ersten Perchtoldsdorfer Maskenballs außerhalb der Faschingszeit. Weil, warum nicht? Wer sagt denn, dass man sich nur in den wenigen Faschingswochen im kalten Winter verkleiden darf? Eben.

Und so hatte sich die Gemeinde in Form von Gina Blauensteiner, ihres Zeichens unglückliche Kulturgemeinderätin der UPÖ (Umweltpartei Österreich, und natürlich hätte sie viel lieber das dazu passende Umweltressort geführt), darangemacht, Ende April einen Maskenball zu organisieren. Ostern war vorbei, und bis zu den nächsten Festivitäten war es noch eine Zeit. Also: Paaarrttyyyy!

Natürlich durfte es nicht nur ein stinknormaler Maskenball sein. Nein, man wollte ja mit der Zeit gehen und nahm sich ein Beispiel an den auf der ganzen Welt wie die Schwammerl aus dem Boden schießenden Comic- und Fan-Conventions, um den »Zombieball« von den ein wenig angestaubten Faschingsgschnas-Festln zu unterscheiden. »Cosplay« hieß das Zauberwort, das die jungen Massen anlocken sollte. Dementsprechend auch der Untertitel des Maskenballs: »Be a hero!«

Zombies konnten ja nur durch Helden besiegt werden. Und wenn schon kein Held, dann wenigstens ein Schurke. Oder wenigstens irgendeine Comicfigur.

Oder eine Filmfigur.

Halt irgendwas mit Popkultur-Bezug.

Und so tummelten sich in der altehrwürdigen Herzogsburg zu Perchtoldsdorf jetzt alle möglichen mehr oder weniger gelungenen Kostüme (samt deren Trägern): Batman, Superman, Spiderman, Wonder Woman, Darth Vader, Iron Man, Captain America, Captain Marvel, Captain Phasma, Hulk, Flash, Stormtrooper, Sailor Moon und andere. Sogar einen Nils Holgersson hatte man bereits gesehen. Gut, der war natürlich mehr was für echte Connaisseurs, weil: Wer kannte heute noch den Nils Holgersson?

Die Stimmung war ausgelassen, wie sie nun mal ist, wenn die Leute in eine andere Rolle schlüpfen dürfen und sich nicht mehr an die Konventionen ihres Alltagslebens halten müssen. Der Alkohol floss in Strömen, auf das allgemeine Rauchverbot wurde gepfiffen (die Gina, also die Veranstalterin höchstpersönlich, ging da mit gutem respektive schlechtem Beispiel voran), und ganz ehrlich, selbst in einem gutbürgerlichen Weinort wie Perchtoldsdorf wurden mit an Sicherheit grenzender Wahrscheinlichkeit auf einer der zahlreichen Toiletten heimlich ein paar Linien gezogen.

Bei genauerer Überlegung: Wahrscheinlich sogar gerade hier. Geld war im Weinort ausreichend vorhanden und saß dementsprechend locker.

Die Musik wummerte aus den Boxen, und im großen Veranstaltungssaal versuchte der künstlerische Leiter des Balls – ein lokaler Tanzschulbesitzer – ebenso enthusiastisch wie erfolglos, eine Quadrille zu dirigieren. Eigentlich war es ein Wunder, dass bei den alkoholbedingten Zusammenstößen der Tänzer keine gröberen Unfälle passierten.

Wenn man genau schaute, gab es aber auch einige ruhigere, fast schon unbeobachtete Rückzugsecken. Der Ball fand nun mal in einer mittelalterlichen Burg statt, die von vielen größeren und kleineren verwinkelten Gängen und Treppen durchzogen war. Dort fiel nur spärlich Licht ein, und man konnte ganz gut Geschäfte besprechen, Gossip bequatschen oder auch einfach nur herumschmusen. Weil, geschmust gehört ja ganz allgemein viel mehr.

In genau so einem Eck standen nun zwei der prominenteren und häufiger anzutreffenden Kostüme. Eng genug, um verschwörerisch etwas zu besprechen, aber nicht so eng, dass sie miteinander schmusen konnten (aber viel fehlte dazu nicht). Was sich aufgrund der Ganzkörperverkleidungen allerdings auch durchaus schwierig gestaltet hätte. Das verschwörerische Getuschel wurde lauter und heftiger, die Gesten hektischer, der Lautstärkepegel immer höher. Aber keiner der vorbeieilenden Gäste bekam das mit. Alles wurde von den wummernden Disco-Klängen übertönt. Der DJ war musikalisch irgendwann in den frühen neunziger Jahren stecken geblieben. Eben in diesem Moment dröhnte irgendein Euro-Disco-Trash aus den Boxen.

Wäre man nahe genug dran gewesen, hätte man folgenden Dialog gehört:

»Nein!«

»Doch!«

»Nein!«

»Doch!«

Dann stach Darth Vader auf Batman ein.

Und Batman röchelte noch ein kurzes »Oh!«, während die Snap!-Sängerin »The First the Last Eternity« aus den Boxen trällerte.

Teil 1

Eröffnung

EINS

Am Anfang war das Wort. Oftmals war es »Geh«. Wie in »Geh weiter« zum Beispiel oder auch »Geh, nicht schon wieder«. Oder auch »Geh scheißen«. Eine schöne Wiener Redewendung, die in ihrer Bedeutung, trotz aller scheinbaren Deutlichkeit, doch einiges an Interpretationsspielraum offenlässt. Damit kann natürlich durchaus das gemeint sein, woran man hier als Erstes denkt. Nämlich, dass man verschwinden soll, sich in Luft auflösen, aus den Augen gehen, whatever. Natürlich könnte man es auch wörtlich nehmen, aber in diesem Zusammenhang wird »Geh scheißen« eher selten verwendet. Diese – sehr direkte – Aufforderung richtet sich dann eher an ein zappelndes Kleinkind. Aber da drückte man sich etwas gewählter aus. Man kann es auch als ungläubigen Ausruf verwenden. Also zum Beispiel: »Österreich ist Fußballweltmeister!« Und als Antwort dann: »Geh scheißen!« Also für den Fall, dass die Aussage auch tatsächlich stimmt. In diesem Fall ist es dann ein Ausdruck ungläubigen Erstaunens.

Wie auch immer. Es hätte an dieser Stelle auf jeden Fall ganz gut gepasst. Wurde aber trotzdem nicht verwendet. Hier und jetzt war es nämlich »Geh, schleich dich!«. Salopp dahingeflucht von der Charlotte Nöhrer, als sie plötzlich und – natürlich – völlig unvorbereitet vor einem regungslosen Batman stand. Neben ihm lag ein Spielzeuglichtschwert mit leuchtender roter Klinge, an dem ein paar dunkle Flecken klebten. Blut, mit ziemlicher Sicherheit. Oookkaayyy …

So etwas sollte eigentlich, wenn überhaupt, nur in einem Hollywood-Mega-Superüberdrüber-Blockbuster passieren. War es aber nicht. Nicht zuletzt, weil Batman und ein Lichtschwert aber so was von überhaupt nicht zusammenpassten. Weil das ja eigentlich zwei total unterschiedliche Franchises sind und so was deshalb grundsätzlich nicht funktionierte. Batman ist noch in keinem »Star Wars«-Film aufgetreten. Ganz. Sicher. Nicht.

Im konkreten Fall konnte es sowieso nicht wahr sein, weil es beim Perchtoldsdorfer Zombieball passiert war. Wie und wieso sollte da jemand mit einem Spielzeugschwert ums Eck gebracht werden? Hatte da jemand den Titel der Veranstaltung gar zu wörtlich genommen?

»Ums Eck« war jetzt übrigens doch wörtlich gemeint. Der tote Batman lag nämlich hinter einer Ecke auf den obersten Stufen einer Treppe, die ins untere Geschoss führte. Schön versteckt, kaum benützt, kurz: perfekt, um eine Leiche unauffällig abzuladen.

Die Charlotte, als überdimensionales kanariengelbes Pokémon verkleidet, beugte sich über den vermutlich toten Batman. Ihre Freundin, die Andrea, lugte ihr über die Schulter, um einen besseren Blick auf den gemeuchelten Superhelden zu erhaschen. Über die Schulter von der Andrea wiederum guckte die Renate Obermayer, verwitwete Kulturagentin und seit letztem Sommer Busenfreundin von der Charlotte und der Andrea, nachdem die beiden den Mord an ihrem Mann aufgeklärt hatten.

»Jetzt ist schon wieder was passiert ...«, flüsterte die Andrea mit einem Anflug von Verzückung.

»Geh bitte«, fluchte die Charlotte leise zurück, »falscher Krimi!« Die Charlotte schwitzte unter ihrem dicken Pokémon-Kostüm wie ... na, eh schon wissen. Und trotzdem lief ihr ein kalter Schauer über den Rücken. Nicht weil sie der Anblick der Leiche so sehr schockiert hätte (davon hatte sie im letzten Jahr genug gesehen), sondern weil in der Stimme der Andrea fast so etwas wie Enthusiasmus mitschwang. Die Blondine war im letzten Jahr offenbar auf den Geschmack gekommen und roch jetzt, nicht zu Unrecht, einen neuen Fall.

Seit der Geschichte mit dem toten Pfarrer und dem vereitelten Bombenattentat auf die weihnachtliche Mitternachtsmette war nichts Großartiges mehr passiert. Ein krasser Gegensatz zu der Zeit davor, als die beiden praktisch im Monatsrhythmus über neue Leichen gestolpert waren. Das Aufregendste, was in der letzten Zeit passiert war, war ihr Ausflug nach Schladming zum Nachtslalom gewesen, den ihnen der Skiort spendiert hatte, nachdem sie im Jahr zuvor eine Mordserie rund um das Schladminger »Nightrace« geklärt hatten. Diesmal war alles friedlich abgelaufen. Wenn man mal von der nervigen Reporterin absah, die ihnen auf die Pelle gerückt war, um sich die Geschichte nochmals erzählen zu lassen. Mit der hatten sie dann tatsächlich ihren Spaß gehabt. Die Reporterin hatte das ein wenig anders gesehen. Aber sie hatte es ja nicht anders gewollt.

Die Andrea und die Renate hatten sich als Sailor Moon und irgendeine andere Manga-Tussi verkleidet. Hauptsache, wenig Stoff und sexy. Und so zogen die Andrea und die Renate in ihren knappen Kostümchen schon den ganzen Abend einen Rattenschwanz an sabbernden Männern hinter sich her. Völlig egal, dass die beiden in – mehr oder weniger – festen Händen waren. Die Andrea in jenen der Charlotte und die Renate in jenen vom Mario, dem Besitzer der besten (und einzigen) Cocktailbar in Perchtoldsdorf. Das »mehr oder weniger« traf in erster Linie natürlich auf die Renate zu, denn die Andrea war nach wie vor bis über beide ihr zur Verfügung stehenden Ohren in die Charlotte verknallt.

Was die Renate und die Andrea gemein hatten, war ihre Lust am Flirten und an der Provokation. Und dazu eigneten sich die retro-futuristischen japanischen Schulmädchen-Uniformen natürlich hervorragend. Da tat es nichts zur Sache, dass der Mario auch auf dem Ball war. Irgendwie halt. Denn er schmiss, was ja irgendwie naheliegend war, die Cocktailbar. Natürlich nur mit reduzierter Karte. Also, wie gesagt: Er war zwar da, aber irgendwie auch nicht. Denn die Bar befand sich im Dauerbelagerungszustand, und da hatte er so was von gar keine Möglichkeit, sich mal einen Moment wegzustehlen, um mit seiner Renate herumzumachen.

Die Charlotte tat sich auch schwer, was das Herumschmusen anging. Bei ihr lag das aber am Pokémon-Kostüm, in dem sie wie ein gelbes Michelin-Männchen aussah. Die Andrea hatte dank ihrer blonden Mähne frisurtechnisch gar nichts groß ändern müssen, um den Sailor-Moon-Look hinzubekommen. Die Figur passte sowieso. Die Renate hatte sich für ihre Rolle der Michiru kurzerhand für sauteures Geld eine grüne Perücke anfertigen lassen. Gut, dass bei ihr Geld kaum eine Rolle spielte, ihrer Künstler- und Eventagentur sei Dank. Für die Renate wäre es keinesfalls in Frage gekommen, eine billige Zehn-Euro-Perücke zu kaufen. So etwas hätte sie sich nie über den Kopf gestülpt.

Und die Charlotte? Neben den beiden gerade notdürftigst bekleideten Zeichentrick-Pin-ups schwitzte sie in ihrem Pokémon-Kostüm wie blöd. Zudem nervte eine ihrer kastanienroten Locken, die sich ausgerechnet heute besonders widerspenstig gab und ihr immer wieder in die Stirn rutschte. Und mit ihren Pokémon-Pranken schaffte es die Charlotte einfach nicht, dieser Locke Herrin zu werden. Neben den beiden supersexy Weibern sah sie in ihrem Kostüm sowieso nur zum Lachen aus.

Die Charlotte fuchtelte mit den Händen, bis sich einer der Pranken-Handschuhe endlich löste. Vom Gesicht des Batman war, wie es sich gehörte, nur die Mundpartie zu sehen. Vorsichtig zog sie ihm die Maske vom Kopf. Die Augen des Batman blickten starr zur Decke, Speichel war aus einem Mundwinkel gelaufen. Die Charlotte glaubte, das glatt rasierte Gesicht von irgendwoher zu kennen, konnte es aber nicht richtig einordnen. Sie legte zwei Finger auf die Halsschlagader von Batman, zu fühlen gab es aber nichts mehr. Der Mann war tot. Mausetot. *Dead as a Dodo*, wie Monty Python zu sagen pflegten.

»Was ist los?«, hechelte plötzlich die Flora über die Schulter ihrer großen Schwester. Die Charlotte drehte sich um und fragte sich, was genau die Flora eigentlich darstellen wollte.

Irgendwie erinnerte das Kostüm an eine Mumie mit Röckchen. Eingewickelt in graue Stoffbinden, dazu ein Holzstock. Beim Herrichten daheim hatte sie ihr noch erklärt, sie wäre Rey aus »Star Wars«. Aber die Charlotte hatte die neuen »Star Wars«-Filme geflissentlich ignoriert und konnte damit überhaupt nichts anfangen. In den alten Filmen kam diese Rey jedenfalls nicht vor.

»Wonach sieht es aus?«, gab sie zurück. »Hol lieber den Leo, statt hier blöd herumzugaffen.« Interessanterweise zischte die Flora sofort und ohne blödes Zurückmaulen ab. Der Noah, Charlottes und Renates Ziehsohn, blieb jedoch wie angewurzelt stehen. Mit seinem Kostüm konnte die Charlotte schon mehr anfangen: Er war als Nick Knatterton von Kopf bis Fuß in Karo gekleidet. Sie hatte keine Ahnung, wie er auf den gekommen war, schließlich waren die Kurzfilmchen schon lange vor seiner Zeit im Fernsehen gelaufen, und die Comics waren noch viel älter. Aber dem schlaksigen Siebzehnjährigen passte das Kostüm praktisch wie angegossen. Und irgendwie war es ja auch passend, dass der »Detektiv« hier am Schauplatz erschien.

Wenige Augenblicke später kam die Flora auch schon mit dem Leo im Schlepptau zurückgehetzt. Der Chefinspektor hatte sich als König Leonidas aus »300« verkleidet. Oder besser: entkleidet. Außer hohen Römersandalen, einem roten Cape und einem Lederlendenschurz trug er nicht viel. Wie die Andrea konnte aber auch er sich sein Kostüm leisten. Ein gutes Dutzend lechzender Singlefrauen folgte dem begehrtesten Junggesellen des Orts, aber an seiner Hand hielt er nur eine einzige Frau – die Elena. Ja, die Geschichte mit der tschechischen Nutte lief auch nach gut fünf Monaten noch. Inzwischen war die Elena sogar schon in der Junggesellenwohnung vom Leo eingezogen. Das wäre jetzt an und für sich noch keine große Geschichte gewesen. Abgesehen von der kleinen Tatsache, dass die Elena ihr Geld als Nutte verdiente, im demnächst neu eröffnenden Bordell an der Stadtgrenze zu Wien. Bis es so weit war, hatte sie sich als Kellnerin in der Turmbar verdingt. Wie das Ganze mal laufen würde, wenn das Puff eröffnet hatte … darüber wollte die Charlotte gar nicht erst nachdenken. Sie ging einfach mal davon aus, dass ihr Cousin schon wusste, was er da tat.

Die Elena hatte sich als Königin Gorgo, die Ehefrau von König Leonidas, verkleidet. Dazu reichte eine einfache weiße Tunika. Ihre platinblonden Haare hatte sie dunkelbraun getönt, und die Charlotte musste zugeben, dass sie hinreißend aussah. Wesentlich weniger nuttig als die Andrea und die Renate.

»Lass mich mal ran«, fauchte der Leo die Charlotte genervt an und kniete sich neben den toten Batman. Nicht mal auf einem Ball hatte man seine Ruhe. Auch er prüfte kurz den Puls. »Hat schon wer die Polizei gerufen?«, fragte er über die Schulter, ohne sich umzusehen.

»Na, du bist ja eh da«, konterte die Charlotte.

Jetzt drehte sich der Leo um. »Sehr lustig, Nöhrer! Bin ich im Dienst? Ich hab nicht einmal ein Handy mit.«

»Ja, wo solltest du es auch hinstecken?«, murmelte die Charlotte, drehte sich um und sah sich hilfesuchend um. Grundsätzlich hatte die Charlotte schon eine Idee, wo er ein Handy hätte verstauen können, aber die behielt sie angesichts der Situation und der Laune ihres Cousins lieber für sich.

»Was ist los? Wer braucht die Polizei?«, keuchte jetzt ein … Ja, was eigentlich? Sah irgendwie wie ein Stormtrooper aus »Star Wars« aus, aber die Rüstung war völlig verchromt. So einen Stormtrooper hatte die Charlotte bisher noch nie gesehen. War wohl auch so ein neumoderner Käse, um den sie sich bislang nicht gekümmert hatte. Und wer steckte da überhaupt unter dem Helm? Diese Verkleidung hatte sie den ganzen Abend über noch nicht gesehen, so etwas Auffälliges hätte sie sich garantiert gemerkt.

Als könnte der Kostümierte ihre Gedanken lesen, nahm er den Helm ab. Und entpuppte sich als eine Sie – Gina Blauensteiner, die Organisatorin und Gemeinderätin. Sie war eine beeindruckende Gestalt, vor allem in ihrer Rüstung. Nun schüttelte sie ihre halblangen blonden Locken in Form, was bei einigen Leuten rundherum für heftiges Gemurmel sorgte. Was wiederum die Charlotte überhaupt nicht verstand. Das war die Gina. Die kannte man doch.

Irgendwie musste auch sie gegafft haben, denn die Flora stieß ihr mit dem Ellenbogen in die Rippen.

»Ja, da schaust!«, zischte sie der Charlotte ins Ohr.

»Wieso sollte ich da schauen?«, zischte die Charlotte verwundert zurück. Sie hatte sich nicht über die Gina gewundert, sondern über die ganzen Schaulustigen, die die Gemeinderätin angafften wie das achte Weltwunder.

»Na, weil sie der Christie so ähnlich schaut. Das merkt man jetzt erst in dem Kostüm so richtig.«

»Wem bitte?«

»Na, der Gwendoline Christie. Der Schauspielerin!«

»Welche Schauspielerin?«

»Jetzt komm schon. Sie spielt die Captain Phasma in den neuen Star-Wars-Filmen. Das ist ja auch das Kostüm.«

»Aha«, meinte die Charlotte unbeeindruckt und beschloss, sich die neuen Filme jetzt vielleicht doch einmal anzusehen. Sonst konnte man bei den jungen Leuten ja gar nicht mehr mitreden.

»Nicht nur die. Sie spielt auch die Brienne of Tarth in ›Game of Thrones‹!«, warf der Noah begeistert und fachmännisch ein. Was der Charlotte jedoch ebenfalls nicht auf die Sprünge half.

Tatsächlich war die Ähnlichkeit mit der britischen Schauspielerin aber unübersehbar. Wenn man sie denn kannte. Die Gesichtszüge von der Gina waren vielleicht eine Spur gröber, aber sonst passte alles. Und erst ihr Kostüm! Das war kein billiges 08/15-Kostüm aus einem Faschingsgeschäft. Das hier war ein wahrscheinlich selbst und ganz sicher maßgefertigtes Kostüm aus hochwertigsten Materialien.

Die Flora pfiff anerkennend durch die Zähne. Sie hatte sich viel Mühe gegeben, um ihr Kostüm so nah wie möglich an das Filmvorbild zu bekommen, aber sie war ja noch neu in der Cosplay-Szene, und da musste man zu Beginn einfach Abstriche machen. So viel wusste sie aber schon: Die Blauensteiner musste da jede Menge Zeit, Liebe und vor allem Geld hineininvestiert haben.

Das Einzige, was nicht so richtig zu dem Kostüm passen wollte, war das kleine Handtäschchen, das an einer silbernen Kette über ihrer rechten Schulter baumelte. Aus dem zog sie jetzt ein Handy. »Sollten wir nicht lieber die Rettung rufen?«, fragte sie. Von da, wo sie stand, konnte sie nur die Beine des Batman sehen, weshalb sie wohl annahm, dass jemand kollabiert war.

»Nicht mehr nötig«, stöhnte der Leo und nahm der Gina, ohne zu fragen, das Handy aus der Hand. Er tippte ein paarmal drauf herum, und nach dem dritten Freizeichen wurde am anderen Ende der Leitung abgehoben. Der Leo beschrieb seinen Kollegen auf der Inspektion die Lage, beendete den Anruf und gab der Gina das Handy zurück.

»So, und jetzt alle weg da. Wir haben hier einen Tatort.« Damit scheuchte der Leo die Schaulustigen ein paar Schritte zurück.

In diesem Moment gesellte sich eine weitere Superheldin zu der ständig wachsenden Menschentraube. Es war die Inaaya, die als Ms. Marvel, eine muslimische Superheldin, verkleidet war. Man merkte, dass sich die Inaaya inzwischen gut im Westen eingelebt hatte. Sie legte einen Arm um die Schulter vom Noah, der sich das anstandslos gefallen ließ. Offenbar war dieser Abend für Noah ein Inaaya-Abend.

Die Charlotte zuckte innerlich mit den Schultern. Was sollte sie sich da groß einmischen? In Wirklichkeit war bei allen dreien Hopfen und Malz verloren. Sie hatte einmal versucht, der Inaaya die Ausweglosigkeit ihrer Situation vor Augen zu führen, denn die Charlotte war sich sicher, dass sich der

Noah am Ende wieder für die Flora entscheiden würde. Das hatte ihr aber nur bittere Tränen der Inaaya eingebracht und die Ansage: »Wenn mich Noah nicht liebt, hat mein Leben keinen Sinn mehr. Was soll ich denn tun?« Klar, ziemlich melodramatisch, aber welcher Teenager war das bei seiner oder ihrer ersten großen Liebe nicht? Danach hatte die Charlotte jedenfalls ihre Bekehrungsversuche eingestellt und ließ die drei herummachen, wie sie wollten.

»Was ist denn hier los?«, fragte jetzt ein anderer Kostümierter. Es schien im Moment die einzige Frage zu sein, die die Leute sich zu stellen trauten. Aber wenigstens erkannte die Charlotte, wen dieser Fragesteller darstellen wollte: Captain America. Er hatte sich dicht an die Gina gedrängt und schaute ihr über die Schulter. Für die meisten hätte das wegen der Größe der Gina eine unmögliche Aufgabe dargestellt, für diesen Captain America war es kein Problem. Er war ähnlich groß und gut gebaut wie der Leo und füllte sein Kostüm dementsprechend beeindruckend aus. Nachdem ihm niemand eine Antwort gab, drängte er sich ruppig an der Gina vorbei. Nach drei weiteren Schritten war aber Schluss, denn der Leo baute sich vor ihm auf. Die beiden standen sich Nase an Nase gegenüber.

»Na, was soll schon los sein?«, raunzte ihn der Leo an.

»Weiß nicht, Spartaner, erklär du's mir«, gab Captain America zurück. Sein Tonfall ließ darauf schließen, dass er es nicht gewohnt war, dass man ihm den Weg versperrte.

»Geht dich nix an«, knurrte der Leo, ohne auch nur einen Zentimeter zu weichen. Captain America sah ihm noch kurz in die Augen, trat dann aber doch zurück.

»Wer war denn der Vogel?«, flüsterte die Charlotte dem Leo ins Ohr.

»Ach, nur so ein Wichtigtuer aus St. Pölten. Hat irgendwas mit dem Landeshauptmann zu tun.«

»Das ist der Markus Maier«, sagte die Gina Blauensteiner konspirativ. Um ihre Expertise abzugeben – und wohl auch um einen besseren Blick auf die Leiche zu haben –, hatte sie sich zwischen die beiden gedrängt.

Die Charlotte nützte den Moment, um sich am Leo vorbeizuschummeln.

»He, Cousine!«, beschwerte sich der Leo, stieß aber bei der Charlotte wie üblich auf taube Ohren.

»Hast du eine Ahnung, wer der Tote ist?«, fragte sie, seinen Einwurf geflissentlich ignorierend.

»Nein, aber ich weiß ja auch noch nicht einmal, woran er gestorben ist.«

»Oh mein Gott!«, erklang es nun von direkt hinter ihnen. Die Charlotte und der Leo drehten sich um. Da stand die Gina, kreidebleich und die Hände vor den Mund geschlagen.

»Kennst du ihn?«, fragte die Charlotte vorsichtig.

Als Antwort kam ein langsames Nicken.

ZWEI

»Sag schon, wer ist es?«, bohrte die Charlotte nach.

Statt einer Antwort bekam sie zunächst nur ein leises Schluchzen zu hören. Die Charlotte wartete einige Momente, bevor sie ihre Frage wiederholte.

»Das … das ist der Dirk. Dirk Schuster.«

Dirk wer?, wunderte sich die Charlotte.

»Der Leiter von ÖL«, sprang ihr der Leo zur Seite, als er ihren fragenden Blick bemerkte. Die Gina nickte zustimmend.

Na, immerhin. ÖL sagte ihr etwas. ÖL stand für »Österreichische Lizenzen«, eine Bundesgesellschaft, die unter anderem die Rechte für die Ausbeutung von Bodenschätzen in Österreich verwaltete und vergab. Die Gesellschaft war in letzter Zeit öfter in die Medien geraten, so viel hatte sich die Charlotte gemerkt. Warum genau, natürlich nicht. Wieso auch? War ja nicht so, als ob die Charlotte in ihren Weingärten nach Öl bohren wollte.

»Ohne jetzt chauvinistisch klingen zu wollen, aber das hört sich doch stark nach einem deutschen Namen an«, meinte die Charlotte.

Die Gina nickte. »Ist es auch. Herr Schuster ist Deutscher, lebt aber schon lange in Österreich.«

»Du kennst ihn persönlich?«

Die Gina riss die Augen weit auf. »Nein!«, sagte sie nach einer kurzen Pause. »Also, nur flüchtig. Ich bin ja Politikerin, und da ist es meine Aufgabe, dass ich über den Leiter einer so wichtigen Gesellschaft Bescheid weiß.«

»Aha«, antwortete die Charlotte mit leichtem Zweifel in der Stimme. Das Dementi der Gina war ihr ein bisschen zu flott über die Lippen gekommen.

»So, genug geplaudert, die Damen«, mischte sich der Leo ein. »Machts jetzt Platz da, bevor auch noch die letzten Spuren verwischt sind.«

Der Rest der Schaulustigen hatte von der Unterhaltung nichts mitbekommen, dank der lärmenden Musik. Der Mob löste sich langsam auf, und so fiel es gar nicht besonders auf, dass ein paar Minuten später die Polizei eintraf und den Tatort genau untersuchte. Nachdem es sich dabei sowieso um eine dunkle, nicht stark frequentierte Ecke handelte, war das kein großes Problem. Abgesehen davon waren die meisten Ballbesucher ohnehin genug mit sich selbst beschäftigt. Beziehungsweise mit ihrem Gegenüber. Schmusen und so halt.

Die Leiche wurde über einen Notausgang am Fuß der Treppen weggebracht, der Ball ging weiter, als wäre nichts geschehen. Auf den Großteil der Gäste traf das ja auch zu. Für sie hatte es sich einfach um einen Komasäufer gehandelt, der seinen Rausch nun unter ärztlicher Beobachtung im Spital ausschlafen durfte. Aufregend, aber nicht so spektakulär, dass man sich deshalb gleich den ganzen Abend versauen ließ. Und so wussten zunächst nur die Nöhrers plus Anhang und die Gina, dass es am Perchtoldsdorfer Zombieball einen Toten gegeben hatte.

Nachdem der Tote abtransportiert worden war, zog sich die Gina zurück. Für sie war es natürlich ein Riesenschock, dass ausgerechnet auf »ihrem« Ball ein Mord passiert war. Die Charlotte beobachtete, wie sie sich die Treppen hinaufschleppte, wo sie in einem Lagerraum verschwand, der für den Ball zu einem provisorischen Büro umgestaltet worden war.

»Und was machen wir beide jetzt?«, fragte die Andrea aufreizend. Sie hatte die Renate, ihren Manga-Zwilling, irgendwo im Gewusel verloren. Wahrscheinlich war sie zum Mario gegangen, um sich einen Cocktail zu holen. Oder ein paar Schmuseeinheiten. Bei genauerem Überlegen wohl eher Letzteres. Man wusste ja, wie die Renate tickte.

»Willst du heim?«, fragte die Charlotte. Ihr war nach dem Toten alles recht. Gehen, bleiben. Völlig wurscht.

»Nöööö!«, erwiderte die Andrea lachend, der Tote ging ihr offenbar überhaupt nicht nahe. Gut, auch nicht schlecht, dachte die Charlotte. Sie erinnerte sich noch mit Schaudern an die Reaktion der Andrea beim Anblick ihrer letzten Leiche. Damals hatte sie direkt auf die Stiefel der Charlotte gekotzt. Natürlich, der Pfarrer hatte nach seinem Sturz vom Wehrturm auch etwas ungustiöser ausgesehen. Da war so eine Reaktion schon mal zu verstehen.

»Jetzt geben wir erst so richtig Gas und feiern, dass wir noch am Leben sind! Außerdem ist die Tombola-Verlosung erst in einer Stunde, und ich habe zwanzig Lose gekauft!«

»Was ist denn der Hauptpreis?«, fragte die Charlotte. Sie hatte sich um die Tombola nicht gekümmert. Sie wusste nur, dass sie einen Preis gespendet hatte. Natürlich einen Karton von ihrem Schüttelwein.

Die Andrea zuckte mit den Schultern. »Ist doch egal, oder? Hauptsache, es gibt etwas zu gewinnen.«

In der Stunde bis zur Verlosung musste die Charlotte die Andrea beim »Lebenfeiern« irgendwann einbremsen, sonst hätte sie die Verlosung gar nicht mehr erlebt. Die Andrea goss sich einen Cuba Libre nach dem anderen rein. Was auch damit zu tun haben konnte, dass die Renate den Mario bezirzt und von der Bar weggelockt hatte. Nicht direkt in eine Besenkammer, aber doch etwas Vergleichbares. Und der Mario hatte die Andrea in Ermangelung von Personal gebeten, sich ein paar Minuten (am Ende wurde es eine halbe Stunde) um die Ausschank zu kümmern. Schließlich hatte die Andrea bis vor gar nicht allzu langer Zeit die Bar in einer Wiener In-Disco geschupft. Von Bezahlung war allerdings keine Rede gewesen, und da hatte es die Andrea nur fair gefunden, dass sie sich selbst bediente.

Die Charlotte wusste schon, dass ihre Freundin durchaus trinkfest war, auf jeden Fall mehr als sie selbst. Aber dieses Tempo hatte sie noch selten erlebt. Es war fast so, als würde man einem in der Wüste Verdurstenden beim Trinken der rettenden Schlucke Wasser zusehen. »Eher einem Kamel an der Tränke«, merkte die Flora sarkastisch an. Sie hatte sich zu ihrer

Schwester und ihrer Beinahe-Schwägerin gesellt, nachdem der Noah mit der Inaaya irgendwohin verschwunden war.

Und jetzt wird es wirklich kompliziert. Denn eigentlich war der Noah ja inzwischen mit der Flora zusammen. Aber irgendwie auch nicht. Die hatte nämlich bei ihrem letzten Skiurlaub in Schladming, als die Sache mit dem Noah noch nicht so gaaaanz fix war, auch was mit einem jungen Franzosen angefangen, als der Noah an einem Abend mal etwas früher aus der Disco abgehaut war. Außerdem hatte die Flora dem Noah in einem Anfall von juvenilem Wahnsinn danach auch noch gestanden, dass sie über Silvester mit dem Luca, ihrem ehemaligen Italo-Lover, doch noch mal was gehabt hatte. Um diese Zeit war der Noah mit der Renate in Ägypten auf Urlaub gewesen, seinem ersten Auslandsurlaub überhaupt. So richtig genießen hatte er ihn nicht können, denn er hatte sich nach der Flora verzehrt und zuerst die Tage, dann die Stunden gezählt, bis er endlich wieder heimfliegen durfte. Das hatte er die Renate natürlich nicht merken lassen, immerhin war der Ägyptenurlaub ja ihr Weihnachtsgeschenk für ihn gewesen.

Und was hatte die Flora in der Zwischenzeit gemacht? In Noahs Vorstellung endlich endgültig Schluss mit dem Luca, der es sich ja nicht hatte nehmen lassen, nach der gebannten Terrorgefahr mit seinen Eltern in Perchtoldsdorf Silvester zu feiern. Tja, in Wirklichkeit hatte die Flora tatsächlich mit dem Luca Schluss gemacht. Aber dann hatte sie sich trösten müssen. Und weil der Noah ja unbedingt in Ägypten statt an ihrer Seite sein musste, hatte sie sich an das nächstbeste männliche Wesen gehalten, das gerade greifbar war. Das war nun leider wieder der Luca gewesen.

Danach sollte aber wirklich Schluss sein. Hoch und heilig hatte sie sich das selbst versprochen. Aber weil der Luca sich nicht vor seinen Eltern blamieren wollte und deshalb auch nichts von der Trennung erzählte, waren die Bianchis noch ein paar Tage länger in Perchtoldsdorf geblieben. Und in der Nacht vor der Abreise hatte sich die Flora noch einmal hinreißen lassen. Abschiedssex, quasi. Sie hatte sich eingeredet, dass sie nur deshalb noch mal mit dem Luca schlief, um sich zu beweisen, dass der Sex mit ihm gar nicht so toll war. Blöd nur, dass ihr in dieser Hinsicht jeglicher Vergleichswert fehlte.

Ja, und das war's dann auch. Dem Noah hatte sie zuerst natürlich nichts davon erzählt. Weil, wegen ihm hatte sie mit dem Luca ja überhaupt erst Schluss gemacht. Nur halt auf Etappen.

Das Ganze war auch ein paar Wochen gut gegangen, bis ihr die Inaaya auf die Nerven zu gehen begann. Die junge Syrerin hatte ja schon seit Weihnachten ein Auge auf den Noah geworfen, und der Flora taugte es überhaupt nicht, dass der Noah die Syrerin nicht abweisender behandelte. Ganz im Gegenteil. Er war immer scheißfreundlich zu ihr. Und das viel zu oft, denn die Inaaya hatte inzwischen einen fixen Kellnerinnen-Job beim Nöhrer-Heurigen von der Charlotte angefangen.

Ja, und dann war es in Schladming eben wieder passiert. Die Inaaya hatte einfach keine Ruhe gegeben und dem Noah sogar in den Urlaub Whatsapp-Nachrichten geschickt. Die Flora hatte den Noah dann einmal zur Rede gestellt, aber der hatte ihre Vorwürfe einfach nur weggelächelt und gemeint, sie solle nicht eifersüchtig sein. Er sei mit ihr zusammen, und das habe er der Inaaya auch klargemacht. Als der Flora dann am selben Abend ein junger Franzose schöne Augen gemacht hatte, war sie trotzdem schwach geworden. Eh nur herumknutschen und so, aber sie wusste ja auch gar nicht, was der Noah jetzt gerade allein im Hotelzimmer machte. Ganz sicher die Whatsapp-Nachrichten von der Inaaya beantworten! Hundertprozentig! Also hatte sie halt mit dem Franzosen – Antoine hieß er – herumgeschmust. Blöd nur, dass in der Disco auch Fotos gemacht und im ganzen Lokal an die Wände geklebt wurden. Noch blöder, dass der Noah am nächsten Abend genau jenes Foto entdecken musste, auf dem der Antoine der Flora die Zunge so tief in den Mund gesteckt hatte, als führte er bei der kleinen Nöhrer eine Mandeluntersuchung durch.

Und wie hatte die Flora reagiert? Natürlich wütend und so, als wäre sie bei der ganzen Geschichte das Opfer gewesen. Zu allem Überfluss hatte sie dem Noah dann auch noch an den Kopf geworfen, dass sie während seines Ägyptenurlaubs noch zwei Mal mit dem Luca geschlafen hatte. Genau. So war das! Und dann hatte der Noah sein Handy genommen und eine Whatsapp geschrieben. An die Inaaya.

Seit damals ging es drunter und drüber, und keiner wusste mehr so recht, wer jetzt gerade mit wem was hatte. Aber immerhin gingen sich die Flora und der Noah nicht mehr gegenseitig an die Gurgel. Sie hatten so etwas wie einen Waffenstillstand geschlossen (mit zwischenzeitlicher Schmuserei). Nicht zuletzt wegen einer Comic-Messe in ein paar Wochen in Wien, zu der sie gemeinsam hingehen wollten.

Einen kleinen Nadelstich konnte sich die Charlotte doch nicht verkneifen. »Stört es dich gar nicht, dass der Noah so mit der Inaaya rummacht?«, fragte sie. Irgendwie fand sie es ja tatsächlich bewundernswert, wie locker die Flora die ganze Sache nahm. Wenigstens an diesem Abend.

Die Flora trank einen Schluck von dem Cocktail, den ihr die Andrea zuvor unaufgefordert hingeschoben hatte, und sagte: »Natürlich tut es das, aber was soll ich jetzt machen? Heulend nach Hause laufen?« In dem Moment machte es auf ihrem Handy »ping«. Sie schaute drauf und lächelte selig.

»Antoine?«, fragte die Charlotte.

Die Flora nickte und steckte das Handy wieder weg. »Außerdem weiß ich ja, dass die beiden nur ein bisschen herumschmusen«, fuhr sie schließlich weltmännisch fort. »Die Inaaya mag sich ja inzwischen gut bei uns eingelebt haben, aber sie würde nie mit dem Noah schlafen. Also zumindest nicht, bevor sie verheiratet sind.«

Na, wenn du dich da mal nicht täuschst, dachte sich die Charlotte. Beim Punschstand zu Weihnachten hatte sich die Inaaya sogar mal einen kleinen Damenspitz angetrunken, und ganz allgemein hatte die Charlotte den Eindruck, dass die Syrerin auf die meisten der von ihrer Religion auferlegten Regeln pfiff. Mit einem Kopftuch hatte sie die Inaaya noch nie gesehen, und auch sonst versuchte die junge Frau, sich in allem den westlichen Gegebenheiten anzupassen. In der Alia und der Bahira, zwei anderen syrischen Kellnerinnen am Nöhrer'schen Weingut, hatte sie in dieser Hinsicht zwei Verbündete gefunden. Für die beiden war die Flucht nach Europa nicht nur eine Flucht vor dem IS gewesen, sondern auch vor den Pflichten und Verboten, die ihnen daheim durch den Islam auferlegt worden waren. Bei den beiden – sie waren ein paar Jahre älter als die Inaaya – war sich die Charlotte auch ziemlich sicher, dass sie ihre Jungfräulichkeit bereits verloren hatten. Ganz ohne dass sie dafür einen Mann geheiratet hätten. Aber sie wollte jetzt keinen Streit mit ihrer kleinen Schwester vom Zaun brechen und beließ sie in ihrem Glauben.

Als der Mario zurückkam und die leeren Havanna-Club-Flaschen sah, leuchteten seine Augen. Die Renate stand neben ihm und zog genüsslich an einer Zigarette. Irgendwie saß ihr Kostüm nicht mehr so hundertprozentig, und auch die Perücke sah etwas zerzaust aus. Als der Mario schließlich in die Kassa blickte und kaum einen Unterschied zu dem fand, was er vor seiner kurzen amourösen Pause hinterlassen hatte, verschwanden das Leuchten und das Lächeln augenblicklich. Ein hysterischer Schreianfall stand unmittelbar bevor. Bevor er aber etwas sagen konnte, hing die Renate vorsorglich schon wieder an seinen Lippen. Hinter ihrem Rücken deutete sie der Andrea, dass sie verschwinden sollte.

Zum Glück hatte die vor der Rückkehr vom Mario nochmals alle Gläser randvoll nachgefüllt. Und so stöckelte sie jetzt, aufreizend mit dem Hinterteil wackelnd, zum großen Veranstaltungssaal. In der einen Hand ein volles Cocktailglas, in der anderen eine Zigarette. Die Charlotte und die Flora sahen sich kurz schmunzelnd an und hechelten der Blondine schließlich nach.

Wenig später war es endlich so weit. Die große Tombola-

Verlosung stand auf dem Programm. Durchgeführt wurde sie vom Bürgermeister höchstpersönlich, immerhin hatte er ja auch den Ehrenschutz für die Veranstaltung übernommen. Eigentlich ein Wunder, wenn man bedachte, dass der Ball zwar von einer Gemeinderätin, aber eben einer politischen Gegnerin und noch dazu in Eigenregie (wenn auch trotzdem aus dem Gemeindebudget) veranstaltet wurde. Aber mehr als sechshundert verkaufte Eintrittskarten waren doch ein starkes Argument und eine Gelegenheit, die sich der Bürgermeister nicht entgehen lassen wollte. Nach der Wahl war ja bekanntlich vor der Wahl.

Von den zwanzig Losen der Andrea gewannen schließlich zwei einen Preis. Der eine war ein Gummibaum, frisch wie aus einem Möbelprospekt der siebziger Jahre, der andere war – Trommelwirbel – der Karton Schüttelwein, den die Charlotte gespendet hatte. Irgendwie eh klar. Wankend und schwankend versuchte die Andrea bei der Preisübergabe, den Bürgermeister dazu zu bewegen, den Preis umzutauschen. Am besten natürlich gegen den Hauptpreis, immerhin ein nagelneues Handy. Aber der Bürgermeister blieb hart. Am Ende war es die Flora, die die protestierende und geifernde Andrea unter dem Blitzlichtgewitter der anwesenden Lokaljournalisten von der Bühne zerrte.

Die Charlotte genierte sich so für ihre Freundin, dass sie am liebsten im Boden versunken wäre. Das war aber in ihrem knallgelben Pokémon-Kostüm unmöglich. Als sie von hinten auch noch den fluchenden Mario hörte, der sich endlich von seiner Renate hatte lösen können, sah sie nur mehr einen Ausweg. Sie schnappte sich die Andrea – ihre Preise hatte der Noah in Empfang genommen, weil die Flora beide Hände benötigte, um die Andrea von der Bühne zu zerren –, und im Laufschritt ging es zum Ausgang. Ohne sich umzublicken, rannte – oder vielmehr stolperte – sie mit der Andrea im Schlepptau zu ihrem Auto. Wie früher zu Polizeizeiten stopfte sie ihre Freundin auf den Beifahrersitz. Zuerst Hüfte und Hintern, dann die

Hand auf den Kopf und rein mit ihr. Als sie sich selbst auf den Fahrersitz gezwängt hatte, was mit dem Kostüm gar nicht so einfach war, kicherte die Andrea wie blöd. Eigentlich war der Charlotte überhaupt nicht nach Kichern zumute, nach Lachen schon gar nicht. Aber irgendwie war die gute Laune der Andrea so ansteckend, dass sie schließlich beide einen richtigen Lachanfall hatten. Fünf Minuten und ein paar Küsse später konnte die Charlotte endlich den Motor starten und über Schleichwege den Heimweg antreten. In ihrem Zustand wollte sie ganz sicher nicht in eine Polizeikontrolle geraten.

Es sollte nicht weiter verwundern, dass die Charlotte und vor allem die Andrea den nächsten Tag, einen Samstag, völlig verschliefen. Was sie dabei versäumten? Nicht viel, außer den ersten wirklich warmen Tag des Jahres. Der Jahrhundertwinter hatte sich noch bis spät in den März hineingezogen. Danach war es zwar eine Spur wärmer geworden, aber von einem richtigen Frühling hatte bisher wirklich keine Rede sein können. Bis lange nach Ostern waren die Temperaturen in der Nacht noch in den niedrigen einstelligen Bereich gefallen, und erst in den letzten Apriltagen hatte sich das Wetter langsam gebessert. Das Skandälchen, das die Andrea beim Ball produziert hatte, war ganz ohne Medienberichterstattung auch bis zur Nöhrer-Mama vorgedrungen. Sie hatte es von einer ihrer Freundinnen im Ort unten erfahren, die selbst Zeugin des Auftritts gewesen war.

Die Eltern der Charlotte hatten den Ball nicht besucht, weil sie keine Lust gehabt hatten, sich zu verkleiden. Dennoch hatte die Frau Mama ihre Freundinnen, die den Ball besuchten, selbstverständlich angewiesen, ihr detailgetreu Bericht über die Vorgänge zu erstatten. Quasi eine Art Liveticker übers Handy.

Was sich die beiden durch ihr langes Schlafen also ersparten, war eine gewaltige Kopfwäsche von Muttern. Als sie sich am späten Nachmittag nämlich endlich aus dem Bett rollten, war die Mama schon unten im Ort beim Gottesdienst. Und nachdem die Charlotte und die Andrea von der Omama über die Laune der Frau Mama informiert worden waren, hatten sie sich ein kaltes Schnitzel geschnappt und waren ins Kino gefahren. Völlig wurscht, welche Filme gerade liefen, Hauptsache, nicht in der Nähe der Frau Mama sein, wenn sie heimkam.

Das hatte auch ganz gut funktioniert. Wenigstens bis zum nächsten Morgen, da wurden sie von der Frau Mama bereits am Frühstückstisch erwartet. Als die Charlotte und die Andrea die Küche betraten, hatte es draußen schon angenehme zwanzig Grad. Drinnen in der Küche schien die Temperatur aber um den Gefrierpunkt zu liegen.

Eine Viertelstunde lang sagte die Frau Mama überhaupt nichts. Sie saß nur mit verschränkten Armen da und beobachtete ihre Tochter und Schwiegertochter in spe beim Frühstücken. Der Herr Papa hatte sich ob dieser schlechten Laune bereits aus dem Staub gemacht, und die Omama werkte an den Mehlspeisen, weil der Heurige am nächsten Tag wieder einmal für drei Wochen aussteckte. Die Flora und der Noah warfen sich vielsagende Blicke zu und gaben sich alle Mühe, sich vor Lachen nicht zu verschlucken. Die Charlotte und die Andrea wiederum versuchten, die geladene Stimmung, so gut es ging, zu ignorieren.

Schließlich reichte es der Frau Mama, und sie ergriff das Wort: »Und von dem toten Politiker habt ihr nichts erzählen können?«

Aha, daher wehte also der Wind. Die Frau Mama war also nicht nur wegen des Verhaltens der Andrea so angepisst, sondern auch, weil man ihr nichts vom toten Batman erzählt hatte.

»Politiker?«, antwortete die Charlotte vorsichtig ausweichend. Ihr Blick hing an ihrem Marmeladebrot.

»Ja, der Dirk Schuster.«

»Ich dachte, der war Leiter einer Behörde.«

»Eh, und vorher war er der Pressesprecher und Assistent von unserem Landeshauptmann.«

»Ah, das wusste ich gar nicht.«

»Also?«

»Also was?«

»Jetzt komm schon, stell dich nicht so blöd.«

Jetzt reichte es der Charlotte. Sie legte das Marmeladebrot auf ihren Teller und schaute ihrer Mutter nun doch in die Augen. »Der Dirk Schuster ist tot. Mehr weiß ich auch nicht. Ist ja nicht so, dass sich der Mörder zu uns hingestellt und zu erkennen gegeben hätte.«

»Hmpf!« Okay, offenbar die falsche Antwort. Die Frau Mama knallte das Geschirrtuch auf den Tisch (ja, das geht wirklich, man muss nur wütend genug sein) und verließ wortlos die Küche.

»Charlotte!«, sagte die Flora.

»Was?«, fauchte die Charlotte zurück.

»Ein bisschen diplomatischer hättest du das schon angehen können.«

»Ja, danke für den guten Tipp, Frau Obergescheit.« Damit nahm die Charlotte ihr Brot und stürmte ebenfalls aus der Küche.

Der Rest des Tages verlief ruhig, die Familie ging sich, so gut es ging, aus dem Weg. Jeder erledigte seine Aufgaben für die Heurigenöffnung am nächsten Tag für sich allein. Die Charlotte hatte noch ein paar Extraaufgaben, denn am nächsten Vormittag stand neben der Öffnung des Heurigen noch eine ganz spezielle Veranstaltung auf dem Programm – die offizielle Einweihung ihres Show-Weinkellers. Und damit verbunden auch die der Goldmann-Gedenkstätte in ebenjenem Weinkeller.

DREI

Die Charlotte und die Andrea schafften es am nächsten Tag, dem Montag, tatsächlich, so früh aus den Federn zu kommen wie die Altvorderen. Ein eher seltenes Ereignis. Am Frühstückstisch hatte sich die schlechte Laune gelegt, die Frau Mama hatte sich wieder beruhigt. Wahrscheinlich, weil die Tratschtanten unten im Ort ihr auch nichts Genaueres zum Tod vom Schuster erzählen konnten.

Zudem stand heute die Eröffnung des neuen alten Weinkellers und damit verbunden auch die Eröffnung der Goldmann-Gedenkstätte am Programm. Dafür hatte sich hoher Besuch angesagt: Vom Landeshauptmann abwärts wollte praktisch alles kommen, was in Niederösterreich Rang und Namen hatte.

Nachdem die Charlotte vor Weihnachten die Auslöschung der Familie Goldmann durch die Nazis im Zweiten Weltkrieg aufgedeckt hatte, war die Geschichte tagelang groß in den Medien gespielt worden. Ein damit verbundener geheimer Bunker mit lange verschollen geglaubtem Nazigold und die ebenfalls damit verbundene Tragödie der Familie Zaitler hatten die Geschichte noch interessanter gemacht. Da war es nur klar, dass sich die Politik nicht zweimal bitten ließ, wenn es darum ging, so eine geschichtsträchtige (und viel Publicity garantierende) Gedenkstätte zu eröffnen. Vor allem, weil die Nöhrers diese in Eigenregie und auf eigene Kosten hergerichtet hatten. Unter wissenschaftlicher Anleitung und Begleitung von Frau Professor Weber, der Geschichtslehrerin von der Flora und dem Noah. Das Bundesland hatte es also auch nichts gekostet, was nochmals ein Bonus war.

Die Flora und der Noah hatten auf Ansuchen der Eltern an diesem Tag schulfrei bekommen. Was auch nur halb so toll war, weil die Frau Professor Weber mit der ganzen Klasse sowieso bei der Eröffnung dabei sein würde. Offizielle Schulexkursion, quasi.

Die Eltern und die Omama hatten sich, wie nicht anders zu erwarten, bereits in Schale – sprich Dirndl und Weinhauertracht – geworfen. Das Herrichten des Lokals und des Gastgartens für das »normale« Ausstecken hatte das Personal übernommen.

Die ganze Familie war wegen des hohen Besuchs bereits in heller Aufregung. Wenn der Landeshauptmann höchstpersönlich aus seinem Palast in St. Pölten herabstieg, dann war das schon etwas ganz Besonderes.

Die Charlotte dachte da rebellischer, ihr war der Landeshauptmann nie besonders sympathisch gewesen. Aber sie war da eben ganz anders als ihre Eltern, bei denen man kein schlechtes Wort über den erzkonservativen Landesvater und seine Partei verlieren durfte. Egal, dass Perchtoldsdorf fast der vierundzwanzigste Bezirk des zutiefst sozialdemokratischen Wien war, im Herzen waren die meisten Einwohner hier ganz und gar konservativ. Um des lieben Friedens willen hielt die Charlotte aber brav ihren Mund. Sie hatte sich allerdings vorgenommen, den Landeshauptmann in einer stillen Minute zur Seite zu nehmen und ihn auf die bereits mehrmals versprochenen Fördermittel des Landes für die Gedenkstätte anzusprechen. Bislang war da nämlich noch kein einziger Cent geflossen, und so einfach wollte sie ihn nicht davonkommen lassen. Nur die Lorbeeren einstreifen und nichts dazu beitragen? Aber sicher nicht.

Kaum hatten die Nöhrers ihr Frühstück beendet, kam auch schon ein Wagen vom regionalen TV-Landesstudio am Weingut an. Eine Redakteurin und ein Kameramann stellten sich höflich vor und ließen sich die zu filmenden Örtlichkeiten zeigen. Noch am selben Abend sollte in den Regionalnachrichten ein Bericht über die Eröffnung gebracht werden, dafür hatte schon das Büro des Landeshauptmanns gesorgt. Wenn es so etwas Positives über ihn zu berichten gab, dann wurde nicht lange herumgefackelt. Und dem Landeshauptmann wurde sowieso nie ein Wunsch abgeschlagen. Die Charlotte hatte sich über diesen beinahe schon Kaiser-Kult immer nur wundern können. Aber so war das Land nun mal, und daran würde sie allein auch nichts ändern können.

Im Minutentakt trudelten nun diverse schreibende Journalisten ein. Kurz vor elf Uhr spuckte ein Kleinbus die Klasse von der Flora inklusive der Frau Professor Weber aus, in der Staubwolke dahinter parkte sich auch schon der Bürgermeister ein. Etwa zur gleichen Zeit kam dann die Gina Blauensteiner auf einem Elektrorad angestrampelt, ehe mit fünfminütiger Verspätung der Landesvater selbst eintraf. In einem Autokorso aus vier schwarzen, protzigen BMW-Limousinen. Der Landeshauptmann selbst entstieg der zweiten Limousine, allerdings erst, nachdem ihm ein Lakai die Autotür geöffnet hatte.

Die Charlotte musste zwar zwei Mal hinschauen, aber schließlich erkannte sie den Lakaien doch: Es war Markus Maier, der beim Maskenball noch als Captain America aufgetreten war. Heute war seine Rolle eine gänzlich andere, nämlich die des persönlichen Assistenten des Landeshauptmanns.

Bevor die Charlotte ihre Mama zurückhalten konnte, war diese dem Landesvater bereits entgegengeeilt. Die silbergraue Mähne hatte der Politiker in einem Pferdeschwanz zusammengebunden, seine Augen wurden von einer dunklen Sonnenbrille geschützt. Mit diesem Look kam er auch bei der jungen ländlichen Bevölkerung gut an, und Wählerstimmen waren am Ende das Einzige, was zählte. Die Frau Mama erreichte den Landeshauptmann, und es hätte nicht viel gefehlt, dass sie einen Hofknicks vor ihm machte. Der Landeshauptmann ließ dafür total den Gentleman und Charmeur heraushängen. Er nahm eine Hand der Frau Mama, führte sie formvollendet an seine Lippen und sagte etwas, das sie erröten ließ. Was das war, konnte die Charlotte nicht hören, weil sie zu weit entfernt stand.

Auch der Herr Papa begrüßte den Landeshauptmann überschwänglich, nur die Omama hielt sich dezent im Hintergrund

und musterte den Politiker mit zusammengekniffenen Augen. Die Charlotte war froh, dass man sich wenigstens auf eine in der Familie noch verlassen konnte.

Die Gina Blauensteiner hingegen wurde vom Landeshauptmann nicht einmal eines Blickes gewürdigt. Die Charlotte dachte sich allerdings nicht viel dabei, denn bei aller Skepsis gegenüber dem Landeshauptmann musste man ihm doch zugestehen, dass er nicht alle Gemeindepolitiker des Bundeslandes persönlich kennen konnte.

»Wie geht's?«, fragte die Charlotte die Gina, nachdem diese ihr Elektrorad an die Mauer des Weinguts angelehnt hatte.

»Gut, danke. Kann ich das Rad hier stehen lassen?«

»Von mir aus. Wird schon keiner stehlen.«

Die Gina musterte das Tamtam um den Landeshauptmann. »Hat sich der Sagmeister also schon bei deiner Mutter eingeschleimt?«

»Schaut fast so aus. Was soll ich machen?«

»Ja, eh. Kannst eh nix machen. Aber so ein Widerling. Du solltest mal hören, wie der hinter geschlossenen Türen über sein Stimmvieh spricht.«

»Will ich das?«

»Glaub ich nicht.«

»Woher weißt du das überhaupt?«, hakte die Charlotte skeptisch nach. »Nicht falsch verstehen, aber du bist eine kleine Gemeinderätin. Wie viel hast du denn schon persönlich mit ihm zu tun gehabt?«

Die Gina lief rot an. »Ja, nein. Hast eh recht. Das sind Sachen, die man so zu hören bekommt. Hinter den Kulissen halt.«

»Also nur Gerüchte?«

»Wie das wieder klingt … Aber, ja. Trotzdem, meistens steckt schon ein wahrer Kern darin. Ich und meine Partei haben es uns eben zur Aufgabe gemacht, dass wir ihn stürzen. Irgendwie. Er wird schon mal einen Fehler machen, und dann haben wir ihn.«

»Was für einen Fehler? Wieso ihn haben?«, fragte die Charlotte. Sie hatte gerade überhaupt keinen Tau, worüber die Gina da schwadronierte.

Das brachte ihr nur einen abschätzigen Blick der Umweltpolitikerin ein. »Bekommst du eigentlich gar nichts mit? Der Sagmeister behandelt das Land wie sein Eigentum. Da wird nirgendwo Rechenschaft abgelegt, Freunde und Gönner werden umstandslos in hohe Ämter gehievt, das Geld wird links und rechts mit offenen Händen rausgeworfen. Aber halt immer nur, wenn es seiner Partei etwas nützt. Die Gemeinden, die sich erdreistet haben, einen Bürgermeister zu wählen, der nicht aus seiner Partei ist, die werden ... na ja, nicht gerade ausgehungert, aber die bekommen halt nicht die finanziellen Mittel, die sie gerne hätten. Das ist die reinste Korruptionsmaschine.«

Zugegeben, die Charlotte hatte mit Politik nicht viel am Hut. Da war sie die Erste, die das zugab. Und dass jetzt im Bundesland so viel falsch laufen würde, wie die Gina gerade erzählte, war ihr auch noch nie aufgefallen. Wahrscheinlich übertrieb sie einfach nur, so wie es Oppositionspolitiker nun mal taten. Missstände anprangern war ja auch deren Aufgabe. Dass die Leute zuhörten, ging halt meist nur, indem man die Sachen überzeichnete.

Mittlerweile trieben sich gut sechzig Leute im Innenhof des Nöhrer'schen Weinguts herum. Die Kellnerinnen des Heurigen huschten mit liebevoll angerichteten Tabletts voller kalter Köstlichkeiten herum, und der Herr Papa legte dem Sagmeister eine Flasche vom Schüttelwein ans Herz. Das machte die Charlotte dann doch wieder ein bisschen stolz. Es war noch nicht einmal ein Jahr her, da hätte sie ihren Schüttelwein am liebsten wieder eingestampft. Also, nicht den Frizzante selbst, der war ja hervorragend, aber die bereits vorgedruckten Etiketten mit dem Namen »Schüttelwein«. Nach ihrer Rückkehr in den Schoß der Familie war dieser Rosé Sparkling ihre erste Eigenkreation gewesen. Extra für die Theater-Sommerspiele, wo man Shakespeares »Sommernachtstraum« gab. Und die Charlotte hatte urwitzig sein wollen und den Frizzante nach einem wenig gelungenen Wortspiel auf Shakespeare benannt. Das hatte ihr bei der Kundschaft jede Menge schiefe Blicke eingebracht, aber der Geschmack hatte die meisten schließlich doch überzeugt. Als sie dann auch noch die Theatermorde während der Sommerspiele aufgeklärt hatte und wieder einmal ungewollt in die Medien gekommen war, hatte auch ihr Schüttelwein überregionale Bekanntheit erlangt. Daher hatte sie gemeinsam mit dem Herrn Papa beschlossen, ihn nicht umzubenennen. So doof der Name auch war, inzwischen war er Kult geworden und hatte sich zu einem der Bestseller der Nöhrer'schen Produktpalette entwickelt. Roséweine waren derzeit sowieso total in, und ein richtig guter Sparkling mit einer sprichwörtlichen Mördergeschichte dahinter war natürlich das Tüpfelchen auf dem i.

Es hatte auch geholfen, dass die Renate Obermayer, deren Mann das erste Mordopfer gewesen war, ihr Versprechen eingelöst und der Charlotte die Bewirtung bei einigen finanziell einträglichen und vor allem prestigeträchtigen Kulturevents zugeschanzt hatte. Die Renate war eigentlich auch zur heutigen Eröffnung eingeladen gewesen, hatte sich aber nicht für die Charlotte freimachen können. Ausnahmsweise ließen es ihre Geschäfte nicht zu.

Bei so viel Politprominenz war es kein Wunder, dass auch die Polizei vor Ort war. In diesem Fall in Gestalt vom Leo, der mit einem zehnköpfigen Trupp angerückt war, um die notwendige Sicherheit der Veranstaltung zu gewährleisten.

Bevor die Eröffnungsfeier begann, wollte die Charlotte noch ungestört ein paar Worte mit dem Leo reden. Da passte es gut, dass die eingetroffene Prominenz vor dem eigentlichen Festakt noch ordentlich mit Nöhrer-Wein versorgt werden musste. Die Charlotte versuchte, den Leo unauffällig von der Menge wegzulocken, und deutete mit einem Kopfnicken auf den Eingang zur Schank. Als der Leo nicht reagierte, nickte sie noch auffälliger. Bis es schließlich »knack« machte und sie vor Schmerzen laut fluchte.

Immerhin wurde der Leo jetzt auf sie aufmerksam. Die Charlotte rieb sich den schmerzenden Nacken, als er sie besorgt fragte, ob alles in Ordnung sei. Ein beliebter Satz, vor allem in Hollywoodfilmen, wo sogar gerade Verblutende noch gefragt wurden, ob alles in Ordnung sei. Die Charlotte hatte in dieser Hinsicht einen klaren Verdacht: Entweder war es in den Gewerkschaftsstatuten für Drehbuchautoren vorgeschrieben, dass dieser Satz ausnahmslos in jedem Film vorkommen musste, oder die Hollywood-Autoren hatten untereinander eine Wette laufen, und der Erste, der diesen Satz nicht in seinem Drehbuch unterbrachte, musste bei der nächsten Oscarverleihung für alle Anwesenden eine Runde schmeißen.

Wie auch immer, in diesem Fall war die Sorge vom Leo durchaus angebracht, denn der Charlotte standen vor Schmerz bereits die Tränen in den Augen.

»Fuck!«, fluchte sie wieder. »Kannst du nicht schneller reagieren? Ich glaub, ich hab mir den Wirbel ausgerenkt.«

»Worauf reagieren?«, fragte der Leo verständnislos.

»Na, auf mein unauffälliges Kopfnicken!«

»Das muss wirklich unauffällig gewesen sein. Wäre mir nicht aufgefallen. Was willst du denn?«

»Na, was wohl?«

»Ach, Charlotte. Schon wieder?«

»Ha, pass auf, was du sagst, lieber Cousin. Wie oft habe ich dir im letzten Jahr den Arsch gerettet?«

Der Leo blieb unbeeindruckt. »Du meinst wohl, wie oft hast du dich in Sachen eingemischt, die dich nichts angehen?«

»Leo!«

»Schon gut, schon gut. Aber nicht hier. Da sind mir zu viele Leute.«

»Deshalb habe ich ja vorhin wie verrückt genickt. Ich wollte mit dir bei einem Achterl Wein in Ruhe darüber reden, solange die Meute hier noch mit ihrem Gesichtsbad beschäftigt ist.«

Ein Blick in die Runde zeigte, dass wirklich noch niemand mit den Gedanken bei der Eröffnung der Gedenkstätte war.

Die Gesellschaftsreporter schwirrten vor allem um den alles überstrahlenden Landeshauptmann herum, wobei auch für den Bürgermeister ein paar Aufmerksamkeitsbrocken abfielen. Und im Hintergrund dirigierte der Maier die Reporter. Fehlte gerade noch, dass er Nummern verteilte, wann man an der Reihe war, um die gesalbte Wortspende des Landesvaters kommentarlos entgegenzunehmen.

»Gut, gehen wir rein«, stimmte der Leo zu. Noch ein kurzer Kontrollblick, ob seine Leute in Position waren, dann trottete er hinter der Charlotte in die Schankstube. Die Charlotte schenkte ihm ein Achtel Weißburgunder ein, für sich selbst wählte sie einen Welschriesling. Sie brauchte jetzt etwas Herberes, um den Schmerz im Nacken zu betäuben. Bei der Eröffnung musste sie ja wieder fit sein. Irgendwie halt. Der Leo beobachtete seine Cousine prüfend und tippte dann etwas in sein Handy.

»Also, schieß los«, forderte ihn die Charlotte schließlich auf.

Der Leo nahm noch einen großen Schluck von seinem Glas, dann erzählte er: »Okay, der Schuster ist tatsächlich erstochen worden. Das Spielzeuglichtschwert, das wir neben der Leiche gefunden haben, war aber nicht die Tatwaffe. War ja auch nicht spitz genug. Die Tatwaffe muss der Mörder mitgenommen haben, das Lichtschwert hat er anscheinend irgendwie verloren oder in seiner Hektik vergessen.«

»Was war denn die Tatwaffe?«

»Unsere Spezialisten meinen, dass es sich um ein Stilett gehandelt haben muss.«

»Ein Stöckelschuh?«

Der Leo schnaufte. Manchmal war es wirklich nicht einfach mit der Charlotte. »Kein Stiletto, sondern ein Stilett. Der Name für den Schuh dürfte aber daher kommen. Ein Stilett ist eine Art Dolch. Sehr dünn, mit einem dreieckigen Querschnitt und Parierstangen. Ist darauf ausgelegt, möglichst wenig äußerlichen Schaden anzurichten, dafür innerlich umso mehr. Ein richtig hinterhältiges Teil. War in der ersten Hälfte des 17. Jahrhunderts sehr beliebt, bevor man es wegen seiner Heimtücke fast überall verboten hat.«

»Wow, du klingst ja wie ein Wikipedia-Eintrag«, spottete die Charlotte.

Der Leo lachte. »Dort habe ich auch nachgeschaut. Mir selbst ist so ein Teil bisher auch noch nie untergekommen. Maximal in einem alten Drei-Musketiere-Schinken. Wie auch immer, das Spielzeuglichtschwert war eine raffinierte Tarnung für das Stilett, weil es eine ähnliche Form und auch zwei Parierstangen hat. Und dann fiel mir ein, dass dieses Lichtschwert in den neuen Star-Wars-Filmen vorkommt.«

»Einen Darth Vader habe ich beim Ball gesehen«, meinte die Charlotte fachmännisch.

»Ja, ich auch. Aber nur vor dem Mord. Danach hat ihn keiner mehr gesehen. Und noch was: Das Spielzeuglichtschwert, das wir gefunden haben, passt auch gar nicht zu Darth Vader. Der hat nämlich eines ohne Parierstangen. Mit unserem Lichtschwert hat in den Filmen sein Enkel Kylo Ren herumhantiert.«

Pfuh, das war für die Charlotte schon ein bisschen viel Nerd-Talk, aber sie versuchte trotzdem, ihrem Cousin zu folgen. »Also hat der Täter einen Fehler gemacht?«

»Nein, würde ich nicht sagen. Um das zu erkennen, muss man schon ein echter Fan sein. Wenn man nur schnell hinschaut, fällt das gar nicht auf, da sind beide Lichtschwerter einfach rot. Und, wie gesagt, durch die gleiche Form konnte der Täter sein Stilett gut mit dem Lichtschwert verdecken und hatte es immer griffbereit.«

»Okay, der Schuster ist also erstochen worden. Das war es, was du mir im Großen und Ganzen sagen wolltest, oder?«

Der Leo trank sein Glas in einem Zug aus. »Jein«, sagte er dann langsam, »er ist auch vergiftet worden.«

»Wollte da jemand auf Nummer sicher gehen?« Der Charlotte war ihre Verblüffung anzuhören.

»Das wissen wir nicht«, gestand der Leo. »Noch nicht … Laut der Obduktion war der Stich nur bedingt tödlich, weil er nicht sehr genau gesetzt war. Der Täter war wohl kein Profi. Hätte man den Schuster rechtzeitig gefunden, wäre er sicher noch zu retten gewesen. Aber im Blut wurden dann auch noch Spuren von Rizin gefunden.«

»Rizin?«

»Ja, ein Gift, das sich relativ leicht selbst herstellen lässt. Man braucht dazu unter anderem Rizinussamen, die man billig über das Internet bestellen kann.«

»Vielleicht war die Klinge vergiftet?«

Der Leo verneinte. »Nein, dafür war die Menge im Blut zu groß. Das Gift dürfte ihm in einem Getränk verabreicht worden sein. Es hätte aber nicht so schnell gewirkt, wenn der Schuster nicht durch den Messerstich zusätzlich geschwächt gewesen wäre.«

»Gibt es einen genauen Todeszeitpunkt?«

»Laut Obduktion muss er schon gut eine halbe Stunde dort gelegen sein, als du ihn gefunden hast. Wahrscheinlich ist der arme Hund qualvoll verreckt, und keiner hat's gemerkt.«

»Oder keiner hat sich was dabei gedacht.«

»Oder so. Wer achtet schon darauf, wenn jemand seinen Rausch ausschläft? Kommt auf einem Ball ja öfters vor.«

»Habt ihr Fingerabdrücke auf dem Lichtschwert gefunden?«

»Nein, nichts. Wenn der Täter wirklich als Darth Vader verkleidet war, dann hatte er dicke schwarze Handschuhe an.«

»Scheint ja nicht sehr beliebt gewesen zu sein, dieser Schuster. Wenn ihn gleich zwei Leute ums Eck bringen wollten.«

»Sieht ganz so aus. Aber ist nicht so einfach zu eruieren. Du weißt ja inzwischen, dass er der ÖL-Leiter war. Und das ist tatsächlich ein hochpolitischer Posten. Die ÖL ist eine Bundesgesellschaft. Und der Schuster war früher der Sprecher von unserem verehrten Landeshauptmann.«

»Ich weiß, er hatte den Posten, den jetzt der Maier innehat.«

Der Leo nickte. »Ja, bis vor zwei Jahren war Schuster die rechte Hand vom Sagmeister. Dann stieg er direkt von dort zum Leiter von ÖL auf. Wie gesagt: ein hochpolitischer Posten.«

»Habt ihr schon mit dem Sagmeister über den Mord gesprochen?«

Der Leo musste verneinen. »Keine Chance. Wir werden da nur abgeblockt. Der Sagmeister hat lediglich ein offizielles Statement rausgeben lassen, in dem er den Tod vom Schuster zutiefst bedauert und zugleich für eine zügige Nachbesetzung plädiert.«

»Klingt nicht nach einer tiefen Freundschaft.«

»Nein, das tut es nicht. Aber gibt es so etwas in der Politik überhaupt?«

In diesem Moment klopfte es an der Tür zur Schank. Die Charlotte rief ein kurzes »Herein!« und staunte nicht schlecht, als plötzlich ein Notarzt in der Tür stand.

»Ja, bitte?«, fragte die Charlotte erstaunt.

Der Notarzt schaute sich um. »Ich bin von einem Polizisten verständigt worden, dass ich möglichst schnell herkommen soll. Ein Notfall.« Er pausierte kurz, dann: »Eigentlich klar, sonst würde man mich ja nicht verständigen. Also: Um was oder wen geht es?«

»Entschuldigung«, sagte der Leo. »Das war ich. Und ja, es ist tatsächlich ein Notfall. Auch wenn es nicht um Leben und Tod geht. Meine Cousine muss in ein paar Minuten die Eröffnungsrede halten, hat sich aber vorhin einen Wirbel im Nacken ausgerenkt. Sie sehen ja, dass sie kaum gerade stehen kann. Könnten Sie sich das vielleicht kurz anschauen?«

Der Notarzt schüttelte verständnislos den Kopf. Als er das Rangabzeichen vom Leo sah, schnaufte er einmal tief durch. Schließlich nickte er. »Na gut, ausnahmsweise. Aber normalerweise bin ich für so etwas nicht zuständig.«

Der Charlotte war die ganze Sache unangenehm (ja, auch das gab es). Deshalb hatte der Leo also vorher auf seinem

Handy herumgetippt! Er war ja doch ein Guter. Ein schlechtes Gewissen hatte sie dennoch.

»Ich nehme an, im Dienst dürfen Sie keinen Alkohol trinken?«, fragte sie den Notarzt.

Der Notarzt nickte zustimmend. In seinen Augen war Bedauern zu lesen.

»Aber Sie dürfen doch ganz sicher eine Flasche mit nach Hause nehmen?«

Wieder nickte der Notarzt zustimmend. Jetzt war das Bedauern verschwunden. Die Charlotte holte aus dem Schrank unter der Schank eine Flasche von einem 2005er Merlot heraus und stellte sie auf die Theke. Das war einer der edleren und teureren Tropfen, die das Weingut zu bieten hatte. »Ein kleines Dankeschön, wenn Sie meinen Nacken wieder hinbekommen.«

Umgehend machte sich der Arzt an die Arbeit und nahm die Charlotte von hinten in die Mangel. Ein paar Kracher und Knackser und ein lautes »Auuuu!« später war die Charlotte wiederhergestellt. Ein leichtes Brennen war im Nacken noch zu spüren, aber im Großen und Ganzen fühlte sie sich bestens.

Der Notarzt verabschiedete sich, bedankte sich für den Wein und ließ die beiden allein.

Schön langsam drängte die Zeit. In Bälde würden die ersten zahlenden Heurigengäste eintreffen, und bis dahin musste die ganze Eröffnung und Einweihung über die Bühne gegangen sein. Die Charlotte und der Leo gesellten sich wieder zum Rest der Gesellschaft.

Mittlerweile waren alle geladenen Personen eingetrudelt. Nur der Vertreter der ÖHP, der rechtsgerichteten Heimatpartei, war nicht gekommen. Aber das wunderte die Charlotte nicht. Sie hatte nicht wirklich damit gerechnet, dass der Hagen Adefris zu diesem Anlass auftauchen würde. Nicht nach der Geschichte zu Weihnachten. Es war ja eigentlich unglaublich, aber der Adefris hatte diese Geschichte politisch überlebt. Irgendwie halt. Bei den Regionalwahlen war seine ÖHP zwar ordentlich abgestunken, aber er hatte seinen Sitz im Gemeinderat doch behalten. »Wie eine Kakerlake«, hatte der Herr Papa nach den Wahlen gemeint. »Die überleben sogar einen Atomkrieg.« Der Plan der Hela, der Tochter vom Adefris, und ihrer Konsidären war damals nach hinten losgegangen; die Hela und ihre Kumpane saßen jetzt im Gefängnis. Ein geplanter Bombenanschlag und der Mord am Perchtoldsdorfer Pfarrer waren halt nicht nix. Dafür musste sogar die Tochter eines hohen politischen Tiers hinter Gitter.

Am alten Adefris selbst war kaum etwas hängen geblieben. Ihm war nicht nachzuweisen, dass er seine Finger mit im Spiel gehabt hatte, und die Charlotte war sogar gewillt, das zu glauben. Schuld hatte er natürlich schon, denn hätte er seine Tochter nicht so hasserfüllt erzogen, wäre sie nicht so geworden, wie sie eben geworden war. Aus der Verantwortung konnte er sich nicht einfach rauswinden. Genauso wenig wie aus dem Hass und der Zwietracht, die er und seine Partei im Wahlkampf böswillig gesät hatten.

Nachdem diese Verwicklungen durch die Charlotte und den Leo aufgedeckt worden waren, hatte sich das Ziel der ÖHP – Nummer eins oder Nummer zwei im Bundesland zu werden – in Luft aufgelöst. Es war dennoch erschreckend, wie viele Menschen den Rechten bei der Wahl noch immer ihre Stimme gegeben hatten. Zu Platz drei hatte es allemal gereicht, aber die Partei war wenigstens so weit geschwächt, dass an ein Mitregieren im Land und in den meisten Gemeinden nicht zu denken war. Ganz waren sie aber eben nicht verschwunden, und die Charlotte hatte das miese Gefühl, dass es nur eine Frage der Zeit war, bis auch diese Episode – wie so viele andere »Einzelfälle« – in den Köpfen der Wähler vergeben und vergessen war und die Rechten wieder um den Wahlsieg mitkämpfen würden.

VIER

Voller Stolz führte die Charlotte die Festgäste durch den Innenhof des Weinguts. Sie hatte nicht verhindern können, dass der Sagmeister ihr galant seinen Arm anbot, den sie wohl oder übel annehmen musste, wenn sie keinen Eklat riskieren wollte. Damit sie nicht auf dumme Gedanken kam, hatte sich die Frau Mama bei der Andrea eingehakt und ihr so den Fluchtweg abgeschnitten. Sie kannte ihre Tochter und deren Vorliebe für Provokationen gut genug, um zu wissen, wozu die Charlotte fähig war. So konnte die Charlotte nicht aus und musste die Tortur über sich ergehen lassen. Der Sagmeister machte ihr mit leiser Stimme schlüpfrige Komplimente, die bei ihr nicht auf fruchtbaren Boden fielen. Sie konnte sich jedoch vorstellen, dass ein junges, naives Mädel dafür durchaus empfänglich war. Um keine Szene zu provozieren, ließ sie es also über sich ergehen. Ausnahmsweise.

Als sie beim Eingang zum Presshaus ankamen, nutzte sie die erste sich bietende Möglichkeit, sich dem schlüpfrigen Griff des Landeshauptmanns zu entziehen. Die Andrea trat umgehend zu ihr und drückte ihr einen kurzen, sanften Kuss auf den Mundwinkel, was beim Landeshauptmann für große Augen sorgte.

Beim Rest der versammelten Gesellschaft erregte der Kuss weit weniger Aufsehen. Man kannte die Charlotte im Ort. Die Frau Professor Weber konnte es sich nicht verkneifen, sogar leise zu applaudieren, wofür sie von der Frau Mama sofort mit einem bösen Blick gestraft wurde. Den Landeshauptmann hatte man einfach nicht zu desavouieren, basta! Was nur dazu führte, dass auch die Flora in den Applaus einstimmte und kurz darauf ihre ganze Klasse. Die Frau Mama lief hochrot an und drehte sich weg. Ja, so waren Schwestern nun mal. Da konnten sie sich untereinander bis aufs Blut bekriegen, aber wenn eine von den beiden von außen angegriffen wurde, standen sie zueinander wie Pech und Schwefel. Nur der Herr Papa saß jetzt zwischen zwei Stühlen. Am Ende entschied er sich, nicht mitzuklatschen. Der Friede im Ehebett war ihm wichtiger.

Tagelang hatte sich die Charlotte eine kurze Rede zurechtgelegt, aber jetzt verließen sie die Worte. Sie war es nicht gewohnt, vor so einer großen Menge zu sprechen. Schon in der Schule hatte sie es gehasst, wenn sie ein Referat halten musste. Und den Schummelzettel mit ihren Stichworten hatte sie in ihrem Büro vergessen.

Betretenes Schweigen breitete sich aus über den Hof. Dutzende Augenpaare blickten sie erwartungsvoll an, aber ihr Hals war trocken wie Wüstensand. Die Andrea stand schräg hinter ihr, ein leichtes Zwicken in ihr Hinterteil ließ die Charlotte leise quieken. Immerhin war nun die Maulsperre gebrochen, und es sprudelte nur so aus ihr heraus.

»Sehr geehrte Damen und Herren, liebe Gäste.« Erst jetzt wurde ihr bewusst, dass nicht nur Dutzende Augenpaare, sondern auch etliche Fotoapparate und eine Handvoll Fernsehkameras auf sie gerichtet waren. Aus der Geschichte kam sie jetzt nicht mehr heraus. Sie fuhr fort: »Vielen Dank, dass Sie sich heute die Zeit genommen haben, auf unser Weingut zu kommen, um der Eröffnung der Gedenkstätte für die Familie Goldmann beizuwohnen. Ich nehme an, dass viele von Ihnen die tragische Geschichte der Familie Goldmann bereits kennen. Für alle anderen«, und dabei blickte sie todesmutig direkt in eine der Fernsehkameras, »möchte ich sie aber kurz zusammenfassen.« Eigentlich völlig unnötig, denn es gab ja keine Live-Berichterstattung, und dieser Teil der Veranstaltung würde für den jeweiligen TV-Bericht garantiert herausgeschnitten werden. Nichtsdestotrotz rekapitulierte die Charlotte, wie die Familie Goldmann während des Zweiten Weltkriegs hier am Hof Unterschlupf gesucht hatte und von ihrem Urgroßvater im Weinkeller versteckt worden war. Und wie die Nazis die Goldmanns trotzdem gefunden und ihren Urgroßvater erschossen hatten.

Betretenes Schweigen im Publikum. Natürlich kannten die meisten die Geschichte aus den Medien, aber es war etwas anderes, wenn man die Geschichte an Ort und Stelle nochmals hörte.

Der frisch renovierte und umgestaltete Weinkeller samt Goldmann-Gedenkstätte war natürlich nicht für so viele Leute auf einmal ausgelegt. Deshalb wurde die Gesellschaft aufgeteilt, quasi die Spreu vom Weizen getrennt. In der ersten Gruppe waren die »A-Promis«, die die Führung von der Charlotte persönlich erhielten. Die weniger Prominenten mussten sich etwas gedulden und dann mit dem Herrn Papa als Gruppenführer vorliebnehmen.

In der Gruppe der Charlotte waren natürlich der Landeshauptmann, der Bürgermeister und andere Politiker sowie die Klasse von der Flora und vom Noah. Die Charlotte führte die Gruppe durch das ebenfalls frisch hergerichtete Presshaus unter der alten Kastanie. Hier hatte sich der Herr Papa austoben dürfen. Das alte Mobiliar, darunter auch eine historische Weinpresse aus Holz, war restauriert und, so gut es ging, in den ursprünglichen Zustand versetzt worden. Das wirkte nicht wahnsinnig spektakulär, aber keiner der Gäste wusste, wie es hier noch vor einem halben Jahr ausgesehen hatte. Da war dieser Raum nämlich noch eine Rumpelkammer und das alte Holzmobiliar verschimmelt, halb verrottet und überhaupt nicht mehr brauchbar gewesen. Der Herr Papa hatte aber einen Tischler gefunden, der auf die Renovierung von alten Möbeln spezialisiert war. Gemeinsam war man das vorhandene Material durchgegangen und hatte aussortiert, was noch irgendwie zu retten war.

Eine weitere Tür führte in den langen Gang, der sich gut zwanzig Meter in die Erde bohrte. Dieser Tunnel war mit frischen Ziegeln ausgemauert worden. Auf halbem Weg zum Weinkeller öffnete sich rechts eine Tür.

»Hier haben wir unseren neuen Verkaufsraum, praktisch unsere eigene kleine Vinothek«, erklärte die Charlotte stolz und stieß die Tür auf. Sie machte einen Schritt zur Seite, sodass der hinter ihr gehende Landeshauptmann einen Blick hineinwerfen konnte.

Der Verkaufsraum war tatsächlich gelungen. Die Baufirma hatte einen rund vierzig Quadratmeter großen Raum ausgehoben und so gestaltet, dass die Gäste in Zukunft gar nicht anders konnten, als hier einzukaufen. Der Boden war mit blauen Steinfliesen ausgelegt worden, die Wände mit alten Ziegeln. Für jede Weinsorte waren in den Wänden eigene Alkoven angelegt, dazu Spots, die die darin gelagerten Weinflaschen so beleuchteten, dass sich das Licht in den grünen Flaschen brach und spektakulär in den Raum zurückgeworfen wurde. So entstand der Eindruck, dass der ganze Raum in ein grünbläuliches Licht getaucht war, man fühlte sich fast wie im Inneren eines Aquariums.

Der Verkaufsraum war aber nicht das Hauptthema dieser Führung, weswegen die Charlotte die Stufen weiter hinunterging und die Gesellschaft noch tiefer in die Erde führte. Der Rest der Gäste konnte beim Vorbeigehen ebenfalls einen kurzen Blick in den Verkaufsraum werfen, für mehr blieb vorerst keine Zeit. Außerdem war dieser Raum in erster Linie für die zahlenden Gäste gedacht. Mit Genugtuung stellte sie fest, dass das Kamerateam sich ein paar Sekunden Zeit nahm, um den Verkaufsraum zu filmen. Wenn diese Aufnahmen es in den Fernsehbericht schaffen würden …

Mit jeder Stufe sank die Temperatur. Endlich erreichte sie das Ende der Stufen und den Eingang zum eigentlichen Weinkeller. Hier war es, wo sie in den letzten Wochen und Monaten ihr ganzes Herzblut hatte einfließen lassen. Der Raum war auf über hundertfünfzig Quadratmeter vergrößert worden. Links und rechts lagerten wie aufgefädelt Weinfässer mit einem Fassungsvermögen von mehr als zweihundert Litern pro Fass. In der Mitte und in ein paar Nischen standen alte, zu Stehtischen umgewandelte Weinfässer, um die sich die Gesellschaft nun verteilte.

»Hier befinden wir uns nun im renovierten historischen Weinkeller unseres Weinguts. An der Wand sehen Sie Fotos, wie es hier noch vor ein paar Monaten ausgeschaut hat. Nach mehreren Wassereinbrüchen war dies hier mehr Sumpf als Keller. Die Fässer waren verrottet, die Wände abgebröckelt. Es war also höchste Zeit, etwas zu machen.« Die Charlotte zeigte auf vier Fässer, die gleich neben dem Eingang zum Weinkeller standen. »Diese Fässer konnten wir noch retten und wieder herrichten. Leider können wir darin keinen Wein mehr lagern, aber man sieht hier schön, wie Weinfässer in der Zeit des Zweiten Weltkriegs ausgesehen haben. Im Unterschied dazu sehen Sie die modernen Fässer daneben, die wir aktuell vor allem für unsere Barrique-Weine verwenden.«

»Was ist das hinten im Eck?«, fragte der Sagmeister.

Die Charlotte schmunzelte. Es war nur eine Frage der Zeit, bis dieses spezielle Gefäß auffiel. Das war auch so eine ihrer neumodernen Ideen gewesen, über die sie mit dem Herrn Papa erst stundenlang hatte diskutieren müssen.

»Das, sehr geehrter Herr Sagmeister«, das Wort »Landeshauptmann« wollte ihr einfach nicht über die Lippen gehen, »ist eine Weinamphore aus Ton, so etwas ist derzeit ganz modern. Immer mehr Weinbauern verwenden solche Amphoren jetzt wieder.«

»Aber ist das nicht ein bisschen altmodisch?«, warf der Sagmeister ein.

»Mag schon sein, aber so wurden die allerersten Weine der Welt erfolgreich produziert und gelagert. Wieso also nicht zurück zu den Wurzeln? Es ist ein Versuchsballon, wir müssen damit ja auch erst Erfahrungswerte sammeln. Vor allem, wie wir den Wein in so einer Amphore ausbauen können. In Frankreich und Portugal wird diese Art der Weinlagerung schon öfter eingesetzt, und man hört von dort nur Gutes. Jetzt aber, meine Damen und Herren, darf ich Ihre Aufmerksamkeit auf die Decke richten.« Sofort wurden die Köpfe gehoben.

»Das ist mein ganzer Stolz. Eine transparente Decke aus Glas. Bei Nacht kann man hier bei einem guten Glas Wein in aller Ruhe den Sternenhimmel beobachten – natürlich nur bei ausgeschaltetem Licht. Absolut trittsicher. Man kann also auch oben draufsteigen, und es passiert nichts. Wir wollen das aber trotzdem verhindern, weil das Glas sonst natürlich ganz schmutzig wird, was den schönen Ausblick stört.«

»Wird es im Sommer hier drinnen nicht furchtbar heiß, wenn die Sonne direkt draufstrahlt?«, wollte der Sagmeister wissen. Ein durchaus gerechtfertigter Einwand, der aber von der Charlotte einfach weggelächelt wurde.

»Nein, keine Sorge. Es handelt sich um ein spezielles Glas. Wie bei vielen heutigen Büro- und Hochhäusern, deren Fassade völlig aus Glas ist. Die Hitze wird draußen gehalten. Außerdem gibt es natürlich eine Klimaanlage, die dafür sorgt, dass hier drinnen immer eine gleichmäßige Temperatur herrscht. Wir wollen unsere Weine ja nicht unnötig stressen. Das Ganze sieht auch von oben äußerst spektakulär aus. Hat eine schöne Stange Geld gekostet. Mal schauen, was das Land noch an Förderungen springen lässt.« Diesen Seitenhieb auf den Landeshauptmann konnte sich die Charlotte nicht verkneifen. Der hatte den Wink mit dem Zaunpfahl verstanden und sich verschämt weggedreht.

»Und was ist jetzt mit der Gedenkstätte für die Familie Goldmann?«, versuchte der Sagmeister, das Gespräch auf ein anderes Thema zu lenken. »Deswegen sind wir ja eigentlich hergekommen.«

»Ja, da hat unser verehrter Landeshauptmann recht«, schleimte der Bürgermeister ungefragt. »Die Weinfässer werden ja wohl nicht die Gedenkstätte sein?«

»Nun, ja und nein, sehr geehrter Herr Bürgermeister«, meinte die Charlotte verschmitzt. »Versetzen Sie sich doch einmal in die Lage einer verfolgten jüdischen Familie im Zweiten Weltkrieg. Mein Urgroßvater führt Sie hier herunter in den Weinkeller und behauptet, er hat hier ein Versteck für Sie.«

Die Menge blickte sich um. Da war keine weitere Tür außer jener, die wieder hinauf ins Presshaus und ins Freie führte. Die Wände waren dicht an dicht mit den verschiedenen Weinfässern zugestellt. Drübersteigen konnte man nicht, dafür waren die Fässer zu hoch. Einige der Gäste stampften mit den Füßen auf, um zu überprüfen, ob es vielleicht noch ein Geheimversteck unter dem Boden gab. Aber der war aus fester Erde und mit Terrakotta-Fliesen belegt. Da gab es kein Durchkommen – außer mit einem Presslufthammer.

Schließlich musste sich der Landeshauptmann geschlagen geben. »Verraten Sie es uns?«

Die Charlotte nickte. »Die Nazis haben das Versteck damals ja auch nur gefunden, weil sie Bluthunde dabeihatten. Die haben die Spur der Goldmanns gewittert.« Sie klopfte mit der Faust einmal fest auf die Vorderseite des ersten Fasses an der dem Stiegenabgang gegenüberliegenden Wand. Es erklang ein dumpfes Geräusch, ganz anders als beim Klopfen auf die anderen Fässer. Kein Wunder, denn es war ja … hohl. Mit einem leisen »Klick« ging die Vorderseite des Fasses auf. Die Ehrengäste ganz vorne sprangen erschrocken einen Schritt zurück, aus Angst, dass sie von dem darin vermuteten Wein durchnässt würden.

Die Charlotte grinste. Natürlich war da kein Wein. Es war lediglich der geheime Zugang zum Versteck der Familie Goldmann.

Das hohle Fass war ein gutes Stück größer als die anderen Weinfässer. Selbst ein ausgewachsener Mann konnte in leicht gebückter Haltung hindurchgehen. Dieses Fass war das Meisterstück des Tischlers gewesen, der mit der Renovierung des alten Mobiliars beauftragt worden war. In wochenlanger Kleinarbeit hatte er den geheimen Schließmechanismus wiederhergestellt. Auch einen Großteil der Dauben hatte er restaurieren können. Nur das Metall, das die Dauben zusammenhielt, war nicht mehr zu retten gewesen. Das war hoffnungslos verrostet.

»Meine Damen und Herren«, sagte die Charlotte mit bedeutungsschwerer Stimme: »Dies ist der Zugang zum Versteck der Familie Goldmann. Ein hohles Fass, das meine Familie bereits im Ersten Weltkrieg gebastelt hatte, um für den Notfall gerüstet zu sein.«

»Wo führt es hin?«, fragte der Landeshauptmann. Er lugte vorsichtig um den Rand des Fasses. Ganz traute er der Sache noch nicht.

»Sie haben doch sicher auch von dem Tunnelsystem gehört, das man vor Weihnachten hier gefunden hat? Das Versteck der Goldmanns war ein Teil davon.« Sie kramte in ihrer Tasche, fand eine kleine, flache Fernbedienung im Scheckkartenformat, drückte einen Knopf, und plötzlich wurde der Raum am anderen Ende des Fasses hell erleuchtet. Ein »Ohhh« und »Ahhh« ging durch die Menge. Immer mehr Köpfe drängten sich an den Rand des leeren Fasses, um einen Blick zu erhaschen.

Wieder schritt die Charlotte voran, hinter ihr trotteten die Ehrengäste nacheinander durch das Fass. Im Versteck angekommen, reihte man sich an den Wänden entlang auf. Die Charlotte trat in die Mitte des Raums.

»Wir haben versucht, alles so zu belassen, wie es damals war. Natürlich geputzt und ein bisschen hergerichtet.« In der kleinen Kammer war kaum Platz für die vielen Ehrengäste. Von der Decke hing eine Glühbirne, die den Raum ausleuchtete. In einem Eck war ein Feldbett, an der gegenüberliegenden Wand ein zweites. Beide waren so gut wie möglich vom Rost befreit worden. Die Charlotte, die Frau Professor Weber und ihr Mann waren übereingekommen, dass es so authentischer war, als im Internet nach einem alten Feldbett zu suchen und dieses dann als Originalbett zu präsentieren. Original waren auch noch die grob gewebten grauen Stoffdecken und der schmale Holztisch, auf dem eine halb heruntergebrannte Kerze stand. Dahinter lag ein vergilbtes gelbes Büchlein, daneben eine Handvoll leerer Wasser- und Weinflaschen. Die waren allerdings gewaschen worden. An dem festen Erdboden hingegen war nicht viel verändert worden. Man hatte ein bisschen ausgekehrt und die Erde frisch gestampft, aber das war es schon.

Die Wände waren kahl bis auf eine Stelle, an der der Dr. Weber, einer der angesehensten Historiker und TV-Analytiker des Landes, eine Gedenktafel angebracht hatte. Darauf wurde die Geschichte der Familie Goldmann grob umrissen. Ganz am Ende stand in großen Lettern: »Wider das Vergessen«. Darunter befanden sich drei Flaschen vom alten Goldmann-Wein, die die Charlotte bei ihrem letzten Fall aus den Fängen einer Burschenschaft hatte retten können. Soweit bekannt war, waren dies die allerletzten Flaschen, die vom Goldmann-Weingut noch übrig waren. Die Charlotte hätte auch gerne noch ein paar Fotos der Familie aufgehängt oder wenigstens einige Dokumente. Aber in dieser Hinsicht waren die Nazis und ihre Schergen im Ort extrem gewissenhaft vorgegangen. Und was die Nazis nicht schon damals vernichtet hatten, war im letzten Winter dem Brand im geheimen Nazibunker zum Opfer gefallen. Die Familie war damit in jeder Hinsicht ausgelöscht worden. Nur mehr die Erinnerung blieb. Ein einziges Foto hatte seinen Weg in die Gedenkstätte gefunden – von der Marianne Zaitler, der letzten Nachkommin der Familie Goldmann. Darauf hatte die Omama bestanden. Und schließlich war sie es gewesen, die hier unten ihren Vater verloren hatte.

So direkt mit den historischen Tatsachen konfrontiert zu werden veranlasste sogar den Landeshauptmann dazu, für einen Moment in sich zu gehen. Erst als der Maier unauffällig an seinem Sakkoärmel zog und auf die Uhr zeigte, schüttelte der Sagmeister seine Andacht ab. Er warf der Charlotte einen fragenden Blick zu. Die verstand die nicht ausgesprochene Frage und bat die Ehrengäste, sich nun wieder zurück in den Weinkeller zu begeben. Dort sprach sie noch ein paar Abschlussworte, ehe es wieder ins Freie ging.

Jetzt war der Herr Papa an der Reihe, er führte die zweite Gruppe hinunter in die Erde. Damit hatte die Charlotte nichts mehr zu tun.

Das Personal hatte in der Zwischenzeit im Hof ein kleines Büfett aufgebaut. Der Herr Landeshauptmann entschuldigte sich allerdings.

»Es tut mir furchtbar leid, aber die Geschäfte rufen«, sagte er mit aufgesetzter Betrübtheit. »Nach der furchtbaren Geschichte mit Herrn Schuster –«

»Dirk?«, unterbrach ihn die Charlotte. »Er war doch Ihr persönlicher Assistent, wie ich gehört habe. Warum so distanziert?« Da war sie aber an den Falschen geraten. Der Sagmeister hatte bei Fernsehinterviews schon die hartnäckigsten Journalisten einfach in Grund und Boden geredet (oder deren Fragen einfach ignoriert), ohne auch nur im Ansatz auf das Gefragte einzugehen.

»... muss ich mich jetzt um die Nachfolge kümmern. Wir können die ÖL ja nicht lange ohne Leiter lassen, nicht?«, vollendete er trocken seinen Satz. Damit nahm er die Hand der Charlotte, küsste sie formvollendet (bevor sie sie ihm wieder entziehen konnte), machte am Absatz kehrt und ging in Begleitung vom Maier zu seiner Limousine. Sein persönliches Sicherheitspersonal stieg in die anderen Autos, und ein paar Momente später war der ganze Spuk auch schon wieder vorbei.

»Große Show, oder?«, erklang eine Stimme hinter der Charlotte. Sie hatte dem Tross des Landeshauptmanns fassungslos nachgeschaut. So viel Kälte hätte sie nicht einmal dem Sagmeister zugetraut. Er war genauso lange geblieben, wie Kameras auf ihn gerichtet waren, danach hatte er sich schnellstmöglich aus dem Staub gemacht.

Sie drehte sich um und stand vor einem Gast, mit dem sie absolut nicht gerechnet hatte. Es war »der Graf«, der mit bürgerlichem Namen Johann Hinteregger hieß. Eine etwas geheimnisvolle Figur im örtlichen Gesellschaftsleben. Er musste schon über sechzig sein, war aber erst vor ein paar Jahren nach

Perchtoldsdorf gezogen und hatte hier ein kleines Schlösschen, das seit Ewigkeiten im Besitz seiner Familie war, übernommen und über Jahre hin restauriert. Davor hatte jahrzehntelang niemand mehr darin gewohnt. So war Hinteregger zur Bezeichnung »Graf« gekommen. In Österreich ging das mit den informell verliehenen Adels- oder Doktortiteln ja allgemein recht flott.

Der Graf führte ein sehr zurückgezogenes Leben und hatte sich lange Zeit kaum in der Öffentlichkeit blicken lassen. Das hatte sich allerdings vor ein paar Monaten zu Weihnachten geändert, als die Konsidärenplage über Perchtoldsdorf hereingebrochen war und der sehr konservativ wirkende Graf zur Überraschung der Charlotte deutlich Stellung gegen das rechte Pack bezogen hatte.

Irgendwann hatte die Charlotte über ihren Herrn Papa herausgefunden, dass der Graf Besitzer einer gut florierenden Porzellanmanufaktur in Wien war, aber sie war sich sicher, dass er sein Geld nicht immer damit verdient hatte. Wenigstens nicht nur. Über die Konsidären und Burschenschafter hatte er nie ein gutes Wort verloren, ganz sicher stand er nicht am rechten Rand. Konservativ war er aber garantiert, vermutlich sogar bis in die Haarspitzen. Was jetzt an sich noch nichts Schlechtes sein musste. Auch ihre Eltern würden nie im Leben die Roten oder die Umweltpartei wählen.

Gekleidet war der fast zwei Meter große Graf wie üblich: beige Tracht, dazu einen Hut mit Feder. Er war wirklich ein kauziger Kerl. Seine Stimme war warm, seine Augen lächelten immerzu, und trotzdem umgab ihn eine Aura des Geheimnisvollen.

»Herr Gr…«, begann die Charlotte, besserte sich aber noch im Wort aus. »Herr Hinteregger, was für eine Überraschung und Freude.«

Der Angesprochene lächelte milde. »›Herr Graf‹ passt schon. Ich weiß ja, wie die Leute hinter meinem Rücken über mich reden.«

»Ich habe gar nicht mit Ihrem Besuch gerechnet.«

»Tja, ich bin halt immer für eine Überraschung gut.«

»Sieht ganz so aus. Sind Sie auch wegen der Goldmann-Gedenkstätte hier?«

»Zum Teil. Natürlich interessiert mich das, und ich würde sie mir später gerne in Ruhe anschauen. Tatsächlich bin ich aber zur Eröffnung des Heurigen gekommen. Ich war gerade aus geschäftlichen Gründen zwei Wochen im arabischen Raum und bin erst gestern Nacht zurückgekommen. Da war mir nach etwas deftiger, heimischer Küche. Im Heurigenkalender habe ich gesehen, dass ihr heute aufsperrt. Also dachte ich mir, dass ich doch vorbeischauen könnte.«

»Ein bisschen unter die Leute kommen?«

»Auch das. Außerdem habe ich am Rande mitbekommen, dass bei uns im Ort schon wieder was passiert ist.«

Daher wehte also der Wind. War die Charlotte in Sachen Kriminalität inzwischen zum Auskunftsbüro geworden? Trotzdem zwinkerte sie ihm verschwörerisch zu. »Sie meinen den Mord an Dirk Schuster?«

»Wenn Sie das sagen …« Aus dem Grafen war wirklich nicht leicht etwas herauszubringen. Zur Überraschung der Charlotte fuhr er fort: »Finden Sie es nicht auch interessant, dass der ÖL-Leiter ausgerechnet dann umgebracht wird, nachdem er seine Probebohrungen für Fracking hier in der Gegend durchgebracht hat?«

»Fracking? Wieso zum Teufel glaubt man, bei uns in der Gegend Schiefergas zu finden?«, fuhr die Charlotte dazwischen.

Doch der Graf forderte sie auf: »Erzählen Sie mir doch zuerst, wie das mit dem Schuster genau war.«

»Wieso glauben Sie, dass ich mehr weiß, als in den Zeitungen steht?«, konterte die Charlotte.

»Sagen wir mal so: Ein Vögelchen hat mir gezwitschert, dass Sie es waren, die die Leiche des bemitleidenswerten Dirk Schuster gefunden hat.«

Woher wusste er das schon wieder? Aber die Charlotte gab nach und erzählte ihm, wie der Stand der Ermittlungen war. Sie wusste nicht, warum, aber diesem Mann vertraute sie. Sie fühlte sich beinahe wie hypnotisiert.

Nachdem die Charlotte den Grafen auf den neuesten Stand gebracht hatte, murmelte er etwas Unverständliches in seinen Bart und wollte dann die Charlotte etwas ausführlicher über das Fracking aufklären und was es gerade hier auf der Heide damit auf sich haben sollte. Er hatte gerade dazu angesetzt, als die kleine Gruppe durch die Gina Blauensteiner ergänzt wurde. Sie schüttelte dem Grafen beiläufig die Hand und übernahm echauffiert das Erklären.

»Also, Fracking. So ziemlich das Mieseste, was man mit der Natur machen kann. Da wird im wahrsten Sinne des Wortes der letzte Rest an fossilen Bodenschätzen aus der Erde gequetscht. Ich umreiße dir den Vorgang einmal grob. Nur damit du eine Vorstellung hast, was da mit unserer Mutter Erde angestellt wird. Es werden Hunderte Meter tiefe Löcher in die Erde gebohrt, dann spritzt man mit großem Druck eine chemische Flüssigkeit hinein, die Risse im porösen Gestein verursacht, aus denen man dann das darin gebundene Gas gewinnt. Wie gesagt, das ist nur eine grobe Skizze, wie das funktioniert. Aber du kannst mir glauben, es ist, als würde man die Erde selbst vergewaltigen. Die ganze Geschichte wirkt sich auch negativ auf das Grund- und Trinkwasser aus. In den USA, wo es dafür so gut wie keine Regularien gibt, ist es sogar schon passiert, dass Wasser, das aus der Leitung kommt, Feuer gefangen hat.«

»Sind das jetzt nicht übertriebene Horrormärchen?«, fragte die Charlotte zweifelnd.

»So schlimm wäre es bei uns wahrscheinlich nicht, weil die Auflagen strenger sind, aber es ändert nichts an der Tatsache, dass Fracking schlecht für die Umwelt ist. Dabei wäre es so viel besser, auf alternative Energiequellen zu setzen. Windräder, Solarenergie und so weiter. Das wäre ja von den Energiefirmen noch nicht mal irgendwie altruistisch. In diesen sauberen Energieformen und ihrer Entwicklung stecken auch jede Menge Gewinnmöglichkeiten. Eigentlich sollte allein das ein ausreichender Anreiz sein. Aber solange es hochrangige ›Politiker‹ gibt, die behaupten, dass Windräder Krebs erzeugen, nur weil sie selbst in den Taschen der Kohle- und Erdölbetriebe stecken …«

Der Charlotte begann der Kopf zu schwimmen. Altruistisch? Krebs von Windrädern? Wo schnappte man solche Sachen auf? »Wieso wird es dann überhaupt erlaubt?«, fragte sie schließlich.

»Bei uns war es bisher eh verboten, aber die fossilen Reserven gehen zu Ende, und Fracking ist natürlich eine hervorragende Möglichkeit, um noch die letzten Reste aus der Erde zu holen.«

»Und du hast jetzt Angst, dass es hier bei uns auch gemacht wird?«

Die Gina nickte. »Ja, das ist ja das Schlimme. Die Genehmigungen für die Probebohrungen sind alle an der Öffentlichkeit vorbei erteilt worden. Stell dir mal vor, jemand stellt dir einen Bohrturm mitten in die Weingärten.«

Das wollte die Charlotte eigentlich nicht. »Und was hatte der Schuster damit zu tun?«

Da mischte sich der Graf wieder ein: »Als ÖL-Leiter hatte er natürlich großes Interesse daran, dass die Geschäfte weiterhin florieren. Mit Erdöl wird das bei uns in Österreich nichts mehr. Die herkömmlichen Erdgasvorkommen neigen sich ebenfalls dem Ende zu. Ständig im Ausland zu investieren ist aufwendig und riskant. Warum also in die Ferne schweifen, wenn das Gute liegt so nah? Geologen sind der Überzeugung, dass von hier bis hinüber ins Waldviertel noch Unmengen an Schiefergas lagern, und die will man sich jetzt holen. Da hilft es auch nichts, wenn du die ÖL nicht auf dein Land lassen willst. Alles, was an Bodenschätzen in Österreichs Erde liegt, gehört dem Staat. Und wenn der will, dann stellt er dir auch einen Bohrturm mitten in den Weingarten.«

»Ein hochpolitisches Amt ...«, murmelte die Charlotte verstört nach, was Leo zuvor geäußert hatte.

»Genau«, bestätigte der Graf. »Die ÖL ist vielleicht eine ausgelagerte Gesellschaft, ist aber dem Bund und den Ländern zu hundert Prozent Rechenschaft schuldig. Dementsprechend einflussreich und wichtig ist der Posten des ÖL-Leiters.«

Okay, jetzt wurde die ganze Sache auf einmal doppelt interessant.

FÜNF

Mit diesem bedeutungsschwangeren Schlusssatz endete die Diskussion, denn der Herr Papa hatte seine Führung inzwischen ebenfalls abgeschlossen. Es war an der Zeit, das Festbankett zu eröffnen, das eigentlich nur aus einem kalten Büfett bestand. Auch in Abwesenheit des Landeshauptmanns.

Die Charlotte lud den Grafen herzlich dazu ein. Der ließ sich nicht zweimal bitten und schlug in erster Linie bei den kalten Schnitzeln und dem Erdäpfelsalat der Omama zu. Mit seinem vollen Teller platzierte er sich an einem der über den Hof verteilten Stehtische, und kurz darauf gesellte sich der Bürgermeister zu ihm. Die Charlotte beobachtete, wie sich eine hitzige Diskussion entspann, die damit endete, dass der Bürgermeister grantelnd davonstürmte und Hinteregger allein am Tisch stehen ließ. Die Charlotte schnappte sich eine Flasche Schüttelwein, schenkte dem Grafen ungefragt ein und schaute ihn fragend an.

»Ah, war das so auffällig?«, fragte der mit einem Jetzt-bin-ich-aber-gerade-ertappt-worden-Schmunzler.

»Na ja, vom Gespräch habe ich nichts mitbekommen. Außer, dass unser Herr Bürgermeister nicht wahnsinnig glücklich dreinschaute, als er Sie hier sitzen ließ.«

»Stehen ließ«, korrigierte der Graf und schob sich ein Stück Schnitzel in den Mund.

Ah, er hat auch Humor, stellte die Charlotte fest. »Wie auch immer. Darf man fragen, um was es ging?«

»Man darf.« Mehr sagte der Graf nicht. Er lächelte nur geheimnisvoll und schob sich den nächsten Bissen Schnitzel in den Mund, den er mit einem großen Schluck Schüttelwein runterspülte. »Ausgezeichnet, übrigens. Dass der Name nicht so ausgezeichnet ist, haben Sie sicher schon gehört, gell?«

Die Charlotte nickte. Fragen durfte man also offenbar, aber

nicht unbedingt mit einer Antwort rechnen. Auch gut. Die Charlotte notierte das innerlich und nahm sich fest vor, beim nächsten Mal, wenn der Graf etwas von ihr wissen wollte, nicht mehr so großzügig mit Informationen umzugehen.

Erst jetzt fiel ihr ein Flyer auf, der, nur teilweise verdeckt, unter einer Mineralwasserflasche am Tisch lag. Was die Charlotte erkennen konnte, ließ sie Schlimmes befürchten.

»Ich darf?«, murmelte sie in Richtung des Grafen, der mit einer kurzen Handbewegung seine Zustimmung gab. Die Charlotte hob die Flasche auf und zog das Papier darunter hervor. Ja, sie hatte richtig befürchtet. Auf dem Flyer war die Elena abgebildet, die Freundin vom Leo. Grundsätzlich kein großes Problem, nur dass sie auf diesem Foto ziemlich nackt zu sehen war. Lediglich ihre Brustwarzen und die Vagina waren mit Sternen überdeckt, das war's. Ihr platinblonder Pagenkopf leuchtete fast wie ein Heiligenschein, die Zähne blitzten grellweiß, die makellose Haut war braun gebrannt (dem Solarium sei Dank). Mit Neid stellte die Charlotte fest, dass da kaum etwas mit Photoshop nachbearbeitet worden war. Die Elena schaute auch im echten Leben so aus. Nicht einmal die Andrea war so fehlerlos wie die Elena.

Da hatte der Leo wirklich einen großartigen Fang gemacht. Optisch auf jeden Fall. Wenn da nicht der kleine Schönheitsfehler gewesen wäre, dass die Elena halt auch eine Prostituierte war. Und genau darum ging es auf dem Flyer. Da wurde nämlich die Eröffnung des neuen (und einzigen) Puffs in Perchtoldsdorf beworben. Obwohl, Puff war eigentlich untertrieben, es sollte gleich eine ganze Sex-Erlebnislandschaft werden. Angefangen beim Tabledance über eine Peepshow bis hin zum diskreten Zimmer, in dem Mann dann die aufgestauten Bedürfnisse abbauen konnte.

Die Besitzerin war die Magda, die ehemalige Putzfrau der Familie Zaitler. Sie war ursprünglich auch eine Prostituierte gewesen, die sich der alte Zaitler als »Rundumbetreuung« aus Tschechien importiert hatte. Nach der Auslöschung der

Familie Zaitler hatte sie beschlossen, ihr Geld wieder in ihrem angestammten Beruf zu verdienen ... oder besser: verdienen zu lassen, denn diesmal war sie die Chefin. Als erste Aktion hatte sie die Elena aus Tschechien geholt und vorübergehend beim Mario in der Turmbar als Kellnerin geparkt, wo sie der Leo vor fast einem halben Jahr auch kennengelernt hatte. Die beiden hatten sich Hals über Kopf ineinander verliebt. Bisher war die Beziehung problemlos verlaufen, weil die Elena ja nicht anschaffen ging. Die Charlotte war schon sehr gespannt, wie sich das in Zukunft gestalten würde.

Wie auch immer, auf dem Flyer war die Eröffnung des »Pleasure Island« für die kommende Woche angekündigt. Mit Gratissekt, Blasmusik und großer Gartenparty inklusive DJ. Tag der offenen Tür sowieso. Man sollte sich ein Bild machen, wie sauber und ordentlich es hier zuging. Und vor allem, welche Vielfalt an »Unterhaltung« geboten wurde.

Die Magda hatte ein altes, halb verfallenes Weingut mit großem Garten an der Ortsgrenze zu Wien gekauft und herrichten lassen. Sie bestand darauf, dass es kein herkömmliches Bordell sein würde, sondern eine Art »Abenteuerland«. Da sollte für jede Geldbörse etwas dabei sein (weil, auch Kleinvieh macht Mist, und Geld hat sowieso kein Mascherl). Wenn es ans Eingemachte ging, würden die Mädchen praktisch nur Miete für die benützten Zimmer zahlen, den Rest durften sie sich behalten. Also eine Art Laufhaus, quasi. Nur halt etwas hübscher verpackt.

Die Gute wusste nicht, was sie mit der Eröffnung ihres Sex-Abenteuerlands in so einem wertebewussten (sprich: stockkonservativen) Ort anstellte. Oder vielleicht wusste sie es, und es war ihr einfach nur wurscht. Proteste hatte es bereits gegeben, als die Magda die Immobilie gekauft hatte und ihre Pläne dafür durchgesickert waren. Und die Umbauarbeiten in den letzten Monaten waren ebenfalls nicht ganz reibungslos abgelaufen. Jetzt war es aber endlich so weit.

Dabei meinte es die Magda ja nur gut. Sie sah sich sogar

ein wenig als Beziehungsretterin. Wenn die Männer daheim schon frustriert waren, sollten sie ihre Gelüste halt bei ihren Mädchen abbauen können und dann wieder brav nach Hause gehen. Sie sah überhaupt nicht ein, wie sich die Frauen im Ort darüber aufregen konnten. Wenn sie eh keinen Bock mehr auf Sex mit ihren Göttergatten hatten? Sollte der sich doch bei ihr austoben, dann war alles clean. Die Ehemänner bezahlten für die Dienste, gingen glücklich heim und kamen nicht auf blöde Gedanken, wie sich eine dauerhafte Affäre anzufangen oder gleich ganz abzuhauen. Alles easy, oder? Diese Sicht der Dinge teilten im Ort aber nur wenige Frauen. Verständlicherweise.

Die Charlotte ließ den Flyer vom Tisch verschwinden, entschuldigte sich beim Grafen und kontrollierte die anderen Stehtische. Blöderweise waren die alle besetzt, aber die Charlotte sah, dass die Flyer überall aufgelegt worden waren. Wer hatte das nur gemacht? Bei aller Liebe, aber das würde selbst der Leo nicht für seine Elena tun. Die Elena selbst oder die Magda waren nicht da. Also wer?

Die Antwort spazierte ihr praktischerweise gleich über den Weg. Die Flora hatte nämlich einen Pack Flyer in der Hand und machte sich gerade daran, die Zettel auf den restlichen Heurigentischen zu verteilen. Verzweifelt hielt die Charlotte nach der Andrea Ausschau. Wenn die Frau Mama diese Flyer sah, würde sie in die Luft gehen. Und das ausnahmsweise völlig zu Recht. Schließlich fand sie ihre Freundin, die sich gerade in einem Gespräch mit dem Bürgermeister befand. Sie hakte sich bei ihr ein, nuschelte eine Entschuldigung zum Bürgermeister hin und erklärte ihr die Situation.

»Sammel bitte die Flyer von den Stehtischen ein. Wenn es geht, möglichst unauffällig. Wenn die Mama sie sieht … Ich werde mir mal die Flora schnappen und ihr die Ohren lang ziehen.« Die Andrea nickte.

Während sich die Andrea an ihre Aufgabe machte, folgte die Charlotte der Spur der Flora. Wo ihre kleine Schwester die Flyer schon aufgelegt hatte, sammelte die Charlotte sie gleich wieder ein. In den paar Momenten, in denen die Charlotte nach der Andrea gesucht und mit ihrem Auftrag ausgestattet hatte, hatte die Flora ganze Arbeit geleistet und den halben Gastgarten mit Flyern bestückt. Es war bereits nach Mittag, und daher waren auch schon einige Gäste da. Die Charlotte lief rot an im Gesicht. Zum einen, weil sie sich für diese ungewollte Werbung genierte, zum anderen, weil sie wirklich zornig auf ihre Schwester war. Dachte die Kleine denn gar nicht mit?

Bis die Charlotte und die Andrea alle Flyer wieder eingesammelt hatten, war die Flora mit dem Verteilen ihres Stapels beinahe fertig. Sie staunte nicht schlecht, als ihr die Charlotte die eben verteilten Flyer in einem großen Packen wieder in die Hand drückte.

»Geht's dir noch gut?«, fuhr sie die Kleine dabei an. »Was glaubst du, wo wir hier sind?«

»Bei uns daheim?«, entgegnete die Flora staubtrocken und völlig frei von jeglichem Schuldbewusstsein.

»Flora!«

»Was? Ich helfe doch nur einer Freundin!«

»Welcher genau? Der Elena oder der Magda?«

»Na, irgendwie doch beiden.«

»Wer hat dich darum gebeten?«, hakte die Charlotte streng nach. »Du weißt doch, wie Muttern reagiert, wenn sie das sieht.«

»Wird sie nicht«, meldete sich die Andrea zu Wort. »Ich habe alle Flyer von den Stehtischen eingesammelt. Ich glaube auch, dass die meisten sie gar nicht gesehen haben. Sind überall noch die Wasserflaschen draufgestanden.«

»Danke dir«, schnaufte die Charlotte durch.

Die Flora funkelte die Andrea hingegen zornig an. »Verräterin!«, zischte sie.

»Also, wer hat dir die Flyer gegeben?«

»Die Magda«, gestand die Flora schließlich. »Aber sie hat mich nicht gebeten. Ich habe es ihr freiwillig angeboten. Gestern Abend in der Turmbar.«

»Du hast ja wirklich einen Huscher. Von mir aus verteil die Dinger unten im Ort. Aber nicht hier heroben.«

»Die Mama wird schon keinen Herzinfarkt bekommen.«

»Sei dir da mal nicht so sicher. So, und jetzt lass die Flyer irgendwo auf deinem Zimmer oder im Papiermist verschwinden, sonst schmeiß ich sie selber weg.«

Wütend stampfte die Flora mit den Flyern unterm Arm davon.

»Das ist ja gerade noch einmal gut gegangen!« Die Charlotte atmete tief durch.

Die Andrea deutete auf einen Flyer, den die Charlotte noch immer in der Hand hielt. »Und was ist damit?«

»Den zeig ich jetzt mal dem Leo. Würde mich interessieren, was er dazu sagt.«

Der Leo lächelte die Charlotte nur an, als sie ihm den Flyer unter die Nase hielt. »Schönes Foto von der Elena, findest du nicht?«

Entgeistert blickte die Charlotte ihren Cousin an. »Das ist alles, was du dazu zu sagen hast?«

»Ja, was denn sonst noch?«

»Stört dich das gar nicht?«

»Du, Charlotte, ich hab da wirklich kein Problem damit. Ich weiß ja, welchen Beruf sie hat. Wir haben lange darüber gesprochen und eine Lösung gefunden.«

»Und die wäre?«

Jetzt sah der Leo die Charlotte ernst an. »Das, meine Liebe, ist eine Sache zwischen der Elena und mir. Aber ich bin mir sicher, du wirst es früher oder später schon noch herausfinden. Gibt ja nichts, was du nicht erschnüffelst.«

Damit drehte er am Absatz um und stolzierte davon. Wenigstens ein paar Schritte. Dann drehte er sich wieder zur Charlotte, schnappte ihr den Flyer weg und sagte: »Den behalt ich mir. Ich hab nämlich noch keinen, und mir gefällt das Foto wirklich.« Er ließ die Charlotte nach Luft schnappend stehen, gesellte sich zum Bürgermeister und schenkte sich ein Glas

Wein ein. Dienst hin oder her, jetzt brauchte er ganz dringend Alkohol.

Die Andrea hatte mit der Charlotte auch kein Mitleid. Hier ging es um das Privatleben vom Leo, das musste man einfach akzeptieren. Die Charlotte war ja nicht seine Mama. Als sich die Andrea auch noch zum Leo stellte, mit ihm anstieß und das zuvor unterbrochene Gespräch mit dem Bürgermeister wieder aufnahm, marschierte die Charlotte wütend stampfend in die Küche. Da konnte man gut sehen, dass die Charlotte und die Flora Schwestern waren. Sie hatten den exakt gleichen zornigen Aufstampfer, wenn sie so richtig wütend waren.

Jetzt konnte nur mehr die Omama helfen. Und ein Stück von ihrem frischen Apfelstrudel. Die Omama kannte die Charlotte gut genug. Sie sagte gar nicht viel, stellte ihr ein Stück vom noch warmen Strudel hin und strich ihr zärtlich übers Haar. »Charlottchen, nicht immer überall einmischen. Das sind alles erwachsene Leute, und du kannst nicht jeden beschützen. Am allerwenigsten vor sich selbst«, flüsterte sie ihr ins Ohr, bevor sie wieder an den Herd schlurfte, um weitere Mehlspeisen für den Heurigenbetrieb zuzubereiten.

In den Gaststuben war es nahezu leer, dafür füllten sich die Tische im Hof zusehends. Fast unmerklich vermischten sich die normalen Gäste mit den geladenen Festgästen, die sich noch nicht verabschiedet hatten. Der Frühling war gekommen und lud dazu ein, noch auf ein, zwei oder viele Achterl zu verweilen. Im Lauf des Nachmittags wurden die Stehtische unauffällig abgebaut. Der Bürgermeister hatte sich unter sein Wahlvolk gemischt, ein paar Promis waren ebenfalls geblieben. Die Schulklasse der Flora war längst gegangen, aber die Frau Professor Weber und ihr Mann waren geblieben.

Der Dr. Weber war ganz in seinem Element. Er bot den Heurigengästen freiwillig Führungen durch den renovierten Weinkeller und die Goldmann-Gedenkstätte an, denn er arbeitete seit Monaten an einem Buch über die ganze Geschichte und hatte historische Daten und Fakten ausgegraben, die auch die Charlotte noch nicht gekannt hatte. Die Gäste nahmen das Angebot gerne an, und nach der zweiten Führung musste die Charlotte sich in ihren Show-Verkaufsraum unter die Erde begeben, weil die Leute dort unbedingt ein paar Flaschen Wein kaufen wollten.

Es wurde pures Chaos. Mit einem hatte die Charlotte nämlich nicht gerechnet: Der Raum war zwar hergerichtet und bereit, Besucher zu empfangen, aber in der Hektik der letzten Tage hatte sie die elektronischen Systeme noch nicht testen können.

Und so kam es, wie es kommen musste. Die Bankomat- und Kreditkartenkassa funktionierten natürlich nicht, weil es hier, ein paar Meter unter der Erde, keinen Internetempfang gab. Wieder etwas für die Liste an Sachen, die in den nächsten Tagen und Wochen nachjustiert werden mussten. Die Leute mussten also bar bezahlen – oder mit leeren Händen nach Hause gehen. Es war die Flora, die die Charlotte darauf brachte, dass die Kunden ja auch oben im Heurigen mit ihren Karten bezahlen konnten, ein Hinweis, der den Grant der Charlotte auf ihre kleine Schwester etwas verfliegen ließ.

Gemeinsam schupften die beiden bis am Abend den Laden, und als sie gegen zwanzig Uhr den Raum schlossen, herrschte zwischen den beiden wieder Friede, Freude, Apfelkuchen.

Der erste Tag des Heurigenbetriebs war immer Anstrengung pur, die Abläufe mussten sich erst wieder einspielen. Diesmal war es besonders extrem, weil ja der neu renovierte Weinkeller auch noch dazugekommen war und niemand damit Erfahrung hatte. Die Führungen vom Professor Weber hatten die Charlotte aber auf eine Idee gebracht. Das wäre doch eigentlich eine optimale Aufgabe für den Herrn Papa. Natürlich nicht im Dauermodus, so wie es der Dr. Weber getan hatte. Aber zwei oder drei Mal am Tag sollten schon drinnen sein.

Wenn sie sich da nur mal nicht geschnitten hatte. Der Herr Papa war nämlich derzeit mit ganz anderen Sachen beschäftigt.

Das schnallte die Charlotte aber erst am nächsten Morgen, als sie den Herrn Papa beim Frühstück auf die Idee ansprechen wollte.

»Tut mir leid«, lehnte der Herr Papa freundlich, aber bestimmt ab. »Heute ist Sitzung des Weinbauvereins, und wie du sicher weißt«, dabei sah er sie streng an, »steht da die Wahl des neuen Vorsitzenden am Programm. Dank der Geschichte mit dem alten Zaitler habe ich da jetzt einen Mitleidsbonus und werde es wohl werden. Dabei wollte ich den Posten nie.«

»Ist doch eh super!« Die Charlotte schluckte ihre Enttäuschung über die Absage des Herrn Papa tapfer runter. »Dann hast du mehr Einfluss, und ich muss mich nicht mehr mit den anderen Heurigen anlegen, wenn ich was Neues durchsetzen will.«

»Schätzchen«, sagte der Herr Papa streng, »so wird das nicht laufen. Gerade wenn ich Vorsitzender werden sollte, wird es für dich oder für uns keine Extrawürstel geben. Ich werde mir sicher keine Vetternwirtschaft vorwerfen lassen.« Die Charlotte nickte stumm. Na gut, dann eben nicht. Aber sie würde den Herrn Papa schon noch irgendwie um den Finger wickeln.

Nach dem Frühstück verabschiedete sich der Herr Papa, um sich auf den Weg zur Sitzung zu machen. Er hatte sich sogar extra in seinen blauen Weinhauer-Janker geworfen. Da wusste die Charlotte schon, dass er vorhin gelogen hatte, als er meinte, an dem Posten wäre ihm nichts gelegen. Wäre das wirklich so gewesen, dann hätte er das seine Kollegen spüren lassen und wäre im Arbeitsgewand oder so bei der Sitzung angetanzt. Aber wer konnte es ihm verdenken? Nach vielen, vielen Jahren würde dieser wichtige Posten endlich von jemandem außerhalb der Zaitler-Familie bekleidet werden. Und so gut kannte sie ihren Herrn Papa auch, dass er die Sache natürlich ganz anders handhaben würde als der alte Zaitler. Sie verstand aber auch, dass er sich vor allem zu Beginn auf keinen Fall den Eindruck von Vetternwirtschaft vorwerfen lassen wollte.

Die Frau Mama schupfte ihr im Vorbeigehen die aktuellen Tageszeitungen auf den Frühstückstisch. Die Andrea war bereits in die Arbeit gefahren, die Flora und der Noah waren in der Schule. In ein paar Stunden öffnete der Heurige, da war noch einiges an Arbeit zu erledigen. Bevor sich die Charlotte daranmachte, warf sie einen kurzen Blick in die Zeitungen. Und bekam große Augen.

Auch in den überregionalen Tageszeitungen war der Mord an Dirk Schuster noch immer ein Thema. Nein, eigentlich DAS Thema. Im Lokalteil wurde der Geschichte meist eine ganze Seite gewidmet. In manchen Fällen sogar eine Doppelseite. Eines der Revolverblätter hatte – eh klar – im Privatleben vom Schuster herumgeschnüffelt. Also, eigentlich nahm die Charlotte an, dass es alle Revolverblätter getan hatten, aber nur eines war auch tatsächlich auf Gold – oder in diesem Fall wohl besser Öl – gestoßen. Unter dem Titel »Die Schöne und das Umweltbiest« hatte das Blatt Unfassbares zu vermelden.

Im Fall des Mordes an ÖL-Chef Dirk Schuster wurden der »Rund um die Uhr«-Redaktion neue Informationen zur privaten Vergangenheit des Mordopfers zugespielt. Wie uns eine vertrauliche Quelle (Name der Redaktion bekannt) verriet, war Schuster Vater einer unehelichen Tochter. Das Interessante daran: Deren Mutter soll niemand anderer sein als Gina Blauensteiner, Perchtoldsdorfer Gemeinderätin der UPÖ. Da stellt sich doch die Frage, wie eine Umweltschützerin und ein Klimawandelleugner und Verteidiger fossiler Rohstoffe zusammenpassen? Die beiden sollen bereits seit Jahren getrennt sein, zuletzt aber wieder häufiger Kontakt gehabt haben. Dabei soll es um die Fracking-Pläne der ÖL im Wienerwald gegangen sein. Selbstredend, dass Frau Blauensteiner und Herr Schuster dabei diametral gegensätzliche Ansichten hatten … Oder war das alles nur Show? Wie ernst ist es Frau Blauensteiner mit dem Umweltschutzgedanken tat-

sächlich? Die gemeinsame Tochter ist mittlerweile neun Jahre alt, Frau Blauensteiner war für einen Kommentar nicht erreichbar.

Eine andere Zeitung, »Heimatland«, hatte zwar nicht die Geschichte mit der gemeinsamen Tochter erschnüffelt, aber spekulierte dennoch ausführlich, dass es sich bei dem Mörder um jemanden aus dem Dunstkreis radikaler Umweltschützer handeln könnte.

Der Mord an Dirk Schuster, dem Leiter von ÖL, könnte laut polizeiinternen Informationen ein politisch motiviertes Attentat gewesen sein. Dabei sollen derzeit vor allem radikale Umweltschützer im Visier der Polizei stehen. Genauere Details waren aus ermittlungstechnischen Gründen nicht zu erfahren. Es ist allerdings zu hören, dass die Fracking-Pläne (mehr dazu im Kasten rechts) von Schuster und der ÖL nicht überall auf Begeisterung stoßen. Das Thema »Fracking« ist hierzulande noch neu, weil bisher – auch von der ÖL – immer wieder auf die umweltgefährdenden Nebeneffekte verwiesen wurde. Tatsächlich dürfte der Grund aber gewesen sein, dass bisher nur eher bescheidene Vorkommen an Schiefergas entdeckt wurden.
Das allerdings soll sich in den letzten Monaten dramatisch geändert haben. Laut geologischen Gutachten (die »Heimatland« exklusiv vorliegen) vermuten Experten unter dem Wienerwald enorme Vorräte an Schiefergas, die sowohl die Gasversorgung Österreichs für Jahrzehnte sichern könnten als auch große Exportgewinne erwarten ließen. Anonyme ÖL-Quellen berichten, dass Schuster davon geträumt habe, in Sachen Erdgas zu einem europaweiten Player aufzusteigen. Die niederösterreichische Landesregierung hat sich dazu bisher nur sehr zurückhaltend geäußert. Außer Standardsätzen wie »Kommt

bei uns nicht in Frage« oder »Würden wir so etwas planen, würden wir die Öffentlichkeit davon natürlich in Kenntnis setzen« war aus dem Büro des Landeshauptmanns nichts zu erfahren.

Im Wahlkampf vor den jüngsten Regionalwahlen im Bundesland war Fracking kaum ein Thema, lediglich die UPÖ hatte es auf der Agenda. Recherchen von »Heimatland« haben aber ergeben, dass bereits in den nächsten Tagen die ersten Probebohrungen im Wienerwald starten sollen. Das niederösterreichische Umweltamt hat dafür bereits grünes Licht gegeben. Sollte sich dies bewahrheiten, dann wäre dies ein Schlag ins Gesicht der Bevölkerung, die bislang über dieses Thema überhaupt nicht aufgeklärt wurde.

Wir von »Heimatland« sagen: Schiefergas, nein danke! Wie stehen Sie dazu? Nehmen Sie an unserer Online-Abstimmung teil!

Na bumm. Hatte der Leo davon gewusst, oder wieso hatte er ihr nichts erzählt? Die Fracking-Geschichte hatte sie ja eh direkt von der Gina erfahren, und jetzt verstand sie auch die Andeutungen, die die UPÖ-Gemeinderätin gemacht hatte. *Wenn* der »Heimatland«-Bericht stimmte (zugegeben, ein sehr großes Wenn, denn die Zeitung galt gemeinhin, außer beim Privatleben von B- und C-Promis, als die unzuverlässigste Quelle in ganz Österreich), dann war klar, dass im Büro des Landeshauptmanns auf Biegen und Brechen gelogen worden war. Gut, das war jetzt wirklich nichts Neues oder Überraschendes in der Politik, machte die Sache aber nicht besser. Was die Charlotte wirklich schockierte, war die Meldung, dass die Gina eine uneheliche Tochter mit dem Schuster hatte. Oder angeblich hatte. Davon hatte die Gina bislang nämlich nichts erzählt. Sie hatte ja sogar abgestritten, den Schuster auch nur näher zu kennen.

SECHS

Als der Rest der Familie am Nachmittag von Arbeit und Schule heimkam, war vom Herrn Papa noch immer weit und breit nichts zu sehen. Was irgendwie seltsam war, denn normalerweise war der Herr Papa eigentlich kein »Ziaga«. Also, in seiner Jugend schon, aber nachdem dann die Kinder gekommen waren …

Die Charlotte machte sich Sorgen, dass er die Wahl vielleicht doch nicht gewonnen hatte und deshalb seinen Frust, den er daheim natürlich nicht zeigen wollte (weil, männlicher Stolz), im Alkohol zu ertränken versuchte. Irgendwie verständlich, aber eine saublöde Idee. Sorgen können ja schwimmen.

Egal, kurz vor achtzehn Uhr schnappte sie sich die Andrea und begann, die offenen Heurigen abzuklappern. Fündig wurden sie schließlich bei einem, der eigentlich nicht geöffnet hatte. Beim Winterbauer war »geschlossene Gesellschaft«, was jetzt nicht so verwunderlich war, hatte dort doch die Weinbauvereinssitzung und Wahl zum neuen Obmann stattgefunden. Von drinnen drang Lärm bis hinaus auf die Straße. Beim Vorbeigehen wurden die Charlotte und die Andrea hellhörig. Da schien ja einiges los zu sein!

Die Charlotte schaute auf die Uhr. Eigentlich hätte die Sitzung doch schon längst vorbei sein sollen. Was für eine Party ging da drinnen also ab? Sie probierte die Klinke des großen Einfahrtstors. Es war nicht abgesperrt. Sie stemmte das schwere Tor auf, und sofort wurde der Lärm noch lauter. Jetzt pfiff sie auf jede Zurückhaltung und zerrte die Andrea hinter sich in den schlauchartigen Innenhof, der typisch war für die Heurigenlokale in der lang gezogenen und gewundenen Hochstraße. Das nur wenige Meter weit entfernte Grundstück vom alten Zaitler hatte einen ganz ähnlichen Grundriss.

Die Wände des Innenhofs waren mit wildem Wein bewachsen. Gleich rechts ging es in die erste Gaststube, weiter hinten erstreckte sich der Gastgarten den sanften Hügel hinauf bis zur nächsten Quergasse und bot Platz für viele durstige Kehlen.

Ein Blick durchs Fenster der ersten Gaststube reichte, um zu erkennen, dass drinnen ausgiebig gefeiert wurde. Und mittendrin war der Herr Papa. Er stand auf einem der Tische und hob sein Glas zu einem Trinkspruch.

»Komm, gehen wir wieder«, flüsterte die Charlotte zur Andrea. »Lassen wir ihn den Moment genießen. Hat er sich auch mal verdient.«

Ein bisschen verwundert war die Charlotte aber schon. Klar, die Weinbauern wussten schon, wie man feierte. Trinkfest musste jeder sein, sonst hatte er den Beruf verfehlt, aber gleich so ausgelassen?

Ein bisschen komisch mutete die Feier da drinnen schon an. Fast wie ein verspätetes Jubelfest zum Ableben des Herbert Zaitler, eine Art Tanz auf seinem Grab. Vielleicht hatte die ganze Zaitler-Geschichte schon seit Jahren unter der Oberfläche gebrodelt, und jetzt war man einfach froh, dass man den alten Idioten endlich los war? Die Charlotte fragte sich, wieso die Winzer nicht schon vorher etwas dagegen unternommen hatten. War ja nicht so, dass der Job des Vereinsvorsitzenden bis ans Lebensende vergeben wurde. Ja, in der Nazizeit hatte sich die Zaitler-Familie durch ihre guten Verbindungen nach oben quasi an die Macht geputscht. Und sie seit damals nicht mehr abgegeben. Das hatte die Charlotte vor ein paar Monaten herausgefunden, als sich die Familie Zaitler praktisch gegenseitig aus dem Leben befördert hatte. Aber das war doch schon lange vorbei? Oder gab es da noch mehr, aktuellere Geheimnisse, auf denen der Zaitler gesessen war und die er als Druckmittel benutzt hatte? Schließlich zuckte sie mit den Schultern, drehte sich um und verließ den Heurigen wieder.

Inzwischen war es bereits Abend geworden. Die Charlotte rief kurz daheim an und gab Entwarnung, was den Herrn Papa betraf. Dann hängte sich die Andrea bei der Charlotte ein und schob sie direkt auf die Turmbar zu.

Die Charlotte lächelte. »Um die Uhrzeit schon?« Ein Blick auf die Uhr zeigte, dass es erst knapp nach acht Uhr war.

Jetzt war es die Andrea, die mit den Schultern zuckte und dabei einen Unschuldsblick aufsetzte, dem man beziehungsweise frau einfach nicht widerstehen konnte.

»Warum nicht? Ich muss morgen arbeiten. Also besser früher anfangen und dafür auch zeitiger ins Bett.«

Die beiden staunten nicht schlecht, als sie in der Bar die Flora und den Noah trafen. Die beiden waren – noch – die einzigen Gäste. Sie saßen an der Bar über einen Haufen Zettel gebeugt, der Mario vor ihnen putzte die Gläser und sah alle paar Sekunden auf die Uhr. Mit einer Sehnsucht, die nur einen Schluss zuließ ... Und, tataaa! Kaum war die Tür hinter der Charlotte und der Andrea zugefallen, ging sie auch schon wieder auf, und die Renate Obermayer stand in ihrer vollen Pracht im Türrahmen. Was in ihrem Fall bedeutete: wallende rote Mähne (klischeehafter ging es kaum), beiger Trenchcoat und schwarz bestrumpfte Beine in sündteuren Manolos, die sie sich bei ihrem Kurztrip nach New York zur Met direkt an der Quelle besorgt hatte. Sie war am Sonntag früh kurz nach dem Zombieball (quasi direttissima zum Flughafen) losgeflogen und heute wieder zurückgekehrt.

Die Charlotte verdrehte die Augen. Sie konnte sich schon vorstellen, was die Renate unter ihrem filmreifen Mäntelchen trug (nichts) und weshalb sie schon zu so früher Stunde bei ihrem Loverboy einfiel (um eben Love zu machen). Weil, drei Tage ohne den Mario, das war schon schwer zu verkraften ...

Nicht zum ersten Mal aber verschwanden alle Gedanken daran wenigstens für ein paar Minuten, sobald sie die Charlotte und die Andrea sah. So auch diesmal. Für den Mario fiel nur ein kurzes Küsschen ab und die Anweisung, sich doch bitte um eine Aushilfe zu kümmern, schließlich habe sie etwas später noch was mit ihm zu »besprechen«. Dem Mario konnte man jetzt immerhin hoch anrechnen, dass er bei dieser Ansage vor Publikum nicht hochrot im Schädel wurde, sondern stattdessen umgehend die Elena anrief und sie bat, für eine Stunde in die Bar zu kommen. Jetzt ging das ja noch, weil das Pleasure Island noch nicht geöffnet hatte und die Elena noch relativ frei verfügbar war. Wenn sie nicht gerade der Leo in der Mangel hatte oder sie ihn. Klar, die Andrea wäre natürlich auch eingesprungen, aber nach der Aktion beim Ball vertraute ihr der Mario nicht mehr, was den Umgang mit seinen Alkoholika anging.

Die Renate fiel zuerst dem Noah, ihrem Ziehsohn, um den Hals, kniff ihm in die Wange und herzte dann die Flora. Zum Schluss waren die Andrea und die Charlotte an der Reihe, wobei Letztere am längsten geherzt wurde.

Die Renate hatte tausend Fragen. Hätte sie in diesem Moment einen Herzinfarkt erlitten, hätte man ihr Mundwerk noch extra erschlagen müssen, damit sie endlich still war. Sie wollte als Erstes wissen, wie die Eröffnung der Goldmann-Gedenkstätte verlaufen war, aber gleich darauf plapperte sie auch schon wieder über ein ganz anderes Thema. Im Maschinengewehrtempo berichtete sie dann von ihrem Kurzbesuch in New York und wie toll man dort shoppen konnte (obwohl sie ja eigentlich beruflich dort gewesen war), und zu guter Letzt kam sie endlich auf ihr Hauptanliegen zu sprechen. Nämlich, wie weit die Charlotte schon mit den Vorbereitungen auf das »Frühlingserwachen« sei.

Damit erwischte sie die Charlotte freilich am falschen Fuß. Das sogenannte Frühlingserwachen fand alljährlich in einem anderen Weinort der Thermenregion statt, dabei kamen Winzer aus der ganzen Region und präsentierten ihre neuen Weine. Dazu gab es Musik oder eine andere kulturelle Untermalung. Es war dezidiert nicht als herkömmliches Weinfest gedacht, wo man sich einfach die Kante gab (was aber auch nicht zu verhindern war). Ausgesucht wurden nämlich besonders idyllische Schauplätze, und dieses Jahr war die Wahl auf die Perchtoldsdorfer Heide gefallen.

»Wieso fragst du?«, versuchte sich die Charlotte rauszureden. Sie hatte nämlich noch gar nichts vorbereitet. »Und überhaupt: Was hast du damit zu tun?«

Die Renate grinste frech. »Tja, was hat die gute Renate wohl damit zu tun? Vielleicht hat mich dieser mysteriöse Graf angesprochen und gefragt, ob ich nicht auch etwas beisteuern könnte?«

»Der Graf?«, fragte die Charlotte überrascht. »Wie ist er auf dich gekommen? Und was hat der überhaupt damit zu tun?«

Das Grinsen der Renate wurde breiter. »Das würdest du gerne wissen, gell?« Im Hintergrund wurde der Hals vom Mario immer länger. Diese Nachricht schien auch für ihn neu zu sein.

Irgendwie wurde die Charlotte aus der Beziehung zwischen der Renate und dem Mario nicht schlau. Rein körperlich ging da ja jede Menge, aber was lief sonst noch zwischen den beiden? Das war einer der wenigen Punkte, zu denen die Renate schwieg wie ein Grab. Die regelmäßigen Sex-Dates in der Turmbar (beziehungsweise der darüberliegenden Privatwohnung vom Mario) waren Hinweis genug, dass die beiden auf jeden Fall noch nicht zusammengezogen waren. Aber sonst?

»Jetzt rück schon raus«, meinte die Charlotte schließlich genervt. »Und du«, dabei wandte sie sich an den Mario, »schau nicht so doof und mach mir einen Cuba.«

»Mir auch«, schloss sich die Andrea an.

»Für mich einmal Sex on the Beach«, orderte die Renate mit einem theatralischen Augenaufschlag.

»Klar, aber du weißt, den Strand …«, antwortete der Mario.

»… kannst du mir nicht bieten. Ich weiß«, hauchte die Renate zurück. Ein saublöder Spruch, der schon beim ersten Mal bei der Renate gezogen hatte. Damals, vor knapp einem Jahr, als die Charlotte die gerade erst ein paar Stunden verwitwete Renate Obermayer zum ersten Mal in die Turmbar geschleppt und sich die Witwe und der Barbesitzer Hals über Kopf ineinander verknallt hatten.

»Oida!«, schnaufte die Flora, schnappte sich den Packen

Zettel, den sie vor sich auf der Bar liegen hatte, und wechselte den Platz. Der Noah trabte wie ein abgerichtetes Hündchen hinterher.

Noch so ein Paar, aus dem die Charlotte nicht schlau wurde. Wo war denn heute die Inaaya? Wieso hing der Noah jetzt wieder mit der Flora herum? Und was für Zettel hatten die beiden da? Sie hatten hoch konzentriert über diesen Zetteln gebrütet, aber die Charlotte glaubte nicht, dass es sich dabei um Lernunterlagen handelte.

»Erde an Charlotte! Erde an Charlotte!«, wurde sie von der Renate aus ihren Gedanken gerissen.

»Hm?«

»Da hast!« Und damit drückte ihr die Renate den bestellten Cuba Libre in die Hand.

»Danke«, antwortete die Charlotte artig. »Und jetzt rück schon raus. Was hat der Graf mit der ganzen Sache zu tun?«

Die Renate nahm einen großen Schluck von ihrem Cocktail, bevor sie endlich die Neugier der Charlotte befriedigte. »Also«, setzte sie bedeutungsschwanger an, »dem Grafen gehört ja das Stück Heide, auf dem das Frühlingserwachen gefeiert werden soll.«

»Wie? Ihm gehört ein Stück der Heide? Das ist doch Naturschutzgebiet. Außerdem wäre mir doch aufgefallen, wenn es dort auf einmal Privatbesitz gäbe«, entgegnete die Charlotte.

»Die Heide ist schon geschützt, aber nicht die Teile, die rund um das Schlösschen des Grafen liegen. Als er vor ein paar Jahren hierhergezogen ist und das Familienschloss zu renovieren begann, hat man in alten Grundstückseinträgen herausgefunden, dass zu dem Schloss auch Grund gehört. Eigentlich eh klar. Die Gemeinde hätte ihn dem Grafen abkaufen müssen, aber so viel Geld konnte oder wollte man nicht investieren. Weil er aber kein Unmensch ist, hat man sich darauf geeinigt, dass der Graf sein Grundstück nicht weiter verbaut und die Öffentlichkeit weiter ganz normal Zugang hat. Im Gegenzug hat sich der Bürgermeister beim Landeshauptmann dafür eingesetzt, dass die

Renovierungsarbeiten am Schloss von der öffentlichen Hand ein wenig subventioniert werden.«

»Und das hat der Graf dir so einfach erzählt?«

»Ja, wieso nicht? Er ist ja ein Freund der schönen Künste, wie man so sagt, und da sind wir bei einem Empfang in der Oper ins Reden gekommen. Wie auch immer, ihm war dieser Deal damals nur recht. Er hat ja nicht wirklich vorgehabt, seinen Teil der Heide zu verbauen oder ein paar Wohnhäuser draufzustellen. Ganz im Gegenteil. Er ist froh, wenn er da oben seine Ruhe hat. Auf jeden Fall hat er bei unserem Treffen die gelungene Veranstaltung in der Oper bewundert und nicht schlecht gestaunt, als ich ihm erzählte, dass das von mir beziehungsweise meiner Agentur organisiert wurde.«

»Jetzt ist mir aber noch immer nicht klar, was du mit dem Frühlingserwachen zu tun hast.«

»Ist doch ganz einfach. Der Graf hat der Gemeinde seinen Teil der Heide inklusive des Schlossinnenhofs als Event-Location für das Frühlingserwachen zur Verfügung gestellt. Natürlich gratis. Im Gegenzug wollte er nur die Zusage, dass er sich um das kulturelle Angebot bei dem Fest kümmern darf.«

Langsam dämmerte es der Charlotte, woher da der Wind wehte. »Und damit hat er dich beauftragt?«

Die Renate nickte enthusiastisch. »Ja, anscheinend hat er Angst, dass die Gemeinde zu knausrig ist und einfach irgendeine Humptata-Band bestellt.«

»Hast du so was nicht auch im Programm?«

Die Renate überlegte kurz. »Hm, doch, könnte schon sein. Aber das würde nicht dem Auftrag des Grafen entsprechen. Er will Hochkultur – unter anderem halt. Natürlich muss auch ein bisschen breitenwirksame Unterhaltung dabei sein. Aber sonst: Klassik. Ein bisschen Nachwuchs und einen richtigen Star.«

»Und?«

»Na ja, das habe ich ihm auch besorgt. Einen Teil des Programms werden die Schüler der Musikhochschule Wien bestreiten. Die kosten nicht viel, haben einiges drauf und decken ein großes Spektrum ab. Vom Chor bis zum Cello-Quartett haben die alles im Programm. Damit bekommen wir einen Nachmittag schön bespielt. Am Abend wird dann die Julijana Michailowitsch im Schlosshof unter freiem Himmel ein Konzert geben.«

»Die Michailowitsch?« Die Charlotte war baff. Sie hatte ja mit klassischer Musik, Oper und so Zeug eigentlich nichts am Hut. Aber die Michailowitsch kannte man auch als größter Ignorant. Wenngleich mehr aus den Gesellschaftsspalten der Zeitungen als von Konzerten. Akustisch hatte die Charlotte noch nie einen Unterschied zwischen einer Opernarie und einem heulenden Schlosshund erkennen können. »Ist die auch bei dir unter Vertrag?«

Die Renate schüttelte bedauernd den Kopf. »Nein. Na ja, noch nicht. Ich bin gerade dabei, sie anzubaggern, ob sie nicht ihre Agentur wechseln will.«

Die Charlotte sah ihre Freundin scharf an. »Hatte dein Kurztrip nach New York damit zu tun?«

»Gut kombiniert, Sherlock. Die Michailowitsch ist zwar in Europa ein Star, in Österreich sogar weltberühmt, wie man so schön sagt, aber bei den Amerikanern ist ihr bislang noch nicht der große Durchbruch gelungen.«

»Und du kannst ihr dabei helfen?«

Die Renate zuckte mit den Schultern. »Ich habe Kontakte in die ganze Welt. Und in der New Yorker Met arbeitet eine alte Studienkollegin von mir als Oberspielleiterin. Ich habe die Mary-Ann während meines Auslandsjahres an einer amerikanischen Uni kennengelernt. Und weil wir beide beruflich in dieselbe Richtung gegangen sind, haben wir den Kontakt auch nie so richtig abreißen lassen. Weil ich bisher aber kaum Opernsängerinnen bei mir im Repertoire hatte, hat sich auch nie die Möglichkeit zu einer Zusammenarbeit ergeben.«

»Du meinst wohl, die Möglichkeit auf einen Deal.«

»Ja, whatever. Geschäft ist Geschäft.« Die Renate lächelte.

»Der Deal, wie du so schön sagst, ist der, dass die Michailowitsch zu mir wechselt, wenn ich ihr zumindest einen Gastauftritt an der Met vermitteln kann.«

»Und? Kannst du?«, fragte die Andrea neugierig. Die Renate machte eine vieldeutige Miene und hob ihr Glas zum Anstoßen.

»Aber wie können wir uns hier so einen Star leisten? Ich mein, ich kenne das Budget für das Frühlingserwachen ein wenig, und ich kann mir nicht vorstellen, dass die Michailowitsch hier unter einem fünfstelligen Betrag anwackelt.«

»Ach, da mach dir mal keine Sorgen«, wischte die Renate die Sorgen der Charlotte weg. »Ist alles im ›Deal‹ inkludiert. Die Michailowitsch singt gratis. Quasi als Dankeschön für die Vermittlung des Engagements an der Met. Ende der Woche unterschreibt sie den Agenturdeal bei mir, und dann ist alles in trockenen Tüchern.«

»Ich nehme an, der Graf ist glücklich?«

»Aber natürlich! Er bekommt seine Hochkultur nicht zum Diskontpreis, sondern sogar praktisch fast umsonst. Den Musikschülern zahlen wir einen Bus, der sie am Tag der Veranstaltung aus Wien holt und dann wieder zurückbringt. Plus eine kleine Spende für die Schulkassa. Die Michailowitsch hat sich lediglich ausbedungen, dass sie eine Nacht im Schloss verbringen darf. Wenn du geglaubt hast, dass die Theaterschauspieler einen Huscher haben, liebe Charlotte, dann musst du mal die Opernstars kennenlernen. Die Michailowitsch hält sich für eine wiedergeborene russische Prinzessin. Und klar, da will man natürlich in einem Schloss residieren.«

»Was sagt der Graf dazu?«

»Der hat damit kein Problem. Das Schloss hat ja genug Gästezimmer.« Damit leerte die Renate ihr Glas und bekam vom Mario umgehend ein neues hingestellt. Dabei war es gar nicht notwendig, die Renate betrunken zu machen. Die war ohnehin scharf wie Nachbars Lumpi. »Jetzt aber zu dir, du hast mich lang genug ausgefratschelt. Also, wie weit bist du mit deinen Vorbereitungen?«

Die Charlotte schluckte kurz. Andererseits: Was ging es die Renate schon groß an? Also egal. »Noch nicht sehr weit. Das Frühlingserwachen hatte bislang keinen großen Stellenwert bei uns. Ich bin da heuer zum ersten Mal so richtig involviert. Letztes Jahr haben wir überhaupt ausgelassen. Was soll ich denn schon groß vorbereiten? Die Festzelte werden alle aufgestellt, die Infrastruktur auch. Ich muss eigentlich nur unseren Wein anschleppen.«

Die Renate schüttelte den Kopf. »Charlotte, Charlotte … So einfach ist es auch nicht. Hast du dir schon überlegt, dass es auch darauf ankommt, welchen Platz man hat?« Nö, hatte sie natürlich nicht. Das war halt der Nachteil, wenn man sich zehn Jahre lang einen Dreck um den Familienbetrieb geschert hatte. Es war halt doch nicht mehr alles so, wie man es von früher gekannt hatte. »Also«, fuhr die Renate fort, »wenn ich dich recht verstehe, kennst du wahrscheinlich noch nicht einmal den Ausstellerplan?«

Jetzt schüttelte die Charlotte den Kopf. Ja, da war vor ein paar Wochen ein Informationsmail von der Gemeinde gekommen, und wenn sie sich nicht ganz täuschte, dann war da auch von Standreservierung die Rede gewesen, aber sie hatte sich nicht weiter darum gekümmert, einfach nur ein Retourmail mit »Ja, ich will« (oder so ähnlich) geschickt und sich dann wieder ihrem neuen Weinkeller gewidmet. Was konnte schon so kompliziert daran sein, einen vernünftigen Stand bei einem Weinfest zu bekommen?

Offenbar recht viel.

Jetzt war wieder die Renate an der Reihe, den Kopf zu schütteln. Sie schnappte sich ihr Handy, tippte kurz darauf herum und wandte sich dann dem Mario zu. In der Zwischenzeit war auch die Elena eingetroffen, um den Mario vorübergehend von seinen Barmix-Aufgaben zu befreien. So schnell konnten die Charlotte und die Andrea gar nicht schauen, da waren der Mario und die Renate auch schon durch die Hintertür abgerauscht und hatten sich einen Stock höher verzogen.

Na gut, dann würde sich die Charlotte mal um ihr kleines Schwesterherz kümmern. Sie ließ sich von der Elena die Luft in ihrem Glas durch eine neue Füllung Alkohol ersetzen und marschierte schnurstracks an den kleinen Tisch, an den sich die Flora und der Noah zurückgezogen hatten.

»Na, was haben wir denn da?«, fragte sie extra jovial. Die Flora und der Noah hatten nicht gemerkt, wie sich die Charlotte förmlich an sie angeschlichen hatte. Da hätte der alte Winnetou von ihr noch was lernen können. Aber wirklich! Die Charlotte fand, dass die beiden ertappt ausschauten, wie zwei Verbrecher auf frischer Tat. Ihre kleine Schwester hatte noch halbherzig versucht, den Packen Zettel verschwinden zu lassen, aber da hatte sich die Charlotte bereits zu ihnen an den Tisch gefläzt.

»Lass mal sehen«, forderte sie ihre Schwester forsch auf. Sie schob die Arme, die die Flora beschützend über die Zettel gelegt hatte, einfach zur Seite. Die Charlotte verstand gar nicht, warum die Flora das so geheim halten wollte. Okay, dadrauf war eine scharfe Blondine mit zwei Ponyschwänzen links und rechts zu sehen, in Rosa und in Blau. Unter einem Auge war ein schwarzes Herzchen aufgemalt, die Lippen waren blutrot gefärbt. Die Blondine trug ein weißes Longsleeve-Shirt mit der Aufschrift »Daddy's lil' Monster«, darunter ein höchstens zehn Zentimeter breites Höschen mit Nietengürtel, der Rest der Beine steckte in Netzstrümpfen. In einer Hand hielt sie einen Baseballschläger, zwischen ihren Lippen waren die Ansätze einer Kaugummiblase zu erahnen. Ganz offensichtlich eine Comicfigur, aber natürlich hatte die Charlotte keinen Tau, wer das sein sollte.

Die Flora sah ihre Schwester von der Seite abwartend an. Kam da ein Donnerwetter, oder doch nicht?

»Und? Was ist daran so schlimm, dass du das Bild vor mir verstecken musst?«, fragte die Charlotte endlich erleichtert. Sie hatte sich weiß Gott was vorgestellt, was die beiden da heimlich trieben. »Wer ist das überhaupt?«

»Harley Quinn«, antwortete die Flora einsilbig. Sie wusste, dass sie aus der Sache noch nicht heraußen war.

»Ein Kasperl? Na ja, jedem das seine. Aber wieso versteckst du die Bilder vor mir? Ich meine, gerade vor MIR? Ich verstehe schon, dass man auch als Frau auf eine andere Frau stehen kann.«

»Ach, Charlotte!«, fuhr die Flora ihre Schwester an. »Kannst du immer nur an so etwas denken? Wer sagt, dass ich auf die stehe?«

»Na ja, ich dachte halt«, meinte die Charlotte ungewohnt defensiv. »Warum solltest du die Bilder sonst vor mir verstecken?«

»Vielleicht, weil es eine Überraschung werden soll?«

»Überraschung? Für mich?«

Jetzt explodierte die Flora. »Für dich? Für dich? Immer nur du, du, du! Hast du schon mal überlegt, dass es neben dir auch noch jemand anderen gibt? Mich zum Beispiel? Nein, große Schwester. Das hat ausnahmsweise mal überhaupt nichts mit dir zu tun. Das sind Vorlagen für ein Kostüm, das ich mir selbst schneidern will. Der Noah und ich gehen nämlich auf diese große Comic-Messe, die in ein paar Wochen zum ersten Mal in Wien stattfindet, und da wollen wir uns stilgerecht verkleiden. So wie es alle anderen halt auch machen.«

Der Blutdruck der Charlotte stieg mit einem Mal ins Unermessliche. Nicht weil die Flora sie so angefahren hatte (okay, ja, schon auch ein wenig deshalb, weil, so wenig Respekt von der Jugend war schon eine Schande), sondern weil ihr das Kostüm für ihre kleine Schwester einfach viel zu sexy war. Wenn eine erwachsene Frau das trug, okay, auf ihre eigene Verantwortung. Aber das sechzehnjährige Schwesterchen? Sicher nicht!

»Sicher nicht«, sagte die Charlotte laut und ein ganz klein wenig hysterisch. »Was glaubst du denn, wo wir sind? Mit dem Kostüm kannst dich ja gleich auf die Straße stellen und auf Kundschaft warten.« Gut, das war jetzt nicht nur ein klein wenig übertrieben, sondern auch so laut gesagt, dass die Elena und die Andrea nun ebenfalls ums Eck kamen, um zu schauen, was da los war.

»Neuer Berufswunsch?«, fragte die Elena die Flora schmunzelnd. Die Tschechin war so was von schmerzbefreit, was ihren Job anging, dass es fast schon wehtat. Vor allem, wenn sie zu fortgeschrittener Stunde an der Bar eine Diskussion mit einer Feministin führte. Aber egal, das war die Sache der Elena. Jedem Tierchen sein Pläsierchen.

Die Flora ignorierte die Elena, stattdessen stach ihr Blick in die Augen der großen Schwester. »Kann schon sein«, antwortete sie wütend, »vielleicht wäre das ja die einzige Möglichkeit, der Frau Charlotte zu beweisen, dass ich kein kleines Kind mehr bin.«

»Jetzt reicht's …«, brauste die Charlotte auf. Gerade noch rechtzeitig konnte die Andrea zwischen die beiden gehen, sonst hätte wohl niemand garantieren können, dass es nicht zu Handgreiflichkeiten gekommen wäre.

»Lass mal sehen«, murmelte die Andrea zur Flora, legte ihr den Arm um die Schulter und drückte sie wieder in ihren Sessel. »Ah, die Harley Quinn. Na, da hast du ja einiges an Arbeit vor dir. Wobei, das Shirt bekommst du sogar im Geschäft oder online. Das kannst du ja gar nicht selbst schneidern. Aber meinst du nicht auch, dass du vielleicht ein bisschen zu klein dafür bist? Also, ich meine nicht zu jung, sondern wirklich körperlich zu klein? Auf die fehlen dir doch locker zehn Zentimeter?«

»So what? Ich will ja nicht als Klon von ihr gehen. Das Kostüm soll nur möglichst echt ausschauen.«

»Und du, Noah?«, fragte die Andrea.

Der Noah hatte sich bislang aus der Diskussion rausgehalten und war mit seinem Sessel unmerklich Zentimeter um Zentimeter vom Tisch weggerutscht. Zwischen die beiden Nöhrer-Furien wollte er nun wirklich nicht geraten. Da konnte man nur verlieren.

»Ich?«, fragte er ertappt.

Die Andrea sah sich theatralisch um. »Muss wohl dich gemeint haben, ich sehe hier sonst keinen anderen Noah.«

»Na gut. Ich gehe als Joker.«

»Jared Leto, Heath Ledger oder Joaquin Phoenix?«

Die Augen vom Noah leuchteten auf. Die Andrea war halt schon klasse. Die hatte wenigstens noch Ahnung von Popkultur. Mit der konnte man reden. »Heath Ledger«, antwortete er stolz. »Der Leto hat mir den Joker zu prollig angelegt, und der Phoenix hat mir zu ›normal‹ ausgeschaut, wenn du verstehst, was ich meine.«

»Mhm, verstehe ich«, nickte die Andrea anerkennend. »Lass mal sehen.« Der Noah zog ein paar Bilder mit seinem geplanten Kostüm hervor. »Das wird auf jeden Fall schwieriger als die Harley Quinn. Das Kostüm von der könntest du sogar im Internet bestellen«, meinte die Andrea zur Flora.

»Hallo?«, meldete sich nun wieder die Charlotte, die einfach ins Abseits gedrängt worden war. »Ich bin auch noch da? Und ich sagte, auf keinen Fall.«

»Ja, eh, Schatzi«, meinte die Andrea, ohne sich umzudrehen. »Zum Glück bist du nur ihre Schwester und nicht ihre Mama, obwohl …« Ja, da hatte sich die Andrea jetzt selbst ins Eck geredet, denn die Frau Mama würde wohl ähnlich reagieren wie die Charlotte. Wenn nicht sogar schlimmer.

»Weiß die Mama schon davon?«, hakte die Andrea bei der Flora nach. Die verneinte mit einem Kopfschütteln und einem Anflug von Panik in den Augen. »Gut, dann lassen wir es dabei. Wenn ihr wollt, kann ich euch helfen. Nicht, dass ich wahnsinnig begabt wäre, was Nähen und Basteln angeht, aber eine Freundin von mir ist Kostümbildnerin am Theater. Die kann ich ja mal fragen.«

»Das würdest du tun?«, fragten die Flora und der Noah gemeinsam.

»›Das würdest du tun?‹«, äffte die Charlotte die beiden beleidigt nach. Was sollte das denn? Jetzt fiel ihr die eigene Liebhaberin auch noch in den Rücken.

»Hallo? Hallo? Kann mir mal wer helfen?«, fragte sie pathetisch. »Irgendjemand muss mir das Hackl aus dem Rücken ziehen. Ich komme leider selbst nicht hin.« Die anderen ignorierten sie, deshalb schlurfte sie noch beleidigter zurück zur Bar. Und kam just in dem Moment, in dem der Mario und die Renate von ihrem amourösen Intermezzo wieder zurückkehrten. Der Renate sah man an, dass es recht wild zugegangen sein musste. Unter dem Trenchcoat war eine Laufmasche bis hinunter zu ihren Manolos zu sehen, die vorher noch nicht da gewesen war. Eine Schnalle der High Heels war nur halb geschlossen, und die Frisur sah aus wie ein Vogelnest.

»Na, wenigstens habt ihr zwei Spaß gehabt«, maulte die Charlotte.

»Was?«, biss die Renate zurück. »Hätten wir dich vielleicht fragen sollen, ob du mitmachen willst?«

»Ach, leckts mich doch alle –«

»Aus jetzt!«, fuhr die Andrea dazwischen, die aus dem Streitschlichten gar nicht mehr herauskam. »Und hör endlich damit auf, meine Privilegien anderen anzubieten.«

»Hrmpf!«, schnaubte die Charlotte. Sicherheitshalber schob ihr die Elena gleich ein neues Glas rüber, das die Charlotte in einem Zug halb leerte.

Die Bar hatte sich in der Zwischenzeit leidlich gefüllt, und das Theater der Charlotte ging im allgemeinen Gemurmel unter. Was auch gut so war. Wie kindisch konnte man mit einunddreißig eigentlich sein? Leise lächelnd umarmte die Andrea die Charlotte von hinten, und auch die Renate stieß mit der Charlotte an, deren Stimmung sich langsam wieder besserte.

Ein paar Minuten später öffnete sich die Eingangstür, und es erschien ein Gast, den es noch nie hierher verschlagen hatte. Also, soweit die Charlotte wusste.

»Was macht denn der Graf hier?«, fragte die Charlotte erstaunt.

Die Renate lächelte wissend und winkte dem unerwarteten Gast über die Köpfe der anderen Barbesucher zu. Ein Lächeln huschte über das Gesicht des Grafen, dann bahnte er sich einen Weg durch die Menge. Er überragte die anderen Gäste um fast einen Kopf und sah nicht nur deshalb völlig deplatziert aus.

»Herr Hinteregger, was für eine Freude!«, säuselte die Renate, während sie unauffällig versuchte, ihre Frisur wieder in Ordnung zu bringen.

»›Johann‹ reicht, das haben wir doch besprochen«, entgegnete der Graf jovial. Wurde die Renate da gerade ein wenig rot? Die Charlotte hätte es schwören können.

Der Graf bestellte bei der Elena einen weißen Spritzer. Nachdem sie schon mal da war, hatte sie beschlossen, noch ein wenig länger Dienst zu schieben, weil es eh schon egal war. Außerdem bedeutete es Extrakohle.

»Also, was ist denn so dringend, dass ich hierherkommen sollte?« Dabei sah sich der Graf um. Die Charlotte hatte nicht den Eindruck, dass er sich unwohl fühlte. Auch die vielen Gäste rundherum schienen ihn nicht zu stören. Na ja, vielleicht taute er ja endlich auf und nahm mehr am gesellschaftlichen Leben im Ort teil.

Die Renate zuzelte ein bisschen an ihrem Strohhalm, dann sagte sie: »Eigentlich ganz einfach. Meine Freundin«, dabei deutete sie mit einem Kopfnicken auf die Charlotte, »hat völlig verpasst, sich einen ordentlichen Standplatz für das Frühlingserwachen zu reservieren. Deshalb wollte ich mit …« Hier stockte die Renate.

»… mit dir …«, half ihr der Graf aus.

»Hm, ja, also ich wollte mit dir reden, ob du da nicht noch was machen könntest? Immerhin findet das Ganze ja auf deinem Grund und Boden statt.«

Die Charlotte war doppelt erstaunt. Erstens, weil sie es von der Renate überhaupt nicht gewohnt war, dass sie sich so schüchtern benahm wie ein kleines Mädchen, und zweitens, weil es ihr eigentlich gar nicht recht war, dass sich die Renate da in ihren Kram einmischte.

Der Graf legte den Kopf schief und überlegte kurz. »Tut mir

leid, aber da kann ich nicht wirklich etwas machen. Ja, natürlich, ein gutes Wort bei der Gemeinde kann ich schon einlegen, aber sonst …« Er nahm einen Schluck von seinem Spritzer. Seine Augen blitzten fröhlich, als er fortfuhr: »Aber ich kann etwas anderes machen. Für die Unterhaltung und Gastronomie im Schlosshof bin ich selbst verantwortlich – mit deiner unbezahlbaren Unterstützung natürlich. Eigentlich bin ich noch auf der Suche nach dem geeigneten Winzer, der während der Veranstaltung bei mir im Hof einen Stand betreiben könnte.«

Was natürlich eine glatte Lüge war. Eigentlich war es geplant gewesen, dass die Besucher sich ihre Getränke draußen auf der Wiese bei den anderen Ständen holen und damit überall herumflanieren sollten. Diese Lüge erkannte sogar die Charlotte auf den ersten Blick. Sie erkannte aber auch, dass der Graf offenbar ein Auge auf die Renate geworfen hatte und ihr unbedingt helfen wollte. Oder besser: sie beeindrucken wollte. Das war auch dem Mario nicht entgangen. Der Barbesitzer war sofort hinter der Theke hervorgekommen und hatte die Renate von hinten besitzergreifend umschlungen.

»Was sagst du zu dem Angebot?«, fragte die Renate schließlich.

Was soll's?, dachte sich die Charlotte. Einem geschenkten Gaul schaut man nicht ins Maul, und im Hof drinnen war es sicher exklusiver als draußen auf der Wiese, wo alle anderen Weinhauer ihre Zelte und Stände hatten. Deshalb willigte sie ein, und gemeinsam stieß man auf den Deal an.

Der Graf blieb noch für einen weiteren Spritzer, ehe er sich formvollendet mit Handkuss von der Renate verabschiedete. Für die Charlotte und die Andrea sprang auch je einer heraus, wobei schon angemerkt sei, dass der für die Renate deutlich enthusiastischer und authentischer ausgeführt wurde. Aber egal, der Mario war froh, als der Graf sich endlich vertschüsst hatte, aber sein Blick zur Renate sprach Bände. Da würde heute jemand noch allerhand erklären müssen.

Kurz vor Mitternacht gesellten sich auch die Flora und der

Noah zu ihnen an die Bar. Der Noah tippte ein paar Nachrichten auf seinem Handy, die wohl an die Inaaya gerichtet waren. Was auch dic Flora bemerkte, die extra auffällig in die andere Richtung schaute. Um nicht ganz blöd herumzustehen, meinte die kleine Nöhrer schließlich: »Habts ihr das von der Gina mitbekommen?«

»Was?«, fragte die Andrea.

»Na, dass sie ein Kind mit dem Schuster hat.«

»Echt?«

»Sag, kriegst du eigentlich gar nichts mit?«, meinte die Charlotte giftig. Endlich hatte sie mal einen Informationsvorsprung. »Stand doch heute groß in allen Zeitungen.«

»Na ja, groß …«, begann die Flora zögerlich, wurde von ihrer großen Schwester aber mit einem Blick des Todes ruhiggestellt. »Whatever, ja, sie hat eine Tochter mit dem Schuster. Bei uns geht die aber nicht in die Schule.«

»Ist auch schwierig«, meinte die Charlotte weltmännisch, »die geht mit ihren neun Jahren ja noch in die Volksschule.«

»Hat sie dir gegenüber jemals etwas erwähnt? Und übrigens: Nein, ich kriege nicht alles mit, ich muss ja auch arbeiten«, giftete die Andrea retour.

Die Charlotte schüttelte den Kopf. »Nein, ist ja aber auch nicht so, dass wir seit Jahren dick befreundet wären. Aber stimmt schon, sie hätte in den letzten Tagen schon mal was sagen können. Vor allem, weil ja der tote Schuster der Vater sein soll.«

»Wird Zeit …«, begann die Andrea.

»… dass ich mich mit ihr unterhalte«, vollendete die Charlotte den Satz. »Das habe ich mir schon überlegt. Ich würde sie gerne zu Hause besuchen, aber ich habe keine Ahnung, wo sie wohnt. Im Telefonbuch und online habe ich nichts gefunden.«

»Frag doch den Leo«, schlug die Flora vor. Ausnahmsweise ein Rat, den die Charlotte auch umgehend befolgte.

Statt einer Antwort auf ihre Whatsapp-Nachricht trudelte der Leo ein paar Minuten später höchstpersönlich in der Bar ein.

»Das wäre aber nicht notwendig gewesen«, begrüßte ihn die Charlotte. »Eine Whatsapp hätte auch gereicht.«

»Ich bin ja auch nicht wegen dir da«, schnauzte der Leo zurück, »sondern weil ich die Elena abhole. Aber da konnte ich mir wenigstens das Tippen am Handy ersparen. Trotzdem habe ich eine Frage: Wofür brauchst du die Adresse von der Blauensteiner?«

»Weil ich mit ihr über das gemeinsame Kind mit dem Schuster sprechen will. Das möchte ich lieber bei ihr daheim machen als am Gemeindeamt.«

»Ach, die Geschichte.«

»›Die Geschichte‹?«, frage die Charlotte verblüfft.

Der Leo nickte. »Ja, die Kollegen vom LKA haben sie dazu schon befragt. Ist aber nicht viel rausgekommen. Sie hatte mal was mit dem Schuster, und aus dieser Beziehung ist die jetzt neunjährige Tochter. Ist ja nichts Verbotenes. Sie hat das einfach nie an die große Glocke gehängt.«

»Und wieso weiß das bei uns keiner?«

»Weil das alles passiert ist, als die Blauensteiner noch nicht bei uns gelebt hat. Wer fragt bei einem unehelichen Kind heute schon noch groß nach?«

Gut, da hatte der Leo auch wieder recht. »Trotzdem würde ich auch gerne mit ihr reden. Ist ja doch ein bisschen eigenartig, dass sie uns so gar nichts gesagt hat, als wir den toten Schuster gefunden haben. Also, die Adresse?«

Der Leo seufzte, rückte schließlich aber doch mit der gewünschten Information heraus. Das Haus der Gina Blauensteiner lag Luftlinie gar nicht so weit vom Hof der Nöhrers entfernt, ein Stück die Weinberge hinauf in Richtung Gießhübl, aber noch vor dem Tirolerhof, der Perchtoldsdorfer Exklave, die aus Dutzenden von Einfamilienhäusern bestand. Die Charlotte überlegte schon, ob sie mit dem Auto hinfahren oder lieber gleich zu Fuß gehen sollte. Doch nach einem weiteren Cuba verschob sie die Entscheidung auf den nächsten Tag.

SIEBEN

Der begann mit einer Überraschung. Als sie nämlich um acht Uhr in der Küche zum Frühstück erschien, saß der Herr Papa auch noch dort. Normalerweise war er um diese Uhrzeit schon irgendwo unterwegs, um sich um seine Reben zu kümmern. Diesmal waren die Nachwirkungen des letzten Abends aber sichtlich zu heftig. Denn ausgerechnet er, der harte Hund, der niemals Mitleid mit anderen halben Alkoholleichen zeigte, ausgerechnet der saß jetzt da, die Arme am Tisch überkreuzt und den Kopf daraufgelegt. Aus dieser Kauerhaltung waren nur leise Schmerzenstöne zu hören.

Die Omama stand ausnahmsweise mal völlig ratlos daneben. Als sie die Charlotte sah, zuckte sie mit den Schultern. »Ich hab schon alles versucht, aber es geht ihm wirklich dreckig.«

»Ich mach das schon, Omama«, meinte die Charlotte und ließ sich neben dem Herrn Papa in den Sessel fallen. »Soso«, begann sie, »der Posten ist dir also überhaupt nicht wichtig, hm? Dafür habt ihr gestern beim Winterbauer aber ganz schön die Post abgehen lassen. Du bist ja sogar am Tisch gestanden und hast den Takt vorgegeben.«

»Hmwaawwwhu?«

»Ach, komm schon, Papa. Schau mich doch mal an.«

In Zeitlupe hob der Herr Papa den Kopf. Hätte er das nur lieber sein gelassen. Sofort begann sich wieder alles zu drehen. Seine Augen waren blutunterlaufen, und da wurde sogar der Charlotte für einen Moment ein bisschen anders. Aber wirklich nur für einen Moment. Sie kannte ihren Herrn Papa, der würde das schon überstehen. Müssen, halt. Ging ja nicht anders.

»Omama, gib mir mal ein Glas Wasser und eine Tasse schwarzen Kaffee, bitte.« Die Omama brachte beides rüber an den Tisch, wo die Charlotte begann, die Flüssigkeiten dem Herrn Papa wie einem kleinen Kind einzuflößen. Mit einer

Serviette tupfte sie die paar Tropfen ab, die ihm links und rechts wieder aus dem Mund liefen. Er sah wirklich nicht gut aus.

Nachdem die Charlotte ihm den starken schwarzen Kaffee der Omama endlich komplett eingeflößt hatte, kam langsam etwas Leben in den Herrn Papa. Das Glas Leitungswasser konnte er immerhin schon allein zum Mund führen und in einem langen Zug leeren.

»Na, geht doch«, meinte die Charlotte erleichtert und zwinkerte der Omama aufmunternd zu.

Die stellte ihrem Sohn einen Teller mit einer Scheibe trockenem Brot auf den Tisch. »Iss das, Bub, wird dir auch guttun.«

Dankbar mampfte der Herr Papa das trockene Brot. Währenddessen strich sich die Charlotte genüsslich ein Butterbrot, auf das sie geschnittenen Schnittlauch streute. Gierig blickte der Herr Papa auf ihr Frühstück rüber. Die Charlotte bot ihm einen Bissen an, aber bei dem Gedanken an irgendetwas Fettes wurde ihm gleich wieder übel. Also doch lieber erst das trockene Brot reinwürgen.

Zehn Minuten später war der Herr Papa endlich so weit, dass er vom vorigen Tag erzählen konnte. Die Frau Mama schaute auf einen kurzen Sprung in der Küche vorbei, verzog sich aber mit zugehaltener Nase sofort wieder. »Geh dich duschen, Rudi«, war ihr einziger Kommentar.

»Später«, murmelte der Herr Papa, schenkte sich noch ein Häferl Kaffee ein und begann zu erzählen: »Fast einstimmig haben mich die Deppen gewählt. Kannst du das glauben?«

»Fast einstimmig?«

»Ja, es gab nur eine ungültige Stimme. Die war vom Zuberbauer, aber der war bei der Wahl schon so abgefüllt, dass er kaum noch gerade stehen konnte.«

»Und diese Riesenparty nachher?«

»Schätzchen, muss ich dir das wirklich noch erklären? Der Zaitler ist jetzt endlich unter der Erde. Nichts mehr übrig. Der war wie eine schwarze Wolke, die ständig über uns allen gehangen ist. Irgendwie halt.«

»Wieso habts ihr eigentlich nicht schon früher was dagegen gemacht? Das verstehe ich einfach nicht«, erwiderte die Charlotte kopfschüttelnd. Es war also tatsächlich noch ein Saufgelage gewesen, um den Abgang vom alten Zaitler zu feiern. Er mochte ja ein echter Arsch und ein Nazi gewesen sein, aber trotzdem: So ungeniert die Sektkorken knallen lassen?

»Das weißt du doch, oder? Hast bei deinen Ermittlungen letztes Jahr ja selbst rausgefunden. Das liegt zwar alles schon Jahrzehnte zurück. Aber irgendwann wird es einfach zur Gewohnheit.«

»Was hatte der Zaitler eigentlich gegen euch in der Hand?«

Die Schultern vom Herrn Papa hoben und senkten sich. »Keine Ahnung, was es war – er hat es wohl mit ins Grab genommen. Oder im Bunker versteckt gehabt, und der ist ja ausgebrannt. Gegen unsere Familie war da nichts mehr, dafür hatte sein Vater davor schon gesorgt. Bei den anderen ... wer weiß?«

Die Charlotte roch die unausgesprochene Lüge quasi, wollte den Herrn Papa jetzt aber nicht weiter drängen. Trotzdem schauderte es sie ein wenig, wenn sie daran dachte, dass es in ihrer Familie noch ein dunkles Geheimnis geben könnte, das irgendwo im Hintergrund wie eine Zeitbombe tickte. Aber vielleicht interpretierte sie da jetzt auch einfach zu viel hinein.

Ganz konnte sie es aber doch nicht lassen: »Ist es nicht irgendwie bedenklich, dass es überhaupt etwas gab, womit euch der Zaitler erpressen konnte?«

»Na ja, direkt erpresst hat er ja keinen. Wie gesagt, das war mehr so eine Gewohnheitssache. Aber um auf deine Frage zu antworten: Nein, ich finde es nicht bedenklich. Jeder Mensch hat seine Geheimnisse, jede Familie hat etwas zu verbergen. Bei uns war es die Geschichte mit den Goldmanns. Das hätte uns sogar in der Nachkriegszeit noch schaden können. War ja nicht so, dass sich alle Nazis damals in Luft aufgelöst hätten. Viele von denen sind urplötzlich bei anderen Parteien in einflussreichen Positionen aufgetaucht. Oder als Uni-Professoren. Oder sonst was. So wirklich aufgearbeitet haben wir unsere Vergangenheit im Österreich doch nie. Was glaubst du, wieso die ÖHP schon seit Jahren so stark ist? Dieser rechte Bodensatz ist nie wirklich weggeräumt worden. Das haben die Deutschen, so ehrlich muss man sein, in den Jahren nach dem Krieg schon besser und ehrlicher gemacht.«

»Aber selbst dort …«

»Ja eben, selbst dort kriegst du diese Trottel nicht wirklich tot. Und durch die Flüchtlingsgeschichte sind die Rechten überall wieder aus ihren Löchern gekrochen und haben Fuß fassen können. Aber egal, das war jetzt eigentlich nicht unser Thema.«

»Na ja«, meinte die Charlotte.

»Nix, na ja«, unterbrach sie der Herr Papa. »Ja, du hast schon recht, natürlich bin ich froh, dass ich den Obmann-Posten bekommen habe, und vielleicht habe ich mich einfach ein wenig zu sehr gehen lassen gestern und zu viel gefeiert. Andererseits: Wer hier ohne Sünde ist, der werfe den ersten Stein.«

Die Charlotte lächelte. Dann machte es »klööööпk«, und der Herr Papa schrie: »Au!« Die Omama hatte ihm doch tatsächlich einen Holzkochlöffel an den Schädel geschmissen.

»Mama!«, sagte der Herr Papa geschockt.

»Was?«, fragte die Omama unschuldig. »Du hast gesagt, wer ohne Sünde ist, soll was werfen. Habe ich gemacht.«

»Du und ohne Sünde?«, maulte der Herr Papa, während er sich mit der Hand die schmerzende Stelle am Hinterkopf rieb.

»Rudolf Nöhrer«, meinte die Omama streng und baute sich mit ihren ganzen ein Meter fünfundfünfzig vor ihm auf, »ich bin immer noch deine Mutter, und so wirst du auch mit mir reden. Und ja, was das Saufen angeht, bin ich ohne Sünde.« Sie machte eine kurze Pause. »Ohne *große* Sünde. Aber wurscht, weil, es ist ja wirklich peinlich, dass sich ein ausgewachsenes Mannsbild wie du so aufführt. Wie ein Teenager, aber die jammern wenigstens nicht so viel, wenn sie einen Kater haben.«

»Omama?«, fragte die Charlotte zaghaft. Aber die hatte für den Moment genug von ihrer Sippschaft und scheuchte die beiden zur Küchentür hinaus. »Raus mit euch, irgendwer muss doch die Mehlspeisen für den Heurigen herrichten, und da seids ihr beiden mir gerade im Weg. Schnappts euch den Balu und gehts mit dem armen Hund eine Runde spazieren. Wird euch beiden guttun.«

Womit die Omama nicht unrecht hatte. Zuvor ging sich der Herr Papa aber doch noch duschen. Nachdem ein gewisser Nüchternheitsgrad eingetreten war, konnte er sich selbst nicht mehr riechen. Die Charlotte schaute sich in der Zwischenzeit auf Google Maps die Adresse von der Gina Blauensteiner genauer an. Der Gassenname sagte ihr nichts, und sie wollte wissen, ob sie dort auch zu Fuß hinkäme. Das Internet verriet ihr, dass das durchaus möglich war, am schnellsten querfeldein durch die Weinberge. Mit dem Auto wäre sie in weniger als fünf Minuten dort. Sie entschied sich schließlich für die gemütlichere Variante, weil sie für den Heurigenbetrieb rechtzeitig wieder herunten am Hof sein wollte.

Der Herr Papa war nicht unglücklich, dass er eine Stunde allein mit dem Balu unterwegs sein konnte. Der Schädel brummte ihm auch nach zwei Aspirin noch wie ein Bienenstock, und er hatte keine Lust, weiter mit irgendjemandem zu diskutieren. Da war der schwarze Labrador schon die angenehmere Begleitung. Der Balu war inzwischen dem Welpenalter entwachsen, aber noch immer so verspielt. Stöckchen werfen schaffte der Herr Papa in seinem Zustand gerade noch, und dabei musste er wenigstens nicht reden.

Der Balu war aber schon auch gnadenlos. Statt dem Herrchen das Stöckchen in die Hand zu apportieren, ließ er es immer genau vor den Füßen des Herrn Papa fallen. Das Runterbeugen und Aufheben entpuppte sich schon beim dritten Mal als viel schlimmer als jedes Gespräch mit der Charlotte oder der Omama. Aber: Wie man sich bettet …

ACHT

Die Charlotte saß derweil schon im Auto und kurvte zwischen den Weinbergen hinauf in Richtung Gießhübl, der höchstgelegenen Gemeinde im Umland. Kurz nach dem Perchtoldsdorfer Ortsende zweigte ein kleines Gässchen scharf rechts ab. Straßenschild gab es keines, selbst das Navi in Charlottes Auto konnte die angegebene Adresse nur mittels der GPS-Koordinaten finden. Die offensichtlich noch recht frisch asphaltierte Straße führte mitten in ein kleines Wäldchen, das sich seitlich der Weinberge den Hügel hinaufzog. Schon nach wenigen Metern war jegliches Tageslicht verschwunden, und die Charlotte fand sich in einer schaurig-schönen Allee aus Föhren wieder, die das einspurige Gässchen zu beiden Seiten säumten. Nach dreihundert Metern und einigen Kurven hörte die Allee abrupt auf, und vor ihr öffnete sich eine Lichtung, in deren Mitte wie ein Hexenhaus das Daheim der Gina Blauensteiner lag. Es musste allerdings das Haus einer sehr modernen Hexe sein, denn jeder Häuslbauer-Prospekt hätte es wohl als »Bio-Traumvilla« angepriesen.

Nachdem sich die Charlotte vor dem Haus eingeparkt hatte, versuchte sie, sich zunächst mal einen Überblick zu verschaffen. Gartenzaun gab es keinen. Wozu auch? Ein Einbrecher würde sich von so etwas sowieso nicht aufhalten lassen, und das Haus lag so abgeschieden, dass er hier in aller Ruhe arbeiten konnte. Die einstöckige Villa war aus Holz und fast noch mehr Glas gebaut und lag inmitten von Gemüsebeeten und kleinen Obsthainen. Links und rechts vom Eingang säumten gut zwei Dutzend Topfpflanzen einen verschlungenen Weg zum improvisierten Parkplatz, auf dem die Charlotte ihren Wagen gleich neben dem – eh klar – Elektroauto der Gina abgestellt hatte.

An die Ostseite des Hauses schloss eine Terrasse an, auf

der eine Gartenmöbellandschaft aus Polyrattan bei schönem Wetter zum Frühstücken einlud. Neugierig schlenderte die Charlotte dort hinüber. Der Gedanke an ein ausgiebiges Frühstück war schon äußerst verführerisch. Das Frühstück daheim war ja mehr unter die Kategorie Erste-Hilfe-Stellung für den Herrn Papa gefallen.

Vorsichtig schritt sie zwischen einem Beet für Häuptlsalat und einem für Karotten durch, um einen besseren Blick auf die Rückseite des Hauses zu bekommen. Ein paar Sekunden später fielen ihr fast die Äuglein aus dem Kopf. Hinter dem Haus war nämlich ein gar nicht so kleiner Teich künstlich angelegt worden. Darauf schwammen Seerosen, Schilfreihen säumten die Seiten. Auf einer Seite des Teichs hingen die Äste einer Trauerweide bis ins Wasser, daneben schwang eine Hollywoodschaukel leise quietschend im kühlen Vormittagswind. Rund um den Teich steckten Tikifackeln in der Erde, ein Holzsteg führte bis in die Mitte des Teichs. Das frische Wasser kam aus einem kleinen, mehrstufigen Wasserfall, der am Fuß eines Feng-Shui-Gartens sprudelte. Genaueres konnte die Charlotte nicht erkennen, weil diese Ebene des Grundstücks gut fünf Meter höher lag.

Wo nahm die Frau nur das Geld für all das her?, fragte sich die Charlotte. Ein Gemeinderatsposten war mit Sicherheit nicht so gut bezahlt, dass man sich ein solches Stück Paradies mitten in eine der teuersten Gegenden im Süden von Wien hinstellen konnte. Ein wenig verschämt machte die Charlotte am Absatz kehrt. War ja sonst auch nicht ihre Art, sich einfach so ungefragt bei anderen Leuten umzuschauen. Nein, überhaupt nicht!

»Charlotte?«, erklang es da plötzlich hinter ihr. Ertappt fuhr die Charlotte herum. Vor ihr stand die Gina Blauensteiner. Im seidenen (Bio-Seide?, fragte sich die Charlotte zynisch) Morgenmantel und mit einer Tasse Kaffee in der Hand.

»Oh, hallo«, antwortete die Charlotte und strich sich peinlich berührt eine Locke aus der Stirn. »Ja, also … Ach, was soll's. Sorry, dass ich hier so herumgeschnüffelt habe, aber ich bin von deinem Grundstück total begeistert. So was bekommt man sonst ja nur im Fernsehen zu sehen.«

»Gefällt es dir?«, fragte die Gina stolz lächelnd.

»Ja«, antwortete die Charlotte. Habe ich doch gerade gesagt, fügte sie in Gedanken gereizt hinzu.

»Willst du auch einen Kaffee?«

»Gerne.«

Ein paar Minuten später standen die beiden Seite an Seite am Ufer des Teichs. »Das ist meine Wohlfühloase«, meinte die Gina schließlich verträumt. »Soll ich dich ein bisschen herumführen? Oder hast du das meiste eh schon gesehen?«

Ertappt! Also blieb die Charlotte einfach bei der Wahrheit. »Den Großteil habe ich schon gesehen. Aber da oben beim Wasserfall – das würde ich mir gerne noch ansehen.«

»Komm«, lud die Gina sie ein. Sie umrundeten den Teich, und jetzt sah die Charlotte, dass hinter der Trauerweide eine Steintreppe den Hügel hinaufführte. Hinter der Gina stieg sie hoch. Oben angekommen konnte sie auf den Teich hinunterschauen. Und auch auf das Haus. So sah sie, dass das Dach des Hauses mit Solarpaneelen ausgelegt war.

»Ich versorge mich hier mehr oder weniger mit allem selbst«, erklärte die Gina stolz. »Den Großteil des Jahres komme ich mit Solarstrom durch. Das Ganze ist natürlich ein Passivhaus …«

»… mit allem Schnickschnack, den es heutzutage gibt, oder?«

»Ja, natürlich. Ich möchte ja die Umwelt schützen. Hallo? Warum, glaubst du, bin ich bei der UPÖ?«

Eh, dachte sich die Charlotte, aber das muss man sich alles mal leisten können. Laut sagte sie: »Ist der Feng-Shui-Garten auch bio?« Der Zynismus in der Stimme der Charlotte ging an der Gina allerdings völlig vorbei.

»Ja, natürlich«, antwortete die völlig ungerührt.

»Hast du den selbst angelegt?«

»Nein, wo denkst du hin? Dafür gibt es Spezialisten. Ich meine, ein bisschen Schotter aufschütten und ein paar Bonsai-Bäumchen hinpflanzen kann schnell wer, aber das Ganze muss ja durchdacht sein. Da geht es um die Energieflüsse, um das Chi. Verstehst du?«

Nö, tat die Charlotte nicht, sie hatte aber auch keine Lust, sich da jetzt auf Diskussionen einzulassen. Also nickte sie nur weltmännisch. Langsam schlenderten sie wieder den Hügel hinunter. Diesmal auf der anderen Seite des Teichs, wo er sanfter abfiel und man keine Stufen benötigte.

»Lust auf Frühstück? Meine Kleine ist schon in der Schule, und ich habe erst am Nachmittag Termine«, fragte die Gina schließlich. »Und überhaupt: Was führt dich zu mir?«

»Ja, eigentlich geht es genau um deine Kleine«, erwiderte die Charlotte. »Aber ja, Frühstück klingt gut.«

Sie betraten das Haus über die Terrasse, die unmittelbar in den großzügig angelegten Wohnraum mit offener Küche führte. Die Gina strich ihnen zwei Butterbrote und verschwand dann mit einer Schere in der Hand kurz vor dem Haus. Zwei Minuten später tauchte sie mit einer Handvoll frisch geschnittener Kresse wieder im Haus auf. Sie zerkleinerte die Kresse mit einem Küchenmesser und verteilte sie kunstvoll auf den frisch gestrichenen Broten. Die Charlotte musste zugeben, dass sie noch selten ein so gutes Butterbrot gegessen hatte. Sie wettete, dass hier alles bio war – vom Brot über die Butter bis hin zur selbst gezogenen Kresse.

»Also, deine Kleine«, setzte die Charlotte mampfend an. Mah, war das Brot herrlich! Sie schloss genussvoll die Augen.

»Ja, meine Kleine. Was ist mit ihr?«

»Wie heißt sie eigentlich? Ist ja blöd, ständig nur von ›der Kleinen‹ zu reden.«

»Stimmt. Ihr Name ist Livia.«

»Okay, die Livia. Also, wieso hast du mir denn nicht erzählt, dass der Dirk Schuster ihr Vater ist? Du hast ja überhaupt so getan, als würdest du ihn kaum kennen.«

»Wieso hätte ich etwas sagen sollen?«, entgegnete die Gina ungerührt.

»Na ja, du hättest schon erwähnen können, dass unsere Leiche dein Ex ist. Meinst du nicht, dass das etwas mit dem Mord zu tun haben könnte?«

Die Gina zuckte mit den Schultern. »Nein, finde ich nicht. Die Geschichte ist so lange her, wir haben uns schon vor Jahren getrennt. Hätte ich am Ball eine Riesenszene machen sollen? Heulend zusammenbrechen wegen einem Mann, den ich im Nachhinein maximal als Samenspender betrachte? Willst du mir etwa unterstellen, dass ich etwas mit dem Tod von Dirk zu tun haben könnte?«

»Ich weiß nicht«, antwortete die Charlotte ehrlich. »Ich finde es halt ein wenig eigenartig, dass wir deinen Ex-Mann oder Ex-Freund tot auffinden und du das eigentlich ziemlich ungerührt aufnimmst. Was war er eigentlich? Ex-Mann oder Ex-Freund?«

»Ex-Freund«, bestätigte die Gina kühl. »Wie gesagt, das ist schon lange her. Und meiner Ansicht nach ist das Privatsache. Eigentlich bin ich hierhergezogen, um der ganzen Sache zu entfliehen. Ich wollte mit ihm nichts mehr zu tun haben. Wir haben uns in St. Pölten kennengelernt. Er war dort Pressesprecher vom Landeshauptmann, und ich bin aus der Gegend. So haben wir uns kennengelernt. Dann kam die Livia, dann die Trennung, und ich bin nach Perchtoldsdorf gezogen.«

»Wo hat der Dirk zuletzt gelebt? Er war ja schon längere Zeit nicht mehr Pressesprecher.«

»Woher soll ich das wissen?«

»Ach, Gina. Verkauf mich doch nicht für blöd. Er wird dir ja Unterhalt für die Livia gezahlt haben, und seine Tochter hat er doch auch ab und zu mal gesehen, oder? Und, ganz ehrlich, von irgendwo muss ja auch das Geld für diese Hütte und den Garten herkommen.«

»Also, wenn du es genau wissen willst, das Geld für dieses Anwesen kommt von meinem Vater. Und natürlich weiß ich, wo der Dirk zuletzt gelebt hat. In Mistelbach – also auf der anderen Seite von Wien. Schön weit weg, so wie es mir recht ist.«

»Okay, sorry. Das mit deinem Vater wusste ich nicht. Was macht er denn so? Das muss ja ein Vermögen gekostet haben.«

»Glaubst du mir, wenn ich dir sage, dass ich keine Ahnung habe, was er macht? Dass ich ihn nicht einmal kenne?«

Der Charlotte blieb der letzte Bissen Butterbrot im Hals stecken. Nein, mit so einer Antwort hatte sie nun wirklich nicht gerechnet. Verlegen sah sie sich um. Auch hier herinnen war alles sehr exklusiv und teuer. Viel offener Raum, große Fenster, ein Flatscreen, der locker einen Meter fünfzig Bildschirmdiagonale haben musste, in einem Eck ein Treppenabgang und mitten im Wohnraum ein Bügelbrett und daneben ein Haufen Bügelwäsche. Wenigstens etwas Normales in diesem äußerst exklusiven Haushalt.

»Muss ich wohl«, antwortete die Charlotte schließlich hustend.

»Schon gut«, meinte die Gina versöhnlich. »Ich weiß, dass das alles komisch aussehen muss für eine Umweltpolitikerin. Typisches Bobo-Gehabe und so. Aber hat irgendwer was davon, wenn ich in einer Vierzig-Quadratmeter-Wohnung lebe? Mir ist schon klar, dass sich das nicht jeder leisten kann, aber ich trage ja auch etwas dazu bei. Außerdem ermöglicht mir meine finanzielle Unabhängigkeit, dass ich mich voll und ganz dem Umweltschutz widmen kann. Und bevor du fragst: Nein, ich bin keine Veganerin, aber ich habe den Fleischkonsum auf ein vernünftiges Maß reduziert. Strom und Warmwasser erzeuge ich zum überwiegenden Teil selber, ich verbrauche weder Benzin noch Diesel, und Plastik wirst du in meinem Haushalt auch kaum finden. Selbst das Elektroauto verwende ich nur selten, meistens nur, wenn es darum geht, Einkäufe unten im Ort zu erledigen. Das ist mir mit dem Fahrrad doch zu mühsam.«

»Hast du überhaupt keine Laster?«, fragte die Charlotte schließlich etwas verschämt.

Die Gina verzog die Lippen zu einem schmalen Lächeln. »Doch, aber die gehen nur mich etwas an.«

Die Charlotte wollte in dieser Richtung nicht weiter nachfragen, aber das mit dem Vater ließ ihr doch keine Ruhe.

Die Gina überlegte lange, seufzte und erklärte es ihr schließlich doch noch. »Nachdem mein Vater meine Mutter geschwängert hatte, hat er sich nie um mich gekümmert. Oder um uns. Aus meiner Mutter habe ich nie herausbekommen, wer mein Vater ist. Sie wollte es einfach nicht sagen. Er muss aber ein höheres Tier gewesen sein.«

»Was hat deine Mutter eigentlich gemacht?«

»Du meinst, beruflich? Nichts Aufregendes. Sie war Sekretärin bei einer großen landwirtschaftlichen Genossenschaft.«

»Bei welcher?«

»Echt jetzt? Wie viele gibt es bei uns da schon?« Ja, da hatte die Gina schon recht, und der Charlotte war jetzt auch bewusst, wen die Gina da gemeint hatte. »Wie auch immer«, fuhr die Gina fort, »meine Mutter war ausgesprochen hübsch. Sie hätte sich die Männer aussuchen können. Sorry, hat sich die Männer aussuchen können. Aber leider hat sie sich immer in verheiratete Männer verschossen. Da war sie ein bisschen naiv. Hat sich immer versprechen lassen, dass sie sich für sie scheiden lassen würden. Was natürlich nie passiert ist. Auf jeden Fall ist sie dann einmal zur Winzerkönigin gewählt worden, obwohl sie mit Weinbau nichts am Hut hatte. Und in dem Jahr hat sie sich von meinem Vater schwängern lassen. Das war auf irgendeiner politischen Veranstaltung, wo sie als *Eye Candy* herumgereicht wurde.«

»Du hast nie etwas von ihm gehört?«

Kopfschütteln. »Nein, nie. Aber er hat meine Mutter und mich von Anfang an finanziell versorgt. Er wollte nur nichts direkt mit uns zu tun haben. Uns hat es nie an etwas gefehlt. Als meine Mutter starb, da war ich gerade achtzehn, habe ich ein paar Hintergrundinfos bekommen. Eben das, was ich dir gerade erzählt habe. Aber nichts, wodurch ich meinen Vater hätte identifizieren oder finden können. Das Geld kam immer über eine anonyme Stiftung, und das tut es bis heute. Inzwischen habe ich mich damit abgefunden. Er hat wohl ein verdammt schlechtes Gewissen, weil die monatlichen Raten so extrem großzügig sind. Ich kann fast nicht so viel ausgeben, dass das Geld knapp werden würde.«

Die Charlotte wusste nicht, ob sie die Gina beneiden oder bemitleiden sollte. Einerseits war es natürlich schön, dermaßen unabhängig von Geldfragen zu sein, andererseits war es schon feiner, sich selbst etwas aufzubauen. Und überhaupt: Sie konnte sich nicht vorstellen, wie das wäre, so ganz ohne Vater aufzuwachsen. Egal, wie oft sie mit ihrem Herrn Papa zusammengeraten war und sich an ihm gerieben hatte – Hauptsache, er war da.

»Und wie war das mit dir und dem Schuster? Ich meine, ihr habt – hattet – doch völlig unterschiedliche Lebensanschauungen. Du die Umweltschützerin, er der aufstrebende Politiker und zuletzt Verwerter von fossilen Ressourcen. Das verstehe ich nicht. Wie kann man sich in so jemanden verlieben, der überhaupt nichts gemein mit einem hat?«

Der Blick der Gina wanderte an die Decke. Sie überlegte lange, ehe sie antwortete. »Da hast du nicht unrecht, aber was soll ich sagen? Wo die Liebe eben hinfällt. Ich war damals gerade mal ein bisschen über zwanzig, und natürlich war ich damals noch viel idealistischer als heute. Da gab es nur Schwarz und Weiß, kein Grau. Heute sehe ich die Welt ein wenig anders. Aber der Dirk … Er war so weltmännisch, gebildet, sah gut aus … vielleicht dachte ich mir, dass ich über ihn ein wenig Einfluss auf den Landeshauptmann und seine Politik nehmen könnte. Der Dirk war nicht einfach nur sein Pressesprecher, sondern sein persönlicher Assistent. Seine rechte Hand und sein Einflüsterer. Und er hat halt auch gut ausgesehen. So richtig fesch. Hat immer auf seinen Körper geachtet, und natürlich hat das auch Eindruck auf mich gemacht. Vergiss nicht, wo ich herkomme. Bei St. Pölten draußen … das ist wirklich tiefstes Land. Da ist man als junges Mädel schnell einmal beeindruckt. Ich dachte damals noch, dass ich allein die ganze Welt verändern könnte. Da konnte ein anders gepolter Politiker doch kein Problem für mich sein. War es dann halt doch, und deshalb haben wir uns auch getrennt. Dem Dirk war der Job immer wichtiger als eine Familie.«

»Hat er sich nicht um die Livia gekümmert?«

»Nicht wirklich. Da geht es meiner Kleinen nicht viel besser als mir mit meinem Vater.«

»Weiß sie, wer ihr Vater ist? 'tschuldigung, war?«

Die Gina schüttelte den Kopf. »Nein, sie war zwei Jahre alt, als wir uns trennten, und hat dementsprechend keine Erinnerungen an ihn.«

»Hat sie nie nachgefragt?«

»Doch, natürlich. Ich habe ihr halt eine Lüge aufgetischt.«

»Welche?«

»Ich habe ihr erzählt, dass ihr Vater bei einem Flugzeugabsturz in Südamerika ums Leben gekommen ist. Es wurde keine identifizierbare Leiche gefunden, deshalb gibt es auch kein Grab, das wir besuchen können.«

»Ist das nicht ein bisschen dick aufgetragen?«

Die Gina zuckte mit den Schultern. »Sie ist ja noch jung, da glaubt man so etwas schnell einmal. Wenn sie mal älter ist …«

»Wie die Mutter …«

»… so die Tochter. Ja, ich weiß«, gestand die Gina schließlich. »Glaub mir, die Lüge hat mein Leben nicht besser gemacht. Aber wann tun Lügen das schon? Ist halt einfacher. Gemütlicher. Aber nur kurzfristig. Aber die Lüge hat das Leben meiner Tochter leichter gemacht. Sie hat sich damit abgefunden und ist nicht ständig gekränkt, dass ihr Vater nichts mit ihr zu tun haben will.«

»Und jetzt?«

»Was, und jetzt?«

»Na ja, jetzt berichten die Medien davon, dass der Schuster der Vater deiner Tochter ist. Das wird sich nicht vor ihr geheim halten lassen.«

Erschrocken weiteten sich die Augen der Gina. Daran hatte sie offensichtlich noch nicht gedacht. »Oh, shit!«, fluchte sie leise.

»Ja, shit!«, bestätigte die Charlotte. Als sie vor einer Stunde vom Weingut losgestartet war, hatte sie nicht damit gerechnet, in so ein Wespennest zu stechen. Eigentlich schon mehr ein Hornissennest. Vor ihr taten sich familiäre Untiefen auf, mit denen sie eigentlich auch überhaupt nichts zu tun haben wollte.

Betreten ließ sie ihren Blick wieder durch den großen Wohn-/Kochraum schweifen. Die Küche sah durchaus so aus, als stammte sie nicht einfach nur aus einem Musterkatalog, sondern würde auch benützt. Das machte ihr die Gina gleich noch einmal sympathisch. Sie selbst konnte zwar kaum kochen, aber wenn andere es konnten, nahm sie das durchaus als gutes Zeichen. An einer Wand des Wohnbereichs stand ein großes Bücherregal, die Titel der Bücher konnte sie aus dieser Entfernung jedoch nicht erkennen. Drei große Gemälde hingen an den Wänden, wobei die Charlotte jede Wette einging, dass es sich dabei nicht um Nachdrucke, sondern Originale handelte. Die Künstler erkannte sie nicht, aber immerhin wusste sie so viel über Malerei, dass sie die Bilder unter moderne Kunst einordnen konnte. Beim Subgenre tat sie sich dann schon schwerer: Nihilismus? Fatalismus? Krixi-Kraxi? Für sie war es bloß sinnloses Geschmiere, aber irgendwie ganz hübsch anzuschauen. Auf dem Couchtisch lag die bereits gebügelte Wäsche, auf der Couch ein noch wesentlich größerer ungebügelter Haufen.

»Du bügelst selbst?«, fragte sie, um das Gespräch in eine unverfänglichere Richtung zu steuern.

Die Gina nickte. »Ja, ich finde das entspannend. Dazu schaue ich mir ein paar Serien an, dann vergeht die Zeit wie im Flug.«

»Bügelst du auch für andere?«, wollte die Charlotte wissen.

»Wieso? Brauchst du jemanden?«, lachte die Gina.

»Nein, nein«, winkte die Charlotte ab. Das macht eh Muttern, dachte sie schuldbewusst. »Aber da sind ja auch ein paar Männerhemden dabei.«

Das Lächeln im Gesicht der Gina gefror. »Ja, und? Nur weil ich alleinerziehende Mutter bin, heißt das ja nicht, dass ich auf Sex verzichten muss, oder?«

Nein, hieß es natürlich nicht. Aber trotzdem wunderte sich die Charlotte. Weil, warum? Von einem aktuellen Freund war bei der Gina nie die Rede gewesen. Auf den Fotos, die über den ganzen Wohnraum verstreut in kleinen Rahmen standen und an den Wänden hingen, waren nur die Gina und die Livia zu sehen. Eigentlich wies nichts darauf hin, dass hier auch ein männliches Wesen wohnte.

Sie selbst wäre nie auf die Idee gekommen, einem One-Night-Stand die Wäsche zu bügeln. Bügeln war so überhaupt nicht ihr Ding. Da war es schon praktisch, wenn man quasi daheim wohnte und die Wäsche einfach abgeben konnte.

Egal, am Ende ging sie das Sexleben der Gina nicht wirklich etwas an. Obwohl es sie schon interessieren würde, wie so eine ausgewiesene Bio-Verfechterin ihren Sex so anlegte. Blümchensex? Gab es überhaupt Bio-Kondome?

Bevor sie der Gina diese Frage stellen konnte und sich endgültig und völlig unmöglich machte, kam ihr doch eine bessere Frage in den Sinn.

»Sag, hast du in letzter Zeit eigentlich Kontakt mit dem Dirk Schuster gehabt? In den Zeitungen wird das ja behauptet.«

Die Gina machte eine wegwerfende Handbewegung. »Die Zeitungen schreiben viel, wenn der Tag lang ist. Aber ja, nachdem er der Vater meiner Tochter ist, hatten wir losen Kontakt.«

»Aber keine Diskussionen wegen des Frackings?«

»Ich habe es vielleicht einmal angemerkt, aber ich weiß ja, dass ich bei ihm auf taube Ohren stoße. Der Dirk hat wenn, dann das genaue Gegenteil von dem gemacht, was ich wollte.

Was da in den Zeitungen steht, ist völliger Schwachsinn. So nahe standen wir uns schon lange nicht mehr.«

»Und die Gemeinde? Hat man dort wirklich grünes Licht für die Probebohrungen gegeben?«

Die Gina zuckte ratlos mit den Schultern. »Ich sag's dir ganz ehrlich, ich weiß es nicht. Ich bin für Kultur zuständig. In den Umweltbereich habe ich keinen Einblick. Da wird von unserer Bürgermeisterpartei blockiert, wo es nur geht. Aber ich könnte es mir schon vorstellen, auch wenn mir dabei das Kotzen kommt.«

Bevor das Gespräch noch politischer wurde, verabschiedete sich die Charlotte lieber. Am Weingut gab es schließlich auch noch genug zu tun. Zum Beispiel die Planungen für das Frühlingserwachen, die ihr durch die Intervention der Renate deutlich erleichtert worden waren.

Teil 2

Mitternachtseinlage

NEUN

Wie es der Zufall wollte, wurde sie am Weingut auch schon vom Grafen erwartet. Er hatte einen A4-Zettel im Gepäck, über dem er gemeinsam mit dem Herrn Papa brütete. Überrascht setzte sich die Charlotte zu den beiden Männern, die es sich auf einer der Heurigenbänke im Hof gemütlich gemacht hatten. Zwischen den beiden standen »ein Liter und ein Liter« – die Kurzformel für einen Liter Weißwein und einen Liter Soda, um sich das ständige Nachbestellen eines weißen Spritzers zu ersparen.

»Wo ist denn Ihre Freundin heute?«, wurde die Charlotte vom Grafen empfangen.

»Die Andrea? Die ist arbeiten«, antwortete sie.

»Nein, nein, ich meine Ihre andere Freundin. Die Renate.«

Aha!, dachte die Charlotte. Da schien jemand tatsächlich Feuer gefangen zu haben. »Keine Ahnung«, antwortete sie wahrheitsgemäß. »Die Renate legt mir über ihren Tagesablauf keine Rechenschaft ab. Vielleicht sollten Sie da lieber den Mario fragen. Sie wissen schon, den Besitzer der Turmbar. Der ist übrigens ihr Freund.«

»Oh«, meinte der Graf betreten. Ganz so, als wäre das nicht sowieso klar gewesen, so besitzergreifend, wie der Mario am Vorabend gewesen war.

Der Herr Papa prackte dem enttäuschten Grafen mit seiner Riesenpranke freundschaftlich auf die Schulter. »Schon gut, Hans«, meinte er gutmütig, »auch andere Mütter haben schöne Töchter.« Dann blinzelte er ihm schelmisch zu. »Obwohl, in unserem Alter müssen wir eher von anderen Großmüttern und ihren schönen Töchtern reden.«

Da musste auch der Graf schmunzeln. Er hob sein Glas. »Darauf stoßen wir an, Rudi.«

Interessant, da hatte es in ihrer Abwesenheit eine kleine

Verbrüderung gegeben, stellte die Charlotte fest. Sie musste aber noch ausloten, ob es damit zu tun hatte, dass der Herr Papa jetzt einen einflussreichen Posten im Weinbauverein hatte und der Graf etwas von ihm wollte, oder ob da wieder mal der neu erwachte Geschäftssinn des Herrn Papa im Spiel war, der ein Geschäft mit dem einflussreichen Grafen witterte. Selbst nach der Trennung der Flora von ihrem italienischen Bonsai-Lover hatte der Herr Papa den Kontakt – und vor allem die Geschäftsbeziehung – mit dem Vater vom Luca, dem Signore Bianchi, aufrechterhalten. Das ging so weit, dass der Herr Papa mit Muttern für den Sommer eine Einladung der Bianchis zu ihnen nach Italien angenommen hatte.

Die Flora war darüber naturgemäß weniger glücklich. Sie wollte mit dem Luca und seinen Eltern überhaupt nichts mehr zu tun haben und verstand ganz und gar nicht, wie ihre Eltern so gefühllos sein konnten und sich nicht auf ihre Seite schlugen. In Wirklichkeit hatte sie nur Angst, dass sie nochmals schwach werden und wieder mit dem Luca ins Bett steigen könnte. Wenn auch nur, um dem Noah eines auszuwischen.

»Habt ihr noch Platz?«, ertönte eine Frage über ihre Schulter hinweg. Die Charlotte drehte sich um und blinzelte gegen die Sonne direkt in das erschöpfte Gesicht vom Leo. Er hielt ein Tablett mit einem Surschnitzel und Erdäpfelsalat in den Händen.

»Klar«, antwortete sie, »aber bist du nicht im Dienst?«

Der Leo ließ sich neben dem Grafen und gegenüber von der Charlotte auf die Heurigenbank sinken. »Doch, aber hat mich das schon mal davon abgehalten, zu euch raufzukommen? Außerdem habe ich Mittagspause, und die kann ich verbringen, wo ich will.«

»Mahlzeit«, sagte die Charlotte und sah fasziniert zu, wie der Leo das Riesenschnitzel innerhalb von ein paar Minuten in sich hineinstopfte. Dazwischen schenkte er sich einen weißen Spritzer vom »Liter und Liter« ein. Die Charlotte ließ ihn vorerst mal in Ruhe und wandte sich wieder den beiden älteren Männern zu.

»Was heckt ihr beiden da eigentlich aus?«, fragte sie mit einem bedeutungsschwangeren Blick auf den A4-Zettel.

»Das, Frau Nöhrer«, sagte der Graf galant, »ist unser Vertrag für das Frühlingserwachen. Soll ja alles seine Richtigkeit haben, nicht?« Er schob ihr den Zettel rüber.

Die Charlotte überflog ihn kurz. »Vertrag« war ein bisschen übertrieben. Er bestand nämlich gerade mal aus ein paar Zeilen, in denen sich die Charlotte verpflichtete, während des Frühlingserwachens einen Stand im Hof des Schlosses zu betreiben. Für die Infrastruktur würde der Graf sorgen, der Weinbaubetrieb Nöhrer musste lediglich die Getränke und das Personal zur Verfügung stellen. Standmiete gab es keine, der Graf wolle dafür fünf Prozent von den Einnahmen. Alle anderen Details sollten über die Agentur der Renate Obermayer laufen.

Wow, dachte die Charlotte, der Graf tat wirklich alles, um sich bei der Renate einzuschleimen. Ein kurzer Blickkontakt mit dem Herrn Papa reichte, um zu wissen, dass auch er mit den Bedingungen einverstanden war. Sie rief die Alia, eine ihrer syrischen Kellnerinnen, zu sich, um sich einen Kugelschreiber auszuborgen. Dann unterschrieb sie den Vertrag und reichte den Kugelschreiber an den Grafen weiter, der auch seine Unterschrift daruntersetzte, ehe die Alia mit dem Vertrag in Charlottes Büro geschickt wurde, um ihn zu kopieren. Fünf Minuten später kehrte die Alia mit der Kopie zurück, und das Geschäft war abgeschlossen.

»Die Details zur Infrastruktur müsste die Renate schon haben«, meinte der Graf. »Sie wird sie Ihnen sicherlich umgehend zukommen lassen.« Damit schenkte er sich einen weiteren weißen Spritzer ein und vertiefte sich wieder in das Gespräch mit dem Herrn Papa.

Die Charlotte wandte sich dem Leo zu, der in der Zwischenzeit sein Schnitzel bis auf den letzten Brösel verputzt hatte. »Also?«, fragte sie.

»Also was?«, antwortete der Leo und zündete sich eine Zigarette an.

»Also, was ist mit dem Mord am Schuster?«

»Nicht viel«, meinte der Leo kurz angebunden mit einem Blick auf den Grafen. »Die Kollegen aus Wien bekommen kaum etwas weiter. Oder rücken jedenfalls nicht mit Informationen heraus. Wir sollen auch gar nicht viel unternehmen. Anweisung von oben.«

»Ist das nicht seltsam?«

»Natürlich«, gestand der Leo, »aber erinnere dich doch mal. Als du noch bei der Polizei in Wien warst – hat es da nie einen Fall gegeben, wo man die Hintergründe lieber im Dunkeln gelassen hat?«

Natürlich hatte es solche Fälle gegeben. Die Charlotte war zwar in der Nahrungskette nie so weit hinaufgekommen, dass sie selbst damit zu tun gehabt hätte, aber man hatte genug Geschichten gehört. Meistens dann, wenn es um eine hochpolitische Sache ging. Das musste nicht zwangsläufig heißen, dass ein Politiker seine Finger bei einem Verbrechen im Spiel gehabt hatte, aber oft war es einfach angenehmer, wenn man eine Sache sanft einschlafen ließ oder sie jemandem unterschob, um den es einfach wurscht war.

»Geht es um die Fracking-Geschichte?«, mutmaßte die Charlotte.

»Ich weiß es wirklich nicht, aber das ist schon gut möglich. Es sieht zumindest ganz so aus, als wollte man da derzeit nicht zu viel Staub aufwirbeln. Nach allen Informationen, die mir vorliegen, wird dahingehend ermittelt, dass irgendein Irrer den Schuster am Gewissen hat. Man will die Sache so schnell wie möglich zu Ende bringen. Möglichst, ohne viel Staub aufzuwirbeln. Wird halt einen passenden Sündenbock treffen.«

»Und die Verdächtigungen in den Medien? Dass es sich beim Mörder um einen radikalen Umweltschützer handeln könnte?«

»Spielt den Mächtigen nur in die Hände. Hervorragendes Ablenkungsmanöver. Und selbst wenn es so gewesen ist … Niemand würde verstehen, dass man einen politischen Gegner einfach umbringt. Rufmord ja, kein Problem. Aber echter Mord? Da wäre die Fracking-Geschichte ganz schnell vergessen.«

»Gibt es überhaupt eine Spur?«

»Doch, eine. Also eine, von der ich weiß. Das Spielzeuglichtschwert, das wir bei der Leiche gefunden haben, stammt aus den USA. Schau her.« Er zeigte der Charlotte ein Foto auf seinem Handy. Darauf war das als Beweisstück sichergestellte Schwert aus verschiedenen Perspektiven zu sehen. Auf einem Bild war auch der Griff des Schwerts in Nahaufnahme. Mit zwei Fingern vergrößerte sie das Foto, bis sie einen kleinen, eingravierten Schriftzug erkennen konnte: »SDCC exclusive« stand da zu lesen. Sie sah ihren Cousin fragend an.

»Das steht für ›San Diego Comic-Con exclusive‹«, erklärte der Leo stolz, und die Charlotte war sich sicher, dass er bis vor Kurzem selbst null Ahnung gehabt hatte, was das Kürzel bedeutete. »Das ist eine Messe für Popkultur, die größte weltweit«, sagte der Leo. »Dort werden alljährlich im Juli neue Filmprojekte, Comics und Spielzeug vorgestellt.«

»Also eine Messe für Kinder«, meinte die Charlotte trocken.

»Ganz und gar nicht«, antwortete der Leo. »Diese ganze Geek- und Nerd-Kultur ist inzwischen im Mainstream angekommen, wie man so schön sagt, und ist ein milliardenschweres Geschäft. Google das mal, und du wirst sehen, dass dort fast ausschließlich Erwachsene herumrennen. In den irrsten Verkleidungen. Stell dir den Wiener Life Ball vor. Nur als mehrtägiges Event mit x-mal so vielen Besuchern. Und die meisten davon in richtig aufwendigen Kostümen.«

»Und das Lichtschwert?«

»Das hat es dort – und nur dort – zu kaufen gegeben. Deshalb auch der Zusatz ›exclusive‹.«

»Aber wieso sollte ein Amerikaner den Schuster ermorden wollen?«

»Ja, das ist hier die Frage. Aber wer sagt denn, dass es ein Amerikaner war? Diese Comic-Con zieht Besucher aus der ganzen Welt an.«

»Ich nehme nicht an, dass sich zurückverfolgen lässt, wer dieses Schwert gekauft hat?«

»Natürlich nicht. Wir haben bei den Kollegen in den USA nachgefragt. Die haben herausgefunden, dass die Anzahl dieser Schwerter zwar limitiert war, es beim Kauf aber keinen Identitätsnachweis gegeben hat. Es könnte sich beim Käufer also um irgendeinen Chuck Norris oder den Ferdinand Swoboda aus Favoriten handeln. Lässt sich einfach nicht nachvollziehen.«

»DNA-Spuren wären wohl auch zu viel verlangt?«

»Natürlich!«, antwortete der Leo mit einem sarkastischen Lachen. »Wenn tatsächlich der als Darth Vader Kostümierte der Mörder war, hatte er ja praktischerweise ein Ganzkörperkostüm an. Es gibt zwar ein paar Spuren vom Stoff, aber keine DNA. Also auch hier eine Sackgasse.«

Das ohnehin stockende Gespräch wurde vom Radetzkymarsch unterbrochen. Fragend schaute sich die Charlotte um. Der Marsch klang, als hätte man eine Blasmusikkapelle in einer Kiste eingesperrt. Verlegen lächelnd holte der Graf sein Handy aus der Sakkotasche. Er blickte kurz aufs Display und meinte dann: »Ja?« Das Gespräch war ziemlich einseitig. Der Graf nickte, brummte und sagte kein Wort. Geredet wurde nur von seinem unsichtbaren Gegenüber. Nach zwei Minuten legte der Graf auf.

»Zeit, das Fort zu befestigen«, meinte er kryptisch.

Die Charlotte sah ihn fragend an. Der Graf setzte ein schmales, bitteres Lächeln auf und erklärte: »Das war gerade ein … Kontakt von mir. Der Landeshauptmann hat in einer Nacht-und-Nebel-Aktion den Markus Maier zum neuen ÖL-Leiter gemacht. Oder machen lassen. Offiziell hat er da ja nichts mitzureden. Den Medien wird das erst morgen bekannt gegeben.«

»Und das bedeutet?«

»Das bedeutet, dass es jetzt mit dem Fracking ernst wird.«

Die Charlotte seufzte. Sie konnte den Landeshauptmann nicht ausstehen, aber etwas mehr Integrität hatte sie sich von ihm schon erhofft.

Das Lächeln des Grafen wurde spöttisch. »Fräulein Nöhrer, ich hätte Sie für weniger naiv gehalten. Das, was ein Politiker in der Öffentlichkeit sagt, und das, was er tatsächlich meint, sind meistens zwei verschiedene Paar Schuhe. Glauben Sie mir, ich hatte in meinem Leben schon mit genug von denen zu tun. Die, denen ich blind vertrauen würde, kann ich an einer Hand abzählen. Und der Sagmeister gehört da definitiv nicht dazu.«

Die Charlotte konnte dem nicht widersprechen, dafür hatte sie einfach zu wenig Einblick in die politischen Ränkespiele. »Und was meinen Sie mit ›das Fort befestigen‹?«, wechselte sie deshalb das Thema.

»Ach, nur so eine Redensart. Damit meinte ich natürlich mein Schloss. Oder besser gesagt: die Umgebung des Schlosses.«

»Wieso?«

»Ganz einfach. Herr Maier und der Landeshauptmann haben vor, ihre ersten Probebohrungen auf unserer schönen Heide durchzuführen.«

Schockstille am Tisch. Die Charlotte schluckte. Sie konnte sich ja viel vorstellen, aber Schiefergasbohrungen auf der Heide? Ganz abgesehen von den Auswirkungen auf die Umwelt: Wie würde das denn aussehen? Gut, die Charlotte hatte natürlich keine Ahnung, wie so eine Schiefergasbohrung durchgeführt wurde. In ihrer Vorstellung sah sie jetzt einfach die sattsam bekannten Ölförderpumpen, die bis heute noch immer im Marchfeld, auf der anderen Seite von Wien, ihren Dienst versahen und ein paar Barrel Öl aus dem niederösterreichischen Boden holten.

»Würden Sie mir einen Gefallen tun?«, fragte der Graf die Charlotte. Die nickte stumm. »Geben Sie doch der Frau Blauensteiner Bescheid. Meine Tür steht ihr immer offen. Ich denke, es wird Zeit, einen Protestplan zu entwerfen.«

Die Charlotte nickte wieder. »Hat Ihr Kontakt auch gesagt, wann die Bohrungen starten sollen?«

»Ja, schon in zwei Tagen. Schaut so aus, als hätte man bei der ÖL nur auf den Startschuss gewartet. Der Mord an Schuster war nur eine Verzögerung, mehr nicht.« Sofort begann die Charlotte, eine Nachricht in ihr Handy zu tippen.

»Ich werde mich dann auch mal auf den Weg machen«, erklärte der Leo, der noch blasser um die Nasenspitze geworden war. »Irgendwer wird sich ja drum kümmern müssen, dass Ihre Proteste friedlich ablaufen.«

»Keine Angst, Herr Nöhrer«, beruhigte ihn der Graf. »Ich stelle mir das Ganze sehr friedlich vor. Mehr so als Sit-in, wie früher in Hainburg zum Beispiel.«

Friedlich? Hainburg mochte vor seiner Zeit gewesen sein, aber auch der Leo kannte noch die Fernsehbilder, auf denen sich Umweltaktivisten an Bäume gekettet hatten und von der Polizei abgeschnitten und weggetragen wurden. Das war damals die eigentliche Geburtsstunde der Umweltbewegung gewesen, und irgendwie hatte er das Gefühl, dass mit der Fracking-Geschichte nun eine neue, noch völlig unberechenbare Herausforderung auf die UPÖ wartete. Vor allem in Person der Gina Blauensteiner.

»Warten Sie mal«, hielt die Charlotte den Grafen auf, der sich bereits zum Gehen bereit gemacht hatte. »Ich habe die Gina schon verständigt. Sie ist einigermaßen aufgebracht.«

»Kein Wunder«, murmelte der Graf.

»Ja, sehe ich auch so. Sie kommt gleich hierher. Ist ja nur ein Katzensprung.«

Der Graf schenkte sich nach. Der »Liter und Liter« war inzwischen aufgebraucht. Aber das war bei diesen Nachrichten nun wirklich kein Wunder.

ZEHN

Nachdem die Gina wie eine Furie beim Nöhrer-Heurigen eingerauscht war, hatte man sicherheitshalber noch einen »Liter und Liter« zum Tisch bringen lassen. Und dann noch einen. Und noch einen ... Die Gina hatte dem Grafen versprechen müssen, nicht voreilig etwas über die Probebohrungen an die Öffentlichkeit rauszugeben. Er fürchtete, dass sonst sein Kontakt kompromittiert werden könnte. Die Maier-Bestellung zum ÖL-Leiter und das grüne Licht für die Probebohrungen waren ja noch inoffiziell. Erst nach etlichen Beschwichtigungen gelang es der Charlotte und dem Grafen gemeinsam, aus der Gina dieses Versprechen herauszukitzeln. Immerhin konnte man sich darauf einigen, dass die Gina im Hintergrund bereits mit den Vorbereitungen für die Protestaktionen beginnen sollte. Demonstranten mussten ja auch organisiert und informiert werden – selbst wenn man sie über den genauen Hintergrund der Demo noch im Dunkeln lassen musste. Man wollte der ÖL die Heide nicht so einfach überlassen. Und was der Graf auf seinem Teil der Heide machte, war seine Sache. Da konnte sich die ÖL auf den Kopf stellen.

Richtig lustig wurde es, als die Flora und der Noah von der Schule nach Hause kamen. Als sie die Gina und den Grafen bei ihrer Verwandtschaft sitzen sahen, warfen sie ihre Rucksäcke ins Eck und setzten sich sofort dazu. Da sich alle schon einen kleinen Spitz (um es höflich auszudrücken) angetrunken hatten, war es für die beiden Jüngsten nicht sonderlich schwierig, die ganze Geschichte aus ihnen herauszubekommen. Bei der ersten Erwähnung des Wortes »Fracking« begannen die Augen der Flora zu funkeln.

»Haben die eigentlich eine Ahnung, was da alles passieren kann?« Sie zückte ihr Handy und rief bei YouTube ein paar Horrorvideos auf. Also, eigentlich waren es ganz normale

Videos, aber der Inhalt war schon ein bisschen zum Fürchten. In den USA, wo Fracking ja erlaubt war und man es mit dem Umwelt- und Anrainerschutz nicht ganz so ernst nahm, waren laut der Videos durch Fracking ganze Landstriche mehr oder weniger unbewohnbar gemacht worden. Das Grundwasser war durch die brutale Erdgasgewinnung nicht nur ungenießbar geworden, sondern teilweise auch leicht entflammbar. Die Charlotte sprang vor Schreck auf, als in einem Video gezeigt wurde, dass man das Wasser aus der Leitung ganz leicht entzünden konnte. Dafür reichte schon ein brennendes Streichholz, und – bumm! – gab es in der gemütlichen Küche einen kleinen Feuerball.

»Ist das … ist das echt?«, stotterte die Charlotte.

»Ist was echt?«, wiederholte die Andrea, die inzwischen ebenfalls angekommen war, wie ein Papagei. Sie stellte ihre Laptop-Tasche zu den Rucksäcken der Flora und vom Noah.

Die Flora zeigte ihr nochmals das verstörende Video mit dem brennenden Wasser.

»Geht's leicht schon los?«, fragte die Andrea, die sich von dem Video weniger geschockt zeigte als die Charlotte.

»Mit dem Fracking?«, fragte die Flora zurück. »Ja, schon in zwei Tagen wollen sie mit dem Aufbau von Probebohranlagen auf der Heide beginnen.«

»Also stimmen die Gerüchte, die ich heute gehört habe.«

»Welche Gerüchte, und wo hast du die bitte gehört?«, wollte die Charlotte wissen, die sich wieder einmal ein wenig außen vor fühlte.

»Bei uns in der Kanzlei. Mein Chef ist ja ganz gut vernetzt.« Dabei warf sie dem Grafen einen prüfenden Blick zu, den der aber nicht bemerkte. »Es stimmt also, dass der Maier neuer ÖL-Leiter wird. Damit hat der Herr Landeshauptmann also plötzlich wieder vollen Zugriff auf die Gesellschaft.«

Der Graf nickte. »Ja, so genau wollte ich das eigentlich nicht ausführen, aber nachdem ich anscheinend nicht der Einzige mit Insiderwissen bin … Der Herr Maier wird sicher ein willfähriger Handlanger vom Sagmeister sein. Auf jeden Fall dienstbereiter, als es der Herr Schuster war.«

Wieder ein prüfender Blick der Andrea. »Wie meinen Sie das?«

Der Graf hob seinen Kopf und musterte die Andrea scharf. »Ach, nur so«, antwortete er schließlich wenig glaubwürdig. Was nur dazu führte, dass nun alle den Grafen fragend anschauten. Der schnaufte einmal und meinte noch: »Ist ja bekannt, dass der Schuster und der Sagmeister in letzter Zeit nicht mehr gut miteinander konnten.«

Die Charlotte warf ein: »Aber anscheinend wollten doch beide um jeden Preis das Fracking durchdrücken!«

»Das schon, aber vielleicht war das ja nicht alles?«, meinte der Graf enigmatisch. »Vergessen Sie's einfach. Ich habe heute schon zu viel geplaudert. Was sicher auch Ihrem hervorragenden Wein geschuldet ist. Meine Damen und Herren – es war mir ein Volksfest. Ich wünsche noch einen schönen Nachmittag und Abend. Und Sie, Frau Blauensteiner, sehe ich wie abgemacht morgen früh bei mir am Schloss.« Er legte einen Hundert-Euro-Schein auf den Tisch, setzte sich seinen Hut samt Gamsbart auf und torkelte zum Ausgang.

»Hans, das ist doch viel zu viel«, protestierte der Herr Papa, dem Grafen nacheilend.

»Schon gut, die Zeche geht heute auf mich.« Der Graf winkte abwehrend, aber der Herr Papa musste ihn dennoch stützen. Das plötzliche Aufstehen und der viele Alkohol hatten dem Grafen zugesetzt. Als er auf seinen Bentley, Baujahr 1965, zuwankte, zog ihm die Charlotte die Autoschlüssel aus der Hand.

»Mein lieber Herr Hinteregger, das kann ich nicht zulassen. Ich rufe Ihnen ein Taxi. Sie können sich Ihren Wagen gerne morgen abholen. Oder wir bringen ihn vorbei. Wie es Ihnen lieber ist.« Der Graf nickte müde und ließ sich ein paar Minuten später vom gerufenen Taxi widerstandslos nach Hause bringen. Der Herr Papa betrachtete den Oldtimer des Grafen mit großen Augen.

»Ich habe das Auto ein paarmal im Ort unten gesehen«, meine er, »aber bisher habe ich nicht gewusst, wem der Wagen gehört. Hat ja ein Wiener Kennzeichen. Eigentlich klar, so ein Auto passt zum Grafen.«

Die Charlotte konnte dem Wagen nicht viel abgewinnen. Es war ihr schon klar, dass es sich um ein äußerst wertvolles Modell handelte, aber für sie war ein Auto ein Nutzgegenstand. Nichts, in das man viel Herzblut oder Emotionen fließen ließ. Was die Andrea offenbar ganz anders sah. Sie war ihnen gefolgt und stand nun bewundernd vor dem Bentley.

Dann sah sie, dass die Charlotte die Schlüssel dazu in der Hand hatte. »Darf ich mal damit fahren? Darf ich, darf ich? Bitte, bitte, bitte!«

»Bist du irr?«, fuhr die Charlotte ihre Freundin an. »Wenn du da einen Kratzer reinmachst!«

»Büüüüttttteeee!«

»Nein, und aus!«

»Bäh!« Die Andrea streckte ihre Zunge raus, was von der Charlotte nicht einmal mit einem Zucken quittiert wurde. Verträumt ließ die Andrea noch einmal ihre Hand über den Oldtimer-Boliden streichen, bevor sie hinter der Charlotte zurück in den Hof trottete.

Der nächste Tag verlief genau bis zum Frühstück ruhig und idyllisch. Die Charlotte musste nicht einmal die Zeitungen aufschlagen, um zu wissen, dass irgendwer doch geplaudert hatte. »Anschlag auf unsere Umwelt!«, »Frack! Jetzt geht's der Umwelt an den Kragen!«, »Geldgier siegt über Umweltschutz« und »Was sind Politikerversprechen noch wert?« lauteten die Schlagzeilen der großen Tageszeitungen.

Und im Blattinneren ging es wenig zimperlich weiter. Da wurde über die Nacht-und-Nebel-Ernennung von Markus Maier zum ÖL-Leiter berichtet, die ja noch nicht einmal offiziell war. In Kommentaren wurde hinterfragt, was Maier überhaupt zu so einer Position qualifizierte. Seine bisherige Karriere hatte daraus bestanden, den Pressesprecher und »Mann fürs Grobe« für den niederösterreichischen Landeshauptmann zu geben. Der Mann besaß nicht einmal ein abgeschlossenes Wirtschaftsstudium, und jetzt sollte er auf einmal eine der größten Gesellschaften des Landes leiten?

»Ob die Gina geplaudert hat?«, spekulierte der Herr Papa.

Die Charlotte schüttelte den Kopf. »Kann ich mir nicht vorstellen. Sie hat es versprochen.«

»Ja, aber sie ist Politikerin. Sieht man ja, was da ein Versprechen wert ist.«

»Ich glaub's trotzdem nicht. Was hätte sie davon? Außerdem hast du ja gestern selbst gehört, dass sogar die Andrea davon wusste. Also wird es wohl noch andere Quellen geben, die das an die Tageszeitungen weitergeplaudert haben. Uns kann's nur recht sein. Je mehr öffentlicher Druck, desto größer die Chancen, dass wir diesen Wahnsinn vielleicht irgendwie verhindern können.«

Der Herr Papa nickte. »Übrigens: Der Hans hat sich bei mir gemeldet. Er hat gefragt, ob ich so gut sein könnte, ihm heute Abend seinen Wagen rüberzubringen.«

»Cool«, antwortete die Charlotte, obwohl ihr das eigentlich völlig wurscht war. Wie gesagt, Autos waren ihr im Allgemeinen recht egal.

Der Herr Papa zwinkerte ihr schelmisch zu. »Ich habe mir gedacht, dass du und die Andrea mich dabei vielleicht begleiten könntet. Die Andi war doch eh so scharf auf den Wagen.«

»Wenn's sein muss«, stöhnte die Charlotte. »Eine von uns muss euch ja sowieso mit einem Auto begleiten, wie kommt ihr denn sonst wieder zurück?«

»Taxi? Oder zu Fuß gehen? Davon hast du doch sicher schon mal gehört, oder? Ist ein schöner Spaziergang durch die Weinberge von der Heide hier herüber.«

»Wenn du meinst …« Die Charlotte zuckte die Schultern. Sie spürte noch ein bisschen die Nachwirkungen vom Liter-und-Liter-Gelage des Vorabends. Zudem machte ihr die Aussicht auf die anstehenden Probleme im Ort zu schaffen. Zuerst der Mord am Schuster. Jetzt auch noch ein Umweltskandal, in dem der Gegner nicht ein (mehr oder weniger) gerissener Mörder, sondern der Staat beziehungsweise das Land war. Wo sollte man da überhaupt anfangen? Staat, Bundesland, Heimat – das waren alles Begriffe, die man leichtfertig verwendete, aber selten machte man sich wirklich tiefer gehende Gedanken darüber. Was war überhaupt ihre Heimat? Klar, in ihrer Kindheit war es Perchtoldsdorf gewesen. Danach aber fast ein Jahrzehnt lang Wien. Zu dieser Zeit hatte sich ihr Verlangen nach einer Rückkehr in den familiären Schoß äußerst in Grenzen gehalten. Und jetzt? Jetzt war sie wieder daheim und fühlte sich hier erstaunlich wohl und geborgen. Auch wenn es immer wieder Brösel mit der Frau Mama gab.

Aber was wäre schon eine Familie ohne Streit? War das nicht ein Zeichen, dass man sich umeinander kümmerte und sich Gedanken machte, was der andere so anstellte? Wäre das allen einfach wurscht gewesen, hätte man darüber auch nicht gestritten.

Den Rest des Tages kümmerte sich die Charlotte ausnahmsweise mal ausschließlich um ihren Betrieb. Das viele Herumlaufen, Leutebedienen und Ganz-allgemein-für-Ordnung-Sorgen lenkte wunderbar von ihren Sorgen ab und half auch dabei, den Restalkohol aus dem Blut zu bringen.

Schon gegen drei Uhr und damit früher als gewöhnlich kamen die Flora und der Noah von der Schule heim. Beide mit einem breiten Grinser im Gesicht.

»Na, was ist mit euch los?«, empfing sie die Charlotte. »Ihr grinsts ja wie zwei lackierte Hutschpferde.«

»Wir gehen morgen demonstrieren!«, antwortete die Flora aufgeregt.

»Wie, ihr geht morgen demonstrieren?«

»Na, gegen die Fracking-Pläne von der ÖL«, antwortete die Flora wie selbstverständlich.

»Ah, eh. Und da gibt euch die Schule einfach frei … oder wird geschwänzt?«

»Wir bekommen frei«, mischte sich der Noah ein, um den sich anbahnenden Streit zu verhindern. Er kannte die beiden Schwestern mittlerweile gut genug und wusste, dass gerade bei der Flora oft schon ein falsches Wort reichte, um sie hochgehen zu lassen wie einen Druckkochtopf.

»Lasst mich raten: Das hat die Frau Professor Weber organisiert. Auch wenn sie das Thema als Geschichtslehrerin eigentlich nichts angeht.«

Die Flora und der Noah nickten aufgeregt. Die patzige Antwort der Charlotte eröffnete der Flora aber die Möglichkeit, eine ebenso patzige Retourkutsche zu lancieren.

»Was heißt, das geht sie nix an? Hier geht's um Umweltschutz und Zivilcourage, das geht uns alle etwas an. Außerdem unterrichtet sie ja nicht nur Geschichte, sondern auch Geografie.«

Der Noah mischte sich kalmierend ein: »Außerdem ist die Heide nicht so weit vom Gymnasium entfernt. Das betrifft uns also irgendwie auch.«

»Und die Weinberge! Die sind ja nur ein paar hundert Meter von der Heide weg!« Die Flora redete sich in Rage. »Vielleicht solltest du dir überlegen, ob du nicht auch demonstrieren gehen willst, Schwesterherz.«

»Ja, schauen wir mal«, wiegelte die Charlotte ab.

»So, und jetzt ist mal Ruhe da!«, bestimmte die Omama, die sich das Theater vom Küchenherd aus angehört hatte. »Flora, Noah – wir wollten uns doch um eure Kostüme kümmern. Schon vergessen?«

Wie bitte?, dachte sich die Charlotte. Die Omama – DIE OMAMA – wollte der Flora dabei helfen, ihr Flittchen-Kostüm zu schneidern? Noch bevor sie zu einem lautstarken Protest ansetzen konnte, hatte die Omama sich mit zwei Tellern an ihr vorbeigedrängt und zu den beiden jungen Leuten an den Küchentisch gesetzt. Im Vorbeigehen stieg der Charlotte der verführerische Duft eines frischen Apfelstrudels in die Nase, der ihr das Wasser im Mund zusammenlaufen ließ. Die Omama stellte dem Noah und der Flora die Teller auf den Tisch, und die beiden hauten gleich ordentlich rein.

»Und ich?«, fragte die Charlotte beleidigt.

»Du kannst dir selber nehmen«, schnappte die Omama zurück. »Bist ja schon erwachsen, oder?«

»Pfft!« Aber natürlich nahm sich die Charlotte ein Stück vom Apfelstrudel. Man konnte das gute Ding ja nicht auskühlen lassen. Oder einfach stehen lassen. Sie setzte sich mit ihrem Teller ebenfalls an den Küchentisch, wo die Flora mittlerweile ein iPad ausgepackt und auf den Tisch gelegt hatte. Obwohl sie nur zu viert waren, fühlte sich die Charlotte wie das fünfte Rad am Wagen. Die Flora, der Noah und die Omama hatten die Köpfe über dem iPad zusammengesteckt und schauten sich ein Video an.

»Ich will auch!«, maulte die Charlotte. »Was schaut ihr euch da überhaupt an?« Reaktion null. Also drängte sich die Charlotte näher an den Noah ran. Soweit sie erkennen konnte, lief da gerade ein Video vom Perchtoldsdorfer Zombieball.

»Wieso schaut ihr euch so ein Video an?«, fragte die Charlotte erstaunt. »Ich dachte, ihr wolltet euch dein Kasperl-Kostüm geben?«

»Sehr lustig, Nöhrer«, keifte die Flora zurück. »Wir wollen uns einfach noch einmal ansehen, wie die anderen ihre Kostüme gemacht haben. Man kann sich ja von überall Inspirationen und Tipps holen. Schau mal, da ist ein Jack Sparrow. Total langweilig, und man sieht, dass das Kostüm gekauft ist.«

»Und noch dazu ein billiges«, warf der Noah empört ein. Ja, wirklich. Wie konnte man nur auf die Idee kommen, sich auf so einem Maskenball einfach günstig einen Spaß machen zu wollen?

»Das hier ist schon besser«, stellte die Flora fachmännisch fest. »Ist zwar nur ein Schneewittchen, aber das Kostüm ist eindeutig selbst gemacht.«

»Oder im Sexshop gekauft«, argwöhnte die Charlotte. Das

Röckchen dieses Schneewittchens bedeckte nämlich gerade einmal das Nötigste.

»Mah, wirklich, Charlotte«, schnaubte die Flora. »Seit wann bist du denn so prüde?«

»Na, weil's wahr ist«, konterte die Charlotte.

»Und das da?«, fragte die Omama interessiert. Sie klebte mit der Nase beinahe am iPad, weil sie auf diese Distanz so schlecht sah.

»Das ist nur ein Harry-Potter-Kostüm. Da steckt kein Aufwand dahinter. Schaut gut aus, aber die gibt es in jeder Preisklasse zu kaufen. Da muss man nichts selbst schneidern. Was ist da auch schon groß dran? Dunkle Schuluniform, bunte Krawatte und ein dunkler Umhang.«

»Aha«, brummte die Omama. »Läuft so ein Kasperl auch herum?«

»Kasperl?«, fragte die Flora konsterniert.

»Ja, na halt das, als was du gehen willst. War doch ein Harlekin, gell?«

»Omama, nicht du auch noch!«, stöhnte die Flora leicht verzweifelt. »Ich will als Harley Quinn gehen. Klingt nur so ähnlich. KW, Kwinn, nicht Kin.«

»Und schaut so ähnlich aus, nur nuttiger«, murmelte die Charlotte, was ihr umgehend einen Todesblick von der Flora einbrachte.

Die Flora fuhr fort: »Nein, eine Harley Quinn war nicht da. Aber ich kann dir Bilder von ihr zeigen.«

»Warte mal!«, schrie die Charlotte plötzlich auf, dass es die anderen drei vor Schreck von den Sitzen hob. »Schnell, schnell, spul mal ein paar Sekunden zurück«, forderte sie die Flora auf. Die sah sie mit großen Augen an, verzichtete aber ausnahmsweise mal auf eine blöde Bemerkung. Sie schob den Abspielbalken mit einem Finger ein Stück nach links und ließ das Video wieder laufen.

»Da, da!«, schrie die Charlotte wieder, diesmal noch ein wenig hysterischer.

»Was, da, da?«, fragte die Flora perplex.

»Na da, im Hintergrund. Schau doch mal.«

Und tatsächlich, im Hintergrund waren Darth Vader und – noch sehr lebendig – Batman zu sehen.

»Nach Streit oder so sieht das aber nicht aus«, stellte der Noah interessiert fest. Womit er recht hatte. Die beiden schwarz Kostümierten standen an der Ecke zu einem Stiegenabgang. Genau dort, wo später die Leiche vom Batman gefunden worden war. Batman hatte ein Getränk in der Hand, schließlich konnte er durch seine ausgeschnittene Gesichtsmaske ja auch etwas trinken. Darth Vader hatte es da schwieriger. Er musste dafür seinen ganzen Helm abnehmen. Darauf zu hoffen war wohl aussichtslos. Und es passierte natürlich auch nicht. Da war der mutmaßliche Mörder schon vorsichtig genug.

»Was machen die beiden da?«, fragte sich die Charlotte leise.

»Sieht so aus, als würden sie sich ganz friedlich miteinander unterhalten«, konstatierte die Flora.

»Was dafürspricht, dass sich die beiden kennen.«

Das freundschaftliche Gespräch ging noch ein paar Sekunden weiter. Die beiden standen dicht beisammen, die Köpfe vorgeneigt. Wohl, um besser verstehen zu können, was der andere sagte. Der Lärmpegel war auch auf dem Video gut zu hören.

»Lass laufen!«, forderte die Charlotte ihre Schwester auf.

Eine Minute lang passierte gar nichts. Also, im Vordergrund schon. Da liefen die unterschiedlichsten Kostüme herum, und auf die hatte sich die Flora bei ihren Videoaufnahmen ja eigentlich auch konzentriert. Dann tat sich im Hintergrund wieder etwas. Schwache Schatten schienen zu gestikulieren, ehe ein Arm von Batman die Mauerkante hinunterrutschte.

»Das muss der Augenblick des Mordes sein«, meinte die Charlotte. Im nächsten Moment schlich Darth Vader um die Ecke und verschwand durch eine Tür, auf der »Personal« stand. Kurz darauf war das Video zu Ende.

Die Charlotte, die Flora, der Noah und die Omama sahen sich verblüfft an. Aus Zufall hatte die kleine Nöhrer doch tatsächlich den Mord gefilmt. Gut, nicht direkt, aber wenigstens hatten sie jetzt die letzten Minuten im Leben des Dirk Schuster auf Video.

»Das hat schon sehr vertraut ausgesehen, oder?«, meinte die Flora.

»Schickst du das Video bitte gleich dem Leo? Der wird sich freuen, endlich einen Anhaltspunkt zu haben.« Die Flora kam dem Wunsch ihrer Schwester nach, und ein paar Minuten später erhielt sie schon ein »Thumbs-up«-Emoji vom Leo zurück.

Nachdem die Andrea von der Arbeit heimgekommen war, schnappte sich der Herr Papa die Charlotte und die Andrea, um mit ihnen den Oldtimer vom Grafen zurückzubringen. Die Andrea freute sich wie ein kleines Kind, in dem Nobelhobel Platz nehmen zu dürfen. Also, anfänglich halt. Sie riss dem Herrn Papa die Autoschlüssel aus der Hand und rannte hinaus auf den Parkplatz. Der Herr Papa eilte ihr nach, hatte dabei aber ein unergründliches, süffisantes Lächeln im Gesicht. Die Charlotte zuckte nur mit den Schultern, nahm ihren eigenen Autoschlüssel und schlenderte den beiden nach.

Am Parkplatz sah sie, wieso der Herr Papa so gegrinst hatte. Die Andrea saß zwar am linken Vordersitz, allerdings fehlte ihr das Lenkrad. Das hatte der Herr Papa am rechten Sitz in der Hand.

»Rechtslenker!«, sagte er augenzwinkernd, und da konnte auch die Charlotte nicht anders, als lautstark loszulachen.

Nur die Andrea fand das überhaupt nicht witzig. Sie saß schmollend mit verschränkten Armen da, die Augenbrauen zusammengezogen und trotzig wie ein kleines Kind. »Haha, sehr lustig, Nöhrer«, fauchte sie durch das offene Fenster.

War da was im Wasser, oder wieso bekam die Charlotte das nun anscheinend ständig um die Ohren geschmissen? Die Charlotte warf ihr einen Luftkuss zu, setzte sich in ihren Wagen und fuhr hinter dem Herrn Papa hinterher. Nöhrer senior musste sich auch erst an die Rechtslenkung gewöhnen. Dementsprechend langsam und vorsichtig fuhr er die kurvige Auffahrt des Weinguts hinunter, bis er auf die steile Überlandstraße zwischen Perchtoldsdorf und Gießhübl kam. Dort bog er rechts ab – bergauf. Aha, dachte sich die Charlotte, konnte der Herr Papa also auch nicht widerstehen und musste unbedingt noch eine Ehrenrunde mit dem Nobelschlitten drehen. Im Schritttempo lenkte der Herr Papa den alten Bentley hinauf in Richtung Gießhübl. Dort nahm er die Autobahnauffahrt Richtung Wien und fuhr die paar Kilometer zur nächsten Ausfahrt hinunter. Inzwischen schon deutlich mutiger. Und schneller. Zu schnell. Da die Charlotte dicht an ihm dranblieb, konnte sie quasi erste Reihe fußfrei sehen, wie der Herr Papa mit dreißig Kilometern pro Stunde zu viel in eine eigentlich allgemein bekannte Radarfalle raste. Ui, das könnte natürlich Brösel mit dem Herrn Graf geben. Und teuer würde es auch werden …

ELF

Dementsprechend kleinlaut überreichte der Herr Papa dem Grafen eine Viertelstunde später den Autoschlüssel.

»Bei mir wäre das nicht passiert«, maulte die Andrea, augenscheinlich noch immer angepisst, weil sie auf der falschen Seite eingestiegen war.

»Mach dir nix draus, Rudi«, beruhigte ihn der Graf jovial. »Solange die Polizei deswegen nicht meinen Führerschein will und du die Strafe übernimmst, ist alles gut.«

»Natürlich, natürlich«, bestätigte der Papa eilig.

»Und was Sie angeht, Fräulein ...«

»Einfach Andrea, wenn's recht ist«, entgegnete die Angesprochene strahlend. Immer wieder faszinierend, wie die Andrea von einem Moment auf den anderen ihr gewinnendstes Wesen herauskehren konnte. Die Charlotte tat sich da wesentlich schwerer.

»Ja gerne, dann bin ich auch der Hans«, entgegnete der Graf, nahm die Hand der Andrea und führte seinen Mund kavalierhaft zu ihr.

Die Andrea wurde rot im Gesicht und flötete: »Natürlich, lieber Hans.« Und damit hatte sie den Grafen auch schon um den Finger gewickelt. Erwartungsvoll schaute sie zur Charlotte rüber. Die gab sich letztlich doch noch einen Ruck.

»Wenn wir schon dabei sind – ich bin die Charlotte. Bitte ohne ›e‹.« Nach einer kurzen Pause und einem weiteren aufmunternden Blick der Andrea fügte sie hinzu: »Wenn's recht ist, natürlich nur.«

»Aber meine Liebe, wieso denn nicht? Wir hätten das schon gestern bei euch beim Heurigen machen sollen. Vor allem jetzt, wo wir ja auch geschäftlich miteinander verbunden sind.«

Der Graf hatte sie am Einfahrtstor seines Anwesens empfangen. Das Schloss stand etwas oberhalb der letzten Villenreihe, die sich am Fuß der Heide an den Hügel schmiegte und einen romantischen Blick auf das hell erleuchtete Wien weiter unten im Wiener Becken gewährte. Das automatische Eisentor war in eine lange, niedrige Steinmauer eingelassen, die die gesamte Anlage umschloss. Das waren durchaus einige Hektar Land. Eine Schotterstraße führte vom Einfahrtstor hundertfünfzig Meter durch eine großzügig angelegte Parkanlage mit alten Kastanien, Eichen und Walnussbäumen zum eigentlichen Anwesen, dem Schloss aus der Renaissancezeit.

Obwohl, »Schloss« war eigentlich übertrieben. Sogar »Schlösschen« entsprach nicht ganz den Tatsachen. Das Ganze sah eher wie ein extrem feudales britisches Landhaus aus. Nur die hier im inneren Teil deutlich höher gezogenen Mauern erinnerten an eine Schloss- oder Burganlage. Das dreistöckige Gebäude war in L-Form angelegt, die ehemaligen Wirtschaftsgebäude bildeten ebenfalls ein allerdings nur einstöckiges L, was zusammen eine Art überdimensionierten Vierkanthof darstellte, mit einem weitläufigen Innenhof in der Mitte.

Der Graf führte seine Besucher einmal um das Schlösschen. Dutzende Schafe grasten die Parkanlage ab. »Natürliche Rasenmäher, sehr praktisch«, erklärte der Graf. Stolz fügte er hinzu: »Und zu hundert Prozent bio!«

Auf der Rückseite fiel das Gelände steil bergab zum Wiener Becken. Hier hatte sich der Graf einen kleinen privaten Weingarten angelegt. Oder anlegen lassen. Dieser reichte bis zum darunter angrenzenden Grundstück. Mit einer sicher beeindruckenden Villa, aber nichts im Vergleich zum Anwesen des Grafen. Außerdem konnte man den Nachbarn unterhalb wunderbar auf ihre Terrasse, den Pool und den Garten schauen.

»Ja, sie waren nicht glücklich, als ich vor ein paar Jahren hierhergezogen bin und das Familienanwesen reaktiviert habe, aber mit der Zeit hat man sich aneinander gewöhnt. Und es ist ja nicht so, dass ich ständig an der Kante sitze und denen da unten zuschaue.«

»Netter Weingarten«, meinte der Herr Papa anerkennend.

»Ja, ›nett‹ ist das richtige Wort. Zur kommerziellen Nutzung eigentlich zu klein, aber ich dachte mir, dass das in einem Weinort wie dem unseren einfach dazugehört. Außerdem wäre sonst mit dieser Schräge sowieso nichts anzufangen gewesen. Und die Schafe kommen hier auch nicht her, um die Weinstöcke anzuknabbern.« Der Graf machte eine kurze Pause. »Aber dieses Weingärtchen ist etwas, worüber ich durchaus mit dir reden möchte, Rudi.«

Ahhhh ja, dachte die Charlotte. Daher wehte also der Wind. Nicht nur, aber auch halt. Und soooo klein, wie der Graf tat, war der Hang auch nicht. Für eine limitierte Spezialabfüllung – und so etwas hatte der Graf wohl im Sinn – war durchaus genug Material da. Aber egal, das sollten sich die beiden Männer untereinander ausmachen. Sie war mit ihren eigenen Geschichten genug ausgelastet.

Schließlich war der Rundgang beendet, und der Graf führte seine Gäste durch ein schweres Holztor in den eigentlichen Schlossbereich beziehungsweise den großen Innenhof. In einem Arkadengang war eine kleine Tafel gedeckt, ein paar Kerzen und gedimmte Laternen sorgten für wildromantische Stimmung. Mit einer ausladenden Handbewegung bat der Graf zu Tisch, und da war die Überraschung groß, als die Charlotte sah, dass zwei andere Gäste bereits anwesend waren. Nämlich die Anna Weber und ihr Mann, der Dr. Hubertus Weber.

»Ich glaube, ich muss euch nicht mehr vorstellen«, meinte der Graf zufrieden lächelnd. Er hatte das abendliche Treffen mit den Webers als Überraschung geplant, und die war durchaus gelungen.

»Nein, musst du nicht«, lachte die Charlotte und begrüßte die Webers mit Wangenküsschen. Als sich alle gesetzt hatten, klingelte der Graf mit einer kleinen Glocke, und wie aus dem Nichts erschien Servierpersonal.

»Keine Angst, das ist nur angemietetes Personal von einem Caterer, extra für heute Abend«, betonte der Graf, nachdem alle Weingläser eingefüllt worden waren. »Ich bin keiner von denen, die rund um die Uhr bedient werden müssen.« Er prostete und fuhr dann fort: »Na ja, ganz stimmt das nicht. Für so ein großes Anwesen braucht es schon ein paar Leute. Einen Verwalter, einen Gärtner und zwei Putzdamen habe ich fix angestellt. Sie wohnen auch alle hier.« Er zeigte dabei auf eines der alten Wirtschaftshäuser. »Die wurden gleich zu Beginn wieder instand gesetzt und modernisiert. Jetzt lässt es sich dort ganz gut leben. Das Schloss selbst ist zum Teil noch Baustelle. Bisher wurden im Großen und Ganzen die Fassade, ein paar historische Räume und zwei Gästezimmer wieder in Schuss gebracht – für den Fall, dass ich hier auch Gäste empfange, die länger als einen Abend bleiben.«

»Und wo wohnst du?«, fragte die Andrea interessiert.

Der Graf zeigte auf eine unscheinbare Tür in einem Eck des Vierkanthofs. Weit entfernt vom eigentlichen Haupteingang zum Schloss, der über eine zehnstufige Prachttreppe zu erreichen war.

»Dort hinten. Ich hatte keine Lust, in den alten historischen Räumen zu wohnen. So konservativ bin ich auch wieder nicht«, sagte er lachend und nahm einen Schluck von seinem Rotwein. »Da, wo jetzt meine Wohnung ist, waren früher Vorratsräume. Die Zimmer sind etwas niedriger, alles ist ein bisschen heimeliger. Also, natürlich erst, seitdem ich renovieren und umbauen ließ. Und viel Platz brauche ich ja nicht. Wohnzimmer, Schlafzimmer, Küche, Bad und eine Bibliothek, die mir zugleich als Arbeitszimmer dient. Alles zusammen circa hundert Quadratmeter. Also nichts Übertriebenes.«

»Und was soll mit dem Rest des Schlosses passieren?«, wollte die Charlotte wissen.

»Tja, gute Frage. Ich habe lange überlegt und mit mir gekämpft. Ich bin ja nun schon ein paar Jahre hier, und die Renovierung verschlingt einiges an Geld. Die Förderungen vom Land fließen auch nicht gerade in der Menge, die ich mir vorgestellt habe. Dafür bin ich mit dem Sagmeister leider nicht gut genug befreundet. Wie auch immer, ich bin zu dem Entschluss gekommen, dass ich das Schloss für die Öffentlichkeit zugänglich machen möchte. Meine Familie hatte jahrelang, ach was, jahrzehntelang zurückgezogen gelebt. Fragt mich nicht nach den Gründen, ich weiß es selbst nicht, aber ich bin selbst auch eher ein introvertierter Mensch. Doch die letzten Monate haben mich gelehrt, dass es eigentlich ganz nett ist, wenn man ein wenig unter die Leute kommt und am Leben im Ort teilnimmt. Also möchte ich das Schloss öffnen – für Feiern, Hochzeiten, Konzerte. Natürlich nichts Wildes, ihr versteht schon.«

»Deshalb die Zusage für das Frühlingserwachen«, meinte der Herr Papa.

»Ja, das ist praktisch auch eine Art Wiedererwachen für das Schloss. Damit soll es beginnen. Über die nächsten Jahre möchte ich den Rest des Innenlebens vom Schloss revitalisieren und dann auch Schlossführungen machen. Es ist ein historisches Kleinod, das es in dieser Form in der Umgebung sonst nicht gibt.«

»Komm schon, Hans«, meinte jetzt der Hubertus Weber. »Gib doch zu, dass es dir hier allein einfach zu langweilig geworden ist.«

»Ja, stimmt schon, Hubertus. Wisst ihr, der Hubertus und ich kennen uns schon sehr lange. Und seitdem er mit seiner bezaubernden Frau nach Perchtoldsdorf gezogen ist … wie soll ich sagen, ja, da ist er mir einfach ständig in den Ohren gelegen, dass ich mich doch endlich aus meinem Schloss herauswagen soll.«

Das Gespräch wurde vom ersten Gang des Abends unterbrochen, die Kellnerinnen servierten die Vorspeise. Sie bestand aus verschiedenen kleinen Häppchen: Tafelspitzsülzchen mit Käferbohnen, gegrillte und gefüllte Paprika, winzig kleine Beef-Tartar-Schnittchen und mit Butter bestrichene und mit Kresse bestreute Schwarzbrot-Canapés.

»Ich habe mir erlaubt, für heute eine etwas weniger bodenständige Küche zu bestellen«, erklärte der Graf. »Deftig habt ihr es bei den Heurigen sowieso immer. Wie schmeckt euch übrigens der Wein?«

Der Herr Papa nahm einen Schluck von seinem Roten, ließ ihn im Mund kreisen und meinte dann: »Gut, aber eindeutig keiner aus unserer Gegend.«

»Richtig«, bestätigte der Graf. »Ich dachte mir, dass es nicht höflich ist, wenn ich euch den Wein von einem anderen Heurigen anbiete.« Der Herr Papa winkte ab, im Großen und Ganzen war man sich im Ort nicht neidig und genoss gerne mal den Wein von einem anderen Weinhauer.

»Wie auch immer«, fuhr der Graf fort, »es handelt sich hier um einen südafrikanischen Merlot. Im Lauf des Abends werden wir noch ein paar andere Weine aus der ganzen Welt verkosten.«

Nach der Vorspeise kam umgehend die Suppe, eine Rinder-Consommé mit dreierlei Einlagen. Erst danach kam das Gespräch wieder in Gang.

»Also, Hans«, setzte die Charlotte an, »es wird doch einen Grund haben, wieso du uns heute gemeinsam mit der Anna und dem Hubertus zum Essen eingeladen hast.«

Der Graf tupfte sich den Mund mit seiner Serviette ab, nahm einen Schluck vom frisch eingeschenkten Weißwein und sagte: »Ja, das ist durchaus richtig. Ich wollte mit euch über die bevorstehenden Probebohrungen und den Mord an Dirk Schuster sprechen. Und zwar in aller Ruhe und ohne störende Heurigengäste. Ich glaube, ich war gestern nicht ganz ehrlich zu euch. Oder nein, ehrlich schon, aber ich habe vielleicht ein paar Sachen ausgelassen.«

Die Charlotte wurde hellhörig. Vor allem, was hatten die Webers damit zu tun?

»Wie ihr wisst«, erklärte der Graf, um gleich hinzuzufügen: »oder auch nicht … Ich besitze eine gut gehende Porzellanmanufaktur in Wien und exportiere das Porzellan in die ganze Welt, wobei vor allem der arabische Raum ein großer Markt ist. Das kann man jetzt gut finden oder auch nicht. Tatsache ist, dass die Araber ihr Porzellan halt woanders kaufen würden, wenn ich es ihnen nicht verkaufe. Also lassen wir die moralischen Diskussionen bitte gleich beiseite. Ich verkaufe ihnen ja keine Waffen. Was ist das Schlimmste, was sie mit meinem Porzellan machen können? Dem Ehemann nachwerfen? Wenn's nur das ist … Aber egal, die Manufaktur befindet sich seit über zwei Jahrhunderten in Familienbesitz. Wir haben einen guten Namen, und davon lässt sich gut leben. Aber ich war nicht immer erpicht darauf, das Familienunternehmen zu übernehmen. Also habe ich zunächst eine andere Karriere eingeschlagen. Meine Familie hatte immer schon gute politische Kontakte, und da war es bei meiner Ausbildung kein großes Problem, in der Partei und danach im diplomatischen Korps unterzukommen. Ich bin viel in der Welt herumgekommen und wurde bald auch von anderen, nennen wir es öffentlichkeitsscheueren, Abteilungen angesprochen.«

»Du warst ein Spion?«, platzte die Andrea heraus.

Der Graf lächelte. »Das hast jetzt du gesagt, aber ich war ganz sicher keine Art James Bond. Das Geschäft läuft in Wirklichkeit viel unspektakulärer ab.«

»Bei welchem Geheimdienst?«, wollte die Andrea wissen.

Der Graf schüttelte den Kopf. »Dann wäre es ja nicht geheim, oder?« Er lächelte die Frage einfach weg. »Egal, wichtig ist nur, dass ich inzwischen nicht mehr dabei bin, aber natürlich noch gute Kontakte habe. Auch zur Partei.«

Die Charlotte brauchte nicht nachfragen, welche Partei der Graf meinte. Hier im ländlichen Bereich gab es nur die eine. So wie es in Wirklichkeit auch nur eine Bank gab. Gemeinsam teilte man sich das Land auf und bestimmte, was passierte.

Der Graf fuhr fort: »Man bekommt einige Geheimnisse mit. Aber halt auch nicht alle. Was ich euch jetzt erzähle, ist auf jeden Fall streng vertraulich. Den Hubertus wollte ich dabeihaben, weil ich seine Sicht der Dinge als bekannter Historiker hören will und sie auch grundsätzlich äußerst schätze. Außerdem ist er ebenfalls in sämtliche Richtungen gut vernetzt und wird von allen Seiten respektiert. Euch habe ich eingeladen, weil ich weiß, dass du, Charlotte, ganz sicher noch immer an dem Mordfall dran bist. Und weil ich die Befürchtung habe, dass der Mord und die Schiefergasbohrungen irgendwie zusammenhängen.«

»Wieso untersucht das nicht der Geheimdienst, wenn es da politische Verstrickungen gibt?«, fragte die Charlotte skeptisch.

»Weil dort gewisse Leute gedeckt werden – aus parteipolitischen Gründen. Abgesehen davon ist das auch nicht die Aufgabe eines Geheimdienstes. Tatsache ist einfach, dass es sich hier um ein nervöses Wespennest handelt. Wer da hineinsticht …«

»Und du meinst, dass der Schuster das getan hat?«, hakte die Charlotte noch immer skeptisch nach.

Der Graf strich sich mit der Hand über sein Kinn. Genau in dem Moment wurde der Hauptgang serviert: glacierte Entenbrust mit karamellisiertem Frühlingsgemüse und gerösteten Babyerdäpfeln. Der Graf sprach trotzdem weiter: »Ja, das liegt für mich auf der Hand. Das mit der Fracking-Geschichte ist mir noch nicht ganz klar, weil der Schuster und der Sagmeister da eigentlich auf derselben Linie gelegen sind, egal, was der Landeshauptmann in der Öffentlichkeit gesagt hat.«

»Willst du dem Sagmeister unterstellen, dass er den Schuster umbringen hat lassen?«, staunte die Charlotte.

»Grundsätzlich will ich niemandem etwas unterstellen. Und wie gesagt, die beiden verfolgten dieselben Interessen. Wie man aber hört, hat der Schuster auch noch höhere politische Ziele gehabt.«

»Die da wären?«

»Zum Beispiel selbst Landeshauptmann zu werden. Was jetzt ja nicht so ungewöhnlich ist. Der Sagmeister ist schon alt und steht knapp vor seinem Ausscheiden aus der Politik. Auch wenn er das selbst nicht wahrhaben will und gerne noch ein paar Jahre im Amt bleiben würde. Trotzdem, den Schuster wollte er auf keinen Fall als Nachfolger haben. Nicht jetzt und nicht in fünf oder zehn Jahren.«

»Dann wäre die Sache doch sowieso gegessen, oder? Wenn die Partei ihn nicht nominiert, hat er ja keine Chance. Als unabhängiger Kandidat anzutreten würde nie funktionieren. Also, bei uns wenigstens nicht.«

»Das stimmt, aber im letzten Jahr herrschte bei meinen Parteifreunden hinter den Kulissen helle Aufregung, weil der Schuster sich trotz aller Widerstände so siegessicher gab. Das kann nur heißen, dass …«

»… dass er etwas gegen den Sagmeister in der Hand hatte«, vollendete die Charlotte den Satz nachdenklich. »Wir sprechen hier also von möglicher Erpressung.«

Der Graf nickte langsam.

»Und du meinst, dass er deswegen sterben musste?«

»Ja. Und deshalb möchte ich, dass du vorsichtig bist, wenn du in der Sache wirklich weiterermittelst. Es sind hier Mächte am Werk, mit denen du dich lieber nicht anlegen solltest.«

Der Dr. Weber hatte bislang stumm zugehört, jetzt meldete er sich erstmals zu Wort. »Du hast da noch was verschwiegen, Hans. Nämlich den möglichen Grund für die Erpressung.«

Jetzt wurde die Charlotte richtig hellhörig.

»Ach, Hubertus, meinst du wirklich, dass das etwas zur Sache tut?« Sosehr es den Grafen auch schmerzte, irgendwie war er dann doch tief in seiner Partei verwurzelt. Offenbar verschloss er die Augen vor der bitteren Realität.

»Ja, Hans, das tut es ganz sicher. Die Gerüchte, dass der Landeshauptmann außereheliche Affären hat, schwirren doch seit Jahren herum. Man konnte – oder wollte – ihm nur nie etwas nachweisen. Du weißt doch, wie das bei uns mit den sogenannten ›Landesfürsten‹ ist. Ich sage nur ›Fürsten der Finsternis‹ … Und wenn der Schuster da belastendes Material in der Hand hatte … Du darfst nicht vergessen, er war Deutscher und nicht so in dieser Verhaberungsschiene drinnen, die bei uns alles bestimmt. Der hat nicht so einfach gekuscht, wenn ein Politiker mit dem Finger gedroht hat. Dafür war er entweder zu stolz, zu selbstsicher oder schlichtweg zu dumm.«

Die Charlotte musste das alles mal sacken lassen. So ein Netz aus Intrigen und Gewalt kannte sie eigentlich nur aus Filmen. Und zwar aus amerikanischen. Dass es so was hier bei ihr daheim auch geben sollte, war für sie schwer zu verdauen.

»Aber wieso hat man ihn dann vergiftet UND erstochen?«, stellte die Charlotte die Frage in den Raum. Ups, eigentlich war das ja gar nicht allgemein bekannt, aber da brauchte sie sich keine Sorgen machen. Der Graf war darüber – natürlich – bereits informiert, und der Hubertus und die Anna Weber wurden in Kürze aufgeklärt.

»Ja, das ist wirklich interessant«, meinte der Hubertus geistesabwesend. »Macht ein bisschen den Eindruck von Overkill, oder? Entschuldigung für das Wortspiel.«

Und weil es jetzt eh schon egal war, erzählte die Charlotte auch noch von dem Handyvideo, das die Flora und der Noah zufällig gemacht hatten und auf dem der Mord am Schuster mehr oder weniger gut zu sehen war.

»Können wir das vielleicht auch kurz anschauen?«, fragte der Hubertus. Die ganze Sache wurde immer eigenartiger. Die Charlotte ließ sich von der Flora das Video schicken, bislang hatte es die kleine Nöhrer ja nur an den Leo weitergeleitet. Nachdem die Runde das Video gesehen hatte, wuchs die Ratlosigkeit noch mehr.

»Schaut tatsächlich so aus, als würden die beiden sich kennen«, bestätigte die Anna als Erste den Verdacht, der bereits beim Ansehen des Videos in der Küche der Nöhrers aufgekommen war.

»Kannst du dir einen Reim darauf machen, wer in dem Darth-Vader-Kostüm stecken könnte und worüber die beiden gesprochen haben könnten?« Die Frage der Charlotte war an den Hubertus, aber vor allem den Grafen gerichtet, der ja offensichtlich einiges an Insiderinformationen hatte. »Was mich auch noch interessieren würde: Hatte die Partei kein Problem damit, dass einer der Ihren mit einer Umweltaktivistin zusammen war?«

»Nein, wäre mir nicht bekannt«, meinte der Graf auf die erste Frage kurz angebunden. Bei der zweiten war er gesprächiger: »Es stimmt, dass er längere Zeit mit der Frau Blauensteiner zusammen war und sogar der Vater ihres Kindes ist. Das war in der Partei allgemein bekannt und kein großes Problem. Dass die Frau Blauensteiner Umweltaktivistin ist – jo mei, wo die Liebe eben hinfällt.« Er sah sich das Video noch einmal genauer an. Der Umgang zwischen den beiden Kostümierten wirkte bei mehrmaligem Ansehen tatsächlich sehr vertraut. Nicht intim, aber viel fehlte nicht. »Vielleicht hatte er mal was mit Männern?«, sagte der Graf laut und verwundert. »Auf Veranstaltungen ist er eher dahingehend aufgefallen, dass er jedem Frauenrock nachstellte, der nicht bei drei am nächsten Baum war.«

Die Andrea mischte sich mit einer Beobachtung ein. »Die Tür, durch die dieser Darth Vader verschwindet … das ist doch ein Personaleingang. Steht ja sogar drauf. Normalerweise sind die doch versperrt?« Damit hatte die Andrea nicht unrecht. Sie sahen sich das Video nochmals genauer an und stellten fest, dass Darth Vader sich am Türschloss zu schaffen machte. Nicht lange und ohne Gewalt. Was dafür sprach, dass er einen Schlüssel zu dieser Tür besaß.

»Einer vom Personal?«, warf die Charlotte die Frage in die Runde. Wo diese aber nur auf fragende Blicke traf. Es sah auf jeden Fall ganz danach aus. Aber wieso sollte jemand vom Personal den Schuster umbringen? Die Charlotte leitete ihre Beobachtung sicherheitshalber an den Leo weiter. Der war aber selbst schon so weit gekommen und hatte seine Leute auf diese Spur angesetzt. Das würde den Kreis der Verdächtigen schon mal erheblich einschränken.

»Ganz grundsätzlich«, setzte die Anna an, »was hat der Schuster überhaupt beim Ball gemacht? Er lebt nicht in Perchtoldsdorf, und eingeladen war er sicher auch nicht. Wieso auch? Den Ball hat doch die Gina veranstaltet, und mit der Vorgeschichte wäre sie die Letzte, die ihn einladen würde. Ich kann mir auch nicht vorstellen, dass der Bürgermeister ihr in dieser Hinsicht Druck gemacht hätte. Kann doch nicht sein, dass sich die Gemeinde darum reißt, dass hier gebohrt wird.«

»Das ist so nicht ganz richtig. Der Bürgermeister würde wohl gerne ein bisschen an dem Kuchen mitnaschen, aber da steht er ziemlich allein da. Selbst seine Parteikollegen sehen das anders«, meinte der Graf bestätigend.

»Vielleicht hat sich der Schuster einfach selbst eine Karte gekauft?«, meinte die Andrea.

»Möglich, aber wieso sollte er das tun? Der hat doch sicher Besseres zu tun, als auf so einem Landeier-Gschnas seine Zeit zu verplempern.« Diese sehr direkte Antwort kam natürlich von der Charlotte. Takt und Feingefühl waren noch nie ihre große Stärke gewesen.

Damit schlief das Gespräch vorerst ein. Jeder hing seinen eigenen Gedanken nach, aber das Rätsel vor ihnen war einfach zu verschlungen, um es an einem Abend zu lösen. Da gab es noch zu viele Unbekannte, um sich auf eine Ermittlungsrichtung zu konzentrieren. Glücklicherweise wurde das Schweigen von der Nachspeise unterbrochen: geschichtete Schoko-Mousse auf Waldbeerenspiegel und mit einem Kügelchen Bourbon-Vanilleeis. Ein Gedicht! Aber was für eines. Eher Sonett als Schüttelreim. Verträumt schaufelte die Gesellschaft das Dessert in sich hinein, gefolgt von einem Gläschen Eiswein – und der kam nicht nur der Charlotte bekannt vor.

»Ja, ich habe mir erlaubt, ein paar Flaschen von eurem letzten Eiswein zu besorgen. Gibt ja heutzutage nicht mehr so viel davon, und warum in die Ferne schweifen, wenn das Gute liegt so nah?«

Eine Kellnerin präsentierte zugleich die Eisweinflasche. Am Etikett stand: »Gold-Wein« – den Namen hatte die Charlotte ihrem Herrn Papa eingeredet. Einerseits, weil er perfekt zur goldenen Farbe des picksüßen Eisweins passte, andererseits, weil im Namen damit der Familie Goldmann gedacht wurde.

»Okay, in *der* Sache kommen wir sowieso nicht weiter«, meinte die Anna schließlich. Sie hatte sich in ihrem Sessel zurückgelehnt und die Arme über dem Bauch verschränkt. Ein untrügliches Zeichen, dass sie bis oben hin voll war. »Wir haben noch gar nicht über die Schiefergasbohrungen gesprochen. Beziehungsweise was wir dagegen unternehmen können. Deswegen sind wir doch eigentlich hier.«

Der Graf nickte. »Ja, das sollten wir tatsächlich noch tun. Ich möchte mein Anwesen gerne als Zentrale für die Proteste zur Verfügung stellen. Das ist Privatgrund, und da können sich die ÖL und die Polizei auf den Kopf stellen. Was wir hier machen, ist einzig und allein meine Sache – solange es nicht ausartet und wir der Polizei einen Grund geben, einzuschreiten.«

»Sehr gut«, lobte die Anna. »Ich habe in der Schule bereits organisiert, dass wir morgen demonstrieren kommen. Die Direktorin war zwar nicht glücklich, hat es aber schlussendlich eingesehen. Die Schüler haben ja auch nicht wirklich frei, sondern wir haben das Ganze als ›Exkursion‹ getarnt, wenn ihr versteht, was ich meine«, führte sie augenzwinkernd aus.

»Ich werde dafür sorgen, dass für alle Verpflegung vorhanden ist. Natürlich nicht so feudal, wie wir heute gespeist haben. Aber für Wurstsemmeln und Gulasch ist schon gesorgt.«

»Das wäre wirklich wundervoll!«, flötete die Anna. Als einfache Geschichtsprofessorin hatte sie im letzten Schuljahr schon ordentlich frischen Wind ins Perchtoldsdorfer Gymnasium gebracht und vor allem dafür gesorgt, dass die Schüler nicht nur den üblichen Lehrstoff, sondern auch Zivilcourage und Geschichtsbewusstsein lernten. Dazu gehörten die Aufarbeitung der Goldmann-Geschichte im letzten Winter und jetzt die Demonstration gegen die geplante Fracking-Bohrung. Dass sie die nicht unhübsche Frau einer der angesehensten TV-Persönlichkeiten des Landes war, war auch nicht gerade ein Hindernis im Umgang mit dem pubertierenden Perchtoldsdorfer Fortpflanz.

»Was genau habt ihr eigentlich vor?«, wollte die Charlotte von der Anna wissen.

Sie setzte ein Lächeln auf, bei dem eindeutig zu viele Zähne zu sehen waren. »Friedlicher Protest, ganz einfach. Wir werden versuchen, die Lkw daran zu hindern, dass sie ihre Ladungen überhaupt bis zur Heide transportieren können. Menschenkette, Sit-in, im Weg stehen. Das Fernsehen ist schon verständigt, dafür hat netterweise der Hubertus gesorgt. Ich bin gespannt, ob sich die Polizei traut, harmlose Schüler vor laufenden Kameras aus dem Weg zu räumen.«

Die Charlotte nickte langsam. Der Leo tat ihr jetzt schon leid. Er würde am nächsten Tag zwischen zwei Stühlen sitzen. Was sollte er tun? Unter Umständen, ach was, ganz sicher sogar, wie sie ihre kleine Schwester kannte, würde die Flora erste Reihe fußfrei stehen und das größte Tamtam machen. Und dann würde der Leo seine eigene Cousine wegtragen müssen, um den Lkw den Weg freizuräumen. Gesetz war nun mal Gesetz. Er konnte nur versuchen, seinen Job so professionell wie möglich und ohne großes Aufsehen zu erledigen.

Bei ihm machte sich die Charlotte in dieser Beziehung noch die wenigsten Sorgen. Wie es bei einigen seiner Kollegen sein würde, da war sie sich schon nicht mehr so sicher. Der nächste Morgen würde auf jeden Fall die Antwort bringen.

ZWÖLF

Der nächste Morgen brachte aber zunächst einmal schlechtes Wetter. Ach was, so richtig mieses Hundswetter. Eigentlich ein Traum für einen Polizisten, der eingeteilt war, um bei einer großen Demonstration für Ordnung zu sorgen. Normalerweise waren die Demonstranten bei so einem Wetter weniger gewillt, Blödsinn zu machen. Die Gemüter liefen einfach nicht so schnell heiß.

Der Leo rollte sich schon um fünf Uhr in der Früh aus dem Bett. Daneben lag die Elena, die weiter friedlich vor sich hinschlummerte. Er strich ihr zärtlich über die Wange und stieg in die Dusche. Das schlechte Wetter hatte natürlich auch für ihn einen gravierenden Nachteil: Er würde stundenlang im Regen und im kalten Wind stehen müssen. Deshalb vorsorglich mal etwas Wärme speichern. Er drehte den Wasserhahn so heiß wie möglich auf.

Als er zehn Minuten später aus der Dusche stieg, hatte sich das Badezimmer in ein Dampfbad verwandelt. Er musste den Spiegel mit der Hand abwischen, um sich unfallfrei rasieren zu können. Als er die Wohnung verlassen wollte, wachte die Elena für einen kurzen Moment auf. Er küsste sie lang und innig. Am liebsten wäre er sofort wieder zu ihr ins Bett gestiegen. Eigentlich sollte man bei dem Anblick nicht zweimal überlegen. Verführerisch lugte ein Oberschenkel der Elena unter der Decke hervor, ihre Augen waren geschlossen, die Lippen leicht geöffnet. Aber der Leo riss sich am Riemen, küsste sie noch mal und schaute dann, dass er so schnell wie möglich wegkam. Sonst vergaß er vielleicht doch noch seine Pflicht. Die dem Gemeinwohl gegenüber natürlich. Die der Elena gegenüber würde er damit natürlich erfüllen. Aber Pflicht konnte man das ja eigentlich nur schwer nennen. In der jetzigen Phase ihrer Beziehung war das mehr die Kür.

Er marschierte fünf Minuten durch den nicht enden wollenden Regen bis zur Perchtoldsdorfer Polizeiinspektion. Der Regen half aber immerhin dabei, seine Erregung abzukühlen. Die Schlechtwetterfront hatte auch die Temperaturen in den unteren zweistelligen Bereich rasseln lassen, von Frühsommer konnte keine Rede mehr sein. Zum Glück sollte dieses Hundswetter laut Vorhersage nur ein kurzes Intermezzo sein. Wäre ja schade um den schönen Frühling gewesen. Gerade jetzt, wo man sich schon so an das schöne Wetter gewöhnt hatte.

Immerhin hatte die natürliche Erfrischung den angenehmen Nebeneffekt, dass der Leo kurz vor halb sieben putzmunter in der Dienststelle eintraf. Die geplante Demonstration der Schüler war natürlich angemeldet worden, und dementsprechend seriös hatte man sich in der kurzen Zeit auf die Situation vorbereiten können. Eine Sekretärin hatte dem Leo bereits ein Häferl heißen Kaffees auf seinen Schreibtisch gestellt, drei seiner Mitarbeiter hatten sich in seinem Büro zur Einsatzbesprechung eingefunden. In der nächsten halben Stunde trafen immer mehr Kollegen ein, denn zur Sicherheit hatte man Verstärkung aus dem ganzen Bezirk angefordert. Um Punkt sieben Uhr war es dann so weit. Der Leo brach mit mehr als zwei Dutzend Beamten in die Heide und zum Schlösschen des Grafen auf. Absperrgitter und anderes Material waren bereits am Vorabend hingebracht worden. Da man bei der Demonstration nicht nur mit (wahrscheinlich halbwegs friedlichen) Schülern rechnete, hatten sich der Leo und seine Kollegen ausrüstungstechnisch schwer aufmunitioniert: Helm, Schutzanzüge, Schutzwesten, spezielle Schuhe und so weiter. Der Leo kam sich in seiner eigenen Haut richtig fremd vor. Bislang hatte er diese Spezialausrüstung nur bei Übungseinheiten getragen. Nie im Leben hatte er damit gerechnet, in seiner sonst so friedlichen Heimat einmal damit aufmarschieren zu müssen. Aber die Zeiten hatten sich eben geändert.

Auf der Heide war es noch relativ ruhig. Von den Demonstranten war weit und breit nichts zu sehen, dafür hatten ein paar ÖL-Ingenieure bereits ihre Zelte beziehungsweise Container aufgeschlagen. Das schwere Material sollte in den nächsten Stunden angeliefert werden. Die Polizisten begannen umgehend damit, die Absperrgitter aufzustellen. Dabei wurde ein Korridor hinüber zum Schloss des Grafen frei gehalten, der ja sein Grundstück irgendwie erreichen musste.

»So ein Scheiß«, fluchte einer der Polizisten mürrisch. Der Leo schaute auf die noch unberührte Heide. Ja, tatsächlich, so ein Scheiß. Die Heide war eine für Europa einzigartige Steppenlandschaft hoch über dem Wiener Becken und grenzte an den Wienerwald, der mit seinen Föhren einen groben Gegensatz zu dieser sanft hügeligen Wiesen- und Gräserlandschaft bildete. Von hier oben hatte man einen unvergleichlichen Blick auf Wien, der nicht nur Touristen, sondern auch Einheimische magnetisch anzog. Gut, es war nicht immer nur der Ausblick, der die Leute anlockte. Der Leo erinnerte sich mit einem verträumten Grinsen an eines seiner ersten romantischen Abenteuer, das er mit sechzehn hier oben hinter einem Busch mit seiner damaligen Freundin erlebt hatte. Natürlich bei Nacht. Er ließ seinen Blick über die Landschaft gleiten und meinte, genau jenen Busch zu erkennen, hinter dem er damals seine Jungfräulichkeit verloren hatte. Mindestens ebenso ausgelassen, wenngleich jugendfreier, ging es alljährlich zu Silvester zu, wenn sich Hunderte Menschen um Mitternacht hier einfanden, um das neue Jahr mit Feuerwerkskörpern zu begrüßen und zugleich den Ausblick auf die tausend anderen Feuerwerke in und um Wien zu genießen.

Von solch einer Volksfeststimmung war man momentan meilenweit entfernt. Es hatte sich, wie man so schön sagt, eingeregnet. Die Steppenlandschaft verwandelte sich mit jeder Minute mehr in einen Morast, der den Aufbauarbeiten der ÖL wohl kaum in die Karten spielte.

Kurz nach acht Uhr traf ein Strom Jugendlicher ein. Angeführt von der Frau Professor Weber und – man höre und staune – der Direktorin zogen zweihundert Schüler durch die schmalen Gassen unterhalb der Heide zum Ort des Geschehens. Alle waren dick eingepackt und trugen Regenjacken. Einige der Jugendlichen hielten Protestschilder, die aber durch den Regen ziemlich in Mitleidenschaft gezogen und nahezu unleserlich waren. Von der anderen Seite kam der Graf die Zufahrtsstraße zu seinem Schloss herunter, um die Schüler in Empfang zu nehmen.

Der Leo atmete tief durch, als er merkte, dass – wenigstens vorerst – alles friedlich ablaufen würde. Die Schüler folgten den Anweisungen der Polizisten und versammelten sich auf der Wiese vor dem Anwesen des Grafen. Auch das Schlossgrundstück war mit einem mobilen Schutzzaun abgesperrt worden, brav nahmen die Schüler dahinter Aufstellung. Zur Überraschung von genau niemandem standen die Flora und der Noah (Letzterer gezwungenermaßen, die Flora hatte ihm keine andere Wahl gelassen) in der ersten Reihe. Die Augen von der Flora blitzten wütend, und man sah ihr an, dass sie sich nur mit Mühe zurückhielt. Der Leo schnaufte tief durch und watete durch die immer tiefer werdenden Lacken zu seiner kleinen Cousine rüber.

»Mädel, ich hoffe inständig, du hast keinen Blödsinn vor«, sprach er ihr ins Gewissen.

»Ich und Blödsinn?«, erwiderte die Flora unschuldig.

»Ja, du und Blödsinn. Ich kenn dich doch!«

»Pfffft!«

Der Leo machte eine wegwerfende Handbewegung und ließ die Flora wortwörtlich im Regen stehen. Sie war alt genug, dass sie wusste, was sie machen konnte und was nicht.

Ganz sicher!

Vielleicht.

Hoffentlich …

Ein paar Minuten später trafen die ersten Journalisten ein. Praktisch jeder TV-Sender hatte einen Übertragungswagen geschickt. Radio, Print und Online waren ebenfalls zahlreich vertreten. Die sogenannten »Medienmacher« in ihren fetten

Herausgeberbüros erwarteten sich von diesem Schauspiel anscheinend eine Wiederholung von Hainburg oder Zwentendorf.

Und ganz unrecht hatten sie damit ja auch nicht. Seit Jahrzehnten hatte es keinen so großen Umweltaufreger mehr gegeben. Ein Aufreger, der erst mit Verzögerung gezündet worden war. In den aktuellen Tageszeitungen war auf jeden Fall auf einmal alles voll mit Geschichten über Schiefergasbohrungen. Bislang war das im besten Fall ein Randthema gewesen – wenn überhaupt. Klar, es hatte immer wieder mal Gerüchte gegeben, dass die ÖL sich Fracking gerne mal etwas näher anschauen möchte, aber jetzt war das Ganze auf einmal Tatsache und hatte damit eine völlig neue Eskalationsstufe erreicht. Die Meinungen und Kommentare in den Zeitungen waren ziemlich einhellig: Das darf nicht passieren. Vereinzelt freuten sich einige Kommentatoren zwar über den zu erwartenden Reichtum, der da aus den Tiefen des Wienerwalds herausgekitzelt werden sollte, im Großen und Ganzen war die öffentliche Meinung aber eine negative.

Witzigerweise richtete sich die gesamte Kritik aber an die ÖL und ihren neuen Leiter Markus Maier. Der Landeshauptmann, der dafür ja sein Okay gegeben hatte, wurde komplett außen vor gelassen. Was bei genauerem Hinschauen dann auch wieder nicht verwunderte, fütterte er die Medien doch regelmäßig mit sauteuren Inserateneinschaltungen. Und wer biss schon in die Hand, die einen fütterte? Die Meldung, dass Maier als neuer ÖL-Leiter installiert wurde, war inzwischen an die Öffentlichkeit gegangen, und damit hatte man natürlich gleich den perfekten Sündenbock gefunden. Es war allerdings unwahrscheinlich, dass sich der Maier heute und hier persönlich würde blicken lassen.

So mussten sich die Medien mit anderen Interviews zufriedengeben. Unter anderem mit dem Leo, der als ranghöchster Beamter ein natürliches Objekt der Begierde war. Einen Polizeisprecher, so wie in Wien, gab es hier nicht, und man merkte dem Leo förmlich an, wie unwohl er sich in seiner Haut fühlte. Ganz anders die Flora. Die sprang wild auf und ab, winkte den Journalisten mit den Armen zu und schrie: »Hier! Hier!«, um ihre Meinung zu den Vorgängen in die Mikrofone zu plappern. Nein, eher zu schreien.

Als die Charlotte am Abend eines der Interviews mit ihrer kleinen Schwester im Fernsehen sah, wunderte sie sich, dass die Flora nicht der Schlag getroffen hatte, so sehr, wie sie sich echauffierte.

Das Chaos begann gegen neun Uhr, da sollte nämlich mit der Anlieferung des schweren Geräts begonnen werden. Es traf allerdings zunächst nur ein Hubschrauber ein, der seine Ladung problemlos abladen konnte. Die Lieferung aus der Luft ließ sich nun mal schwer durch Protestmaßnahmen stoppen. Als der Hubschrauber verschwunden war, konnte man von weiter unten ein gewaltiges Hupkonzert hören.

Sofort hing der Leo an seinem Funkgerät. Der Großteil seiner Mannschaft war ja oben an der Heide, um für Ordnung zu sorgen. Nur ein kleiner Rest kümmerte sich um die Geschehnisse unten im Ort und bei den Zufahrtsstraßen. Und die hatten jetzt alle Hände voll zu tun.

»Scheiße!«, fluchte der Leo. Er winkte fünf seiner Männer zu sich, setzte sich in einen der Polizeibusse und raste den Hügel hinunter. Ein paar Quergassen weiter quietschte sich der Wagen ein, und der Leo sah sich mit einer Übermacht an neuen Demonstranten konfrontiert – angeführt von der Gina Blauensteiner. Sie hatte wie versprochen ihr eigenes Demonstrantenkontingent aufgestellt, darunter auch einige rabiate Umweltschützer. Und die sorgten jetzt für mächtig Stunk.

Taktisch war sie (aus ihrer Sicht) klüger vorgegangen als die Schüler. Wieso sollte sie oben an der geplanten Bohrstelle auf die Transporter warten, wo es sich doch weiter unten in den engen Zufahrtsgassen viel besser blockieren ließ? Die Route, die die Schwertransporter nehmen mussten, war verkehrstechnisch vorgegeben, denn hier oben im Villenviertel unterhalb der Heide gab es fast ausschließlich enge Einbahngassen. Damit die Schwertransporter überhaupt durchkommen konnten, waren temporäre Halte- und Parkverbote errichtet worden. Trotzdem blieb es verdammt eng, und die Gina hatte keine Probleme, mit ihren hundert Mitstreitern diesen Flaschenhals völlig zu verstopfen. Arm in Arm saßen die Demonstranten auf der Straße und versperrten so den Weg.

»Und was machen wir jetzt?«, fragte einer der Polizisten den Leo.

Für die nächste Stunde war der Verkehr im oberen Teil von Perchtoldsdorf mit einem einzigen Wort zu beschreiben: Hölle. Gut ein Dutzend Schwertransporter verstopften den Weg und sorgten für einen Rückstau, der bis weit über den Marktplatz hinausreichte. Der Leo musste weitere Verstärkung anfordern, weil er auch die demonstrierenden Schüler direkt an der Heide nicht ohne Aufsicht lassen konnte. Bis die Verstärkung eintraf, war eine halbe Stunde vergangen. Zeit genug für die Medien, um sich zum neuen Demoschauplatz zu verlagern und zu filmen, wie die Demonstranten, die sich teilweise sogar aneinandergekettet hatten, von den Polizisten weggetragen wurden. Wenigstens ging diese Aktion ohne gröbere Zwischenfälle vonstatten.

Die Flora war indes noch wütender geworden. Sie wollte ihre Mitschüler zur neuen Demo hinunterführen und sich dort den Transportern ebenfalls in den Weg stellen. Aber die auf der Heide verbliebenen Polizisten versperrten ihr den Weg. Erst beruhigende Worte von der Frau Professor Weber sorgten dafür, dass die Flora wieder ein bisschen runterkam.

Es war früher Nachmittag, als die Schwertransporter ihre Ladungen endlich auf der Heide abliefern konnten. Die Flora wäre aber nicht die Flora, wenn sie es nicht doch geschafft hätte, für einen kleinen Skandal zu sorgen. Die unangekündigte Demonstration ein paar hundert Meter weiter unten war natürlich von diversen Internetportalen live getickert und bebildert worden, was die Flora auf ihrem Handy ein wenig eifersüchtig mitverfolgte. Die Bilder, wie die Gina Blauensteiner vom Leo und einem Kollegen von der Straße getragen wurde, hatten auf sie gewirkt, als hätte man Öl in loderndes Feuer gekippt.

Als vor dem Schlösschen des Grafen gerade die Gulaschausgabe durch die freiwillige Feuerwehr stattfand, erreichten die Transporter schließlich den Besucherparkplatz der Heide. Der Graf hatte eine großzügige Spende getätigt und sich damit eine originale Feuerwehr-Gulaschkanone »gekauft«. Der Wagen mit dem wärmenden Eintopf war natürlich nicht so groß wie die Schwertransporter der ÖL, er hatte sich über Schleichwege seinen Weg zur Heide gebahnt und vor den Schlossmauern auf der Wiese geparkt. Mittlerweile waren sowohl die demonstrierenden Schüler als auch die verbliebenen Polizisten trotz Schutzkleidung vom Regen schön eingeweicht und völlig durchgefroren. Da kam die heiße Gulaschsuppe gerade rechtzeitig. Für ein paar Momente verbrüderten sich die demonstrierenden Schüler und die über sie wachenden Polizisten (zu großen Animositäten war es in Ermangelung eines Gegners bislang eh nicht gekommen, weil die paar anwesenden Ingenieure und der kleine Bautrupp, der die Container aufgestellt hatte, für die Schüler nicht so richtig zählten), und man stand gemeinsam friedlich in einer Reihe an, um sich eine Plastikschüssel mit Gulasch und eine durchweichte, zähe Semmel abzuholen. Blöd halt, dass just in diesem Augenblick endlich die Schwertransporter angerollt kamen.

Die Polizisten waren mit der Nahrungsaufnahme beschäftigt, und der Leo und seine restlichen Kollegen waren noch nicht wieder oben bei der Heide eingetroffen, und die Flora nutzte diesen Moment der Unachtsamkeit. Sie drückte ihre Gulaschschüssel dem Noah in die Hand und rannte wie von der Tarantel gebissen zur Straße. Mit einem Satz war sie über dem Absperrgitter. Dann warf sie sich theatralisch auf die Straße vor den ersten Transporter, der gerade im Schritttempo nach einer passenden Abladestelle suchte.

»Fuck Fracking! Fuck Fracking! Fuck Fracking!«, brüllte sie aus Leibeskräften, während sie alle viere von sich streckte – ein Anblick, den man je nach Bildungsgrad als Trocken-Schneeengel oder vitruvianischen Menschen nach Leonardo da Vinci interpretieren konnte. Oder einfach nur als peinlich theatralisch-hysterische Störaktion, die auf lange (und auch kurze) Sicht eher sinnlos war. Der Rest ihrer Mitdemonstranten war nämlich so ausgehungert und durchgefroren, dass sie sich keinesfalls von ihrer warmen Mahlzeit losreißen wollten. Egal, dass erst jetzt gerade der Grund für ihre Demonstration aufgetaucht war.

Apropos aufgetaucht, auch der Leo kam in diesem Moment die steile Straße zur Heide hinaufgejoggt, denn den Polizeitransporter hatte man unten bei den anderen Demonstranten stehen gelassen. Die Straße war durch die Schwertransporter ohnehin schon verstopft. So eine Aktion wie die von der Flora hatte er jetzt so dringend gebraucht wie ein Loch im Zahn. Er war bis auf die Haut nass, hungrig – und die tobende Flora kam ihm da gerade recht. Ein anderer Polizist wollte die Flora schon von der Straße tragen, als der Leo einschritt.

»Nein, lass mich das machen«, sagte er zu seinem Kollegen und funkelte die Flora dabei bitterböse an.

»Das traust du dich nie«, forderte die Flora ihn trotzig auf, verschränkte ihre Beine im Schneidersitz und die Arme vor der Brust. Sicher ein probates Mittel, wenn man nicht gerade a) alleine war und b) nur vierzig Kilo im nassen Zustand wog.

»Du wirst schon sehen, was ich mich traue«, flüsterte der Leo ihr ins Ohr, während er sich zu ihr runterbeugte. Und just in diesem Moment machte es einen ohrenbetäubenden Knall. Und noch einen. Und dann noch einen.

Erschrocken fuhren der Leo und die Flora hoch. Gerade noch rechtzeitig, um zu sehen, wie sich von dem vordersten Schwertransporter die aufgeschichteten Bohrrohre lösten und eins nach dem anderen von der Ladefläche rollte – genau auf die gaffenden Schüler zu, die mit ihren Gulaschschüsseln bewaffnet hinter dem Absperrgitter die Szene beobachtet hatten. Es war purer Zufall, dass dabei nichts Schlimmeres passierte. Zwei Polizisten sprangen aus dem Weg, die Schülermeute stob ebenfalls laut kreischend davon, aber die Rohre kamen knapp vor den Absperrgittern zum Stillstand. An dieser Stelle ging es ganz leicht bergauf zur Wiese des Grafen. Der Anstieg reichte, um das Momentum der Rohre zu stoppen. Als die Schüler merkten, dass keine Gefahr mehr bestand, versammelten sie sich wieder am Absperrgitter, um sich die ganze Sache weiter anzuschauen.

Auch die Flora hatte erkannt, dass es nun wieder sicher war. Also legte sie sich zurück auf die Straße, um weiter zu protestieren. Doch der Leo vergaß für einen Moment seine kleine Cousine. Gemeinsam mit einem anderen Polizisten inspizierte er den jetzt fast leeren Tieflader. Nur die unterste Schicht Rohre war auf der Transportfläche liegen geblieben. Der Lkw-Fahrer gesellte sich zu den ratlosen Polizisten. Dann deutete er aufgeregt auf eines der Sicherungsbänder. Der Leo sah es sich genauer an und kam zum gleichen Schluss wie der Fahrer: Jemand hatte sich daran zu schaffen gemacht und es durchgeschnitten. Nein, eher wohl angeschnitten, sonst wären die Rohre ja gleich runtergedonnert.

»Aber wer?«, beantwortete der Fahrer den fragenden Blick vom Leo. Der musste nicht lange überlegen.

»Das kann nur einer der Demonstranten unten gewesen sein. In der ganzen Hektik hat es wohl einer bis zum Lkw geschafft und das Band angeschnitten.« Er blickte sich um und winkte einen seiner Kollegen zu sich. Der überreichte ihm ein Megafon. »An alle Fahrer: Keinen Meter mehr weiter!«, rief der Leo. »Bitte halten Sie Ihren Lkw an und bleiben Sie in der Führerkabine sitzen.« Dann wies er seine Kollegen an, die Ladungen der restlichen Lkw zu kontrollieren.

»Das war lebensgefährlich«, meinte er schließlich. Per Funk verständigte er die bei der anderen Demonstration verbliebenen Kollegen über den Vorfall. Sie sollten umgehend sämtliche Personalien aufnehmen. Der Saboteur musste gefunden werden. Unvorstellbar, was da alles hätte passieren können! Wäre jemand genau neben dem Lkw gestanden …

Wie sich herausstellte, hatte der Saboteur nur dieses eine Band zerschnitten. Die Ladungen der anderen Transporter waren alle noch vorschriftsmäßig gesichert. Und so konnte der Konvoi die letzten Meter zum Heide-Parkplatz fortsetzen.

Wenn da nicht noch immer die Flora im Weg gelegen wäre. Auf die Kleine hatte der Leo in der Aufregung ganz vergessen. Der jungen Nöhrer war es inzwischen liegenderweise schon zu kalt geworden, denn sie hatte sich wieder trotzig im Schneidersitz mitten auf der Straße positioniert. Der Leo war sich bewusst, dass einige TV-Kameras nach wie vor auf ihn gerichtet waren. Er wollte die Sache nicht weiter eskalieren lassen. Also fasste er seine Cousine um die Pobacken und hob sie hoch wie ein kleines Kind. Fehlte nur noch, dass die Kleine ihre Arme um seinen Hals legte. Was sie aber nicht tat. Stattdessen versuchte sie, sich so schwer wie möglich zu machen, und verlagerte ihr Gewicht vom Leo weg. Der hatte dank seiner Größe und Kraft aber kein Problem, die Cousine aus dem Weg zu befördern.

»Du, du …«, stotterte die Flora atemlos. Sie hatte nicht damit gerechnet, dass ihr Cousin sie tatsächlich wegtragen würde.

»Ja, ich was?«, meinte der Leo. Inzwischen machte ihm die Sache fast schon ein bisschen Spaß. »Du wirst doch jetzt nicht zu treten anfangen?«

Tat sie doch. Ein bisschen halt. Auch die Flora wusste, dass die Kameras auf sie gerichtet waren, und sie wollte für die gute Sache halt doch ein bisschen eine Show abziehen. Also rief sie ein paarmal lustlos: »Polizeigewalt! Polizeigewalt!«, und klopfte mit ihren Fäusten auf die Schultern vom Leo. Verdammt, wieso hatte sie nicht ein anderer Polizist weggetragen? Da hätte sie viel fester schlagen und noch lauter schreien können. Aber mit dem Leo musste sie noch den Rest ihres Lebens in engen Familienbanden verbringen, und es war ja nicht so, dass sie den Leo nicht mochte oder ihm unnötige Probleme einbrocken wollte.

»Braves Mädchen«, flüsterte der Leo, während er sie quer über den Parkplatz in Richtung der gräflichen Wiese trug. Hinter dem Absperrgitter warteten nach wie vor die anderen Schüler. Es sah ein bisschen nach verregneter Gartenparty aus, so wie sie alle mit ihren Plastikschüsseln voll Gulasch in der Hand dastanden. Ganz vorne natürlich der Noah, der sich das unwürdige Schauspiel kopfschüttelnd gegeben hatte. Ihm reichte der Leo die Flora über das Gitter hinweg.

»Heute Abend in der Turmbar?«, fragte die Flora den Leo ganz so, als wäre gerade gar nichts passiert.

»Schauen wir mal«, antwortete der und verdrehte die Augen.

Und die Frau Professor Weber? Die konnte ihren Plan vom gewaltfreien Sit-in nun doch nicht in die Tat umsetzen. Sie hatte mitbekommen, was die Polizei mit den anderen Aktivisten gemacht hatte. Ohne gewaltsame Übergriffe, aber doch gnadenlos hatte man sie aus dem Weg entfernt. Und jetzt musste man halt bedenken, dass sie doch auch Verantwortung für ihre Schüler trug. Sie konnte die Kinder nicht einfach auf die Straße jagen, um sich den Transportern in den Weg zu stellen. Oder zu setzen. Oder zu legen. Das würde sie beruflich nicht überleben.

Dabei hatte sie da gar nicht so viel Angst um ihre eigene Zukunft, sondern um die ihrer Schüler ohne sie als Lehrerin. So selbstbewusst war die Anna Weber. Sie wusste genau, dass sie das Beste war, was ihren Schülern in ihrer Schullaufbahn bisher untergekommen war. Und so eine Blockade würde auch gar nichts nützen. Der Leo und sein Team würden auch gegen ihre Schüler nicht anders vorgehen. Er hatte seine Befehle, und die Probebohrungen waren vom Land genehmigt. Also verlegte man sich aufs Schreien von Parolen und hielt die verwaschenen Protestplakate in die Höhe, aber damit hatte es sich.

Der Graf konnte auch nicht eingreifen, die Bohrungen fanden ja nicht auf seinem Grund und Boden statt. Er konnte lediglich den Platz für die Demonstranten zur Verfügung stellen. Und selbst wenn es sein Grund und Boden wäre – bei Bodenschätzen konnte der Staat mit Enteignungen ganz schnell sein.

Am Ende gewann das Wetter. Die Transporter konnten ihre Geräte abladen, an einen Aufbau war bei diesem Wetter aber nicht zu denken. Der Hubschrauber kehrte noch mehrmals zurück, um weiteres schweres Gerät abzuliefern. Um fünf am Nachmittag trollten sich die Schüler nach Hause. Irgendwie hatten sich das alle ein bisschen anders vorgestellt. Abenteuerlicher. Und erfolgreicher. So mussten sie erstmals in ihrem Leben erkennen, was für kleine Rädchen sie doch in Wirklichkeit waren und wie wenig Einfluss sie auf die große weite Welt hatten. Und wie wenig diese große weite (und vor allem viel ältere) Welt sich doch um sie scherte. Positiv war immerhin, dass nicht unmittelbar mit den Bohrungen begonnen werden sollte (oder konnte). Allein der Aufbau der Bohranlagen würde ein paar Wochen in Anspruch nehmen.

Bevor sich die Schülerdemonstration endgültig auflöste, gesellte sich noch die Gina Blauensteiner dazu. Sie hielt eine wahrscheinlich flammende Rede, deren Feuer aber vom nicht und nicht aufhörenden Schnürlregen gelöscht wurde. Zudem fehlte den meisten Schülern nach dem stundenlangen Frösteln jegliche Geduld, um wirklich aufmerksam zuzuhören. Irgendwie hatten sie sich das in ihrer jugendlichen Naivität anders vorgestellt. Das Fazit der Gina war auf jeden Fall, dass noch nichts verloren war.

Man wolle gegen den Bescheid des Landes vor Gericht ziehen. Solange keine Chemie in die Erde gespritzt wurde, sei auch noch alles möglich. Man habe also noch ein wenig Zeit, und kein Protest sei umsonst. Niemals. Heute habe man eine Schlacht verloren, aber nicht den Krieg. Blablablablablablabla.

DREIZEHN

Gegen zehn am Abend trafen sich allerhand erschöpfte Gestalten zur Abwechslung mal nicht in der Turmbar, sondern in der Motte. Nach diesem Tag war allen nach etwas Erdigerem. Laute Rockmusik, ein gepflegtes Bier, eine Runde Darts und so weiter.

Der Leo war erschöpft, weil sich der Tag mit den Demos und dem miesen Wetter ziemlich anstrengend entwickelt hatte. Auf seinem Schoß saß die Elena, die ebenfalls ziemlich am Ende war, weil die Vorbereitungen auf das Opening vom Pleasure Island in die Zielgerade einbogen.

Die Flora und der Noah waren erledigt, weil, die ganze Aufregung und überhaupt. Und dann waren da auch noch ihre Kostüme, die sie für die Comic-Con vorzubereiten hatten. Nicht so einfach, so ein Teenagerleben. Auf der einen Seite ein erfülltes soziales Leben führen und Spaß haben, auf der anderen Seite die Welt retten. Ja, das war schon richtig hart.

Die Charlotte war geschlaucht, weil sie den ganzen Tag brav und ohne Ablenkungen in ihrem Betrieb geschuftet hatte. Das war etwas, was sich in letzter Zeit zu häufen schien. Für ihre Verhältnisse halt, aber trotzdem irgendwie … Dings halt. Unangenehm? Ungewohnt? Normalerweise kam ihr ja immer irgendein Mordfall dazwischen, der sie von der regulären Arbeit abhielt.

Nur die Andrea sah wie üblich aus wie ein frischer Frühlingsmorgen. Gut, die hatte sich ihre Schreibtischarbeit am frühen Abend noch im Fitnessstudio aus den Beinen gestrampelt, sich danach frisch gemacht und saß jetzt als Einzige aufgeputzt wie ein Christbaum und eingeduftet wie ein hormonell hyperaktiver Teenager in der Motte.

Zur Überraschung aller krachte etwas später sogar der Mario von der Turmbar gegenüber rein. Er sah ebenfalls nicht ganz taufrisch aus. Der Grund dafür offenbarte sich in seinem Windschatten: Die Renate schien ihren Loverboy heftig in der Mangel gehabt zu haben, wenn man ihr seliges Lächeln richtig deutete.

»Was macht ihr denn hier?«, fragte die Charlotte erstaunt. Mit dem Handrücken wischte sie sich den Bierschaum von der Oberlippe.

»Die Flora hat mir eine Nachricht geschrieben, dass ihr hier herüben seid«, erklärte die Renate. »Ich wollte mir die Geschichte von der Demonstration erzählen lassen. Quasi aus erster Hand. Ich habe zwar ein paar Sachen in den Nachrichten gesehen, aber direkt von der Quelle ist es dann halt doch was anderes. Ich bin ja so stolz auf die Kleine!«, schloss sie.

»Stolz?«, entgegnete die Charlotte fassungslos. »Sie hat sich vor einen Lkw geworfen und wäre dabei fast erschlagen worden. Worauf soll man da stolz sein?«

»Papperlapapp«, konterte die Renate und umarmte die Flora, die gerade nicht so richtig wusste, wie ihr geschah, das Herzen der Renate aber über sich ergehen ließ. »So was nennt man Zivilcourage, liebe Charlotte«, erklärte die Renate streng.

Das sah anscheinend nicht nur die Charlotte ganz anders. Genervt bestellte der Leo mit erhobenem Zeigefinger ein weiteres Krügerl, das er mit einem Zug halb leerte.

»Apropos«, wandte sich die Renate jetzt an ihn, »hat man den Saboteur inzwischen ausgeforscht?«

Der Leo nickte ernst. »Ja, war zum Glück nicht so schwer. Es waren nur eine Handvoll Demonstranten mit Messern bewaffnet. Ein paar Idioten gibt es halt immer … Waren keine Profis, sondern nur übermotivierte Umweltschützer von der Gina Blauensteiner, die sie auf die Schnelle über Facebook zusammengetrommelt hat. Wir haben die fünf Verdächtigen zur Polizeiinspektion gebracht, und da hat dann gleich einer gestanden. Wenn es nicht so gefährlich gewesen wäre, hätte man mit dem armen Tropf richtig Mitleid haben können. Wollte sich und seinen Freunden scheinbar nur beweisen, wie mutig er ist und wie weit er bereit ist zu gehen, um die Umwelt zu schützen.

War dann halt doch eher ein Bärendienst. Aber egal, er wurde wegen Gefährdung der Allgemeinheit angezeigt, dann durfte er heim. Hat sonst ein astreines Strafregister und ist bisher nicht weiter aufgefallen. War eine blöde Geschichte, wie man so schön sagt. Wenn's halt nicht so gefährlich gewesen wäre …«

»Und was ist mit der Gina?«, wollte die Charlotte wissen.

»Was soll mit ihr sein? Sie hat sich ja nichts zuschulden kommen lassen. Gut, die Demo war nicht angemeldet, aber das ist nichts, wofür man ins Gefängnis kommt, wenn du das meinst. Und mit dem Sabotageakt hatte sie nichts zu tun. Ich schätze mal, dass sie jetzt gerade daheimsitzt und ihre Wunden leckt. Ich habe mit ihr nach dem Vorfall gesprochen, und sie war ehrlich schockiert. Dass da einer auf starken Mann macht und die Seile durchschneidet … das hat sie wirklich nicht gewollt.« Er wandte sich wieder seinem Bier zu. »Können wir uns jetzt über etwas Erfreulicheres unterhalten?«

»Zum Beispiel die Eröffnung vom Pleasure Island?«, schlug der Rudi vor, der hinter der Theke dem Leo gerade das nächste Krügel einschenkte. Ja, das war jetzt vielleicht nicht der optimale Vorschlag. Die Elena kicherte zwar wie ein kleines Mädchen, aber der Blick vom Leo führte dazu, dass der Rudi sich eine andere Beschäftigung suchte.

Interessant, dachte die Charlotte, diese Geschichte schien doch nicht so spurlos am Leo vorbeizugehen, wie er immer tat.

Am nächsten Morgen strahlte endlich wieder die Sonne vom Himmel. Die Gewitterfront hatte sich in Richtung Osten vertschüsst, und bei dem schönen Wetter sah die Welt gleich wieder ganz anders aus. Fröhlich vor sich hin pfeifend erschien die Charlotte schon frühmorgens mit der Andrea an der Hand in der Küche. Zu ihrem großen Erstaunen waren weder die Flora noch der Noah zu sehen.

»Hirsch«, rügte sie die Andrea, »heute ist doch Samstag, die beiden werden noch schlafen, weil sie schulfrei haben.«

Auch egal. Die Charlotte verspürte einen Mörderkohldampf und stopfte sich gleich mal zwei Frischkäsebrote rein, die sie mit einem großen Häferl Kaffee runterspülte. Der Herr Papa hatte die Tageszeitungen am Küchentisch liegen gelassen. Von ihm und der Frau Mama war ebenfalls weit und breit nichts zu sehen. Wahrscheinlich machte der Herr Papa einen Rundgang durch die Weingärten, und Muttern war mit der Omama sicher schon drüben in der großen Heurigenküche, um Leckerlis vorzubereiten. Also hatten die Andrea und die Charlotte genug Zeit und Muße, um sich in aller Ruhe die Zeitungen durchzulesen. Und, eh klar, zwei Geschichten standen in allen Zeitungen im Mittelpunkt. Einerseits der glimpflich ausgegangene Sabotageakt, andererseits die hysterische Flora, mitten auf der Straße vor einem Tieflader liegend. Dass es noch eine zweite, eigentlich viel effektivere Demonstration gegeben hatte, wurde lediglich am Rande erwähnt. Die Flora hatte es also tatsächlich geschafft und war zum Gesicht der Proteste geworden.

»Da kann die Kleine ja stolz auf sich sein«, schnaufte die Charlotte kopfschüttelnd.

»Ach, lass sie doch. Blödsinn gehört halt zum Erwachsenwerden dazu«, erwiderte die Andrea. »Außerdem hat die Kleine sich wenigstens was getraut. Die anderen Schüler sind nur danebengestanden und haben zugeschaut. Das war überhaupt keine Demo, wenn du mich fragst. In der Kleinen steckt eben Feuer.«

»Und in mir nicht?«, fragte die Charlotte beleidigt.

Die Andrea sah sie verliebt an. »Doch, Charly, aber du bist halt schon … älter. Und vernünftiger. Manchmal halt. Die Kleine muss erst noch herausfinden, welche Kämpfe sich auszutragen lohnen. Ganz abgesehen davon finde ich es eigentlich total okay, was sie da gemacht hat. Das ist nämlich so ein Kampf, den zu kämpfen es sich lohnt.« Dem hatte die Charlotte nichts entgegenzusetzen, also las sie lieber weiter.

Die Meinungen waren gespalten. Einige Zeitungen lobten die Flora und ihren Einsatz, andere empfanden ihren Auftritt als aufgesetzt, übertrieben und völlig unpassend. Das machte die Charlotte dann doch wieder wütend. Es war nämlich okay, wenn sie ihre kleine Schwester kritisierte, aber wenn das jemand anderer tat … nein, sicher nicht!

Die angesprochene kleine Schwester kam eine halbe Stunde später zum Frühstück. Gierig stürzte sie sich auf die Zeitungen. Ihr Müsli schaufelte sie so nebenbei in sich rein. Der Noah nahm sich ein Butterbrot, sagte: »Ciao!«, und war schon mit dem Balu davon. Auf den fragenden Blick der Charlotte hin meinte die Flora nebenbei und staubtrocken: »Er trifft sich mit der Inaaya.«

»Ihr drei habts schon einen gewaltigen Huscher, gell?«, sagte die Andrea, allerdings nicht so unfreundlich, wie sich das jetzt angehört hatte. Die Flora antwortete mit einem beiläufigen Achselzucken. Sie ging voll in den Berichten über ihre »Heldentat« auf. Besonders passend fand sie die Schlagzeile: »Winzertochter als Umweltheldin«. Auch »Schülerin steht ihre Frau« gefiel ihr außerordentlich gut. Weniger mochte sie den Kommentar in einem Boulevardblatt, in dem sie als »hysterische Jugendliche« bezeichnet wurde, die sich völlig ahnungslos »dem Fortschritt in den Weg« legte. Aufgeregt blätterte sie in dem Blatt vor und zurück.

»Suchst du was Bestimmtes?«, fragte die Charlotte.

»Ja, die Adresse der Redaktion.«

»Wieso?«

»Weil ich mir diesen faschistischen Heini persönlich vorknöpfen will.«

»Flora, bitte, jetzt mach nicht noch einen auf Dramaqueen. Verschiedene Leute haben halt verschiedene Ansichten. Und das mit dem ›hysterisch‹ …«, meinte die Charlotte eindeutig vieldeutig und verschluckte sich vor Lachen beinahe an ihrem Kaffee.

Genau in dem Moment piepste Floras Handy. »Das hätte ich ja beinahe vergessen!«, sagte die kleine Nöhrer und schluckte, nachdem sie die Nachricht gelesen hatte.

»Was hättest du beinahe vergessen?«, fragte die Charlotte neugierig.

Die Flora sah sie mit zusammengekniffenen Augen an. »Die Probleme mit dem WLAN unten im Schauraum? Daran kannst du dich schon noch erinnern, oder?«, antwortete sie giftig. Mein Gott, was hatte sie denn jetzt schon wieder?, dachte die Charlotte, nickte aber. »Irgendwer muss sich doch darum kümmern, dass wir dort eine Verbindung für die Bankomatkassa haben. Nachdem du es nicht machst, habe ich das in die Hand genommen. Mein Spezialist ist in ein paar Minuten da«, erklärte die Flora.

Der »Spezialist« entpuppte sich schließlich als pickelgesichtiger, leicht übergewichtiger Bursche, der sich auf einem Mountainbike den Hügel zum Weingut hinaufgequält hatte.

»Ich dachte, du hast einen Spezialisten bestellt?«, fragte die Charlotte skeptisch.

»Eh, das ist der Kevin, ein Schulkollege von mir. Der hat mehr drauf als jeder sogenannte Spezialist, für den du in der Stunde einen Hunderter abdrückst.«

»Wenn du meinst ...«

»Ja, ich meine. Und jetzt lass uns machen.«

»Aber, jetzt mal ganz im Ernst: Kevin?«

»Und? Er kann doch nix dafür, dass seine Eltern keinen Geschmack bei der Namensgebung hatten.«

Völlig verschwitzt lehnte der Bursche sein Mountainbike an die Mauer des Nöhrer'schen Weinguts. Die Charlotte hatte Angst, dass er unmittelbar vor einem Herzinfarkt stand, eilte zurück zur Schank und brachte ihm eine kleine Flasche Almdudler, die der Kevin dankbar in sich reinschüttete.

»So«, meinte er schließlich, als er wieder halbwegs bei Atem war, »wo ist denn jetzt unsere Baustelle?«

»Danke fürs Kommen«, begrüßte ihn die Flora erst jetzt so richtig. »Komm mit, ich zeig's dir.«

Sie führte den Kevin durch den Gastgarten zum Presshaus und die Stufen hinunter in die Erde zum Schau- und Verkaufsraum. Die Charlotte und die Andrea hasteten hinterher, nur um gleich wieder die Stufen raufzurasen, weil der Kevin kopfschüttelnd kehrtgemacht hatte und sich den Internet-Hauptanschluss für das Weingut zeigen lassen wollte. Dort sah man von ihm auch nur betretenes Kopfschütteln. Die Charlotte kannte sich gar nicht mehr aus.

Zehn Minuten später saßen sie auch schon zu viert im Auto – die Flora und der Kevin auf der Rückbank – und waren in Richtung Shoppingmall unterwegs. Der Herr Computerspezialist hatte nämlich gemeint, dass es ohne WLAN-Verstärker (also der Kevin hatte es hoch professionell einen »Repeater« genannt) nicht gehen würde. Im Elektromarkt legte die Charlotte einen Hunderter für so ein Gerät ab, und schon ging es wieder zurück aufs Weingut.

Im Schauraum dann konnte die Charlotte nur mehr staunen. Der Kevin hatte sich mit seinem Laptop ins Nöhrer'sche Netz gehängt, schüttelte immer wieder den Kopf und murmelte irgendwas Unverständliches vor sich hin. Seine Finger flogen über die Tastatur, und schließlich schnaufte er verächtlich: »Amateure!«

»Wie bitte?«, fragte die Charlotte verständnislos.

»Ach Entschuldigung, Frau Nöhrer. Sie sind ja noch da.« Irgendwie klang es nicht so, als würde sich der Kevin wirklich ernsthaft entschuldigen wollen.

»Also, wieso Amateure und wer?«

»Sorry, damit meinte ich natürlich Sie. Oder wer hat das Passwort ausgesucht?«

»Welches Passwort?«

»Na, für das WLAN. ›Charlotte Noehrer‹, ich meine, geht's noch offensichtlicher?«

Die Charlotte wurde knallrot im Gesicht. Defensiv antwortete sie: »Ist ja nur unser privates WLAN. Wen soll das schon interessieren?«

Der Kevin gaffte sie fassungslos an. So eine Fassungslosigkeit hatte die Charlotte überhaupt noch nie gesehen.

»Also«, setzte er an, musste dann aber noch mal durchschnaufen, um sich wieder einzukriegen, »ich kann hier völlig problemlos Ihren Vorjahresumsatz auslesen. Ihre E-Mails an Ihre Freunde sind für mich ein offenes Buch. Ich kann mir in aller Ruhe ansehen, welche Seiten Sie in den letzten Wochen und Monaten angesurft haben. Kleiner Tipp: Es würde schon helfen, wenn Sie ab und zu mal Ihren Cache und Ihre Surf-History löschen würden.«

Cache? History? Woher hatte der Bursche auf einmal ihre Jahresumsätze? Die Fassungslosigkeit wollte nicht aus ihrem Gesicht weichen. Zufrieden grinste der Kevin. Tja, man sollte sich vielleicht doch nicht von peinlichen Vornamen blenden lassen.

»Hast … hast du dich gerade in meine Daten gehackt?«, stotterte die Charlotte.

»Gehackt, gehackt … von Hacken sind wir noch weit entfernt. Aber Ihr WLAN ist so weit offen, dass man mit ein bisschen Computerwissen da problemlos reinkommt. Ich bin sicher nicht der Einzige, der ein Master-Passwort von Ihrem Provider hat.«

»Wie bist du denn an das gekommen? Arbeitest du für die?«

Der Kevin bekam einen Lachanfall. »Haha, der war gut. Für die arbeiten!«

»Ich habe dir doch gesagt, dass er gut ist«, mischte sich die Flora mit einem stolzen Blick auf ihren Schulfreund ein.

»Du hast aber nicht erwähnt, dass er ein Hacker ist.«

»Nebensächlichkeiten, pft«, antwortete die Flora gewohnt schnippisch. »Aber du kannst uns das Netz doch absichern, oder?«, flötete sie in Richtung vom Kevin. Der bekam sofort Herzchen in den Augen und nickte willfährig.

Aha, dachte die Charlotte, so eine ist die Flora also. Aber das konnte ihr in Wirklichkeit ja nur recht sein. Trotzdem interessierte sie das mit dem Master-Passwort jetzt schon.

Diese Frage beantwortete der Kevin aber erst zwei Stunden später, nachdem er das Nöhrer'sche Netzwerk auf den neuesten

Sicherheitsstand gebracht und sich zur Belohnung einen frischen Milchrahmstrudel von der Omama gegönnt hatte. Der Noah war inzwischen in Begleitung der Inaaya zurückgekommen und hatte den Kevin herzlich begrüßt. Beim Anblick der Flora hatte die Inaaya sofort die Hand vom Noah losgelassen und sich ein klein wenig verschämt weggedreht. Hätte sie gar nicht müssen, weil, die Flora hatte das gar nicht bemerkt.

»Also«, begann der Kevin noch immer mampfend, »es ist ja so, dass der Provider auf jeden Router einen Remote-Zugriff hat. Für den Fall, dass irgendwas kaputtgeht, neu installiert werden muss und der User wie üblich keinen Tau davon hat. Dafür gibt es ein Master-Passwort, mit dem der Provider auf jeden seiner Router zugreifen kann. Vielleicht ist es Ihnen ja schon aufgefallen, aber der Router gehört nicht Ihnen, der ist nur angemietet. Er ist also Eigentum des Providers.«

Nein, war der Charlotte bislang nicht aufgefallen. Hatte sie bislang auch nicht sonderlich interessiert.

»Theoretisch könnte man damit also jede Menge Schindluder treiben, was aber natürlich im Sinn der Kundenfreundlichkeit nicht geschieht. Offiziell halt.«

»Okay, schön und gut, das verstehe ich. Irgendwie halt. Mir ist aber noch immer nicht klar, wie du zu diesem Passwort gekommen bist.«

Der Kevin wischte sich den Mund mit einer Papierserviette ab, lehnte sich gemütlich zurück und meinte wichtigtuerisch: »Berufsgeheimnis.«

»Und du treibst damit kein Schindluder?«

»Ich würde es nicht unbedingt so bezeichnen. Aber ich zahle nichts für Internet und Kabelfernsehen. War gar nicht so schwer, in deren Datenbank einzudringen und mein Kundenkonto auf null zu setzen.«

Die Charlotte machte große Augen. »Wenn Sie wollen, kann ich das für Sie auch machen«, bot der Kevin an. Die Charlotte schüttelte hektisch den Kopf. Nein, sie wollte wegen so einer Geschichte auf gar keinen Fall ins Kriminal kommen.

»Nein, danke. Mir war nur wichtig, dass wir eine vernünftige Datenverbindung für unsere Bankomatkassa im Schauraum haben.«

»Die haben Sie jetzt. Und außerdem ist Ihr ganzes Netzwerk abgesichert. Hundertprozentigen Schutz gibt es zwar nie, aber solange nicht ein Superhacker daherkommt, sollte es keine Probleme geben.«

»Was schulde ich dir?«

Der Kevin machte eine wegwerfende Handbewegung. »Gar nichts. Wenn ich das nächste Mal mit Freunden vorbeikomme, wäre eine Einladung aufs Haus nett, aber sonst passt das schon.«

Die Charlotte bestätigte den Deal mit einem Handschlag, dann machte sich der Kevin vom Acker.

»Und was machen wir zwei Hübschen jetzt?«, flötete die Andrea mit erwartungsvollem Blick.

Die Charlotte schmachtete zurück und hauchte: »Einen Spaziergang.«

Die Andrea nahm die Hundeleine, und sofort stand der Balu hechelnd neben ihr. Der Labrador konnte sein Glück gar nicht fassen. Kaum von einem ausgedehnten Spaziergang mit dem Noah zurückgekehrt, schien es schon wieder loszugehen. Das Leben konnte so schön sein.

»So hatte ich mir das aber nicht vorgestellt«, bemerkte die Andrea eine halbe Stunde später schwitzend und schnaufend, als sie am Wasserfall des Grundstücks der Gina Blauensteiner standen.

»Wie hast du dir es denn vorgestellt?«

»Na ja, irgendwie romantischer. Irgendwo da unten zwischen den Weinreben oder so.«

»Ach, woran du schon wieder denkst.«

»Was wollen wir hier überhaupt?«

»Das ist das Haus, nein, das Anwesen von der Gina. Ich hab dir doch davon erzählt.« Ja, hatte sie, aber die Beschreibung war den Tatsachen kaum gerecht geworden. Als die Andrea jetzt den Wasserfall hinunter- und auf die Bio-Villa der Gina schaute, fielen ihr fast die Gucker heraus. Die Charlotte hatte diesmal den Querfeldeinweg gewählt, um auf ein Pläuschchen mit der Gina herzukommen. So hatten sie das Grundstück von der Rückseite über die Weinberge betreten. Auch hier gab es, so wie die Charlotte vermutet hatte, keinen Zaun, keine Mauer, nichts. Wo das Grundstück genau anfing und aufhörte, konnte man nur raten. Von ihrer erhöhten Position aus konnten sie gut auf das Haus hinunterschauen. Erst jetzt fiel der Charlotte auf, dass auf dieser Seite auch ein kleiner Wintergarten war, in dem sie die Gina und ihre Tochter spielen sehen konnten.

»Komm, lass uns runtergehen und uns bemerkbar machen. Ich würde gerne noch ein paar Dinge von der Gina wissen.« Der Andrea blieb nichts anderes übrig, als ihrer Freundin zu folgen. Sie umrundeten den Teich. Der Balu war kaum davon abzuhalten, mit Anlauf in das Biotop zu hechten. Er hatte ein paar Kois im Wasser entdeckt und wollte nur zu gern mit ihnen spielen.

Erschrocken fuhr die Gina zusammen, als die Charlotte an die Glastür des Wintergartens klopfte. Ihre Tochter, die Livia, grinste über das ganze Gesicht. Sie kannte die beiden Besucherinnen zwar nicht, aber wer so einen süßen Hund dabeihatte, konnte kein schlechter Mensch sein.

»Das ist aber eine Überraschung«, begrüßte die Gina ihre ungebetenen Gäste.

»Ja, nicht nur für dich«, murmelte die Andrea, die noch immer beleidigt war, dass die Charlotte ihren romantischen Spaziergang zu einem unauffälligen Verhör umfunktionieren wollte.

»Wir waren gerade in der Gegend«, log die Charlotte, dass sich die Balken bogen, »und da dachte ich, dass wir kurz bei dir vorbeischauen. Ich wollte der Andrea unbedingt dein Haus und den Garten zeigen.«

Unübersehbar fühlte sich die Gina geschmeichelt. »Ja, wenn das so ist. Darf ich euch reinbitten? Den Teich habt ihr ja schon gesehen.«

Die Charlotte bedankte sich artig. Ebenso artig kam die Livia zu den Gästen, schüttelte beiden die Hand und stellte sich vor. Die Kleine war echt gut erzogen. Die Charlotte stellte der Livia den Balu vor, und, schwups, waren die beiden nicht mehr gesehen. Die Kleine und der Hund waren sofort ein Herz und eine Seele.

»Kaffee?«, fragte die Gina.

Die Charlotte schaute auf die Uhr. Es war schon ziemlich spät am Nachmittag, aber sie hatte nicht vor, sich früh ins Bett zu legen. Die Andrea nickte ebenfalls. Die Gina stellte zwei edle Tassen – Häferl konnte man das wirklich nicht nennen – unter eine verchromte Kaffeemaschine, mit der man auch ein besseres Café hätte betreiben können. Die Maschine knarrte, die Bohnen knirschten, als sie zermahlen wurden, und umgehend verbreitete sich dieser herrliche rrrrrröstfrische Geruch im Haus. Die Charlotte war hellauf begeistert. An gewissen Dingen konnte sie sich erfreuen wie ein kleines Kind.

»Zucker? Milch? Milchschaum?«, fragte die Gina.

Sowohl die Charlotte als auch die Andrea wollten einfach nur Milchschaum. Davon aber ordentlich viel. Und schon machte es »wwwwrrrrr«, die Milch wurde geschlagen, gemixt und gerührt, und schließlich goss die Gina den cremigen Schaum in ihre beiden Tassen. Die Charlotte schloss verträumt die Augen, als sie den ersten Schluck machte. So einen Kaffee bekamen sie auch in Venedig, Mailand oder Rom nicht besser hin.

»Was?«, schnappte die Charlotte, als die Andrea vor Lachen prustete.

»Ach, nix«, antwortete sie und strich der Charlotte mit dem Finger über die Oberlippe. Dann leckte sie den Milchschaum von ihrem Finger.

Die Charlotte musste sich richtig zusammenreißen, um endlich zur Sache zu kommen. »Also, Gina«, begann sie, »der Dirk. Wie soll ich sagen?«

»Hatte der Dirk auch mal was mit Männern?«, fuhr die

Andrea ungeniert drein. Die Charlotte strafte sie mit einem Blick, den sonst die Flora für sie reserviert hatte.

Die Gina sah die beiden völlig verdattert an. »Der Dirk schwul?«

»Nein, nicht schwul. Das habe ich nicht gesagt«, widersprach die Andrea. »Nur, ob er auch mal was mit Männern hatte. Könnte doch sein, dass er bi war.«

»Ganz sicher nicht«, lachte die Gina nach einer Schrecksekunde. »Der hat doch alles gevögelt, was nicht bei drei am Baum war. Also, alles, was zwei Brüste hatte.«

»Bist du dir da ganz sicher?«, fragte die Charlotte nach.

»Ja, natürlich. Ich meine, man kann natürlich für niemanden die Hand ins Feuer legen. Aber so etwas wäre mir doch aufgefallen. Aber wieso fragt ihr mich das überhaupt?«

Die Charlotte überlegte kurz, rückte dann aber mit der Wahrheit raus. »Wir haben ein Video, auf dem der Dirk zu sehen ist, kurz bevor er ermordet wurde. Und da ist er mit einem anderen Mann zu sehen. Die beiden scheinen sich gekannt zu haben, es sah alles sehr innig und vertraut aus.«

Ein Lächeln machte sich im Gesicht der Gina breit. »Das heißt, ihr wisst jetzt, wer sein Mörder ist? Ihr habt ihn auf Video?«

»Jein«, antwortete die Charlotte lang gezogen. »Es war ja ein Maskenball, und der Mörder trug auch ein Kostüm. Leider ein Ganzkörperkostüm.«

»Wie war er verkleidet?«

»Als Darth Vader. Wir wissen also leider nur, dass er ziemlich groß war.«

»Verdammt!«, entfuhr es der Gina. Ihr Lächeln verschwand wieder.

»Ja, tut mir leid, wenn wir dir jetzt Hoffnungen gemacht haben.«

Die Gina winkte ab. »Schon gut. Immerhin ist es ein erster Anhaltspunkt. Aber um nochmals auf deine Frage zurückzukommen: Ich hab ihn nie dabei erwischt, wie er einem Mann nachgeguckt hat. Aber wer weiß schon, wozu er bereit war, um sich seinen großen Traum zu erfüllen.«

»Großen Traum?«, fragte die Charlotte.

»Na ja, die Fracking-Genehmigung natürlich. Kann schon sein, dass er sich dafür zu so etwas hergegeben hätte, wenn es ihm die notwendigen Bewilligungen verschafft hätte. Das war eben sein großer Traum – den ganz großen Coup zu landen. Beziehungsweise das ganz große Geschäft. Ölmagnat spielt es hier bei uns in Österreich ja nicht. Aber das große Geschäft mit Schiefergas? Warum nicht?«

»Ja, aber … er hätte doch nicht wirklich persönlich etwas davon gehabt?«, meinte die Charlotte. »Das wäre doch alles dem Staat zugutegekommen.«

»Ach, Charlotte, sei doch nicht so naiv.« (Wie oft hatte sie das in den letzten Tagen eigentlich schon gehört?) »Glaubst du wirklich, dass da nicht etwas für die Beteiligten abfällt? Ganz abgesehen von seinem Ruf. Ich glaube, der war ihm noch wichtiger als das Geld. Hinter vorgehaltener Hand haben doch alle immer nur vom ›Piefke‹ gesprochen. Das hat ihn schon sehr gewurmt. Da wollte er es allen zeigen.«

Klang nicht unplausibel, was die Gina da von sich gab. Und es klang nicht unähnlich zum Mord am Obermayer. Da hatte die Charlotte auch lange im Kreis ermittelt, weil sie an eine Eifersuchtsgeschichte geglaubt hatte. Was es am Ende auch war, nur dass es sich dabei nicht um eine Betrogene, sondern einen Betrogenen gehandelt hatte. Der Obermayer hatte das auch nur wegen des Geldes gemacht. Aber irgendwie widersprach es dem, was der Graf ihnen erzählt hatte, nämlich, dass der Sagmeister und der Schuster eigentlich dasselbe Ziel gehabt hätten.

Die Charlotte ließ ihren Blick durch den Raum schweifen. Der Haufen Bügelwäsche lag noch immer unberührt da – oder war es bereits ein neuer Haufen? »Könnte ich noch einen Kaffee haben?«, fragte sie die Gina. Die sprang auf und setzte wieder ihre Luxusmaschine in Betrieb. Die Charlotte nützte die Ablenkung, um ebenfalls aufzustehen und sich die Bügelwäsche genauer anzusehen. Vor allem die Herrenhemden, die sich darunter befanden. Die Gina hatte ihr den Rücken zugewandt und merkte nichts davon.

Die Charlotte nahm eines der Hemden vom Stapel. Teure Maßanfertigung, das fühlte man schon beim ersten Mal Hingreifen. Das Fehlen eines Markerls mit der Aufschrift einer Modekette bestätigte den Eindruck. Sie wollte das Hemd schon zurücklegen, als ihr die Stickereien am Hemdkragen auffielen: Da war nämlich ein »M²« eingestickt. Was sollte das bedeuten? Dann kam es ihr. Schnell legte sie das Hemd wieder zurück und setzte sich. Kurz darauf servierte ihr die Gina wieder formvollendet den Kaffee.

»Wie lange bist du eigentlich schon mit dem Markus Maier zusammen?«, fragte die Charlotte nach dem ersten Schluck beiläufig.

Das musste man der Gina schon lassen, sie verlor nur für den Hauch eines Moments die Fassung. Hätte die Charlotte nicht genau hingeschaut, wäre es ihr wahrscheinlich gar nicht aufgefallen – so wie auch der Andrea. Die hatte ihren Mund zu einem weiten O geöffnet und starrte ihre Freundin an.

»Wie, mit dem Markus Maier zusammen?«, meinte die Gina. Sie hatte der Charlotte den Rücken zugewandt und hantierte an der Klappe des Geschirrspülers herum.

»Na, immerhin bügelst du seine Hemden. M² – klingelt's?«

Ungerührt räumte die Gina weiter den Geschirrspüler ein. Erst als sie damit fertig war, wandte sie sich wieder ihren beiden ungebetenen Gästen zu. »Stört es euch, wenn ich eine Zigarette rauche?«, fragte sie schließlich.

»Ist dein Haus, da musst du uns nicht um Erlaubnis fragen.«

Die Gina zündete sich eine Zigarette an, worauf es ihr die Charlotte und die Andrea gleichtaten.

»Der Markus ist ein Freund von mir. Das stimmt schon. Wir haben ein gemeinsames Hobby – Cosplay.«

»Ihr verkleidet euch?«, fragte die Charlotte erstaunt. Immerhin hatte sie sich ein bisschen von dem gemerkt, was die Flora ihr erklärt hatte. Auch wenn »verkleiden« ein bisschen tiefgestapelt war. Das erklärte ihr jetzt auch die Gina.

»Cosplay ist nicht einfach nur Verkleiden. Da steckt jede Menge Arbeit dahinter. Das geht weit über ein einfaches Faschingskostüm hinaus. Ist bei uns aber noch nicht so verbreitet. Es gibt also nicht so viele Gleichgesinnte. Das ist so etwas wie ein Lebensgefühl. Man spürt es, oder man spürt es eben nicht.« Der Blick, den die Gina dabei der Charlotte zuwarf, ließ keinen Zweifel darüber, zu welcher Gruppe von Menschen die Gina ihre Besucherin zählte.

»Dann steigt man also auch mit dem politischen Feind ins Bett, wenn er nur dasselbe Hobby hat«, meinte die Charlotte trocken.

»Wenn du es so ausdrücken willst, ja. Aber so weit würde ich heute nicht mehr gehen. Meine schlechten Erfahrungen habe ich schon mit dem Dirk gemacht. Nein, wir widmen uns unserem Hobby, und das war's.«

»Und du bügelst ihm seine Hemden.«

»Ja, ist das verwerflich?«

Die Charlotte schüttelte den Kopf. »Mir geht trotzdem nicht ein, wie du dich in deiner Freizeit mit jemandem wie dem Maier einlassen kannst. Er verkörpert doch sonst alles, wogegen du kämpfst.«

»Mag schon sein, aber man muss Berufliches von Privatem trennen. Das habe ich inzwischen gelernt.«

Die Charlotte war sich da nicht so sicher. Wer bügelte schon rein aus Gefälligkeit jemand anderem die Wäsche? Also, die Charlotte konnte sich das überhaupt nicht vorstellen. Haushalt war für sie grundsätzlich kein Problem, aber Bügeln hasste sie wie die Pest. Ging doch auch ganz gut ohne. Man durfte nur den Wäschetrockner nicht zu voll füllen und mit dem Rausnehmen der Wäsche zu lange warten. Dann ging das Ganze – fast – faltenfrei. Oder es wurde sowieso vom Betriebspersonal erledigt.

Inzwischen machte sich der viele Kaffee bei der Charlotte bemerkbar. »Könnte ich mal deine Toilette benützen?«

Die Gina nickte. »Klar, die Besuchertoilette ist im Keller. Sorry, die hier im Erdgeschoss ist nur für die Livia und mich. Was das angeht, bin ich ein bisschen neurotisch«, erklärte sie und sah dabei tatsächlich so drein, als hätte sie soeben die Todesmeldung eines geliebten Verwandten erhalten.

Eine Treppe im Eck des Wohnbereichs führte in den sogenannten Keller. Sogenannt, weil der – wie es die Charlotte auch gar nicht anders erwartet hatte – natürlich voll ausgebaut war. Die Treppen hinunter waren aus dunklem Nussholz, in das kleine LED-Spots eingelassen waren. Das erinnerte die Charlotte an die Boden-Notbeleuchtung bei Flugzeugen, war aber sicher ganz praktisch im Dunkeln. An der Wand hingen passend abgestuft zur Treppe moderne Drucke, die der Charlotte genau gar nichts sagten. Selbst wenn sie sich die Titel der Bilder ansah, konnte sie keinerlei Übereinstimmung mit dem gezeigten Bild erkennen. Aber so war sie halt, immerhin war sie auch so aufgeschlossen, dass sie nach dem Motto »Jedem Tierchen sein Pläsierchen« lebte. Blieb ihr ja in Wirklichkeit auch nicht viel anderes übrig. Außer natürlich, wenn es um ihre kleine Schwester ging. Die musste um jeden Preis beschützt werden, wobei eine eigene Meinung oft hinderlich war.

Am Fuß der Treppe setzte sich der Holzboden in etwas hellerer Schattierung fort. Eigentlich war es mehr ein Untergeschoss als ein Keller. Von einem langen Gang führten links und rechts mehrere Türen weg. Die Toilette war natürlich nicht angeschrieben. Aber okay, das war hier ja auch kein Hotel oder Restaurant, und die Gina fand sich in ihrem eigenen Haus sicher auch so ganz gut zurecht. Gästen sollte sie das aber vielleicht doch etwas genauer beschreiben als einfach nur »die Stiegen runter«. Links und rechts wurden die Wände größtenteils von üppigem Grün verdeckt. Die Topfpflanzen hatten allesamt eigene Taglichtspots oberhalb an der Decke, damit sie nicht verhungerten.

Die Charlotte probierte die erste Tür. Fehlanzeige, abgeschlossen. Hinter der zweiten Tür verbarg sich eine kleine Waschküche und hinter der dritten endlich die dringend benötigte Toilette. Und, eh klar, das war kein normales Klo, sondern pipifein, wie aus dem Katalog für russische Oligarchen. In einer anderen Wohnung hätte man hier ein kleines Gästezimmer untergebracht. Edles italienisches Designer-Waschbecken, flauschige Handtücher, eine Ansammlung von getrockneten Duftblättern und Räucherstäbchen, wieder zwei Wandbilder und – eigentlich das Wichtigste – eine Toilette, die blitzte und blinkte, als hätte die Putzfrau eben erst sauber gemacht.

So vorsichtig hatte die Charlotte noch selten eine Toilette benützt. Der Papa von der Gina musste wirklich ein ordentlich schlechtes Gewissen haben, wenn er sie solcherart mit finanziellen Mitteln überschüttete. Gut erzogen, wie sie war, wusch sie sich nach erledigtem Geschäft natürlich die Hände. Der Seifenspender war – selbstverständlich – vollelektronisch. Da musste nichts mehr angefasst werden. Keime hatten hier so was von keine Chance. Der Spender spuckte, auch klar, keine 08/15-Drogeriemarktseife aus, sondern ein cremiges Zeug, das nach Jasmin und sehr teuer roch. Sie kuschelte ihre Hände in das superflauschige Handtuch. Dann entdeckte sie noch ein paar Tiegelchen, die verschiedenste Cremen beinhalteten. Auch die waren sicher nicht billig. Natürlich griff sie auch hier zu. Eine Minute später glänzte sie wie ein Chromhäferl und roch nach verschiedensten Essenzen. Na gut, vielleicht hatte sie es mit der Menge übertrieben. Papierhandtücher waren keine da, das Toilettenpapier wollte sie auch nicht benützen, also trocknete sie sich das Gesicht schnell mit dem Flauschhandtuch ab. Ein bisschen schlechtes Gewissen war da schon dabei. Ein Blick in den Spiegel verriet ihr aber, dass sie nun wenigstens nicht mehr mit der Sonne um die Wette schien.

Jetzt hatte sie die Neugier gepackt. Was verbarg sich hier unten sonst noch? Antwort: Hinter der nächsten Tür ein Spielraum für die Livia, mit dem man gut und gerne auch eine ganze

Schulklasse hätte bespaßen können. Hinter der nächsten Tür wurde es dann richtig interessant.

Vorsichtig schob sie die Tür Zentimeter um Zentimeter auf. Da stand eine große, gemütliche Couch im Landhausstil, die Wände waren karminrot gewischt (die Charlotte wusste den Fachausdruck für diese Ausmaltechnik nicht, was ihr aber eigentlich auch egal war), wieder eine Menge Grünzeug, an den Wänden aber keine Gemälde oder moderne Bilder, sondern jede Menge kleine und ein paar lebensgroße Poster von Superhelden. Also, die Charlotte nahm an, dass es sich um Superhelden handelte, und den Batman erkannte selbst sie noch. Ebenso wie den Schild von Captain America.

An einer Wand waren Gewandstangen montiert, auf denen Kleidung hing. Die Charlotte vermutete, dass es sich dabei um die Cosplay-Kostüme der Gina handelte. Vor dem Sofa stand ein kleiner Couchtisch, darauf ein halb voller Aschenbecher. Nach Rauch roch es allerdings nicht, was die Charlotte auf das leise Surren zurückführte, das wohl zu einer De-luxe-Entlüftung gehörte. Gegenüber der Couch und über einem offenen Kamin (Wo ist eigentlich das Eisbärenfell?, überlegte die Charlotte) hing ein riesiger Flatscreen-Fernseher. An der Wand daneben befand sich ein Tisch, auf dem eine große Nähmaschine stand. Ein Kostüm lag darin eingespannt. Die Flora hätte damit ihre helle Freude gehabt. Oder sie wäre einfach nur eifersüchtig gewesen. Das konnte man bei der kleinen Diva nie wissen. Gleich daneben waren noch einige andere Gerätschaften, die die Charlotte nicht richtig einordnen konnte. Ein Teil sah aus wie eine Gebetsbank in der Kirche, nur besser gepolstert, daneben war eine lange Bank mit Vorrichtungen für … Handfesseln? Was trieb die Gina hier herunten bloß? Von der Decke hing ein Trapez mit, ja womit eigentlich genau? Sah irgendwie ein bisschen nach einer Art Sicherungsgeschirr aus, das man sich beim Klettern oder beim Fallschirmspringen umschnallte.

Die Charlotte wollte eben die Tür ganz aufstoßen und eintreten, als sie von oben ihren Namen hörte. Hektisch schaute sie auf die Uhr. Verdammt, sie war schon seit über einer Viertelstunde weg. Schnell holte sie ihr Handy heraus und machte ein paar Fotos.

»Komme!«, antwortete sie auf das Rufen der Gina. Leise zog sie die Tür zu und tippelte auf Zehenspitzen zurück bis zur Toilette. Erst dort ging sie wieder normal.

»Sorry, mir hat der Kaffee anscheinend nicht gutgetan«, entschuldigte sie sich oben angekommen. Dabei hielt sie sich theatralisch die Hand auf den Bauch. Die Andrea legte ihren Kopf schief und schaute sie fragend an, aber die Gina schien die Lüge geschluckt zu haben.

»Ganz schön groß da unten. Was macht man als Alleinerzieherin eigentlich mit so viel Platz?«, fragte die Charlotte unschuldig.

»Nützen«, antwortete die Gina trocken.

»Braucht dein Cosplay-Hobby viel Platz?« Mal schauen, was die Gina so über ihren Hobbyraum rausließ.

»Geht so«, antwortete die Gina kurz angebunden.

»Wie viele Kostüme hast du?«

»Wahrscheinlich zwei Dutzend. Und ein paar, die ich erst angefangen, bei denen ich mich dann verhaspelt und die ich schließlich nie fertiggestellt habe.«

»Könnte ich die mal sehen?«

»Sorry, Charlotte, aber der Hobbyraum ist echt meine Privatsache«, verneinte die Gina harsch. Freundlicher fügte sie hinzu: »Berufsgeheimnis, du verstehst?«

Nö, tat die Charlotte nicht. Aber das war heute schon das zweite Mal, dass ihr jemand mit dem »Berufsgeheimnis« gekommen war. Schön langsam ging ihr das auf die Nerven.

Aber was sollte sie schon groß tun? Sie konnte die Gina ja schlecht zwingen, dass sie ihr den Hobbyraum zeigte. Also verabschiedeten sich die Charlotte und die Andrea und machten sich wieder auf den Heimweg.

VIERZEHN

Kurz vor Mitternacht steppte in der Turmbar naturgemäß der Bär. Samstagabend, der Frühling war endlich so richtig eingekehrt, das Ende des Schuljahres war langsam, aber sicher auch absehbar – all das führte dazu, dass die Stimmung ausgelassen war wie schon seit Wochen nicht mehr.

Das alles traf natürlich auf die Charlotte nicht zu. Die saß mürrisch auf ihrem Stammplatz an der Theke. Neben ihr schäkerte die Andrea, die sich die gute Laune nicht kaputt machen ließ, mit der Renate. Die Flora quatschte mit dem Noah und der Inaaya, die sich zurückhielt, was zu offensichtlichen Körperkontakt mit dem Noah betraf. Man musste ja nicht unbedingt Öl ins ohnehin schon lodernde Feuer gießen.

Der Leo und die Elena hatten sich in der vollgestopften Hütte Platz verschafft, um einen heißen Discofox aufs nicht vorhandene Parkett zu legen. Diese Einlage hob die Stimmung der Charlotte auch nicht gerade. Ihr war das eher peinlich, wie der Leo, der ansonsten alles andere als ein Landei war, mit der Führungshand fast oben an der Decke des Lokals herumfuchtelte und die Elena dabei beinahe hochhob. Das musste doch wehtun! Und Spaß konnte das doch auch keinen machen!

Der Elena machte das alles nichts aus. Sie himmelte den Leo mit ihren großen Augen an, als würde sie gerade der Nurejew wie eine Marionette in der Gegend herumschmeißen.

»Arm runter!«, fauchte die Charlotte. Sie brauchte ein Ventil für ihren Frust. Wieso hatte sie immer noch absolut keine Ahnung, wer den Schuster ermordet hatte? So ahnungslos war sie sonst doch auch nicht.

»Chill mal«, motzte der Leo zurück, ließ die Elena aber runter. Sofort wurde der wenige Tanzplatz von den anderen Gästen eingenommen. Wenigstens die waren dankbar, dass die

Charlotte ihren Cousin angepflaumt hatte. Ansonsten wollte es sich keiner mit dem Chefinspektor des Orts verscherzen. Nach dem letzten Planquadrat war ja bekanntlich vor dem nächsten.

Der Leo gab auf und drängte sich mit der Elena an der Hand zur Theke. Vor ihm teilte sich die Menge wie das Rote Meer einst vor Moses. Keine Selbstverständlichkeit bei dem heißen Feger, den der Leo im Schlepptau hatte. Normalerweise würde so ein scharfer Zahn nicht ohne Angrapscherei durchkommen, aber auch hier wiederum: der Leo. Da wollte man wirklich nicht anecken. Die Elena gehörte inzwischen einfach zu ihm, und jeder Versuch des Anbratens würde nicht gut für den Übermütigen enden.

»Was hast du denn wieder für eine Laune?«, fragte der Leo die Charlotte schließlich.

»Weil ich schon wieder mal deinen Job erledigen muss«, keifte die zurück.

»Du bist lustig, was heißt da meinen Job machen? Ich hab dir doch schon erklärt, dass uns die Hände gebunden sind. Die Sache liegt beim Landeskriminalamt, und die bekommen ihre Anweisungen von ganz oben.«

»Jaja, mach du nur ruhig auf Dorfpolizist.« Aber wirklich, was sollte der Leo denn machen? Ganz abgesehen davon war er mit den Demonstrationen rund um die Schiefergasbohrungen ohnehin genug mit Arbeit eingedeckt. Morgen, am Sonntag, war zwar mit Ruhe auf der Baustelle zu rechnen, aber für Montag waren schon wieder Demonstrationen angekündigt. Außerdem waren ein paar seiner Leute auch nachts zur Bewachung der Baustelle abgestellt.

Durch die Medienberichte war es gar nicht mehr notwendig, die lokalen Schüler zur Heide hinaufzutreiben, es hatten sich auch so genug Umweltaktivisten aus dem ganzen Land angekündigt. Hier ging es nicht nur um Perchtoldsdorf oder den Wienerwald. Wenn erst mal der erste Stein gefallen war … Natürlich ging da die Angst um, dass dies nur ein erster Versuch sein könnte, bei Gelingen würde man wohl auch in anderen Regionen Österreichs zu bohren beginnen. Die Gier einiger Leute kannte einfach keine Grenzen. Ganz zu schweigen von Weitsicht, welche Auswirkungen das Fracking auf die nächsten Generationen haben könnte. »Wir haben diese Welt nur von unseren Kindern geliehen«, hieß es doch immer im Politikersprech. Bullshit! Der sich nahe der Pension befindende Landeshauptmann würde das wohl nicht mehr miterleben. Oder wenn doch, dann war er so gut abgesichert, dass es ihn nicht tangierte. Aber war es nicht allgemein so in der Politik? Alte weiße Männer entschieden über das Wohl der jungen Leute. Gut, ausnahmsweise konnten das auch junge weiße Männer sein. Aber die hatten sich in der Zwischenzeit als mindestens ebenso verbohrt und gierig erwiesen wie ihre alten Vorbilder. Ein junger Körper musste nicht gezwungenermaßen einen jungen Geist beherbergen.

»Ach, Charrrrlotte«, gurrte jetzt die Elena. Mei, ihr Akzent war schon sehr, na, Dings halt. Wenn da nicht der Leo gewesen wäre. Und die Andrea. Vor allem die Andrea. Die Charlotte hätte schon auch schwach werden können.

Sie schüttelte den Kopf, nahm einen Schluck von ihrem Cuba und sagte: »Jaja, sorry. Weißt du, ich war heute noch mal oben bei der Gina. Und ich glaube, die lügt mich an.«

»Wäre ja nicht die Erste«, meinte der Leo schmunzelnd.

»Eh, aber warum?«

»Was genau hat sie dir denn vorgelogen?«

Also erzählte die Charlotte dem Leo kurz von ihrem Besuch bei der Gina Blauensteiner. Vor allem von der Bügelwäsche und den »M^2«-Initialen und ihrem Verdacht, dass da was mit dem Markus Maier lief.

»Du meinst also, dass sie denselben Blödsinn wie beim Schuster noch einmal versucht?«

Die Charlotte nickte. »Ja, natürlich. Das kann sie weiß Gott wem erzählen, dass er nur ein Freund ist. Das glaube ich ihr einfach nicht.«

»Was ist das eigentlich mit dieser Cosplay-Geschichte?«, wollte der Leo wissen.

»Leo, Leo«, gurrte die Elena sanft. Konnte die eigentlich auch anders als verführerisch gurren?, fragte sich die Charlotte. Aber das kam wohl mit dem Geschäft. »Überleg doch mal, wie gerne ich mich für dich verkleide.«

Uh, jetzt hatte die Charlotte Bilder im Kopf. Keine unguten, aber solche, die es ihr schwer machten, sich auf die Sache zu konzentrieren. Also machte sie einen langen Schluck von ihrem Getränk. Das lenkte davon ab, dass die Elena gerade eine HNO-Untersuchung beim Leo durchführte. Mit der Zunge.

Beim Wort »Cosplay« hatte auch die Flora plötzlich lange Ohren bekommen. »Wer hat da was von Cosplay gesagt?«, fragte sie neugierig.

»Und der lokalen Cosplay-Königin nicht davon erzählt?«, gab die Charlotte zurück.

»Blöde …«

»… Kuh. Jaja, ich weiß schon«, vollendete die Charlotte den Satz von der Flora. »Eher Cuba-Kuh, aber wurscht.« Allerdings konnte ihr die Flora da ja vielleicht wirklich weiterhelfen? Also wurde auch die kleine Schwester kurz und knackig in die Geschehnisse des Nachmittags eingeweiht.

»Und da fragst du nicht gleich mich?«, empörte sich die Flora erwartungsgemäß.

»Pudel dich nicht auf, Hustinettenbär«, konterte die Charlotte. »Also, kannst du mir da weiterhelfen?«

»Ja, natürlich.« Kurze Pause. »Also, vielleicht. Hoffentlich. Lass mich mal machen.« Damit widmete sie sich ihrem Handy.

»He, du sollst nicht auf dem Handy herumspielen, sondern mir helfen.«

»Immer mit der Ruhe, Schwesterherz. Ich bin in einer Cosplay-Gruppe auf Facebook. Dort poste ich gerade ein Foto von der Gina. Vielleicht kennt sie ja jemand.«

»Woher hast du ein Foto von der Gina?«

»Oida!«, stöhnte die Flora. Ja, mit so einer großen Schwester hatte man es echt nicht leicht. »Schon mal was von Google gehört? Erzähl mir jetzt bloß nicht, dass du nicht einmal weißt, wie man ein Foto am Handy speichert? Oder einen Screenshot macht?«

»Natürlich weiß ich das!«, rechtfertigte sich die Charlotte. (Wusste sie natürlich nicht, würde es sich aber noch heute Nacht – ganz sicher – von der Andrea erklären lassen). »Ich habe jetzt einfach nicht daran gedacht. Mir gehen ja auch noch andere Sachen durch den Kopf!«

»Zum Beispiel?«, drängte die Flora. »Welchen Cocktail du dir als Nächstes reinstellst? Welche Standpauke du mir halten willst? Welche –«

»Genug, genug. Es reicht. Lass mich einfach wissen, wenn du eine Rückmeldung bekommen hast.«

Die Flora drehte sich um, und sofort verengten sich ihre Augen zu zwei ganz, ganz schmalen Schlitzen. Ihre Unaufmerksamkeit hatte die Inaaya nämlich genützt, um ein wenig mit dem Noah herumzuschmusen. Die beiden waren so vertieft, dass sie gar nicht merkten, wie sich neben ihnen ein Unwetter biblischen Ausmaßes zusammenbraute. Die Charlotte wollte schon einschreiten, als sich die Flora doch abwandte und wieder mit ihrem Handy spielte. Sie führte es zum Ohr und platzierte sich so, dass der Noah und die Inaaya gut würden mithören können. Nach wenigen Sekunden hellte sich ihre Miene auf: »Antoine? Bonsoir, mon cher …« Als sie den Namen ihres französischen Vielleicht-ja-vielleicht-nein-Freundes erwähnte, war dem Noah gut anzumerken, wie er kurz zusammenzuckte. Aber nur für einen kurzen Moment. Dann grinste er und wandte sich wieder der Inaaya zu. Die Flora plauderte ein paar Minuten auf Französisch, schickte einen gut hörbaren Schmatzknutscher durchs Telefon und legte auf.

»So«, meinte sie schließlich zufrieden. »Der Antoine kommt nächste Woche auf Besuch zu uns.«

»Du, ich glaube nicht, dass wir noch ein Zimmer frei haben«, entgegnete die Charlotte vorsichtig. Irgendwann musste es ja auch gut sein, und sie wollte die Flora nicht schon wieder zum Explodieren bringen.

»Wozu auch? Er schläft sowieso bei mir.«

»Äh, hat dein Antoine nicht Schule?«, gab die Charlotte zu bedenken. Der Franzosenbesuch musste irgendwie verhindert werden. Und dann noch bei der Flora im Zimmer!

Die Flora schüttelte den Kopf. »Nö, der ist zwanzig und studiert schon.«

Na super, dachte die Charlotte. Jetzt fängt sich die Kleine auch schon was mit deutlich älteren Typen an. So alt hatte der Franzose im Skiurlaub gar nicht ausgeschaut.

»Das erklärst du der Mama aber, gell? Ich mache das sicher nicht«, stellte die Charlotte klar.

Das tat die Flora dann auch, wie die Charlotte Sonntag früh bis in ihre Wohnung hinauf hören konnte. »Früh« war jetzt vielleicht nicht der ganz richtige Ausdruck, denn der Abend in der Bar hatte trotz Unstimmigkeiten natürlich noch etwas länger gedauert, und so war es bereits zehn am Vormittag, als das hysterische Gebrüll der Frau Mama und das noch hysterischere Zurückschreien der Flora das Nöhrer'sche Weingut so richtig auf Trab brachte.

»Hat sie's der Mama gesteckt?«, murmelte die Andrea im Halbschlaf, während sie sich einen Polster über den Kopf zog. Die Flora und Muttern schienen ihren Streit hinaus in den Innenhof verlegt zu haben, denn durch das offene Fenster waren die Stimmen jetzt noch deutlicher zu hören. Die Charlotte wollte von alldem nichts mitbekommen. Sie vergrub ihr Gesicht in den im Vormittagslicht golden schimmernden Haaren der Andrea. Half auch nichts, aber die rochen wenigstens gut.

Draußen wurde der Streit immer heftiger. Die Stimme der Flora überschlug sich, wenn sie nicht gerade von Tränen erstickt wurde. Nur gut, dass der Heurige jetzt noch nicht geöffnet hatte. Das wäre ein unmögliches Theater gewesen. Und die Hotelgäste waren um diese Uhrzeit glücklicherweise schon ausgeflogen, um die Sehenswürdigkeiten von Wien und der Umgebung zu erkunden.

Irgendwie konnte die Charlotte Muttern ja auch verstehen. Na gut, verstehen war jetzt vielleicht übertrieben, aber sie wusste schon, warum sie gar so entrüstet reagierte. Sie hatte der Flora ja noch immer nicht verziehen, dass sie mit dem Luca Schluss gemacht hatte, wo der in den Augen der Frau Mama doch der ideale Schwiegersohn gewesen wäre. Und sich dabei auch bei ihr die Hoffnungen auf ein Enkelkind abschminken musste. Dass die Flora erst sechzehn war und noch jede Menge Beziehungen vor sich hatte, tat da nichts zur Sache. Aber überhaupt nichts.

Na gut, dachte die Charlotte schließlich, vielleicht war es doch mal Zeit, die verständnisvolle große Schwester zu geben. Nach einer kurzen Schnupperprobe an dem in der Nacht nur neben das Bett hingefetzten T-Shirt – igitt – nahm sie sich ein neues aus dem Kleiderschrank, schlüpfte in frische Unterwäsche und Jeans und eilte hinunter in den Hof. Dort hatten sich die Wogen inzwischen geglättet. Das heißt, die Frau Mama war wutschnaubend wieder in einer der beiden Küchen verschwunden, und die Flora saß heulend in der »Vintage«-Hollywoodschaukel, die die Charlotte vor ein paar Wochen bei einer Auktion aus dem Nachlass der Familie Zaitler erstanden hatte.

Sie zündete sich eine Zigarette an, was sich als schwerer Fehler erwies. Ihr Kreislauf spielte noch nicht mit. Immerhin war sie gerade erst aus den Federn gehüpft und hatte noch keinen Kaffee oder eine andere Flüssigkeit in sich. Sie ließ die Zigarette fallen und trat sie aus. Im Kopf notierte sie, den Tschickstummel später aufzuheben und wegzuwerfen, weil das wirklich nicht hübsch aussah. Und bald würden die ersten Gäste eintrudeln. Aber jetzt hinunterbeugen? Nein, das war keine gute Idee. Schon beim Gedanken daran begann sich die Welt um sie herum wieder zu drehen. So wankte sie rüber zur Hollywoodschaukel und ließ sich neben ihrer Schwester auf die quietschende Schaukel sinken. Nächste geistige Notiz: Das Ding unbedingt schmieren!

»Noch immer besoffen?«, schluchzte die Flora.

»Nein, nur noch nicht ganz munter«, antwortete die Charlotte. Sie verbiss sich einen giftigen Kommentar, weil die Flora wirklich übel aussah. Hätte sie Schminke getragen, wäre die über das ganze Gesicht verwischt gewesen. Die Augen waren rot unterlaufen, und Rotz lief ihr aus der Nase. Die Charlotte fingerte in ihrer Hosentasche herum und fand tatsächlich ein Taschentuch. Gebraucht. Die Flora nahm es trotzdem dankbar an. Blieb ja alles in der Familie. Außerdem war der Rotz eh schon eingetrocknet.

»Ich frage jetzt gar nicht, wie die Mama es aufgenommen hat.«

Die Flora sah ihre Schwester nicht an, schüttelte aber bestätigend den Kopf.

»Du, was anderes«, änderte die Charlotte jetzt ihre Taktik. Sie musste die Kleine irgendwie auf andere Gedanken bringen. »Wegen dieser Cosplay-Geschichte« – man merkte der Charlotte an, wie schwer ihr dieses Wort über die Lippen kam. Für sie waren das einfach ein paar Verrückte, die sich in aufwendige Kostüme zwängten. »Hat sich da schon einer deiner Freunde gemeldet?«

Die Flora schniefte, aber es kam wieder ein wenig Feuer in ihre Augen. Endlich ein Thema, zu dem sie auch etwas Positives beitragen konnte. »Ja, ich wollte eigentlich nachher zu dir kommen und es dir erzählen, aber dann hat die Mama so ein Tamtam gemacht.«

»Na dann, spuck schon aus«, lächelte die Charlotte aufmunternd. Autsch, selbst das Verziehen der Lippen sorgte für Kopfschmerzen.

»Viel ist es noch nicht, aber immerhin: Die Gina ist in der Szene so was wie ein bunter Hund. Ihr Spitzname ist ›Phasma‹, weil sie eben der Gwendoline Christie so ähnlich sieht, die in ›Star Wars‹ ja die Rolle der Captain Phasma spielt.«

»War das das Kostüm, das sie auf unserem Zombieball getragen hat?«

»Ja, genau. Das ist so was wie ihr Markenzeichen. Aber sie hat auch andere Kostüme in petto. Ist für sie aber nicht so einfach, weil sie so groß ist und es ihr wichtig zu sein scheint, möglichst authentisch rüberzukommen.«

»Sonst noch was?«

Die Flora musste sie enttäuschen. »Nö, das war alles, was ich bisher rausfinden konnte. Aber ich warte noch auf Nachrichten von meinen Bekannten in Amerika. Vielleicht kommt ja von dort noch was Interessantes.«

Die Charlotte gab ihrer kleinen Schwester einen sanften Kuss auf die Stirn und drückte sie fest an sich. »Wird schon wieder«, flüsterte sie ihr ins Ohr, »du kennst doch die Mama. So schnell, wie sie auf hundertfünfzig ist, ist sie auch wieder herunten. Glaub mir, ich weiß, wovon ich spreche.«

Der Rest des Sonntags verlief unspektakulär. Die Bude war dank des schönen Wetters ab dem frühen Nachmittag voll, und so hatte jeder alle Hände voll zu tun. Neben der Alia und der Bahira war auch die Inaaya zum Aushelfen gekommen.

Interessanterweise suchte die Flora am Nachmittag die Nähe zu ihrer syrischen Widersacherin in Sachen Noah. Vielleicht hatte die Kopfwäsche von Muttern ja doch auch etwas Gutes gehabt?

Die Charlotte beschloss, sich in dieses Dreieck besser nicht einzumischen. Das sollten die jungen Leute lieber unter sich ausmachen. Immerhin waren sich die Flora und die Inaaya nicht von Anfang an spinnefeind gewesen. Die Flora hatte sich ja sogar für die junge Syrerin eingesetzt. Und die hatte beim Noah erst zugeschlagen, als sich die Flora ein bisschen zu blöd mit ihm herumgespielt hatte. Trotzdem war es interessant zu beobachten, wie sich diese Situation weiterentwickelte. Der Geschichte mit dem Franzosen gab die Charlotte maximal ein paar Monate, auf jeden Fall nicht einmal so lange wie mit dem Luca. So gut kannte sie ihre Schwester schon. Das war eine reine Trotzreaktion, auch wenn nicht klar war, worauf eigentlich.

Von unspektakulär konnte am Montag dann keine Rede mehr sein. Da fuhren nämlich wieder die Tieflader und Baumaschinen für die Schiefergasbohrarbeiten bei der Heide auf. Das heißt, sie versuchten es, denn in der Zwischenzeit hatte der Graf von stillem Protest auf volle Konfrontation umgeschaltet. Auf der Wiese vor seinem Schlösschen hatte er seinen ganzen spektakulären Oldtimer-Rennstall geparkt. Als der erste Kranwagen die schmale Gasse hinauf zum Heide-Parkplatz schnaufte, setzte er den ersten seiner Oldtimer in Bewegung und platzierte ihn genau so, dass er mitten auf der Straße stand. Das alles unter dem Gejohle von mehreren hundert Umweltschützern (natürlich angeführt von der Gina), die den Parkplatz mit einem Sitzstreik besetzt hielten. Es kam auch nicht oft vor, dass Umweltschützer die Inbetriebnahme eines Autos – noch dazu ein Luftverpester wie ein Oldtimer – so frenetisch beklatschten.

Der Leo verdrehte nur die Augen und rief einen Abschleppwagen. Der Graf hatte natürlich den Autoschlüssel abgezogen und stand grinsend am Rand seines Grundstücks. Es dauerte eine gute halbe Stunde, bis der Abschleppwagen endlich da war. Der Fahrer machte große Augen, als er sah, was für ein Juwel er da abzuschleppen hatte. Der Graf war ihm nicht böse, er wusste ja, dass der Mann nur seine Pflicht tat. Die beiden fachsimpelten sogar ein wenig über die 1961er Corvette, deren edles Schwarz in der Sonne glänzte, als hätte man sie erst vor ein paar Minuten auf Hochglanz poliert. Wie auf rohen Eiern wurde der Wagen mit einer Seilwinde auf die Transportfläche gezogen. Im Schritttempo zwängte sich der Abschleppwagen an den wartenden Lastwägen die Gasse hinunter.

Kaum hatte der erste Lkw seinen Motor angelassen, musste er ihn auch schon wieder abwürgen, denn plötzlich stand schon der nächste Oldtimer quer über die Straße. Diesmal hatte der Graf einen 1965er Bentley S3 in Position gebracht. Die Demonstranten bekamen sich vor Lachen gar nicht mehr ein. Als der Graf aus dem Wagen stieg, machten sie für ihn sogar die Welle, und er antwortete mit einem Victory-Zeichen.

»Geh, schleich dich …«, stöhnte der Leo, der wusste, dass das ein sehr, sehr langer Tag werden würde. Dafür reichte ein Blick auf den improvisierten Parkplatz des Grafen, wo noch einige echte Schönheiten nur darauf warteten, in Position gebracht zu werden. Er wählte wieder die Nummer des Abschleppdienstes. Und natürlich bewahrheiteten sich in den nächsten Stunden seine schlimmsten Befürchtungen. Das Problem vom Leo war, dass er dem Grafen die Ausfahrt nicht verbieten konnte, weil es ja sein Grundstück war. Und inzwischen war auch hinlänglich bekannt, dass der Graf ein einflussreicher Mann war. Zwar nicht so einflussreich, dass er die Bohrungen gleich neben seinem Grundstück verbieten lassen konnte, aber wenn es um seinen Grund und Boden ging … Also ging es wie im Ringelspiel immer im Kreis herum. Kaum war ein Oldtimer abgeschleppt, stand schon der nächste im Weg.

Am frühen Nachmittag hatten die Lkw-Fahrer genug. Der Großteil der Anlieferung war nach der zweiten Oldtimersperre ohnehin schon weiter unten im Ort gestoppt worden, um die schmalen Gassen unterhalb der Heide nicht unnötig zu verstopfen. Ein paar Laster schafften es, im Rückwärtsgang den Hügel hinunterzuschieben und aus dem unmittelbaren Einzugsgebiet zu verschwinden. Nur die ersten beiden Tieflader waren einfach zu groß und lang, um sie rückwärts wegzulotsen. Den Fahrern war die Sache aber auch zu blöd, also setzten sie sich zu einem der nahen Heurigen, um das Ende des Theaters abzuwarten. Die Tieflader würde schon niemand stehlen.

Die Anrainer waren natürlich fuchsteufelswild, weil die Zufahrten zu ihren Häusern stundenlang blockiert waren und sie jetzt doch tatsächlich zu Fuß (!) in den Ort hinuntergehen mussten, um von dort einen Bus oder ein Taxi zur Weiterfahrt zu nehmen. Dabei war nicht klar, auf wen sie mehr angefressen waren: Auf den Grafen und seine Demonstranten, die ja den Mikro-Verkehrskollaps verursacht hatten, oder auf die Lkw, die hier eigentlich sowieso niemand haben wollte. Wenn man seine Hütte hier im nobelsten aller Perchtoldsdorfer Cottage-Viertel nicht geerbt hatte, hatte man eine siebenstellige Summe abgelegt, um den ungestörten Blick auf die Hauptstadt zu genießen. Und wollte keine brummenden Lkw vor der Hauseinfahrt stehen haben.

Richtig Spaß hatte eigentlich nur der Abschleppdienst, der hier »am Land« nicht von der Gemeinde – wie in Wien –, sondern von privaten Dienstleistern gestellt wurde. So ein Geschäft hatte man überhaupt noch nie gemacht. Und solche Schmuckstücke durfte man auch nicht jeden Tag abschleppen. Den Grafen schien das finanziell nicht sonderlich zu tangieren, er gab den Fahrern sogar noch jedes Mal ein schönes Trinkgeld, damit sie gut auf seine motorisierten Babys aufpassten. Der Versuch, einen Mengenrabatt herauszuschlagen, ging allerdings schief. Aber immerhin, probieren konnte man es ja. Der Leo sah dem Ganzen fassungslos zu. Ihm waren die Hände gebunden.

Als der letzte Oldtimer, ein Ford Mustang aus den siebziger Jahren, endlich abgeschleppt war, war es bereits finster. Nachdem keine unmittelbare Gefahr mehr bestand, verzogen sich die Demonstranten, ein paar von ihnen wurden vom Grafen sogar auf ein kaltes Abendessen in seinen Schlosshof eingeladen.

Das war allerdings ein schwerer Fehler. Also, nicht das Abendessen, aber dass man überhaupt abgezogen war und glaubte, es bestehe nun keine Gefahr mehr. Denn eine halbe Stunde später rollten die Laster wieder an. Und diesmal war niemand da, um sie an der Anfahrt zu hindern.

Der Leo hätte den Teufel getan und den Grafen gewarnt. Er war heilfroh, dass nun endlich alles über die Bühne gehen konnte. Natürlich wollte auch er nicht, dass die Heide zerstört wurde, aber was sollte er schon tun? Wenn er jetzt auch noch aktiv Sabotage betrieb, würde er rausgeschmissen und ein anderer, willfähriger Nachfolger eingesetzt. Nein, lieber mal anliefern lassen und dann weiterschauen.

Der Wirbel am nächsten Morgen war natürlich riesig. Die ÖL und ihre Subfirmen hatten über Nacht ganze Arbeit geleistet, ein ganzes Containerdorf errichtet und das für die Probebohrungen geplante Areal mit einer doppelten Reihe Eisengitter abgesperrt. Jetzt konnten die Demonstranten nur mehr von außen zuschauen, wie alles für die Bohrungen vorbereitet wurde. Aber das war ja noch lange nicht der letzte Schock, den der verschlafene Weinort in dieser Woche ertragen musste.

FÜNFZEHN

Am Mittwoch erfolgte nämlich die Eröffnung des Pleasure Island, und holla, die Waldfee, da ging es dann richtig rund. Für einen Tag waren die Fracking-Arbeiten auf der Heide vergessen, und das Geschehen verlagerte sich ein paar Höhenmeter bergab und gut fünfhundert Meter Luftlinie nach Nordosten. An jene Adresse, die die Magda gewählt hatte, um sich ihren Traum vom Sex-Disneyland an der Wiener Peripherie zu erfüllen.

Gut, Politiker waren natürlich keine dabei, um die Eröffnung zu feiern oder gar das Etablissement offiziell einzuweihen. Auch wenn man im Hintergrund fleißig mitgeholfen und positive Bescheide ausgestellt hatte, wollte man den »Ruhm« nun doch lieber der Magda überlassen. Aus dem Ort hatten sich ein paar Schaulustige eingefunden, der Rest war aus Angst vor den angetrauten Holden lieber daheimgeblieben. Es war allerdings schon so, dass die Heurigen in unmittelbarer Umgebung – und das waren einige – an diesem Vormittag mehr Besucher als gewöhnlich verzeichnen durften. Vielleicht konnte man ja auch von hier aus einen Blick auf das Geschehen erhaschen? Sprich: ein nackter Hintern hier, ein Busenblitzer da. Man(n) war ja schon mit wenig zufrieden, Hauptsache, gratis.

Trotzdem hatte es genug Interessierte hinaus ans Ende der Hochstraße gezogen. Die meisten von jenseits der Ortsgrenze aus der Hauptstadt, die nur einen Steinwurf entfernt lag. Die Eröffnung des Pleasure Island war in vielen Medien groß gespielt worden, weil es natürlich jede Menge Anrainerproteste gegeben hatte. Und so waren jetzt auch ein paar Vertreter vom Fernsehen und der schreibenden Presse vor Ort, um sich das Pleasure Island nicht nur von außen, sondern auch von innen anzusehen. Der Leo hatte aus diesem Grund sogar die Straße vor dem Edelpuff/Swingerclub/Stripbar absperren müssen, weil auf dem schmalen Gehsteig nicht genug Platz für die vielen Schaulustigen war. Der Eingang zum Sex-Wunderland, ein großes metallbeschlagenes Holztor, war versperrt mit einem überdimensionalen roten Geschenkband, das zu einer riesigen Masche gebunden war. Die Magda wollte am späten Vormittag das Band durchschneiden und die Eröffnung damit offiziell machen. Wie gesagt, leider hatte sich dafür kein Politiker gefunden, aber selbst, wie die Frau war, war das für die Magda kein großes Problem.

Bevor es so weit war, kamen die Charlotte und die Andrea noch in den Genuss einer persönlichen Führung durch die Magda. Sie hatte die beiden am Lieferanteneingang am anderen Ende des Grundstücks abgeholt, das sich wie ein zwanzig Meter breiter Schlauch über gute hundert Meter zwischen Hochstraße und Donauwörther Straße erstreckte. Hier unten war auch der Kundenparkplatz für die, die sich nicht die Mühe machen wollten, in der immer zugeparkten Hochstraße einen Parkplatz zu suchen. Die Charlotte hatte ihren Lieferwagen dort abgestellt und ein paar Kisten ihres Schüttelweins auf eine Transportrodel geschlichtet. Die Magda war herausgeputzt wie ein Christbaum. Da gab es kein Fleckchen, das nicht glitzerte, glitterte und einem förmlich »Nimm mich!« (beziehungsweise »Kauf mich!«) entgegenschrie. Und das, obwohl die Magda eine der wenigen nicht käuflichen Damen in diesem Club war. Sie war – zu Recht – der Meinung, dass sie in dieser Hinsicht ihre Schuldigkeit bereits getan hatte, und wollte sich nun ausschließlich um das Management kümmern.

Die Charlotte sah sich um. Noch war der Kundenparkplatz mehr oder weniger leer. Ein paar Lieferwagen standen da, aber sonst noch niemand. Zweihundert Meter weiter in Richtung Marktplatz erstreckte sich das inzwischen verwaiste Zaitler-Anwesen, wo die Magda jahrelang gearbeitet hatte.

»Wieso hast du eigentlich nicht gleich die Zaitler-Hütte übernommen?«, fragte die Charlotte. Keine ungerechtfertigte

Frage, denn die beiden Grundstücke glichen sich fast wie Zwillinge.

»Zu viele schlechte Erinnerungen«, erklärte die Magda gefasst. »Außerdem habe ich dieses Grundstück hier günstig bekommen. Ist seit Jahrzehnten leer gestanden. War anscheinend früher auch mal ein Heuriger. Aber schon zu weit weg vom Ortskern. Hat sich niemand getraut, den neu herzurichten. Außerdem fuhr damals hier noch täglich die Bahn direkt vorbei.«

Die Charlotte nickte. Da hatte die Magda schon recht. Die alten Gleise der Kaltenleutgebner Bahn führten hier direkt zwischen dem Hauptgrundstück und dem dazugehörigen Parkplatz durch. Solange die Bahn noch täglich gefahren war, war das sicher ein suboptimaler Platz gewesen. Nicht nur für ein Lokal, sondern besonders auch für ein Einfamilien- oder Mietwohnungshaus. Das war sicher kein Spaß gewesen, wenn nur ein paar Meter von dir entfernt ein elendslanger Güterzug vorbeirumpelte.

»Und danach ist das Grundstück irgendwie in Vergessenheit geraten«, erzählte die Magda weiter. Im Vergleich zur Elena war ihr Akzent nicht so stark ausgeprägt, aber sie lebte ja auch schon wesentlich länger in Österreich.

»Muss wohl so sein«, gab ihr die Charlotte recht. »Ist ja auch nicht so, dass in den letzten Jahren ständig neue Heurige aufgesperrt hätten, die unbedingt ein Lokal benötigten.« Nein, ganz im Gegenteil. Viele traditionelle Heurige hatten sogar zugesperrt, weil der Fortpflanz keinen Bock auf die anstrengende Arbeit in Weingarten und Weinkeller hatte. Aber wer war die Charlotte schon, den Stab über ihre Generation zu brechen? Hatte sie sich nicht selbst für zehn Jahre aus dem Spiel genommen und eigentlich auch nicht vorgehabt, den elterlichen Betrieb zu übernehmen? Sie war heilfroh, dass ihr das Leben so mitgespielt hatte und sie diese Entscheidung inzwischen revidiert hatte. Eigentlich mochte sie sich gar nicht mehr vorstellen, täglich Streife zu fahren, öde Berichte in den

Computer zu tippen oder allwöchentlich eine Kifferparty in einem Studentenheim zu crashen. Da war ihr neues Leben doch befriedigender. Und nicht wirklich weniger aufregend. Eher mehr. Die vielen Morde des letzten Jahres hatten dafür gesorgt, dass die Charlotte ermittlungstechnisch nicht aus der Übung kam. Wenn sie es sich genau überlegte, hatte sie in ihrer Zeit als Polizistin eigentlich nie so oft mit Morden zu tun gehabt wie jetzt als »Zivilistin«.

Die Magda hatte das alte, verfallene Anwesen auf jeden Fall völlig auf den Kopf gestellt und ihm neues Leben eingehaucht. Auch wenn diese Art von Leben mit an Sicherheit grenzender Wahrscheinlichkeit nicht im Sinn des ursprünglichen Erbauers war. Der ehemalige Gastgarten war in eine Freiluft-Saunalandschaft verwandelt worden. Links und rechts sorgten meterhohe Holzzäune und Thujen dafür, dass neugierige Nachbarn keine Einblicke erhaschen konnten. Ein großer Whirlpool war mitten in die Landschaft eingebettet, daneben war eine Freiluftbar im Tiki-Stil eingerichtet worden. Im Hochsommer sollte es hier richtiges Strandfeeling geben. Mit jeder Menge Sex on the Beach.

»Gibt es wirklich so viele Freiluftfanatiker beim … beim …?«, fragte die Charlotte zögerlich.

Die Magda lachte. »Ja, wenn du wüsstest! Mein Pleasure Island ist ja auch ein Swingerclub, und nach der Sauna sind viele Pärchen so richtig aufgeheizt.«

Weiter ging es ins Haupthaus. Gleich rechts neben dem Eingang war die Rezeption, ähnlich wie in einem Hotel. Und dahinter saß … die Elena! Sie tippelte auf ihren eigentlich unmöglich hohen Stöckelschuhen hervor, umarmte die Charlotte und busselte sie links und rechts ab. Danach wurde auch noch die Andrea abgeschmust.

»Schön hierrr, nicht?« Ach, das rollende R war wirklich zum Sterben. Die Charlotte nickte, auch wenn die Einrichtung nicht so ganz nach ihrem Geschmack war. Sie musste aber zugeben, dass das Pleasure Island insgesamt geschmackvoller eingerichtet war als die meisten anderen Bordelle, die sie während ihrer Zeit als Polizistin kennengelernt hatte. Dunkler Nussholzboden, die Wände in dunklen Erdtönen gestrichen, ein paar edle Sofas über die Empfangshalle verstreut, dazu ein Kristalllüster mit Glühbirnen im flackernden Kerzenimitat – der war für ein Rotlicht-Etablissement wohl unvermeidlich. Die Tischplatte der Rezeption war aus dunklem italienischem Marmor. Ganz billig konnte das alles nicht gewesen sein.

»Wo hast du eigentlich das ganze Geld her?«, fragte die Charlotte ungeniert.

Die Magda lächelte verschmitzt und nestelte an ihrer Halskette herum. An ihrer goldenen Halskette. An dem Miniatur-Goldbarren, der von der goldenen Halskette baumelte. Die Augen der Charlotte wurden größer. Die Wahrheit hinter dem Geldregen schien ihr langsam zu dämmern.

»Hatte der alte Zaitler gar noch …?«

»… ein paar alte Nazi-Goldbarren daheim versteckt?«, vollendete die Magda. »Hm, ja, das werden wir wohl nie erfahren, oder? Jetzt, wo er doch schon seit einem halben Jahr tot ist.«

Die Charlotte schüttelte den Kopf. Gemeinsam mit dem Erbe, das ihr der alte Zaitler hinterlassen hatte, war es nun ganz offensichtlich, wo die Kohle hergekommen war.

»Weißt du«, fuhr die Magda fort, während sie die Charlotte tiefer in ihr Etablissement führte, »der Herbert war ja grundsätzlich sehr konservativ.« Kurze Pause. »Okay, er war ein rechtes Schwein. Und paranoid. Der traute den Banken keinen Zentimeter weiter über den Weg, als es unbedingt notwendig war. Seiner Familie übrigens auch nicht. Aber das wisst ihr ja eh selbst.«

»Aber dir hat er schon vertraut?«

Die Magda zuckte mit den Schultern. »Er hat mir nichts Genaues berichtet, wenn du das meinst. Aber doch so viel, dass ich mir meinen Teil denken konnte.«

»Und wie man das Gold in bares Geld umwandelt, hat dir der alte Zaitler ja noch zu Lebzeiten erzählt.«

»Hat er?«, lächelte die Magda geheimnisvoll. Dabei hatte sie die Geschichte mit den Goldbarren doch damals selbst der Charlotte gesteckt.

Der nächste Raum war die ehemalige Gaststube des Heurigen. Jetzt war es der große Bar-Raum, an dem die Damen der Magda ihre Freier empfingen. Die Charlotte schob ihre Rodel an die Theke, und gemeinsam mit der Andrea hob sie die Kartons mit dem Schüttelwein von der Rodel. Schräg gegenüber, in einer Ecke des Raums, baute eine Band gerade ihre Instrumente auf. Irgendwie machten die einen mexikanischen Eindruck. Breitkrempige Hüte, bunte Verzierungen, Trompeten, überdimensionale Gitarren.

»Was wird das?«, fragte die Charlotte mit einer Kopfbewegung Richtung der Musiker. »Eine Mariachi-Band?«

Die Magda nickte begeistert. »Ja, ein paar Bläser, die heiße Stimmung machen.« Erwartungsvoll schaute sie die Charlotte und die Andrea an. Aber von den beiden kam keine Reaktion. »Bläser? Bordell? Heiße Stimmung, hm?«, versuchte sie es noch einmal, und endlich fiel bei der Charlotte der Groschen. Jetzt wusste die Charlotte auch, was sich ihre Kunden gedacht haben müssen, als sie ihnen den Namen ihres Schüttelweins – vergeblich – zu erklären versucht hatte. Auch der Witz war nur selten auf fruchtbaren Boden gefallen.

Wenigstens hatte die Andrea so viel Anstand, gekünstelt zu lachen und zu meinen: »Ah, jetzt versteh ich. Der war gut, hat nur ein bisschen gebraucht!«

Apropos Schüttelwein. Der wurde in der Getränkekarte vom Pleasure Island unter der Kategorie »Nuttensprudel« geführt. Immerhin, dachte die Charlotte, ein gerüttelt Maß an Selbstironie konnte man der Magda nicht absprechen.

Zur Feier des Tages bekamen die Charlotte und die Andrea aber ein Gläschen vom wirklich Feinen. Die Bardame ließ mit einem »Plopp« den Korken einer Flasche Dom Pérignon Luminous Rosé knallen. Da kostete die Flasche im Geschäft rund fünfhundert Euro, und die Bardame schüttete ein, dass einer Sau grauste. Viel zu schnell, sodass der Schaum über den Glasrand schwappte und sich über die Bartheke ergoss. Oft hatte sie das anscheinend noch nicht gemacht.

Der Magda war es wurscht, sie konnte an diesem Tag offenbar gar nichts erschüttern. Gut, wie oft eröffnete man schon sein eigenes Puff? Eben! Also goss man sich das Rosé-Gsiff hinter die Binde, weil, Etikette und langsames Schlürfen waren jetzt wirklich nicht angebracht. Fehlte nur noch, dass sie die Gläser im Anschluss wie neureiche Russen auf den Boden geschmissen hätten. Außerdem musste die Charlotte feststellen, dass der Champagner jetzt nicht sooooo viel mehr konnte als ihr Schüttelwein, der ja ein Rosé Sparkling war. Also, das war natürlich nur ihre persönliche Meinung. Wenn sie zur Andrea rüberblickte, kam das schon ganz anders rüber. Die hatte die Augen voller Genuss geschlossen und ließ ein Schlückchen im Mund kreisen. Gerade, dass sie nicht zu gurgeln begann.

Bevor die Charlotte eine Eifersuchtsszene machen konnte, führte die Magda sie weiter durch ihr Haus. Über eine Marmorstiege (verdammt, das war schon alles sehr, sehr viel Geld, was hier verbaut worden war) ging es hinauf in den ersten Stock, wo die »Damen« ihre angemieteten Zimmer hatten. Neben den Türen waren Namensschilder und ein Foto der jeweiligen »Mieterin« angebracht. Dazu eine Beschreibung der angebotenen Dienste. Nicht jede Prostituierte war für jede Ferkelei zu haben. Besser, das gleich von vornherein klarzustellen, ehe es zu Enttäuschung, Frust und – im schlimmsten Fall – zu einem Gewaltausbruch kam.

Die Magda öffnete eine der dick gepolsterten Türen (»Wir wollen hier ja keine Lärmbelästigung«, kicherte sie). Dahinter verbarg sich quasi ein Showroom direkt aus dem Ikea-Katalog. Unaufgefordert erklärte die Magda: »Wenn eine Firma schon ein Bett namens ›Gutvik‹ anbietet, kann man doch nicht falschliegen, oder?« Ja, das mit der Subtilität hatte die Magda echt nicht so drauf. Aber egal. Dieses Geschäft war viel, aber nicht subtil. Wie auch immer, an das eine Zimmer, das – no na – von einem großen Bett (nicht »Gutvik«, das war ja ein Stockbett) dominiert wurde, schloss sich ein kleines Badezimmer an. Erst als die Magda die Tür wieder zuzog, fiel der Charlotte ein großer roter Knopf direkt über dem Kopfende des Betts auf. Nobelhobel hin oder her, auch hier konnte es mal zu einem Zwischenfall kommen, und genau dafür war dieser Alarmknopf gedacht.

Vom ersten Stock ging es direttissima hinunter in das voll ausgebaute Untergeschoss, weil, von Keller konnte man da wirklich nicht sprechen. Schön langsam stieg in der Charlotte ein klein wenig Neid auf. Zuerst der voll ausgebaute Keller von der Gina Blauensteiner, jetzt hier so was Ähnliches (nein, eigentlich noch beeindruckender). Vielleicht sollte sie sich für ihr Weingut auch so etwas Ähnliches überlegen? So eine kleine Wellness-Landschaft würde ihrem Hotelbetrieb sicher ganz gut zu Gesichte stehen. Ganz abgesehen davon, dass sie das auch selber nützen könnte. Ja, vielleicht sollte man diese Idee im Auge behalten.

»Hier haben wir unsere Saunalandschaft«, breitete die Magda am Fuß der Stufen stolz ihre Arme aus. Und ja, stolz konnte sie durchaus sein, das sah hier schon sehr nett und einladend aus. Nett war eigentlich eine massive Untertreibung, viel entspannender und romantischer war es in der Therme, die sie mit der Andrea über Neujahr besucht hatte, auch nicht gewesen. Der Boden war mit kleinen Mosaiksteinchen verfliest, der typische und angenehm holzige Geruch einer Sauna schwebte durch das ganze Untergeschoss. Das Licht war gedämpft, sanfte Musik düdelte aus gut versteckten Lautsprecherboxen.

Die Magda führte sie tiefer in dieses unterirdische Labyrinth, das anscheinend in einem Kreis angelegt war. Hinter einer weiteren Tür verbarg sich eine kleine holzgetäfelte Kammer, die kaum mehr als eineinhalb Meter breit und vielleicht zwei Meter tief war. »Das hier ist Teil unseres Swingerclubs«, erklärte die Magda und zeigte auf zwei weitere Türen links und rechts von der ersten.

»Ist der Raum luftdicht? Oder wofür sind die Löcher in den Wänden?«, fragte die Charlotte blauäugig.

Die Magda sah sie mit riesigen, ungläubigen Augen an. »Nein, die sind für …«

»… für etwas anderes«, fuhr ihr die Andrea dazwischen. Eigentlich unpackbar, wie naiv die Charlotte sein konnte, und die Andrea wollte ihr jetzt keine genaue Beschreibung der »Löcher« zumuten. Die Magda zuckte mit den Schultern und setzte den Rundgang fort.

Kurz bevor sie wieder zu den Stufen hinauf ins Erdgeschoss kamen, war da noch eine interessante Tür. Diese war nämlich aus Metall, und sie war tiefschwarz mit blutroten Verzierungen.

»Was ist da dahinter?«, fragte die Charlotte neugierig.

»Das ist unsere ›strenge Kammer‹. Ich will ja jeden Geschmack bedienen, da kommt man um so was nicht herum.«

»Darf ich mal sehen?«

Die Magda warf der Andrea einen fragenden Blick zu. War der Charlotte so etwas zuzumuten?, sollte er heißen. Die Andrea nickte, weil, jetzt war es eh schon wurscht.

Hinter der Tür versteckte sich ein mittelalterliches Verlies. Natürlich alles nur nachgebaut, versicherte die Magda. Erstaunt schaute sich die Charlotte um. So etwas war ihr noch nie untergekommen. Wenigstens nicht in dieser Detailverliebtheit. Ihr Blick blieb schließlich an zwei Geräten hängen, die sie doch erst vor Kurzem irgendwo gesehen hatte. Aber wo? Sie grübelte und grübelte, aber es wollte ihr einfach nicht einfallen.

Kurz darauf waren sie wieder zurück in der Empfangshalle, wo sich die Elena gelangweilt die Nägel feilte.

»Wird schon bald mehr Action sein«, meinte die Charlotte im Vorbeigehen zweideutig.

Die Magda schüttelte den Kopf. »Nein, Elena ist unsere Empfangsdame. Wenn Not am Mann ist, wird sie auch an der Stange tanzen, sonst nichts. Das würde mir der Leo nicht verzeihen«, erklärte sie.

Aha, dachte die Charlotte. So lief dieser Deal also ab. Konnte durchaus funktionieren. Aber eigentlich wäre die Elena dann besser an der Bar untergebracht. Sie hatte damit ja Erfahrung, ganz im Gegenteil zu ihrer Kollegin, die vorhin den sündteuren Champagner wie billigsten Supermarkt-Sekt verschüttet hatte.

Die Charlotte und die Andrea verließen das Pleasure Island wieder über den Lieferanteneingang. In Kürze fand die offizielle Eröffnung statt, aber die wollten sie sich nicht mehr antun. Sie hatten ihren Schüttelwein abgeliefert, der Rest konnte auch ohne sie ablaufen.

Als sie ins Auto einstiegen, fiel es der Charlotte plötzlich wieder ein. Nämlich, wo sie die beiden Foltergeräte erst vor Kurzem gesehen hatte.

Genau in diesem Moment ertönte vom Pleasure Island ein Tusch, mächtige Konfetti-Feuerwerke wurden in die Luft geblasen, und das Sex-Paradies war offiziell eröffnet. Keine Chance, jetzt nochmals zurück zur Magda zu gehen und sich genauer darüber zu informieren. Da hatte die Charlotte ihre Chance für heute vertan.

»Was ist?«, fragte die Andrea besorgt, nachdem sich die Charlotte aus Frust mehrmals die Hand auf die Stirn geschlagen hatte.

»Ach nix«, antwortete die Charlotte, legte den ersten Gang ein und chauffierte die beiden zurück aufs Weingut.

Die Stimmung der Flora hatte sich in den letzten Tagen deutlich gebessert. Das konnte natürlich damit zu tun haben, dass sie gerade nicht daheim war. Was wiederum damit zu tun hatte, dass sie am Flughafen war. Was wiederum damit zu tun hatte, dass dort just in der Minute, als die Charlotte am Weingut ankam, der Flieger vom Antoine in Wien landete und die Flora ihn dort abholte.

Vom Noah war weit und breit nichts zu sehen. Vom Balu auch nicht. Was wiederum mit der Abwesenheit der Flora zu tun hatte. Oder besser: mit dem Grund ihrer Abwesenheit. Die Charlotte hatte allerdings nicht angenommen, dass die beiden mit der Flora am Flughafen waren, um den Antoine in Österreich willkommen zu heißen.

Aus diesem ganzen Liebesdreieck war nur die Inaaya anwesend. Was das Ganze eigentlich zu einem Liebesviereck und die Sache wiederum noch komplizierter machte.

Dass die Inaaya mit völlig verheulten Augen hinter der Theke stand, machte alles auch nicht gerade besser. Die junge Syrerin hielt sich krampfhaft an einem weißen Spritzer fest.

Wie gesagt, einige der jungen Syrer und Syrerinnen, die in den letzten Jahren nach Österreich geflüchtet waren, nahmen es mit den muslimischen Vorschriften nicht (mehr) ganz so ernst. Die Inaaya, die Aliha und die Bahira pfiffen überhaupt auf die religiösen Vorschriften. Ein Kopftuch hatte sie bei keiner der drei bisher jemals gesehen. Wäre irgendwie auch eine Schande gewesen, bei dem prächtigen Haar. Da wäre sogar die Prinzessin Jasmin aus diesem einen Disney-Schinken rot vor Eifersucht geworden. Bei der Aliha und der Bahira wusste die Charlotte auch, dass die beiden inzwischen vergeben waren. Ganz ohne Trauschein, Ehering oder was man im Islam so brauchte, um sich ein Leben lang an jemand anderen zu binden.

»Ein Ring, sie zu knechten, sie alle zu finden, ins Dunkel zu treiben und ewig zu binden«, murmelte die Charlotte gedankenverloren. So oder so ähnlich hieß es doch, oder? Der Blick, den sich die Aliha und die Bahira zuwarfen, während sie vor der Inaaya Getränke auf ihre Tabletts aufluden, sprach Bände. Die beiden brauchten keinen Mann, um glücklich zu sein.

Unübersehbar- und vor allem unüberhörbar war auch die Frau Mama. Die knetete und klopfte in der großen Heurigenküche wütend frischen Apfelstrudelteig. Die Stimmung von Muttern war so geladen, dass selbst die Omama es für besser hielt, die

Schwiegertochter nicht blöd anzureden. Der Herr Papa hatte sich vorsorglich in Luft aufgelöst.

»Er ist mit dem Noah und dem Balu in den Weingärten«, erklärte die Bahira. Stimmt, er wollte ja den Ziehsohn schön langsam auch ins Weinbaugeschäft einführen. Und da gab es wohl kaum einen besseren Zeitpunkt, als wenn daheim die Luft zum Schneiden dick war.

»Jetzt ist es dann aber auch wieder gut«, meinte die Charlotte streng zur Inaaya, die ihren Spritzer mit einem Zug schon halb geleert hatte und eben zur finalen Spritzwein-Vernichtung ansetzen wollte.

»Mir doch egal, was ich darf und was nicht«, meinte die Inaaya trotzig. Und da konnte man schön sehen, wie der Umgang mit der Flora bereits auf die junge Syrerin abgefärbt hatte.

»Ich meine auch nicht deine Religion«, erwiderte die Charlotte und legte eine Hand beschwichtigend auf die von der Inaaya. »Aber du bist im Dienst und verträgst noch nicht so viel. Glaub mir, ich bin die Letzte, die dir hier was verbieten will. Wenn du willst, können wir gerne mal ein bisschen trainieren gehen, um deine Trinkfestigkeit zu verbessern, aber jetzt wankst du ja schon leicht. Wie willst du denn da noch deine Arbeit machen?«

»Aber, aber …« – schnief – »der …« – schnief – »Noah!«, plärrte sie hemmungslos drauflos. Einige der Gäste in Hörweite drehten sich zu ihnen um. Schnell nahm die Andrea die Inaaya in den Arm und führte sie in die Küche. Die Charlotte band sich eine Schürze um und übernahm die Arbeit von der Inaaya. Die Kleine war jetzt in keinem Zustand, in dem an normales Arbeiten zu denken war. Mit einem Ohr hörte sie zu, was sich in der Küche hinter ihr abspielte.

Die Omama hatte der Andrea die Inaaya abgenommen und sich mit ihr auf eine Bank gesetzt. Unvermeidlich natürlich, dass sie ihr etwas zum Essen hingeschoben hatte. In diesem Fall war das Allzweck-Heilmittel kein Apfelstrudel (der war gerade erst im Werden), sondern ein Stück Schokotorte.

»Das einzige wirksame Mittel bei Liebeskummer«, gackerte die Omama, dass es auch ja jeder hören konnte. Aber immerhin hatte Muttern die Quälerei des Strudelteigs eingestellt. Das arme Ding lag wie ein halb zu Tode geprügelter, überdimensionaler Regenwurm in einem großen S auf der mit Mehl bestäubten Arbeitsfläche und rührte sich nicht mehr.

»So, jetzt reiß dich mal zusammen«, meinte die Frau Mama in ihrer unnachahmlich einfühlsamen Art, nahm die Inaaya dabei aber liebevoll in den Arm. »So sind die Männer eben. Wenn's mal heiß wird, ziehen sie den Schwanz ein und machen sich vom Acker.« Ihr Blick auf die fehlende »Mannschaft« in der Küche sprach Bände. Da würde sich der Herr Papa später noch was anhören können, dass er sich einfach so aus dem Staub gemacht hatte. Und den Noah beneidete die Charlotte auch nicht.

Dabei, und das musste man jetzt schon mal sagen, traf ihn noch die wenigste Schuld. Was konnte er schon dafür, dass die Flora sich ständig aufführte wie eine Diva und sich nicht entscheiden konnte? Hatte er den Antoine herbestellt? Oder die Flora in Schladming in seine Arme getrieben? Na eben! Warum sollte der Bursch monate- oder jahrelang darauf warten, dass sich die Flora endlich und endgültig für ihn entschied? Ja, gut, dass er mit der Inaaya so herumspielte, war natürlich auch nicht in Ordnung, aber wenn die Inaaya nur ein bisschen Hausverstand hatte, musste sie doch spüren, dass der Noah in Wirklichkeit nur die Flora wollte. Aber die Liebe und Hirn – das hat halt noch nie so richtig zusammengepasst. Davon konnte auch die Charlotte ein Lied singen.

Nach einer halben Stunde war die Inaaya halbwegs beruhigt, und die Charlotte gab ihr den Rest des Nachmittags frei. Sie wollte nicht, dass die junge Syrerin dabei war, wenn die Flora mit ihrem neuen Beau am Weingut einritt und es zu einer Szene mit Muttern kam. Oder mit dem Noah. Oder mit dem Herrn Papa. Nein, es war besser, wenn sie verschwand.

Die Charlotte selbst chauffierte sie hinunter in den Ort, wo die Inaaya seit ein paar Monaten ihre eigene kleine Wohnung hatte. Etwa einen Kilometer vom Ortskern entfernt in einem Gemeindebau aus den siebziger Jahren. Der Gemeindebau bestand aus insgesamt acht sogenannten »Stiegen«, womit natürlich die einzelnen Häuser gemeint waren. Jedes Haus war in einer anderen Farbe gestrichen, die Inaaya war im grünen Haus untergekommen. Zu Beginn war man ihr, wenn überhaupt, mit einer gewissen Distanz begegnet. »Was soll eine Muslimin hier?«, wurde hinter vorgehaltener Hand getuschelt. Die Leute hatten Angst, dass ihr streng eingeteilter Tagesablauf auf einmal durcheinanderkommen könnte. Würde man am Wochenende am gemeinschaftlichen Grillplatz am zentral gelegenen Spielplatz der Siedlung noch Schweinefleisch grillen dürfen? Würde jetzt jeden Morgen ein Muezzin die Leute zum Gebet wecken? Wann würde die Gemeinde die ersten Kopftücher verteilen, um die politische Korrektheit des Gemeindebaus zu wahren? Ja, solche Ängste hatte man hier. Nur nicht anstreifen war angesagt. Am besten so tun, als wäre die Inaaya gar nicht hier. Und dazu im Hintergrund bei der Gemeinde ordentlich beschweren und schauen, dass das »syrische Gesindel« bald wieder verschwand.

Als sich nach ein paar Wochen nichts, aber auch rein gar nichts am Leben im Gemeindebau geändert hatte, entspannte sich die Situation langsam. Dafür wurde jetzt getuschelt, warum die Inaaya kein Kopftuch trug. Und wieso sie manchmal so spät nach Hause kam. Und wieso sie manchmal einen jungen schwarzhaarigen Burschen im Schlepptau hatte. Ja, war ihr das als Muslimin überhaupt erlaubt? Plötzlich war selbst die fette, tratschende Hausmeisterin eine Expertin in Sachen Islam.

Aber auch diese Phase verging, und inzwischen fiel die Inaaya nicht mehr sonderlich auf. Was auch damit zu tun haben konnte, dass man ein neues Opfer zum Ausrichten und Tuscheln gefunden hatte: eine alleinerziehende Mutter, ehemalige Schönheitskönigin im Bundesland und derzeit arbeitslos. Man wusste nicht, wer der Vater ihres Kindes war, aber getuschelt wurde natürlich ohne Ende. Nämlich, dass es wohl ein hohes politisches Tier gewesen sein musste, denn die junge Frau hatte keine kleine Garçonnière wie die Inaaya bekommen, sondern eine große Wohnung mit fast hundert Quadratmetern. Von diesen Wohnungen gab es im ganzen Gemeindebau nur drei Stück. Selbstverständlich tat sich da die Frage auf, wieso ausgerechnet eine arbeitslose, alleinerziehende Mutter diese begehrte Wohnung bekommen hatte, wo doch andere »Ureinwohner« der Siedlung schon seit Jahren, wenn nicht sogar Jahrzehnten, auf der Warteliste standen.

Wie auch immer, die Inaaya war damit aus der Schusslinie und konnte in aller Ruhe ihrer neuen Berufung nachgehen. Die lautete: ihren syrischen Schulabschluss hier in Österreich anerkennen zu lassen, und dann nichts wie ab auf die Universität. Das war gar nicht so einfach. In Wirklichkeit sogar ein beinharter Guerillakampf mit den heimischen Ämtern. Aber die Inaaya war drauf und dran, diesen Kampf zu gewinnen. Nicht zuletzt, weil die Andrea über ihren Chef ein bisschen Einfluss nehmen konnte. Traurig, aber wahr, anders schien es hierzulande nicht zu gehen.

Die Charlotte ließ die Inaaya aus dem Auto springen, noch ein kurzes Winken, und dann ging es wieder hinauf zum Weingut. Fünf Minuten später stellte sie das Auto am Parkplatz ab. Drinnen hatte sich die Situation beruhigt.

Und dann kam die Flora mit dem Antoine.

Teil 3

Sperrstunde

SECHZEHN

Wären da nicht ein paar Dutzend Gäste auf den Heurigenbänken, Gartenlounges und was die Charlotte sonst noch so angeschafft hatte, gesessen – ja, dann hätten die Flora und der Antoine schon ziemlich verloren ausgeschaut, so betroppezt, wie die beiden dastanden. Keiner schenkte ihnen Beachtung. Die Gäste sowieso nicht, weil die ja keine Ahnung hatten, welches Drama sich da in Kürze entfalten sollte. Die Familie auch nicht, weil, wo wären wir denn, wenn der sechzehnjährige Fortpflanz da einfach machte, was er oder sie wollte?

Und die Flora? Die kochte innerlich vor Wut. Sie war halt einen anderen Empfang gewohnt, wenn sie eine neue Urlaubsliebschaft nach Hause brachte. Es war noch nicht einmal ein ganzes Jahr her, da war die ganze Familie (natürlich minus der Charlotte und der Andrea) vor der Einfahrt zum Weingut Spalier gestanden, um den Luca und seine Eltern in Perchtoldsdorf zu empfangen. Aber, und das wollte die Flora ja bis heute nicht glauben, das hatte damals auch durchaus geschäftliche Gründe gehabt, weil der Herr Papa mit dem Luca-Papa ein Riesengeschäft gewittert hatte. Was dann ja auch eingetreten war. Und Muttern hatte sich den lang ersehnten Schwiegersohn/Vater ihrer Enkel herbeigesehnt. Der Rest der Mischpoche hatte sich einfach auf ein großes, entspanntes Familienfest gefreut. Ja, so war das damals gewesen.

In der Zwischenzeit hatte sich die Frau Mama an den Gedanken an den Noah als Schwiegersohn trotz schwieriger Vorgeschichte gewöhnt, um nicht zu sagen: sogar damit angefreundet.

Dem Herrn Papa war in erster Linie wichtig, dass das Geschäft mit dem Signore Bianchi unter der zerbrochenen Liebe der Kinder nicht litt – was es nicht tat.

Und die Charlotte? Die hatte die Spompanadeln ihrer

Schwester in Sachen Beziehung einfach satt. Sechzehn Jahre alt hin oder her, aber so sprunghaft musste man wirklich nicht sein.

Warum die Charlotte letztendlich doch die Einzige war, die die Flora und den Antoine halbwegs freundlich begrüßte? Ganz einfach: Die Flora hatte in weiser Voraussicht ihrer Schwester von unterwegs eine Whatsapp-Nachricht geschickt und ihr angekündigt, dass sie neue Informationen bezüglich der Gina und des Markus Maier aus ihrer Cosplay-Community bekommen hatte. Also musste die Charlotte, wenigstens vorerst, gute Miene zum bösen Spiel machen.

Die Charlotte setzte also ihr strahlendstes Lächeln auf, marschierte unter dem Gemurre der Frau Mama hinaus in den Hof und herzte ihre Schwester. Auch der Antoine durfte sich über ein Küsschen links und eines rechts freuen. Dazu gab es noch ein »Comment ça va«, und damit waren die Französischkenntnisse der Charlotte auch mehr oder weniger erschöpft. Sie hatte den Antoine ja schon ein paar Monate nicht mehr gesehen und auch damals in Schladming nur am Rande Notiz von ihm genommen. War doch nicht zu erwarten gewesen, dass man den jungen Franzosen nochmals zu Gesicht bekommen würde.

Gut, irgendwie konnte sie die Flora jetzt schon verstehen, denn der Antoine war so ein richtig prototypischer Franzose: groß, gut gebaut, dunkle Haare und Augen, deren trauriger Blick wohl schon so manches Mädel zu einer natürlich völlig selbstlosen »Hilfsaktion« verleitet hatte. Muskulöse Oberarme, die beim Händeschütteln unter den Ärmeln des T-Shirts anschwollen, die Kleidung – natürlich – am letzten Stand der Mode und ein Grinsen, das sogar den Sand in der Wüste zu Glas umschmelzen konnte. Dazu ein Arschgewackel, das … Moment! Wieso wackelte der beim Gehen so mit seinem Hintern? War das jetzt in Frankreich die allerneueste Mode?

Egal, die Flora hatte auch hier wieder mal das Heft fest in der Hand. Sie schickte den Antoine gleich mal an die Schank, um drei Spritzer zu holen. »Drei. Weiße. Spritzer«, sagte sie ihm langsam vor. »Für Flora«, fügte sie sicherheitshalber dazu, damit man dem Antoine die Getränke nicht verrechnete. Offenbar konnte der Antoine kein Deutsch. Als er sich in Richtung Schank getrollt hatte, zog die Flora ihre Schwester am Ärmel zur gerade frei gewordenen Hängematte. Die hatte die Charlotte vor ein paar Monaten im Lagerraum wiederentdeckt und jetzt, beim ersten guten Wetter, natürlich auch in den Hof gekarrt und aufgestellt. Sie setzten sich nebeneinander hin.

»Und?«, fragte die Flora erwartungsvoll.

»Und was?«, antwortete die Charlotte.

»Na, wie gefällt er dir?«

»Ja, eh fesch.« Ihren anderen Verdacht behielt die Charlotte vorerst mal für sich. Sie wollte jetzt keinen Streit mit der kleinen Schwester.

»Bist kein Fan, gell?«

Die Charlotte zuckte mit den Schultern. »Würde es was ändern, wenn? Komm, lassen wir das einfach. Du wirst schon wissen, was du tust. Hoffe ich mal. Jetzt erzähl lieber, was du noch über diese Cosplay-Geschichte rausgefunden hast.«

Völlig unerwartet zog die Flora weder ein Schnoferl, noch beschwerte sie sich irgendwie anders über die ausweichende Antwort ihrer Schwester. Ganz im Gegenteil, voller Stolz berichtete sie von ihren Ermittlungsergebnissen. »Na gut, also, das mit der Gina und ihrem Spitznamen habe ich dir eh schon erzählt. Inzwischen haben sich aber auch ein paar amerikanische Mitglieder der Community bei mir gemeldet, und das war nicht uninteressant. Dort kennt man nämlich den Markus Maier auch. Allerdings nicht unter seinem richtigen Namen. Bei den Cons –«

»Was sind Cons?«, unterbrach die Charlotte sie.

Die Flora atmete theatralisch durch. »›Con‹ ist die Abkürzung für ›Convention‹, also für diese großen Veranstaltungen. Aber wurscht, also dort kennt man den Maier nur als ›Cap‹!« Erwartungsvoller Blick von der Flora.

Kuhaugen von der Charlotte.

Schwerer Seufzer von der Flora. Mit der großen Schwester war es wirklich nicht leicht. Wie hatte die es überhaupt geschafft, auch nur einen einzigen Fall ohne ihre Hilfe zu lösen? »Also, ›Cap‹ ist der Spitzname für Captain America. Klingelt's jetzt?«

»Du meinst das Kostüm, das der Maier bei unserem Zombieball getragen hat?«

»Bingo! So wie die Gina meistens in ihrer Paraderolle als Captain Phasma herumrennt, ist das Captain-America-Kostüm die Spezialität vom Maier. Der kann es sich ja auch leisten. Schaut dem Chris Evans nicht unähnlich.«

»Wem?«

»Vergiss es, ist eh egal. Auf jeden Fall ist es dort in der Szene ein offenes Geheimnis, dass die Gina und der Maier schon seit zwei Jahren zusammen sind.«

»Ach, wirklich?« Interessant.

»Ja, und jetzt halt dich fest: Sie haben sich auf der Comic-Con in San Diego kennengelernt!«

San Diego, San Diego, da war doch was? Aber was? Wie schon mit der strengen Kammer wollte es der Charlotte jetzt partout nicht einfallen. »Gut, wir können also mal festhalten, dass die Gina mich angelogen hat, als sie behauptete, dass der Maier nur ein guter Freund sei und sie halt gemeinsame Interessen hätten.«

»Aber das war doch eh klar«, meinte die Flora neunmalklug.

»Eh, aber jetzt haben wir wenigstens auch den Beweis dafür. Aber was sagt uns das?«

»Na ja, zum Beispiel, dass die Gina ihr Helfersyndrom noch immer nicht abgelegt hat und glaubt, dass sie den Maier auch auf ihre Seite ziehen kann.«

»Mhm, muss wohl so sein. Aber das hat ja nicht funktioniert. Jetzt ist er der ÖL-Chef und frackt auf der Heide. Ganz ehrlich, so wie ich ihn bisher kennengelernt habe, habe ich auch nicht das Gefühl, dass der einer ist, der sich von der Gina ›bekehren‹ lassen würde.«

»Aber was will er dann von ihr? Muss ja einen Grund haben, wieso er überhaupt mit ihr zusammen ist.«

»Gute Frage. Insiderinformationen aus der UPÖ? Vielleicht auch nur schnellen Sex mit einer, die seine privaten Interessen teilt? Was weiß man schon? Aber natürlich würde uns helfen, wenn wir das rausfinden könnten.«

»Wie es bei den beiden wohl gerade zugeht? Ich meine, da setzt der Maier die Bohrungen auf der Heide durch, und gleich daneben steht seine Freundin und protestiert dagegen. Worüber quatschen die zwei beim Abendessen?«

»Ja, gute Frage. Ich fürchte nur, dass uns keiner der beiden darauf eine befriedigende Antwort geben wird.«

Die beiden Schwestern wurden vom Gebell vom Balu unterbrochen, der gerade mit dem Noah an der Leine zurückgekommen war und seine beiden Frauchen ungestüm begrüßen wollte. Im selben Moment wackelte der Antoine mit den drei bestellten weißen Spritzern daher. Selbst auf diese Entfernung konnte die Charlotte erkennen, wie der Noah die Augen zusammenkniff, als er seinen Konkurrenten erblickte. Der Antoine watschelte in seinem Entengang zu den beiden Nöhrer-Mädels rüber. Der Noah folgte ihm. Mit jedem Schritt entspannte sich seine Miene, und als sich alle an der Hängematte trafen, huschte sogar so was wie ein spöttisches Lächeln über seine Lippen.

Die Flora saß zwar, stand aber in diesem Moment zwischen zwei Stühlen. Auf der einen Seite der Antoine, der gut eineinhalb Köpfe größer war als sie, und auf der anderen Seite der Noah. Ebenfalls größer, aber bei Weitem nicht so muskulös wie der Antoine. Man konnte die Anspannung in jeder Faser ihres Körpers erkennen. Dann beugte sich der Noah vor, gab dem verdutzten Antoine ein Küsschen links und eins rechts auf die Wangen und meinte: »Bonjour, ça va?« Das Erstaunen beim Antoine hielt nur eine Sekunde an, dann zog er den Noah zu sich und busselte ihn ebenfalls links und rechts ab. Die Flora starrte die beiden an.

»Was?«, fragte der Noah lachend. »Das macht man in Frankreich doch auch unter Männern so.«

Die Charlotte musste sich zusammenreißen, um nicht lauthals loszulachen. Der Noah hatte nur ein paar Momente gebraucht, um den Antoine richtig einzuschätzen. Was sie bei der Vorgeschichte vom Noah nicht sonderlich wunderte. Die Einzige, die genau gar nichts schnallte, war die Flora. Und das sollte vorerst auch so bleiben.

Der Noah verabschiedete sich gut gelaunt von ihnen und ließ den Balu endlich von der Leine. Oder umgekehrt? So genau war das nicht zu sagen, denn beim Heimkommen hatte eher der Labrador den Menschen geführt als umgekehrt. Fröhlich pfeifend marschierte der Noah zur Schank, um sich ebenfalls etwas zu trinken zu holen. Verdattert schaute ihm die Flora nach. Was war denn jetzt kaputt? Wieso war der Noah plötzlich so gut aufgelegt? Jetzt, wo sein großer Konkurrent direkt vor Ort war. Auch der Antoine schaute dem Noah nach. Mit einem verträumten Lächeln auf den Lippen.

Am nächsten Morgen traf die Charlotte schon vor dem Frühstück der Schlag. Der Leo hatte sich am Telefon gemeldet und sie mit den Worten »Wir müssen reden« zu sich auf die Polizeiinspektion zitiert. Sie stopfte sich hastig ein Butterbrot mit Schnittlauch rein, warf sich auf ihr Fahrrad und rollte den Hügel hinunter in den Ort.

»Was ist los?«, fragte sie, als sie im Büro vom Leo auf einem Plastikstuhl gegenüber ihrem Cousin Platz genommen hatte.

Der Leo schaute ernst drein und schob ihr wortlos einen Packen Zettel über seinen Schreibtisch. Die Charlotte nahm die Zettel und begann zu lesen. Schon die Überschrift ließ sie schlucken: »Einvernahme-Protokoll Markus Maier«.

»Hat er sich selbst gestellt?«, fragte die Charlotte ratlos.

»Wieso gestellt? Er war hier, um die Gina Blauensteiner zu verpfeifen. Lies doch mal.«

Das tat die Charlotte auch. Mit jeder Zeile wurden ihre

Augen größer. So viel Kaltblütigkeit hätte sie dem Maier nicht zugetraut. Der Gina übrigens auch nicht. Wenn das alles wirklich stimmte.

Also, was schockierte die Charlotte so dermaßen? Wie der Leo schon gesagt hatte, hatte der Maier seine Freundin ans Messer geliefert. Er hatte dem Leo erzählt, dass seiner Meinung nach die Gina den Dirk Schuster umgebracht hatte. Er gab auch zu, dass er selbst und sie ein Paar waren, ihre weltanschaulichen Unterschiede seien aber seit seiner Ernennung zum ÖL-Leiter so groß geworden, dass er die Beziehung abbrechen wollte. Und ja, die Gina hätte den Schuster persönlich eingeladen. Unter dem Vorwand, sich mit ihm auszusprechen, weil es zwischen ihnen nicht mehr so weitergehen konnte. Da soll es in erster Linie um die gemeinsame Tochter gegangen sein. Laut dem Maier wollte die Gina, dass sich der Schuster mehr um die Livia kümmerte.

»Und was machen wir jetzt?«, wollte die Charlotte vom Leo wissen.

»Wir werden die Gina mal einvernehmen. Beweise hat uns der Maier ja keine vorgelegt. Wenn er mit Blutspuren an ihrem Kostüm gekommen wäre oder so was … Aber so? Könnte ja auch nur ein Anpatzversuch eines verschmähten Liebhabers sein. Oder eine Racheaktion, weil die Gina sich bei der Fracking-Geschichte so dermaßen querlegt. Ist auf jeden Fall nicht genug, um die Gina festzunehmen oder eine Hausdurchsuchung zu machen. Stell dir vor, das macht ein jeder. Dann hätten wir wieder alte Nazi-Zeiten, wo jeder jeden einfach vernadern konnte.«

»Welches Motiv sollte die Gina überhaupt haben, um den Schuster umzubringen? Wenn das stimmt, dass sie ihn eingeladen hat, um sich mit ihm auszusprechen, dann wäre das ja total widersinnig.«

»Na ja, die Einladung könnte natürlich auch nur ein Vorwand gewesen sein, um ihn in eine Falle zu locken.«

»Und was ist mit dem Video? Darauf sieht man ja, dass ein

Darth Vader den Batman umgebracht hat«, gab die Charlotte zu bedenken.

»Außerdem haben wir die Gina kurz darauf in ihrem Phasma-Kostüm gesehen«, bestätigte der Leo.

»Sie könnte sich umgezogen haben.«

»So schnell? Gut, unmöglich ist es nicht, aber dennoch …«

»Blöde Frage, fast zwei Wochen später, aber ich gehe mal davon aus, dass ihr das Kostüm des Mörders nicht gefunden habt?«

Der Leo schüttelte den Kopf. »Nein, wir haben natürlich die ganze Burg abgesucht, auch die Mistkübel vor der Burg und am Marktplatz, aber der Mörder war extrem vorsichtig, und wir hatten zu dem Zeitpunkt ja auch noch keine Ahnung, wonach wir überhaupt suchen sollten. Das mit dem Star-Wars-Kostüm haben wir erst durch das Video von der Flora erfahren. Wir haben da leider überhaupt keine Spur. Außer jetzt den Hinweis auf die Gina. Wir haben sie für heute Nachmittag zu uns bestellt. Mal schauen, was dabei rauskommt.«

»Und das Landeskriminalamt?«

Wieder frustriertes Kopfschütteln. »Da geht auch nichts weiter. Oder man sagt uns nichts. Das kann durchaus sein. Wir sind ja nur Landeier für die, und offiziell haben die die Leitung. Ich habe es inzwischen aufgegeben, groß nachzufragen. Beim letzten Mal habe ich von meinem Chef in Mödling eine auf den Deckel bekommen. Der hat nur gemeint, dass ich meine Nase nicht in Sachen stecken soll, die mich nichts angehen.«

»Und der Major Keiffer?«

Der Leo lächelte ein dünnes Lächeln. »Der Major Keiffer … Ja, natürlich habe ich dort auch schon dezent angefragt. Aber auch er hat nur gesagt, dass ich mich da nicht einmischen soll. Hat mich nicht angeschnauzt oder so was. Hat selbst eher frustriert geklungen. Und wenn der Keiffer einen Sermon mal mit den Worten ›Mein Sohn …‹ beginnt, dann weißt du eh, was los ist.«

»Das wird also wirklich von ganz oben gesteuert?«

»Schaut so aus«, bejahte der Leo. »Ich kann aber nicht sagen, ob es vom Land oder vom Ministerium ausgeht. Und ganz ehrlich: Schön langsam möchte ich auch gar nicht mehr wissen, wer da alles seine Finger im Spiel hat.«

So verstört hatte die Charlotte ihren Cousin in beruflichen Sachen noch nie erlebt.

»Wie läuft es mit der Elena?«, wechselte sie deshalb das Thema.

»Du meinst, weil das Pleasure Island jetzt aufgesperrt hat? Eh gut. Sie hat mir erzählt, dass du gestern dort warst und eine Tour bekommen hast. Dann hast du ja auch gesehen, dass sie keinen körperlichen ›Kundenkontakt‹ hat. Also ist das alles für mich okay.«

»Es ist dir auch egal, dass sie trotzdem halb nackt herumrennt und manchmal an der Stange tanzt?«

Der Leo machte eine wegwerfende Handbewegung. »Wenn sich einer deswegen aufgeilt – viel Spaß. Dann dürfte ich mit ihr im Sommer auch nicht ins Bad gehen. Sie sieht eben so aus, wie sie aussieht. Und solange sie keiner angreift … Aber da mache ich mir wenig Sorgen. Weiß ja jeder, dass sie zu mir gehört und …«

»… und mit dir nicht gut Kirschen essen ist, wenn einer Blödsinn macht«, vollendete die Charlotte grinsend seinen Satz.

»Exactement!«

»Oh, französisch?«, meinte die Charlotte erstaunt.

»Na klar, nachdem sich die Familie jetzt scheinbar in diese Richtung erweitert.«

»Ach, du meinst den Antoine?«, prustete die Charlotte los. »Na, da mach dir mal keine Gedanken darüber. Ich glaube nicht, dass das lange halten wird.«

»Weil?«

»Ist nur so ein Gefühl«, meinte die Charlotte enigmatisch, gab ihrem Cousin über den Schreibtisch hinweg ein Bussi auf die Wange, verließ den Polizeiposten und setzte sich auf ihr Rad. Sie fuhr aber nicht direkt zum Weingut, sondern wollte sich erst selbst mal ein Bild von den Aufbauarbeiten für die Schiefergasbohrungen machen.

Am Heide-Parkplatz war jede Menge los: Das Gelände war mittlerweile großräumig abgesperrt worden, ein paar Kollegen vom Leo sorgten dafür, dass alles in geordneten Bahnen ablief. Gut hundert Demonstranten hatten sich trotzdem am Grundstück des Grafen versammelt. Der Graf selbst war ebenfalls anwesend und hielt tapfer ein Kartonschild mit Umweltparolen in die Höhe. Neben ihm standen die Renate und die Gina und schrien sich ebenso enthusiastisch wie sinnlos die Seele aus dem Leib. Die Charlotte stellte sich zu ihnen. Sie überlegte kurz, ob sie die Gina auf die Anzeige vom Maier ansprechen sollte, ließ es dann aber lieber bleiben. Das war einfach weder der geeignete Zeitpunkt noch der richtige Ort, um darüber zu sprechen.

Dafür hatte der Graf eine Bitte an die Charlotte: Die abgeschleppten Oldtimer mussten schön langsam wieder »heimgeholt« werden. Das war für ihn allein zu viel Arbeit und würde Tage dauern. Die Renate hatte bereits zugesagt und auch der Herr Papa. Die Andrea war sowieso Feuer und Flamme gewesen.

»Die Andrea?«, fragte die Charlotte erstaunt. »Das hat sie mir gar nicht erzählt.« Und wenn man von der Sonne sprach – da kam die Andrea auch schon, in Begleitung vom Herrn Papa und in dessen Auto.

»Hallo, Schatzimausibutzi«, schwurbelte die Andrea, als sie die Charlotte (und deren Blick) sah. Jaja, schlechtes Gewissen und so.

»Wieso hast du mir nix davon erzählt? Ich dachte, du musst heute arbeiten?«

»Muss sie auch«, mischte sich jetzt eine ältere, männliche Stimme ein. Es war die vom Dr. Mühlberger, dem Besitzer der Anwaltskanzlei, in der die Andrea ihr Praktikum absolvierte, der sich ebenfalls aus dem Wagen vom Herrn Papa schälte.

»Herr Mühlberger?«, fragte die Charlotte erstaunt.

»Ja, da schauen Sie, gell?«, antwortete der fröhlich. »Wissen Sie, der Johann«, dabei zeigte er auf den Grafen, »ist ein alter Freund von mir.«

»Eigentlich ist er mein Anwalt«, blinzelte der Graf verschwörerisch.

»Ja, und ein alter Freund. Wie lange kennen wir uns jetzt schon? Dreißig Jahre, vierzig?«

»Egal«, wiegelte der Graf ab, »der Alexander war auf jeden Fall so nett, sich auch als Chauffeur zur Verfügung zu stellen. Trifft sich ja gut, dass das Fräulein Andrea da auch gleich mitkommen konnte. Lauter alte Bekannte.«

Ja, traf sich wirklich gut, dachte die Charlotte zweifelnd. Mit der Andrea musste sie trotzdem noch ein Wörtchen reden.

»Ach, Charly. Du hast mir doch letztens verboten, dass ich den Oldtimer fahre, und ich weiß, dass dir das überhaupt nicht wichtig ist, also hab ich dir auch nichts gesagt.«

»Also wusstest du schon länger von der Aktion?«

Die Andrea schob mit den Spitzen ihrer Schuhe die Kieselsteine am Boden verlegen hin und her. »Seit vorgestern?«, meinte sie schließlich vorsichtig. Bevor die Charlotte ob dieser Heimtücke auch nur einmal nach Luft schnappen konnte, hatte die Andrea sie schon umarmt und ihre Lippen auf die der Charlotte gedrückt. »Ich mach's wieder gut«, hauchte sie leise und ließ die Charlotte damit stehen.

»So, wie gehen wir's an?«, fragte sie forsch. Sie konnte es kaum erwarten, sich hinter das Steuer eines der Oldtimer zu setzen.

Der Graf sah auf die Uhr. »Ein paar Minuten noch. Dann beginnt die Anlieferung der Möbel und Gerätschaften für das Frühlingserwachen. Die Renate war so nett und hat organisiert, dass wir einen der Lieferwagen nehmen können, der uns alle zusammen zum Abschleppplatz bringt. Ist ja sinnlos, wenn wir da mit mehreren Autos hinfahren. Und Spaß macht es sicher auch.« Ja, eh, dachte die Charlotte mürrisch. Aber was sollte es? Mitgefangen war mitgehangen.

Als sie eineinhalb Stunden später hinter dem Steuer einer Corvette Stingray 1969 saß, musste sie ihre Meinung schließlich doch revidieren. Das war halt noch Autofahren. Da musste man selbst noch was machen, und Servolenkung kannte man damals nur aus Science-Fiction-Romanen.

Nachdem sie fünf Mal hin und her gefahren waren, hatten sie endlich alle Oldtimer wieder nach Hause gebracht, und die Charlotte war richtig traurig, dass es schon vorbei war. Vor allem das schwarze Ford-Mustang-Cabrio aus den siebziger Jahren hatte es ihr angetan. Außen liegende verchromte Auspuffrohre, auf den Türen orangerote Flammen lackiert, dazu rotes Leder. Ja, der Wagen hatte schon was. Und passte eigentlich so überhaupt nicht zum Grafen. Aber anscheinend steckte sogar in ihm so etwas wie ein kleiner Rebell.

Die Aktion hatte fast den ganzen Tag in Anspruch genommen. Als man bei Einbruch der Dämmerung endlich das letzte Fahrzeug in der Garage auf der Rückseite des Schlosses sicher untergestellt hatte, waren die Aufbauarbeiten für das Frühlingserwachen schon weit gediehen. Wie versprochen hatte die Renate dafür gesorgt, dass der Stand für die Familie Nöhrer im Innenhof des Schlosses aufgebaut worden war.

Die Charlotte und der Herr Papa inspizierten ihren Arbeitsplatz für das Wochenende. Unter einem großen weißen Partyzelt war eine moderne Schankanlage aufgebaut, an der Rückseite des Zelts brummten drei große Kühlschränke friedlich vor sich hin, damit Nachschub immer in Griffweite war. Nur die Registrierkassa musste die Charlotte selbst vom Weingut mitbringen. Unter der Schankanlage waren bereits die mit dem Perchtoldsdorfer Wappen (ein stilisierter Wehrturm hinter einer Mauer und auf rot-weiß-rotem Hintergrund) gebrandeten Weingläser gestapelt.

Von den Demonstranten und der Gina war inzwischen

nichts mehr zu sehen. Ihr Enthusiasmus war durch die Aufbauarbeiten für das Frühlingserwachen dramatisch gedämpft worden. Weil sich auch die ÖL-Leute in ihren Aufbauarbeiten nicht stören ließen, hatte man irgendwann aufgegeben und sich heimgetrollt. Die Gina hatte außerdem schon recht gehabt, von Bohrarbeiten würde noch ein paar Wochen keine Rede sein.

Als Dank und Hilfe bei der »Heimholung« der wertvollen Oldtimer lud der Graf seine Helfer zum Abendessen beim nächstgelegenen Heurigen ein. Das war der Winterbauer, den man in fünf Minuten zu Fuß erreichen konnte. Dort war die Stimmung eigenartig angespannt. Die Bohrarbeiten waren nämlich Gesprächsthema Nummer eins. Also, eigentlich weniger die geplanten Bohrarbeiten als die damit verbundene Sperre der Heide. Das pisste die Leute hier nämlich wirklich an. Plötzlich keine Spaziergänge mehr auf der Heide? Kein abgeschiedenes, unbeobachtetes Komasaufen für die Jugendlichen? Wo sollten jetzt die in der hitzigen Sommerzeit alltäglichen Entjungferungen der Dorfjugend stattfinden? Fragen über Fragen.

Und keine Antworten.

SIEBZEHN

War irgendwie eh klar, dass der Abend für die Charlotte und die Andrea mit dem Heurigenbesuch noch nicht zu Ende war. Weil man schon beim bodenständigen Wein gewesen war, ging es deshalb danach direkt in die Motte, die Turmbar wurde diesmal links liegen gelassen. Dort trafen sie den Leo und die Elena, der nach den anstrengenden Eröffnungstagen mit ganz, ganz viel Champagner auch nach etwas Bodenständigerem als fancy Cocktails war, sprich nach Bier. In der Motte war die Stimmung vor Mitternacht noch eher mau. Die Motte war ja mehr dafür bekannt, dass man hier seinen letzten – den wirklich allerletzten – Absacker zu sich nahm. Dementsprechend entspannt ging es an einem Donnerstagabend vor Mitternacht noch zu. Eigentlich hatten sie das Lokal sogar beinahe für sich alleine. Der Rudi stand hinter der Budel und polierte Gläser. Gleich neben dem Eingang duellierten sich zwei ewige Studenten seit Stunden am Wuzzler. Das war's dann auch schon.

Also, fast. Denn eine halbe Stunde später trudelte auch noch die Magda ein. Sie sah ziemlich mitgenommen aus. Im positiven Sinn natürlich.

»Das Geschäft brummt«, erzählte sie erschöpft, ließ sich auf einen abgewetzten Barhocker fallen und bestellte mit erhobenem Zeigefinger ein Krügel Bier.

Die Charlotte wollte eigentlich keine Details aus dem Edelpuff hören, aber die Anwesenheit der Magda war ihr trotzdem ganz recht, denn jetzt konnte sie endlich die eine Sache aufklären, zu der sie am Vortag nicht mehr gekommen war. Sie setzte sich neben die Magda auf einen Barhocker und hielt ihr das Handy vor die Nase.

»Hübsche SM-Möbel«, meinte die Magda mit Kennerblick auf die Fotos, die die Charlotte heimlich im »Hobbyraum« der Gina aufgenommen hatte.

»Also ist das wirklich so was?«

Die Magda nickte abwesend und goss sich mit Genuss das halbe Krügel rein. Dann wischte sie sich den Schaum von den Lippen und nahm der Charlotte das Handy aus der Hand. Mit zwei Fingern vergrößerte sie die Fotos, dann nickte sie wieder. »Kein Zweifel. Schaut sogar so aus, als wären sie vom selben Hersteller wie meine. Gibt ja nicht so viele, die diese Sachen produzieren.«

Die Elena schaute ihrer Chefin neugierig über die Schulter und nickte zustimmend. Ja, da kannte sie sich schon aus.

Mit Kennermiene fuhr die Magda fort: »Schau, das da ist eine Streckbank. High-End-Ausführung, soweit ich das auf dem Foto erkennen kann. Und das daneben ist ein Pranger, mit Löchern für Hände und Kopf. Und wenn ich mich nicht irre …«, sie vergrößerte die Fotos nochmals, »… ist dort hinten im Eck an der Decke auch noch ein Hängebrett. Alles nicht ganz billig in dieser Ausführung. Wo hast du denn die Fotos gemacht?«

»Bei der Gina Blauensteiner«, meinte die Charlotte nachdenklich und steckte ihr Handy wieder ein.

»Interessant«, die Magda nickte, »so etwas haben nicht viele Leute daheim stehen. Dafür gibt's ja eigentlich uns. Empfängt sie Kunden?«

Interessant, dachte auch die Charlotte, so eine ist die Gina also. Hätte sie ihr gar nicht zugetraut, vor allem nicht mit ihrer kleinen Tochter im Haus. Aber wieder einmal galt: In welchen Menschen konnte man schon reinschauen? Und machte eine private strenge Kammer die Gina gleich zu einem schlechten Menschen? Und ja, die letzte Frage der Magda war durchaus interessant und wert, nachverfolgt zu werden. Machte die Gina das nur für den Maier oder empfing sie auch andere Kunden? Oder anders formuliert: War sie überhaupt die Domina oder eher die, die »bestraft« werden musste?

Diese Frage stellte sie jetzt auch der Magda. Die blickte ratlos drein und sagte: »In ein Bordell kommen normalerweise nur Männer, um sich von einer Domina züchtigen zu lassen. Frauen sind da wirklich die Ausnahme. Aber wenn sie das privat zu Hause stehen hat? Hast du eine Ahnung, mit wem sie sich da vergnügt?«

Die Charlotte überlegte kurz, ob sie der Magda von ihrem Verdacht erzählen sollte. Dann sagte sie kurz: »Vielleicht. Sie ist auf jedem Fall mit dem Markus Maier zusammen. Naheliegend, dass sich die beiden auf diesen Geräten vergnügen. Wenn man das überhaupt Vergnügen nennen kann. Aber interessant wäre es schon zu wissen, ob da sonst noch was geht.«

Die Magda gab sich mit der Antwort der Charlotte zufrieden und wandte sich wieder ihrem Bier zu.

»Du«, sagte der Leo zu seiner Cousine.

»Ja?«

»Wir haben heute noch die Gina einvernommen.« Spannend, fand die Charlotte, normalerweise rückte der Leo ja nicht so freimütig mit Ermittlungsergebnissen heraus.

»Schön für euch.«

»Interessiert dich gar nicht, was dabei herausgekommen ist?«

»Ich kann dich eh nicht aufhalten, dass du es mir erzählst, oder?« Die Charlotte wollte einmal den Spieß umdrehen und den Leo zappeln lassen. Da war sie bei ihrem Cousin aber falsch gewickelt. Der zuckte nur mit den Schultern und widmete sich wieder der Elena, die auf seinem Schoß saß.

Nach einer Minute war es mit der Geduld der Charlotte vorbei. »Also rück schon raus. Natürlich interessiert es mich.«

Der Leo grinste schelmisch und sagte: »Nix, gar nix. Dass sie irgendwie mit dem Maier zusammen ist, hat sie zwar zugegeben, aber mehr nicht. Den Schuster hätte sie nicht eingeladen, hat sie behauptet.«

»Na super. Also eh nix Neues.«

»Na, warte mal. Wir waren mitten im Verhör, als sich auf einmal die Staatsanwaltschaft gemeldet hat, die für den Fall zuständig ist.«

»Und?«

»Und die haben angeordnet, dass wir die Gina sofort wieder gehen lassen und die Mitschrift vernichten sollen. Außerdem wurde mir nahegelegt, dass ich mich nicht mehr in die Ermittlungen einmischen soll.«

Die Charlotte pfiff durch ihre Zähne. Da hatten sie wirklich in ein Wespennest gestochen. »Haben sie sonst noch was gesagt?«

»Nein, aber ganz ehrlich, das war schon genug. Ich werde da in Zukunft meine Finger davon lassen. Hat ja keinen Sinn.«

»Vor allem, wenn da scheinbar zwei politische Seiten gegeneinander ankämpfen«, meinte die Charlotte nachdenklich. »Auf der einen Seite haben wir den Maier, den Schoßhund vom Landeshauptmann, der seine Freundin ans Messer liefert. Oder es wenigstens probiert. Auf der anderen Seite hat jemand anderer die Staatsanwaltschaft aufgestachelt, dass in dieser Richtung nicht weiterermittelt wird.«

Der Leo nickte zustimmend. »Vielleicht wäre es besser, wenn du ab jetzt auch die Finger davon lässt. Die Sache wird wirklich zu heiß.«

Als ob! Die Charlotte war jetzt erst richtig aufgestachelt. Wäre doch gelacht, wenn sie dem echten Mörder nicht auf die Schliche kommen würde. Wäre ja noch schöner, wenn hier im beschaulichen Perchtoldsdorf auf einmal mafiöse Zustände Einzug halten würden.

Der Freitag begann verregnet und kühl, was eher suboptimal war, war es doch der erste Tag des dreitägigen Frühlingserwachens, das ja eigentlich als Freiluftveranstaltung geplant war. Die Wettervorhersage war allerdings gut, gegen Mittag sollte sich die Schlechtwetterfront verzogen haben, und am Nachmittag würde sogar die Sonne scheinen. Die Temperaturen, ja, die waren für Mitte Mai eher mau. Also ohne Jacke und Weste würde es am Abend sicher nicht gehen. Aber so weit war es ja noch nicht. Jetzt war es mal Zeit, sich die Decke wieder über den Kopf zu ziehen. Bei so einem Wetter war die Charlotte einfach nicht funktionstüchtig. Die Andrea schon. Und das war das große Pech der Charlotte, weil, die Andrea zog ihr mit einem Ruck die Decke wieder vom Kopf und überhaupt gleich vom ganzen Körper.

»He, spinnst du?«, fluchte die Charlotte verschlafen. Ein paar Momente später bohrte sich plötzlich »Guten Morgen, Sonnenschein« von Nana Mouskouri in ihre Gehörgänge. Die Andrea spielte das Lied über ihr Handy ab und sprang dazu wie aufgedreht durch das Schlafzimmer.

»Komm schon, Schlafmütze«, forderte sie die Charlotte auf, »Endlich wieder mal ein Event und hoffentlich ein bisschen Action.«

»War dir der Mord bei der letzten Veranstaltung nicht genug Action?« Die Charlotte versuchte, sich den Schlaf aus den Augen zu reiben, aber das Sandmännchen hatte in der Nacht ganze Arbeit geleistet und Scheibtruhen voll von dem Zeug in ihren Augen abgeladen.

»Wer weiß?«, lachte die Andrea überdreht. »Vielleicht passiert ja heute Abend wieder was?«

»Oida, was ist denn mit dir los?«, fragte die Charlotte konsterniert.

»Oide, bitte. Na ja, vielleicht will unser Mörder ja noch jemanden ums Eck bringen, und dann können wir ihn gleich in flagranti erwischen.« Nach all den Morden im letzten Jahr hatte die Charlotte eigentlich gedacht, dass die Andrea nicht mehr ganz so enthusiastisch an die Sache rangehen würde. Und vor allem nicht so blauäugig. Sie waren hier im echten Leben und nicht in irgendeiner Krimi-Schmonzette. Der Mörder würde sicher nicht so doof sein, noch einmal während einer großen öffentlichen Veranstaltung zuzuschlagen. Vor allem: Auf wen sollte er es denn abgesehen haben?

Gut, die Frage ließe sich wahrscheinlich leichter beantworten, wenn man irgendeine Ahnung hätte, worum es bei dem Mord denn nun wirklich gegangen war. Der einzige Anhaltspunkt war die Gina. Es war schon sehr auffällig, dass man sie von ganz oben so schnell aus den Ermittlungen genommen hatte. Sollte das ein abgekartetes Spiel sein, dann war nicht anzunehmen, dass die Gina beim Frühlingserwachen einen Blödsinn anstellte.

Die Flora und der Noah kamen schon kurz nach Mittag von der Schule heim. Die Charlotte hatte die beiden für den Schankdienst beim Frühlingserwachen eingeteilt, gemeinsam mit der Andrea und der Inaaya. Ja, die Charlotte konnte schon grausam sein. Aber es interessierte sie einfach, wie sich dieses Liebesviereck entwickeln würde. Der Antoine würde ja sicher auch mitkommen. Von dem hatte sie seit seiner Ankunft übrigens nicht viel gesehen. Er steckte meist mit der Flora auf ihrem Zimmer, und wenn die Kleine in der Schule war, ließ er sich erst recht nicht blicken. Das war halt schon ganz anders als mit dem Luca, der so was von überhaupt keine Berührungsängste gehabt hatte und auch immer brav am Weingut mitgeholfen hatte, wenn er die Flora besuchte.

Die beiden hatten ihre Schulrucksäcke noch nicht einmal in ein Eck gestellt, da ging es auch schon ab zum Schloss des Grafen. Die Charlotte packte ihre Helfer in den Lieferwagen, räumte noch ein paar Kartons Schüttelwein dazu, und los ging es. Den Rest der Ware hatte sie bereits am Vormittag mit der Andrea und dem Herrn Papa zur Heide rübergeschafft.

Dort herrschte ein Gewusel wie bei einem Almauftrieb. Gut ein Dutzend Winzerbetriebe kämpften mit der matschigen Wiese vor den Schlossmauern, um ihre Partyzelte in Betrieb nehmen zu können. Keine fünfzig Meter daneben knatterten die Baumaschinen der ÖL. Der Charlotte blutete das Herz. Die in Mitteleuropa einzigartige Steppenlandschaft vor den Toren des gräflichen Anwesens war bereits zerpflügt von den unzähligen Baggern und Lkw, die hier ihre Arbeit verrichteten. Tiefe Spuren hatten sich in den vom Regen aufgeweichten Boden gegraben, und ein Stück hangaufwärts nahm ein erster Bohrer

Gestalt an. Von den Zieseln – kleine Nager, die aussahen wie eine Mischung aus Murmeltier und Eichhörnchen –, für die die Heide besonders bekannt war, war weit und breit nichts zu sehen.

Kopfschüttelnd steuerte sie ihren Lieferwagen über die geschotterte Auffahrt in Richtung Schloss. Das Tor war bereits geöffnet, und sie stellte den Wagen im Innenhof des Schlosses ab. Sie hatte echt Glück gehabt, dass sie die reguläre Anmeldefrist verpasst und ihr der Graf einen Platz im Schlosshof angeboten hatte, denn hier musste sie sich nicht mit matschigem Boden herumärgern. Schön langsam traute sich sogar die Sonne hinter der dichten Wolkendecke hervor. Sie stiegen aus, und unter den amüsierten Blicken vom Noah machte sich der Antoine als Packesel nützlich, unter jedem Arm schleppte er zwei Kartons Schüttelwein rüber zum Stand der Charlotte.

Wirklich interessant war ja, wie distanziert sich die Flora gegenüber dem Antoine verhielt. Ob da was vorgefallen war? Die Charlotte hatte nichts mitbekommen, und ihre Schwester hatte auch nichts zu dem Thema gesagt. Gut, aber genau aus diesem Grund hatte sie ja ihr Team auch so zusammengestellt. Sie war einfach neugierig, wie sich diese Geschichte entwickelte.

Am frühen Nachmittag hatte sich das Wetter wie vorhergesagt auf frühsommerlich geändert, die Temperaturen hatten die Zwanzig-Grad-Marke übersprungen, und einem gelungenen Auftakt für das Frühlingserwachen stand nichts mehr im Weg. Eigentlich. Denn die ganzen Politiker, die sich im Lauf des Nachmittags im Schlosshof des Grafen einfanden, brauchte die Charlotte nicht wirklich. Natürlich war auch der Landeshauptmann Sagmeister persönlich gekommen. Er hatte sich sogar in einem Hotel im Ort einquartiert, um auch am Samstag vor Ort zu sein. Da ging es dann ja darum, dass die regionalen Weine prämiert wurden. Quasi der Höhepunkt dieser drei

Tage. Als »Landesvater« durfte er da natürlich nicht fehlen. Am Sonntag stand dann noch das unvermeidliche »Restlsaufen« am Programm, aus Sicht der Einheimischen wohl das wahre Highlight. Aber gut, jeder so, wie er will.

An der Seite des Landeshauptmanns war der Markus Maier. Und zwar ständig. Ganz so, als ob er weiterhin sein Pressesprecher wäre und nicht Leiter einer halbstaatlichen Lizenzgesellschaft. Nach einem einstündigen Rundgang durch das historische Schlösschen – natürlich vom Grafen höchstpersönlich geführt – ließ sich der Landeshauptmann von seinem Schoßhündchen dann die benachbarte Fracking-Baustelle zeigen.

Die Charlotte überließ den Stand ihrer Schwester und heftete sich mit der Andrea an die Fersen des Landeshauptmanns. Weit kamen sie allerdings nicht, denn während der Landeshauptmann und der Maier vom Baustellenchef in Empfang genommen und durch ein streng gesichertes Gittertor eingelassen wurden, hieß es für die Charlotte und die Andrea genau da: »Bitte warten«. Oder besser eigentlich: »Kein Zutritt«. Nein, in Wirklichkeit hieß es dort: »Geh, schleichts euch!«

An ein Reinkommen war nicht zu denken. Vor dem Gittertor hatten sich zwei Gorillas aufgebaut, deren einzige Aufgabe es war, jegliche nicht autorisierte Person mehr oder weniger (meistens eher weniger) freundlich zurückzuweisen. Man wollte Demonstranten und anderes Gesindel gar nicht erst in die Nähe der sauteuren Maschinen kommen lassen.

Gleich neben dem Gittertor sah die Charlotte noch ein Warnzeichen: »Achtung, Strom!« Man hatte den Zaun also sogar unter Strom gesetzt, um mögliche akrobatische Eindringversuche von Umweltschützern zu unterbinden. Die einzige Möglichkeit wäre jetzt noch gewesen, es wie ein Stabhochspringer zu versuchen. Oder sich von einem Helikopter abzuseilen. Beides eher unwahrscheinliche Varianten. Obwohl, die Sache mit dem Helikopter … Da hatten Greenpeace-

Aktivisten in den vergangenen Jahren schon verrücktere Dinge gemacht.

Der Charlotte und der Andrea blieb also nichts anderes übrig, als aus der Ferne zuzuschauen, wie der Landeshauptmann sein neues Energieprojekt inspizierte. Er tat dies mit hinter dem Rücken verschränkten Armen. Der Baustellenleiter erklärte mit Händen und Füßen, worauf der Sagmeister zwischendurch immer nickte. Dabei schwang sein silbergrauer Pferdeschwanz wild hin und her. Der Maier japste zwei Schritte hinter seinem Ex-Chef her. Oder Noch-immer-Chef. Oder … Ach, was wusste die Charlotte schon. Ihr war zum Kotzen. Sie konnte den Stolz des Landeshauptmanns und vom Maier bis hier heraus spüren. Und dabei hatte es doch noch vor kurzer Zeit geheißen, dass so etwas hier im schönen Niederösterreich ganz sicher nicht passieren könnte. Völlig undenkbar sei so etwas. Was es wirklich war: einfach nur widerlich.

Die Arbeiter waren noch nicht einmal eine Woche hier, und von diesem Stück der Heide war quasi nichts mehr übrig. Dabei hatten die Bohrarbeiten noch nicht einmal begonnen. Sie fragte sich, was der werte Herr Bürgermeister wohl dazu sagte?

Ähnlich erging es den rund zwei Dutzend Demonstranten, die ihrem Anliegen nur aus sicherer Entfernung Gehör verschaffen konnten. Die Polizei hatte das Areal zusätzlich mit Betonschutzwänden abgesperrt, wie sie sonst als Trennwand auf Autobahnen verwendet wurden. Dass nicht mehr Demonstranten anwesend waren, hatte wohl auch mit dem Frühlingserwachen zu tun. Bevor man sich da sinnlos in die Gegend stellte, trank man sich lieber ein paar Meter weiter den Frust mit Wein von der Seele. Auch mit einem Achterlglas in der Hand konnte man schließlich gegen diese Vergewaltigung der Natur sein. Was hatte die Heide schon davon, wenn man sich trotzig am Parkplatz davor hinsetzte? Eben!

Den Bürgermeister traf die Charlotte schließlich eine

Stunde später an ihrem Stand. Er war gerade rechtzeitig zur feierlichen Eröffnung gekommen, hatte ein paar salbungsvolle Worte verloren und sich dann möglichst schnell von der kleinen Bühne gemacht. Nach ihm hielten auch noch ein paar Gemeinderäte – die Gina war nicht darunter – und schließlich der Landeshauptmann kurze Reden. Die vom Sagmeister war nicht ganz so kurz, denn er lobte die Gemeinde über den grünen Klee und schleimte sich mit rasch angelesenem Wissen auch noch bei den lokalen Weinhauern ein. Oder versuchte es zumindest. Was allen Reden gemein war: Die Fracking-Arbeiten gleich nebenan wurden mit keinem Wort erwähnt. Weil der Landeshauptmann ja nicht blöd war und – das musste man ihm zugestehen – ein unfassbares Gespür für die Stimmung im Wahlvolk hatte, versprach er, dass noch in diesem Jahr endlich die Sanierung der Eisenbahnbrücke über die Südbahnstrecke in Angriff genommen werden sollte. Beim versammelten Wahlvolk sorgte diese Ankündigung für Jubel, beim ebenfalls anwesenden Finanzlandesrat lediglich für Sorgenfalten und Blässe im Gesicht. Da hatte der Sagmeister offenbar einen Schnellschuss gestartet, um die Leute von den Fracking-Arbeiten abzulenken.

»Was wird das eigentlich, Herr Bürgermeister?«, fragte die Charlotte scharf, als sich der Angesprochene bei ihr ein Achtel Chardonnay einschenken ließ.

»Was meinen Sie?«, stellte der sich ahnungslos.

»Na, die Heide? Das Fracking?«

Der Bürgermeister wischte die Frage mit einer fahrigen Handbewegung einfach weg, nahm sein Glas und spazierte davon. Komisch, wo er doch sonst kaum eine Möglichkeit ausließ, um sich unter das Volk zu mischen. Diesmal achtete er aber peinlich genau darauf, dass er sich nur mit Gemeinderäten seiner eigenen Partei umgab. Von denen waren keine unangenehmen Fragen zu erwarten. Die bildeten auch gleich brav einen Schutzkreis um ihren Häuptling. Und das mit der Volksnähe war heute also wohl auf Eis gelegt.

Im Lauf des Abends wurde die Stimmung langsam besser. Mehr und mehr Einheimische strömten in den Schlosshof, auch das Wiesengelände vor den Schlossmauern war voll. Im Schlosshof coverte sich eine gar nicht so schlechte Hochzeitsband durch die Hits von ABBA bis ZZ Top. Der Graf hatte sich alle Mühe gegeben, das Gelände schön zu dekorieren beziehungsweise dekorieren zu lassen. Wo dann wieder die Renate ins Spiel kam. Nicht nur die Hochzeitsband war auf ihrem Mist gewachsen, nein, auch die Beleuchtung und allgemeine Behübschung der historischen Location hatte ihre Agentur zu verantworten.

»Was ist eigentlich mit der ›Hochkultur‹, die sich der Graf gewünscht hat?«, fragte die Charlotte amüsiert, als es sich die Renate bei ihr hinter der Theke auf einer Bank gemütlich gemacht hatte und die Hochzeitsband inbrünstig von AC/DCs »Highway to Hell« zu Andreas Gabaliers »I sing a Liad für di« wechselte.

»Die kommt morgen zum Zug. Heute ist ja nur Aufwärmen angesagt. Da kann man es schon mal ein bisschen bodenständiger angehen lassen.«

Der Rest des Abends verlief ereignislos. Der Charlotte fiel lediglich auf, dass sie die Flora, den Antoine, den Noah und die Inaaya nie gemeinsam am Stand – oder auch nur in Sichtweite – sah.

Die Lösung des Rätsels offenbarte sich am nächsten Tag beim Frühstück. Da fehlte nämlich der Antoine. Die Flora saß mit verheulten Augen und den Kopf an die Omama angelehnt da, der Noah besorgt daneben. Trotz aller Sorge konnte er sich aber ein kleines süffisantes Lächeln nicht verkneifen.

»Was ist denn los?«, fragte die Charlotte. Sie rieb sich noch immer den Schlaf aus den Augen und griff halb blind nach einem leeren Kaffeehäferl. Als Antwort kam nur ein Schluchzen von der Flora, und auch der Noah bot keine Antwort an. Die Omama hatte die Frage entweder überhört oder war zu sehr mit ihrer kleinen Enkelin beschäftigt.

»Gib her«, sagte die Andrea, nahm der noch immer nicht ganz anwesenden Charlotte das Kaffeehäferl aus der Hand und drückte ihr einen starken Kapselkaffee runter. Nach dem ersten Schluck ging es der Charlotte schon besser. Nach dem ganzen Häferl war sie zwar nicht hellwach, aber wenigstens brauchbar. Das zweite Häferl genoss sie langsamer. Sie rutschte auf die Bank neben der Flora und nahm der Omama ihre Schwester ab. Die schaute der Charlotte streng in die Augen – quasi: »Mach jetzt keinen Blödsinn!« – und ging aus der Küche. Damit waren nur mehr die Charlotte, die Flora, die Andrea und der Noah übrig.

»Also, jetzt sag schon«, forderte die Charlotte die Kleine sanft auf.

Noch mehr Schluchzen, aber wenigstens bemühte sich die Flora, einen zusammenhängenden Satz rauszubringen. Der Erfolg war überschaubar. »Der … der Antoine ist … er wollte … hat mir keine Ruhe … zu dritt … mit mir und … Noah.«

Die Charlotte versuchte das unverständliche Gestammel in einen vernünftigen Zusammenhang zu bringen, aber wie üblich war die Andrea in dieser Beziehung etwas schneller. Sie musste mit der Blondine wirklich einmal ein ernstes Wort bezüglich ihrer Vergangenheit wechseln.

»Er wollte einen Dreier mit dir und dem Noah«, stellte die Andrea schroff fest. »Wobei«, setzte sie fort, »ich den Eindruck habe, dass er eher nur was mit dem Noah wollte.«

»Seh ich auch so«, meinte der Noah entspannt.

»Jahaaa«, heulte die Flora wieder laut auf. »Der … der Arsch hat mich nur benutzt, weil er sich an den Noah ranmachen wollte.« Worauf der Noah in schallendes Gelächter ausbrach.

»Ist mir schon eigenartig vorgekommen, wie er mir die letzten Tage ständig nachgestellt hat. Ich bin ihm ja praktisch an jeder Ecke über den Weg gelaufen«, erklärte der Noah.

»Und das findest du lustig?«, keifte die Flora. Die Charlotte hatte Mühe, ihre kleine Schwester zurückzuhalten.

»Ja, eigentlich schon. Wenn du ihn dir genauer angesehen hättest, wärst du doch sofort drauf gekommen, dass der auf Männer steht. Auch, halt.«

»Wenn er auf Männer steht, was will er dann von dir, hä?«, geiferte die Flora.

Der Noah blieb cool. »Na, na, nicht gleich persönlich werden, gell?«

»Er hat recht«, mischte sich die Charlotte ein. »Das ist sogar mir gleich aufgefallen, und ich schnall das normalerweise nicht so schnell.«

»Und? Hätte mir keiner was sagen können? Und was war in Schladming? Da ist es auch keinem von euch aufgefallen, oder war es einfach nur ein Riesenspaß, mich da so einfahren zu lassen?«

Die Charlotte und die Andrea sahen sich an. Es war jetzt richtig schwer, nicht in laut schallendes Gelächter auszubrechen. »Nein und ja«, sagte die Charlotte schließlich. »Nein, es ist uns nicht aufgefallen. Da haben wir ihn ja auch nur ein paarmal kurz gesehen, und – ganz ehrlich – so sehr hat er mich nicht interessiert, dass ich da genauer hingeschaut hätte. Aber ja, es war jetzt schon ein Riesenspaß, dass du da so eingefahren bist. Ich meine, war ja auch nicht sonderlich fair, was du mit dem Noah angestellt hast.«

»Na danke, Schwesterherz. Super, dass du dich auf die Seite vom Noah schlägst. Als ob ich hier die einzige Schuldige bin.«

»Eigentlich ja«, meinte die Andrea völlig unbeeindruckt.

»Ach, du auch?«, fragte die Flora, die Stimme triefend vor Enttäuschung. Auf ihre Quasi-Schwägerin hatte sie sich bis jetzt immer bedingungslos verlassen können.

»Nix, ich auch. Aber in diesem Fall bist du einfach selbst schuld. Ist halt so. Gesteh es dir selbst ein und fertig.«

»Was soll das heißen? Habt ihr schon vergessen, wie die Inaaya den Noah ständig angebraten hat?«

»Ja, und? Das ist ja von der Inaaya ausgegangen«, rechtfertigte sich der Noah, »ich hab nie was gemacht, bevor du dir was mit dem Antoine angefangen hast.«

»Pffft!«, schnaufte die Flora, entzog sich der Umarmung ihrer Schwester und stürmte aus der Küche.

»Was ist denn jetzt wirklich mit dem Antoine?«, wollte die Charlotte vom Noah wissen.

»Der ist heute früh mit dem Taxi zum Flughafen gefahren und müsste jetzt schon im Flieger in die Heimat sitzen. Ich hab nur gesehen, wie er mit seinem Köfferchen zum Hof rausgeflüchtet ist und die Flora hinter ihm her. Ihr könnt euch ja gar nicht vorstellen, wie heiß die Flora war. Hat ihm sogar ein paar Sachen nachgeschmissen.«

»Hat er dich eigentlich so direkt angebraten?«, hakte die Charlotte unerbittlich nach.

Der Noah schüttelte den Kopf. »Nein, aber er dürfte die Flora ziemlich genervt haben wegen mir. Da ist es ihr dann irgendwann gedämmert. Der Hellste scheint er nicht gewesen zu sein, weil, er hat einfach nicht damit aufgehört, sie mit mir zu quälen. Er wollte tatsächlich, dass wir zu dritt ins Bett steigen.« Er lächelte nur verschmitzt.

Die Charlotte schluckte. Sie musste sich immer wieder erinnern, dass ihr Protegé erst siebzehn Jahre alt war, aber in gewissen Dingen schon – schmerzhafte – Erfahrungen für zwei Leben gesammelt hatte.

»Und jetzt?«, wollte die Andrea wissen.

»Keine Ahnung. Dass da was zwischen mir und der Inaaya läuft, wisst ihr ja eh. Und ich habe auch keine Lust, sie jetzt wie eine heiße Kartoffel fallen zu lassen. Und wer weiß schon, was der Flora in ein paar Monaten wieder einfällt? Ich habe der Inaaya außerdem von Anfang an klargemacht, dass die Sache für mich nicht ernst ist. Und außerdem … die Flora soll jetzt ruhig einmal ein bisschen leiden. Ich bin ja auch nicht ihr Kasperl, der immer dann zur Verfügung steht, wenn ihr gerade mal danach ist.«

»Und diese Comic-Messe und eure Kostüme?«

»Da läuft alles ganz normal. Man muss Privates und Geschäftliches trennen können«, dozierte der Noah mit einem schelmischen Grinser, stand ebenfalls auf und verschwand aus der Küche.

ACHTZEHN

Am Nachmittag machte die Charlotte dann wieder auf verständnisvolle große Schwester und gab der Flora frei. Also, nicht so richtig, aber die Kleine musste nicht rüber zum Frühlingserwachen, sondern durfte sich mit den Eltern um den Heurigen kümmern. Da war an diesem Samstag garantiert nicht viel zu tun, weil es alle zum großen Frühlingsfest zog. Der Noah und die Inaaya kamen aber natürlich schon mit rüber. Genauso wie die Andrea.

Wieder hatte es jede Menge Prominenz auf die Perchtoldsdorfer Heide verschlagen. Neben den schon am Vortag Anwesenden traf man diesmal auch TV-Promis und andere Halb-, Viertel- und Achte(r)l-Berühmtheiten, die man normalerweise nur aus den Gesellschaftsspalten der bunten Blätter kannte. Selbstverständlich war auch der unvermeidliche Braumeister aus Wien mit von der Partie, im Anhang ein neues »Haustier«, das die Charlotte noch gar nicht kannte. Ihr in den Boulevardblättern kolportierter Spitzname »Papagei« ließ aber schon erahnen, worin die Dame besonders gut war. Aber natürlich war das »Haustier« gute fünfzig Jahre jünger als der Braumeister. Dafür brauchte man keine Insiderinformationen, und der schrullige Braumeister hatte ein Image zu verteidigen, auch wenn es nur das eines armseligen Sugardaddys war. Aber geschenkt, solange es ihm Spaß machte und er brav auf ein paar Achterl bei der Charlotte vorbeischaute.

Besonders intensiv beschäftigte er sich mit den Weinen der Charlotte während der vom Grafen angekündigten hochkulturellen Genüsse. Die kleine Bühne vom Vortag war über Nacht erweitert worden, sodass dort nun ein Orchester der Musikhochschule Wien Platz fand. Den Anfang machte am frühen Nachmittag ein Cello-Quartett, bestehend aus zwei Burschen und zwei Mädchen. Mit jeweils halbstündigen Pausen wurde so der Nachmittag – gratis – von Musikschülern bestritten, während sich die geladene Prominenz in einem großen Partyzelt an den zu bewertenden Weinen gütlich tat. Wie bei einer Weinverkostung üblich, sollten die Weine eigentlich nur angekostet, aber nicht ausgetrunken werden. Ein paar alte und verdiente Kicker schienen sich dieser Vorgehensweise nicht bewusst und mussten nach dem sechsten oder siebenten Achtel ausgetauscht werden. Der Braumeister pfiff überhaupt auf die Verkostung. Er hatte sich, wie erwähnt, am Stand von der Charlotte eingenistet. Als sie ihm ein Glas von ihrem Schüttelwein anbot, schien er sich auch wieder an sie zu erinnern.

»Sind Sie nicht die, die letztes Jahr …?«

»Ja, genau die«, lächelte die Charlotte charmant. Quasi am Beginn ihrer Karriere als unfreiwillige Kriminalermittlerin in Perchtoldsdorf hatte sie bei den Sommerspielen im Vorjahr auch schon den Braumeister getroffen und damals erfolglos versucht, ihm den Namen ihres Rosé Sparkling zu erklären. Was im Endeffekt egal war, denn Hauptsache, der Schüttelwein hatte ihm geschmeckt, und er hatte ein Glas publicityträchtig in die Kameras der damals anwesenden Society-Reporter gehalten.

Vor sich hatte der Braumeister einen Zettel liegen, auf dem die zu bewertenden Weine der Winzer aus der Region aufgelistet waren. Diese sollten von der Prominenz benotet werden, woraus sich am Ende die Siegerweine ergeben würden. Natürlich abgefedert durch eine Fachjury, deren Stimmen fünfundsiebzig Prozent der Wertung ausmachten. Ohne auch nur einen einzigen der Weine im Bewerb verkostet zu haben, vergab der Braumeister wahllos seine Punkte.

»Mit welchem Wein sind Sie vertreten, Fräulein?«, fragte der Braumeister, ohne von seinem Zettel aufzublicken. Die Charlotte zeigte auf einen Merlot im unteren Drittel des Zettels. Prompt machte der Braumeister dort eine Zehn hin.

Die Charlotte schmunzelte: »Aber Herr …«

»Ach, papperlapapp. Ist doch wurscht, wie ich die Punkte

vergebe. Hab ja eh keine Ahnung. Vom Bier, ja, das ist was anderes. Aber Wein? Außerdem mag ich Ihren komischen Frizzante. Da wird der Rote schon nicht so schlecht sein.«

»Ach, der Herr Braumeister ist auch schon da«, flötete da plötzlich die Renate. Sie hatte sich von hinten angeschlichen. Den verwunderten Blick der Charlotte beantwortete sie sofort: »Wie lange habe ich schon versucht, mal mit Ihnen ins Gespräch zu kommen.« Sie hakte sich beim Braumeister ein und schleppte ihn zu einem leeren Tisch in den Arkadengängen, die den Innenhof säumten. Die Charlotte nahm nicht an, dass sich die Renate an ihn ranschmiss, um sich ein Date mit ihm auszumachen. Auf so alte Säcke stand die Renate nicht. Und für den Braumeister war die Renate gute zwanzig Jahre zu alt. Mindestens. Also musste es sich wohl um etwas Geschäftliches handeln. Auch wenn die Charlotte beim besten Willen nicht wusste, wo sich die Welten dieser beiden treffen sollten. Auf der einen Seite der Braumeister mit seinem sehr, sagen wir, rustikalen Zugang zum Leben, auf der anderen Seite die ein wenig nymphomanisch angehauchte Kulturmanagerin, die von der Staatsoper abwärts nur in den besten Häusern ein und aus ging.

Kurz nach zwanzig Uhr, also praktisch als Hauptabendprogramm, kam dann der mit Spannung erwartete Auftritt der Julijana Michailowitsch. Der Shootingstar am europäischen Opernhimmel ließ das Volksfest in einem völlig neuen Glanz erstrahlen. Im Gegensatz zu ihren älteren Diva-Kolleginnen war die Mittzwanzigerin noch rank und schlank, was ihrem Stimmvolumen allerdings keinen Abbruch tat. Die Michailowitsch sah ein wenig aus wie ein Filmstar aus den dreißiger Jahren. Die schwarze Mähne mit Wasserwellen an den Schädel geklatscht, die Lippen blutrot, die Augen schwarz umrahmt, die Wangen gepudert, dass es von Weitem so aussah, als hätte man die Michailowitsch mit Weichzeichner auf die improvisierte Provinzbühne gemalt. Ihr schmaler Körper steckte in einem goldglitzernden, hautengen Abendkleid, die Füße in dazu passenden High Heels. Als Orchester durfte/musste wieder eine Abordnung der Musikhochschüler ran. Diese Art der Musik war zwar überhaupt nicht so die Sache der Charlotte, aber auch sie musste zugeben, dass der Auftritt nicht nur Stil, sondern – wahrscheinlich – auch Klasse hatte. Dem begeisterten Applaus des Grafen nach zu schließen, schien sie damit auch richtigzuliegen. Vielleicht hatte der Graf aber auch nur Herzerl in den Augen und Schnitzel in den Ohren, so hypnotisiert, wie er die Michailowitsch aus der ersten Reihe angaffte.

Nach einer halben Stunde und einer zehnminütigen Zugabe war der Auftritt der Michailowitsch beendet. Unter tobendem Applaus zog sie sich zurück ins Schloss. Wahrscheinlich, um sich dort noch so richtig verhätscheln zu lassen. Die Charlotte konnte sich bildlich vorstellen, wie sie sich auf die zweifellos sündteure Couch in ihrem Zimmer fallen ließ und eine Horde von Bücklingen antrat, um sie aus ihrer Garderobe zu schälen. Dann würde man ihr frische Früchte auf einem Silbertablett reichen, dazu ein Glas Champagner (in ihrer Phantasie war es natürlich ihr Schüttelwein) und zum Abschluss noch eine entspannende Fußmassage, ehe sich die Michailowitsch mit Augenbinde in ihr Himmelbett fallen ließ, um dem nächsten Tag entgegenzuschlummern.

Die Charlotte wurde durch eine Lautsprecheransage aus ihren Tagträumen gerissen. Jetzt ging es ans Eingemachte: Die besten Weine wurden prämiert. Hunderte Besucher hatten sich in den Schlosshof gedrängt, um dabei zu sein, wenn Gold, Silber und Bronze verteilt wurden. Für den Nöhrer-Merlot reichte es immerhin zu einer Silbermedaille. Die wurde vom Herrn Papa mit stolzgeschwellter Brust in Empfang genommen, weil die Charlotte es nicht so mit dem Rampenlicht hatte. Und dem Herrn Papa war es daheim mangels Beschäftigung fad geworden, sodass er sich auch zum Frühlingserwachen begeben hatte. Wäre die Flora anwesend gewesen, wäre sie sicher oben auf der Bühne gestanden und hätte die Aufmerksamkeit in vollen Zügen genossen. War sie aber nicht und würde sich wahrscheinlich deshalb in den Hintern beißen, wenn sie am nächsten Tag von dem Erfolg erfuhr. Was hieß da am nächsten Tag? Die Charlotte schickte ihrer Schwester natürlich sofort eine Whatsapp-Nachricht mit Foto vom stolzen Herrn Papa, der wie ein eitler Gockel mit geschwollenem Kamm auf der Bühne stand. Über die Antwort der kleinen Schwester breiten wir besser den Mantel des Schweigens.

Im Anschluss an die Preisverleihung ging die Stimmung nochmals in die Höhe. Die Hochzeitsband vom Vorabend spielte wieder auf, und Promille- und Stimmungsspiegel hielten sich beim massig anwesenden Publikum die Waage. Vorne vor der Bühne wurde fleißig Discofox getanzt, und inzwischen waren auch die Elena und der Leo mitten im Geschehen – gut zu erkennen an der hochgehobenen Führungshand vom Leo, an deren Ende die Elena wie eine willenlose Marionette hing. Die beiden hatten ihre Schichten in den diametral unterschiedlichen Gewerben erfolgreich beendet und wollten jetzt nochmals so richtig die Sau rauslassen. Am liebsten wäre die Charlotte hinter ihrer improvisierten Theke verschwunden, während sie dem Leo zusah, wie er mit der Führungshand einen halben Meter über dem Kopf herumschwurbelte.

»Verstecken nützt nichts«, schleimte da plötzlich eine Stimme. Die Charlotte hob den Kopf. Sie hatte sich gerade runtergebückt, um einen neuen Karton vom Grünen Veltliner rauszuholen. Mit riesigen Bambi-Augen sah sie ihre neue Kundschaft an. Es waren der Sagmeister und der Maier, Letzterer hatte die Charlotte angesprochen.

»Tu ich ja gar nicht«, meinte die Charlotte abwehrend und hielt zur Bestätigung einen Weinkarton hoch.

»Du machst das schon, oder?«, raunte der Sagmeister zu seiner ehemaligen rechten Hand. Der Maier nickte nur, und der Landeshauptmann verschwand in der Menge. Jovial links und rechts Hände schüttelnd, immer ein offenes Ohr für die Anliegen seiner Wahlschäfchen. An diesem Abend waren die nur wenige Meter entfernt voranschreitenden Aufbauarbeiten für die Fracking-Anlagen vergessen. Beziehungsweise putzte sich der Sagmeister in der einen oder anderen doch unvermeidbaren Diskussion einfach am Bund ab. Er hätte das ja nie genehmigt. Natürlich eine glatte Lüge. Aber eine, die das Wahlvolk nur zu gerne schluckte. St. Sagmeister glaubte man einfach.

»Was sollen Sie machen?«, fragte die Charlotte. Die Situation war ihr suspekt.

»Fräulein Nöhrer«, setzte der Maier väterlich an (was natürlich völlig schwachsinnig war, weil er in etwa gleich alt wie die Charlotte war). Er schüttelte leicht den Kopf, so, als ob er mit einem störrischen Kind diskutierte, das wieder einmal – trotz mehrerer Warnungen – Blödsinn angestellt hatte. »Fräulein Nöhrer, wir möchten Ihnen einen Rat geben.«

»Ach, wirklich? Wer ist denn mit ›wir‹ gemeint? Sie und der Landeshauptmann, oder reden Sie von sich selbst schon im Plural?«

»Ja, wirklich«, ignorierte der Maier den patzigen Einwurf der Charlotte, »und wenn Sie vernünftig sind, dann nehmen Sie diesen Rat auch an. Wir wissen natürlich, was Sie im letzten Jahr kriminalistisch geleistet haben. Hut ab, ganz ehrlich. Aber glauben Sie mir, das hier ist eine Nummer zu groß für Sie.«

»Ist es das?«, antwortete die Charlotte trotzig.

»Ja, ist es. Und ich würde Sie und Ihre Schwester auch bitten, damit aufzuhören, mir nachzuschnüffeln.« Der verblüffte Blick der Charlotte sprach Bände. Der Maier lächelte, aber nicht freundlich. »Glauben Sie wirklich, dass mir das nicht zu Ohren kommt? Ich bin schon viel länger in der Cosplay-Szene als Ihre Schwester. Dementsprechend sind meine Kontakte natürlich auch älter und besser. Und wenn sich jemand so auffällig nach mir und der Gina umhört –«

»Apropos Gina«, unterbrach ihn die Charlotte. »Wieso haben Sie Ihre Freundin eigentlich ans Messer geliefert?«

Der Maier nahm sich eine Flasche vom Schüttelwein und

schenkte sich selbst – großzügig – ein Glas ein. Seine Hand zitterte, bei genauerem Hinsehen merkte die Charlotte auch, dass seine Augen leicht blutunterlaufen waren. Ganz nüchtern war der ÖL-Leiter sicher nicht mehr.

»Ja, gute Frage, nicht wahr?«

»Auf jeden Fall«, bestätigte die Charlotte. Vielleicht würde er ja etwas ausplaudern. »Sie vögeln die Gina seit ein paar Jahren, und jetzt unterstellen Sie ihr so mir nichts, dir nichts einen Mord?«

Der Maier leerte sein Glas in einem Zug. »Karriere, was sonst?«, antwortete der Maier dann doch einigermaßen unerwartet geradeheraus. »Die Gina ist ja ein Spaß im Bett, aber sonst völlig verrückt. So wie alle Umweltfreaks.«

»Nur im Bett? Oder doch auch auf der Streckbank?«

Der Maier sah sie mit großen Augen an. Irgendwo in seinem kalten, leeren Blick schimmerte auch so etwas wie Respekt heraus. »Sie schnüffeln wirklich ein bisschen zu viel herum, Fräulein Nöhrer. Ich kann Ihnen nur raten, das in Zukunft zu lassen.«

»Hat die Gina den Schuster wirklich am Gewissen?«

Der Maier zuckte mit den Schultern. »Vielleicht, vielleicht auch nicht. Auf jeden Fall ist die Polizei jetzt beschäftigt, und die Öffentlichkeit hat einen Sündenbock, wenn man die Sache mit der Gina weiterverfolgt. Mit dem Schuster hat es schon keinen Unschuldigen erwischt, da können Sie sich sicher sein.«

»Na, erzählen Sie mal.«

Der Maier schüttelte den Kopf. »Sie können es wirklich nicht lassen, oder? Na gut, dann werden wir wohl andere Geschütze auffahren müssen. Sie werden Montag Post erhalten. Ich hoffe für Sie, dass Sie es sich dann anders überlegen. Wäre schade, wenn Ihr wunderbares Weingut zugrunde gehen würde. Vor allem jetzt, wo Sie doch so politisch korrekt sind und sogar eine Gedenkstätte für die Familie Goldmann installiert haben. Ist ja fast schon rührend, wie sehr Sie sich Mühe geben.«

»Soll das eine Drohung sein?«, fragte die Charlotte scharf. Innerlich bebte sie vor Wut. Blöd, dass sie keine Zeugen für diese Unterhaltung hatte, aber der Maier hatte den richtigen Zeitpunkt abgewartet und sie abgepasst, als sie ganz allein am Stand war.

»Nein, was denken Sie?«, wehrte der Maier mit gespielter Empörung ab. Ergriffen fuhr er sich mit der Hand an die Brust. »Wir sind doch nicht die Mafia. Nein, alles, was ich damit andeuten will, ist Folgendes: Es könnte durchaus sein, dass Sie sich Ihren Ruf ruinieren und damit das Weingut. Und dass Sie danach nicht mal mehr einen Job als Polizistin finden werden. Sie waren doch mal Polizistin, oder? Das ist aber wirklich keine Drohung.« Nach einer kurzen dramatischen Kunstpause: »Das ist ein Versprechen.« Damit leerte er den Rest seines Glases über die Theke, ließ es fallen und wankte davon.

Die Charlotte war wie gelähmt, sogar das Atmen fiel ihr schwer. So hatte man sie noch nie behandelt.

»Hat dir der werte Herr Maier gedroht?« Der Graf war wie aus dem Nichts neben der Charlotte aufgetaucht.

»Hast … hast du zugehört?«

»Nein, leider nicht. Ich war zu weit weg. Aber ich konnte an deiner Mimik erkennen, dass das Gespräch alles andere als erfreulich gewesen sein muss.«

»Das ist noch freundlich ausgedrückt.«

»Willst du mir erzählen, was passiert ist?« Der Graf stützte sich mit den Händen auf dem Heurigentisch ab, der als Theke diente. Er sah der Charlotte tief in die Augen, aus denen zwei, drei Tränen rollten.

»Was ist denn los?«, fragte nun auch die Andrea erschrocken. Sie hatte die Konversation zwischen der Charlotte und dem Maier ebenfalls nur aus der Ferne beobachten können. Sie war damit beschäftigt gewesen, bestellte Getränke an die Stehtische zu bringen.

»Also?«, drängte der Graf.

Eigentlich wollte die Charlotte nicht, aber als sich auch noch die Elena und der Leo zu ihr gesellten und sie besorgt umarmten, konnte sie nicht mehr anders. Die Andrea umfasste sie von hinten, wiegte sie langsam hin und her, während die Charlotte von ihrem Gespräch mit dem Maier erzählte.

»Interessant«, meinte der Graf schließlich, als die Charlotte ihre Geschichte beendet hatte.

»Interessant?«, papageite die Charlotte den Grafen fassungslos nach.

»Ja, ich hätte mir nicht gedacht, dass sich der Maier und der Sagmeister so aus der Deckung trauen. Du kannst durchaus stolz sein, Charlotte, da hat jemand richtig Angst vor dir.«

»Aber, aber … ich habe doch gar nicht richtig ermittelt. Wir sind doch völlig am Holzweg. Von Beweisen oder Ähnlichem sind wir überhaupt meilenweit entfernt. Mehr als ein paar Verdachtsmomente haben wir nicht.«

»Tja«, meinte der Graf süffisant, »dein Ruf eilt dir dann wohl voraus. Oder vielleicht hast du etwas entdeckt, was dir noch gar nicht aufgefallen ist?«

»Schluss jetzt mit den Rätseln«, meinte die Andrea mürrisch. »Ständig diese Andeutungen. Wenn du etwas weißt, dann rück damit raus.«

Der Graf machte eine abwehrende Handbewegung. »Wenn ich den Mörder kennen würde, hätte ich das der Polizei schon längst mitgeteilt. Meiner Meinung nach geht es da um etwas anderes. Nicht, dass ich da Genaueres wüsste …«

Die Charlotte erkannte eine Lüge, wenn sie eine hörte. Und das war gerade eine der größten, die sie jemals gehört hatte. Was an und für sich schon eine Leistung war, denn während ihrer Zeit als Polizistin hatte man ihr schon jede Menge Schmonzes aufgetischt. Unglaublich, wie erfinderisch bekiffte Studenten sein konnten, wenn es darum ging, ihren illegalen Grasbesitz zu erklären. Nur so zum Beispiel. Trotzdem widersprach sie dem Grafen jetzt nicht. Wenn er nicht damit rausrücken wollte, dann eben nicht. Sie konnte ihn nicht zwingen.

»Ich kann dir nur sagen, dass es beschlossene Sache war, den Schuster von seinem Posten zu entfernen. Dafür mussten nur noch ein paar Details geklärt werden. Dass ihn gleich jemand umbringt … Na ja, einigen Leuten war das sicher nicht unangenehm. Wie auch immer«, setzte der Graf zum Schlusswort an, »ich würde dir in diesem Fall raten, auf den Maier zu hören.«

»Aber …«

Wieder eine abwehrende Handbewegung vom Grafen. »Ja, ich weiß. Ich habe dich selber darauf angesetzt. Oder wenigstens ermuntert. Unbewusst zumindest. Und jetzt möchte ich dich bitten, dass du die Finger davon lässt. Ich könnte es nicht verantworten, dass dir etwas zustößt. Ich will nur das Beste für dich und hätte dich da nie mit reinziehen dürfen. Ich weiß nicht, welcher Teufel mich da geritten hat.«

Alle sahen den Grafen an. Keiner sagte ein Wort. Die ernste Miene des Grafen war genug.

»Auf welche Trauerfeier bin ich denn da geraten?« Alle sahen sich um. Vor ihnen stand die Julijana Michailowitsch. Im Jogginganzug, Turnschuhen, abgeschminkt und mit offenen Haaren. »Ich dachte, jetzt geht die Party erst richtig los.« Takt und Feingefühl schienen nicht ihre Sache zu sein. Womit sie sich mit der Charlotte auf ein Packel hauen konnte.

Natürlich erzählte man der Michailowitsch nichts von dem, was eben vorgefallen war. Erstens ging es sie nichts an, und zweitens war ihre gute Laune ansteckend. Nach zwei Gläsern vom Schüttelwein – die Charlotte versuchte gar nicht erst, der gebürtigen Russin den Namen zu erklären – hob sich die Stimmung langsam wieder. Der Graf war in seinem Schloss verschwunden. Weshalb, konnte keiner sagen, aber dem Rest war jetzt nach Alkohol und Ablenkung. Der Julijana ganz besonders. Sie schien nicht besonders trinkfest zu sein. Was die Charlotte ein wenig wunderte, denn in ihrer Vorstellung waren alle Russen geborene Trinker. So viel zum Thema Klischees und Vorurteile. Nach dem dritten Glas schwang sich die Michailowitsch auf die Bühne zur Hochzeitsband, riss dem Sänger das Mikrofon aus der Hand und sang sich eine Stunde lang die Seele aus dem Leib. Selbst bei den Rolling Stones und Police zeigte sie sich textsicher, und die Charlotte schalt sich, dass sie die junge Russin nach ihrem Auftritt so falsch eingeschätzt hatte. Die Frau hatte echte Entertainment-Qualitäten und wäre auch in einer Pop- oder Rockband gut aufgehoben gewesen. Dem Publikum dämmerte es erst nach zwei, drei Nummern, wer da auf der Bühne das Kommando übernommen hatte. Als die Erkenntnis gesickert war, stieg die Stimmung gleich noch mal, und spätestens jetzt konnten sich auch die Charlotte und die Andrea nicht mehr zurückhalten. Der Noah wurde kurzerhand abkommandiert, sich mit der Inaaya um den Stand zu kümmern, während sich die beiden ganz nach vorne drängten und vor der Bühne tanzend und headbangend den ganzen Frust rausschüttelten. Auch der Leo gesellte sich zu ihnen, nur die Elena nicht. Die stellte unauffällig dem Maier nach und machte ein paar Fotos vom ÖL-Leiter. Die schickte sie dann per Handy weiter.

Und wartete auf Antwort.

NEUNZEHN

Am Sonntagnachmittag klang das Frühlingserwachen recht unspektakulär aus. Die Prominenz hatte sich schon längst vertschüsst, und das zurückgekehrte schlechte Wetter tat das Übrige dazu. So konnte die Charlotte schon am frühen Nachmittag ihre sprichwörtlichen Zelte abbrechen. Was sowieso kein Fehler war, denn der Samstagabend hatte sich noch länger hingezogen, die Julijana hatte um die Burg nicht ins Bett gehen wollen. Also, wenigstens nicht allein. Die Charlotte und die Andrea schlugen die Einladung des schwer betrunkenen Opern-Starlets letztlich schweren Herzens aus. Die Andrea, weil sie selbst schon zu betrunken war, die Charlotte, weil ihr die Dreiecksgeschichte mit dem Antoine, dem Noah und ihrer Schwester noch zu sehr im Magen lag. Die Michailowitsch hatte ein Schnoferl gezogen, sich dann aber doch allein auf ihr Zimmer zurückgezogen. Da hatte es bereits zu dämmern begonnen.

Die neue Woche fing dafür mit einer Hiobsbotschaft an. Zwar mit einer angekündigten, aber die Charlotte hatte in der Zwischenzeit die Drohungen vom Maier schon wieder vergessen gehabt. Oder verdrängt. Auch wurscht. Die unangenehme Erinnerung an das Gespräch mit dem ÖL-Leiter kamen aber mit einem Schlag zurück, als sie den eingeschriebenen Brief öffnete, in dem ihr Gebot für drei der Zaitler-Weingärten abgelehnt wurde. Der Brief kam zwar von der Gemeinde, aber es war klar, wer wirklich dahintersteckte. Ein zynisches SMS vom Maier (»Guten Morgen gehabt?«) ein paar Minuten später bestätigte ihren Verdacht. Woher hatte der Arsch überhaupt ihre Telefonnummer?

Enttäuscht und den Tränen nahe legte sie ihrem Vater den Brief vor. Der konnte auch nur den Kopf schütteln. »Glaub mir, mein Schatz, davon habe ich nichts gewusst.« Mehr konnte er dazu nicht sagen, Weinbauvereinsobmann hin oder her. Aufgrund seiner Befangenheit hatte er sich aus dem Verfahren sowieso herausgehalten.

Die Geschichte mit dem Maier verschwieg die Charlotte ihm sicherheitshalber. Er hätte auch da ohnehin nichts machen können. Und wozu noch jemanden in die Sache mit hineinziehen? Es war zum Verzweifeln, denn sie hatte sonst niemanden, mit dem sie darüber reden konnte. Die Flora war schon längst in der Schule und die Andrea in der Arbeit.

Gerettet wurde sie schließlich von einem SMS der Elena. »Komm zu mir ins Büro«, waren die wenigen Worte, die der Charlotte aber immerhin ein verheultes Schmunzeln abrangen. »Büro« war schon ein netter Euphemismus für ein Bordell. Sie setzte sich in ihr Auto und war ein paar Minuten später im »Büro« der Elena.

»Was gibt's denn?«, fragte sie die voll herausgeputzte Tschechin. In diesem Fall hieß das Mikro-Bikini und Glitzer-Make-up. Die Charlotte konnte sich gar nicht vorstellen, an einem Montagvormittag so herumzurennen. Eigentlich konnte sie sich überhaupt nicht vorstellen, so herumzurennen.

Statt einer Antwort bot ihr die Elena ein Glas Champagner an. Und weil es eh schon wurscht war, schüttete sie sich noch vor zehn Uhr am Vormittag das Glas rein. Der Alkohol explodierte wohlig warm in ihrem Magen. Ja, das war schon besser.

»Ich habe da jemanden, der mit dir reden will«, erklärte die Elena schließlich, nachdem sie der Charlotte und sich selbst noch ein Glas vom Schampus eingeschenkt hatte.

»Worüber?«

»Über diesen Maier.«

»Wie bitte?« Die Charlotte verschluckte sich fast an ihrem Champagner.

»Ich habe das letztens ja auch mitbekommen.«

»Was hast du mitbekommen?«

»Na, das mit der strengen Kammer bei der Blauensteiner.

Und dass sie was mit dem Maier hat. Und nachdem er dich vorgestern bedroht hat, habe ich mir gedacht, dass ich mich mal ein bisschen umhöre. Solche Leute brauchen das nicht nur privat, sondern manchmal auch professionell.«

»Solche Leute?«

»Na, ich meine Kunden, die auf SM stehen. Ist nicht so leicht, privat dafür passende Partner zu finden. Deshalb gehen viele von denen zu uns.«

»Und?« Die Neugier der Charlotte war geweckt.

»Eine Kollegin aus Wien, Nikola, hat den Maier auf den Fotos erkannt, die ich von ihm beim Fest gemacht habe. Und sie würde gerne mit dir reden.«

»Was weiß sie denn über den Maier?«

»Keine Ahnung, wollte sie mir am Telefon nicht verraten. Aber welcher ambitionierte Politiker hat keinen Dreck am Stecken? Sie klang auf jeden Fall sehr ängstlich und war erst bereit, mit dir zu sprechen, nachdem ich ihr versichert habe, dass alles inoffiziell ist und ganz unter uns bleibt.«

Die schlechte Laune der Charlotte war wie weggeblasen. Sie hatte wieder Blut geleckt. Endlich eine brauchbare Spur. Wer wusste schon, wo die hinführen würde?

»Wo will sie sich mit mir treffen und wann?«

»Sie arbeitet in einem Bordell im ersten Bezirk. Sehr nobel, sehr privat. Meistens auch sehr verschwiegen. Dort gehen viele hohe Tiere ein und aus. Sie möchte sich mit uns zum Mittagessen treffen, bevor ihr Dienst beginnt.«

Die Charlotte schaute auf die Uhr. Es war kurz nach zehn Uhr. Zu früh, um schon loszustarten. »Weiß der Leo davon?«, fragte sie die Elena.

Die nickte. »Ja, ich habe es ihm gesagt. Aber er wollte sich da raushalten. So kenne ich ihn gar nicht, er hat wohl echt Schiss. Nein, nicht Schiss, aber Respekt. Bist du sicher, dass du mit Nikola reden willst? Der Leo hat gemeint, dass wir das lieber lassen sollten.«

Ja, die Charlotte war sich sicher. Um die Zeit totzuschlagen, suchte sie sich einen ruhigen Winkel im gründlich umgestalteten Garten des Pleasure Island. Um diese Uhrzeit war nicht viel los, sie hatte ihre Ruhe und musste auch keinen Freiluftliebhabern bei der Ausübung ihres Hobbys zuschauen. Etwas später tauschte die Elena ihre Dienst- gegen normale Freizeitkleidung, und im Auto der Charlotte ging es in den ersten Bezirk. Eine halbe Stunde später saßen sie im Schanigarten einer Touristenfalle gleich hinter dem Stephansdom. Der liebe Gott hatte den Schnürlregen von Salzburg nach Wien umgeleitet, aber zum Glück waren große Schirme aufgespannt, unter denen es sich die Charlotte und die Elena gemütlich machten. Sie saßen direkt an der Wand des Restaurants, über ihnen waren die Heizstrahler eingeschaltet, weil mit dem Regen auch die niedrigen Temperaturen zurückgekehrt waren.

Irgendwie wollte sich der Frühling heuer nicht so richtig durchsetzen. An den Sommer traute sich niemand überhaupt zu denken, obwohl die städtischen Bäder bereits seit einigen Tagen offiziell geöffnet hatten. Die hartnäckigen Besucher ließen sich allerdings an zwei Händen abzählen.

Die Charlotte hatte die durchaus begründete Befürchtung, dass es noch ein, zwei Wochen kühl und wechselhaft bleiben würde, ehe dann der Sommer gnadenlos mit einer mehrwöchigen Hitzewelle über den Osten Österreichs herfiel. Von der alten und heiß geliebten »Übergangszeit« war schon seit Jahren kaum mehr etwas zu spüren.

Ein paar Minuten später setzte sich eine schwarzhaarige Schönheit an ihren Tisch. Sie war gut einen Kopf größer als die Charlotte. Die Elena wurde mit einem Wangenküsschen begrüßt, der Charlotte die Hand geschüttelt.

»Das ist Nikola«, stellte die Elena ihre Kollegin vor. »Nikola, das ist Charlotte.« Die beiden Frauen nickten sich freundlich zu. Die Charlotte musterte die Domina, die sie sich so ganz anders vorgestellt hatte. Aber hatte sie wirklich geglaubt, die Nikola würde hier in aller Öffentlichkeit in Lack und Leder antanzen? Natürlich nicht. Aber mit einem sommerlichen Blümchenkleid, Sneakern und einem Sportrucksack hatte sie auch nicht gerechnet. Die Polin hatte volle Lippen, gewelltes Haar und je ein Muttermal unter dem linken und dem rechten Auge. Das fiel sofort auf, aber die Nikola hatte noch nicht mal den Versuch gemacht, die beiden Muttermale zu überschminken. Nervös sah die Domina sich immer wieder um. Erst als ihr die Elena beruhigend eine Hand aufs Knie legte, schien sie sich etwas zu beruhigen.

»Keine Angst«, meinte die Elena fast flüsternd, »hier kommen keine Politiker vorbei, nur Touristen.«

Trotzdem versteckte sich die Nikola hinter einer Speisekarte. Nicht zuletzt an dieser konnte man erkennen, dass es sich hier um eine richtige Touristenfalle handelte. Zu jeder Speise gab es ein viel zu buntes Foto, alles war in Deutsch, Englisch und Japanisch angeschrieben. Die Speisekarte war auch tatsächlich genau das – eine Karte. Voll laminiert und tausendfach abgegriffen. Normalerweise würden keine zehn Pferde die Charlotte in so ein Lokal bringen, aber in diesem Fall verstand sie den Hintergedanken der Elena, als sie just dieses Restaurant vorgeschlagen hatte. Hierher würden sich nämlich auch bestimmt keine Politiker verirren. Was man von anderen Innenstadtlokalen wie dem Schwarzen Kameel, dem DO & CO im Haas-Haus oder anderen In-Locations nicht behaupten konnte. Um sie herum waren die meisten Tische von Japanern besetzt. Die Gefahr, dass man ihr Gespräch hier belauschen würde, ging also gegen null.

Sie bestellten eine Flasche Mineralwasser, die Nikola ein Achtel Rot, dazu ein Menü, bei dem die Küche nicht allzu viel falsch machen konnte. Sprich: Frittatensuppe und Wiener Schnitzel. Natürlich vom Schwein, aber den Touristen wurden hier – eh selbstverständlich – die Preise für ein Kalbswiener verrechnet. Nicht, dass es den Touris groß aufgefallen wäre. Auch bei der abschließenden Sachertorte fehlte das »original« im Namen, jedoch nicht beim Preis.

Geschenkt! Nach dem ersten Glas vom Roten, der überraschenderweise gar nicht so schlecht war, taute die Nikola langsam etwas auf. Sicherheitshalber setzte sie sich aber eine riesige schwarze Sonnenbrille à la Audrey Hepburn auf. Was lediglich zur Folge hatte, dass sie noch mehr aus der Menge herausstach, denn bei dem Regenwetter trug sonst natürlich niemand eine Sonnenbrille.

Das mit dem Nicht-viel-falsch-machen-Können stellte sich als optimistische Vermutung heraus. Die Suppe war versalzen, das Schnitzel so zu Tode geprügelt und flach, dass es trocken und zäh wie eine Ledersohle war, und die Sachertorte staubte einem ebenfalls bei den Ohren raus.

Trotzdem würgte sich die Charlotte das Essen irgendwie rein. Dazu gab es jede Menge Small Talk, vor allem zwischen den beiden Prostituierten. Bei dieser Fachsimpelei konnte sie nicht viel mitreden, also konzentrierte sie sich lieber auf das Essen. Was auch ein Fehler war, weil ... eh gerade beschrieben. Irgendwie brachte sie das Menü dann doch runter, und als es an den Kaffee ging, ging es auch thematisch endlich zur Sache.

»Zeigst du mir noch mal die Fotos?«, wandte sich die Nikola an die Elena. Nach einem Blick darauf nickte sie bestätigend. »Ja, ich kenne diesen Mann. Ist regelmäßig bei uns zu Gast.«

»Vielleicht mit dieser Frau?«, fragte die Charlotte aufgeregt. Aber noch bevor sie ein Bild der Gina Blauensteiner zeigen konnte, schüttelte die Nikola schon den Kopf.

»Nein, nein. Immer mit einem anderen Mann.«

»Hä? Mit einem Mann?« Jetzt kannte sich die Charlotte gar nicht mehr aus. Wieso sollten zwei Männer gemeinsam zu einer Domina gehen?

Die Nikola kicherte. »Nein, nicht so. Er begleitet den anderen Mann immer. Scheint sein Chef zu sein oder so. Macht auf jeden Fall so einen Eindruck.«

Sein Chef? Hektisch wischte die Charlotte über das Display ihres Handys und tippte darauf herum. Nein, das konnte doch nicht sein. Oder doch? Dann zeigte sie der Nikola ein Foto.

»Ja, das ist er!«, bestätigte die Nikola. »Diese langen silbergrauen Haare sind unverkennbar. Wie Winnetou, nur halt alt.«

Bumm, wenn das an die Öffentlichkeit gelangte! Auf dem Foto war nämlich der Herr Landeshauptmann Sagmeister zu sehen. Aber wie passte das jetzt wieder alles zusammen? Der Sagmeister ging also ins SM-Studio und ließ sich dabei vom Maier begleiten. Das mochte zwar nicht jedermanns Sache sein, aber es war nichts Ungesetzliches. Die Charlotte brütete ratlos vor sich hin, während vor ihr der Kaffee ausdampfte.

»Aber immerhin macht der keine Fotos«, meinte die Nikola nebenbei, während sie selbst auf ihrem Handy herumspielte.

»Wie bitte?«

»Na, der Jüngere macht keine Fotos. Das hat der andere schon gemacht.«

»Wer? Der Sagmeister? Also, der ältere Mann da auf dem Foto?«

»Nein!« Die Nikola lachte laut auf. »Der ist ja immer gefesselt und könnte gar nicht fotografieren. Aber der Alte kommt schon seit Jahren zu mir. Und bis vor ein paar Jahren hatte er einen anderen Begleiter.« Inzwischen schien die Nikola überhaupt keine Angst mehr zu haben. Den letzten Satz sagte sie in einer Lautstärke, dass die rundherum sitzenden Japaner pikiert die Nase rümpften.

Okay, jetzt wurde es wirklich interessant. Mit dem »anderen« konnte die Nikola ja nur einen meinen. Während sie ein weiteres Foto suchte, stellte sie der Nikola noch eine Frage: »Weißt du eigentlich, mit wem du es da zu tun hast?«

Die Nikola wurde wieder ernster: »Nein, ich komme ja nur zum Arbeiten hierher. Ein Monat in Wien, ein Monat daheim. Mir war nur klar, dass es sich um einen Prominenten handeln muss, so geheimnisvoll, wie die immer getan haben. Und gut bezahlt haben sie auch.«

Endlich hatte die Charlotte gefunden, wonach sie gesucht hatte. Sie zeigte der Nikola ein Foto vom Dirk Schuster. Die Polin nickte ernst: »Ja, das ist der Mann, der früher mit war und Fotos gemacht hat. Der ist tot, oder?«

»Ja, ist er. Umgebracht.«

Die Nikola wurde still. »Ich habe es mir gedacht, war mir aber nicht ganz sicher, ob das wirklich er ist. Wie gesagt, ich lese kaum österreichische Zeitungen oder schaue hier fern. Eine Freundin hat geglaubt, ihn erkannt zu haben, und es mir erzählt.«

»Und jetzt hast du Angst.«

»Nicht mehr so sehr, manchmal schon. Der eine hat mir gedroht, dass ich ja meinen Mund halten sollte, weil mir sonst etwas zustoßen könnte. Das habe ich ihm geglaubt. Auch wenn ich nicht wusste, mit wem ich es da zu tun habe – dass es sich da um ein hohes Tier handeln musste, war ja klar. Aus meiner Heimat weiß ich, dass man sich da schnell die Finger verbrennen kann, wenn man zu viel weiß oder sieht.«

»Und jetzt kommst du direkt zur Elena und erzählst ihr davon?«

»Nein, Elena hat mich gefragt, und ich habe lange überlegt, aber sie hat mir versprochen, dass es unter uns bleibt. Und mit irgendjemand musste ich doch darüber reden. Außerdem ist der Typ ja tot.«

Um der Nikola den Ernst ihrer Lage klarzumachen, erklärte sie ihr, wer die drei Männer waren, mit denen sie da zu tun hatte. Auch wenn der Schuster tot war, gab es da ja noch immer seinen Nachfolger, den Maier. Und die Charlotte hatte selbst die Erfahrung machen müssen, dass der um nichts ungefährlicher war.

»Und du meinst, der Schuster hätte Fotos vom Sagmeister gemacht?«

»Ja, mit seinem Handy. Ich habe es nur aus dem Augenwinkel gesehen, und dieser … dieser Sagmeister war sowieso viel zu beschäftigt. Der hat das gar nicht mitbekommen.«

»Und die Fotos waren vom Sagmeister und –«

»Nein, nein, nicht nur! Früher haben sie auch junge Frauen mitgebracht. Die musste ich dann anlernen, damit sie diesen Sagmeister auch daheim bestrafen konnten.«

»Welche jungen Frauen bitte?« Das Erstaunen der Charlotte wuchs mit jeder Minute, aber in Wirklichkeit hatte sie schon einen Verdacht.

»Keine Ahnung, waren alle sehr hübsch. Haben viel gekichert, wenn sie dem alten Knacker mit der neunschwänzigen Katze den Arsch versohlt haben. Ein paar von denen haben aber echt Talent gehabt. Die beiden haben da manchmal drei, vier von diesen jungen Mädels mitgehabt. Nach der ›Bestrafung‹ ist es dann ans Eingemachte gegangen, da war der Alte so richtig aufgegeilt.«

»Und dann …?«

»Dann musste ich immer raus. Wenn sich die beiden über die Mädchen hergemacht haben, wollten sie keine Zuschauer. Der Alte hat nicht mitgekriegt, dass ihn der Junge sicher hundert Mal fotografiert hat. Mit mir, mit den Mädchen …«

»Und das geht bei euch?«

Die Nikola zuckte mit den Schultern. »Mit Geld geht bei uns alles.«

»Was ist eigentlich mit der? Kennst du die?« Die Charlotte hatte einen neuen Verdacht und zeigte der Nikola ein Foto von der Gina Blauensteiner.

Die Nikola überlegte ein paar Sekunden mit geschlossenen Augen, ehe sie antwortete. »Ja, die war auch mal dabei. Vielleicht auch zweimal. Ist aber schon ein paar Jahre her. Ich kann mich an sie auch nur erinnern, weil sie so eine … wie sagt man? Imposante Gestalt? Ja, so eine imposante Gestalt war. So groß und so hübsch, das bekommt man nicht oft zu sehen. Die habe ich mir gemerkt.«

Gut, dachte sich die Charlotte. Damit hätte sich wenigstens

das Rätsel gelöst, woher die Gina ihre Vorliebe für SM-Spiele hatte. Sie war da sogar von einem »Profi« angelernt worden. Oder konditioniert? Das würde ihren Hass auf den Sagmeister auch erklären. Und vielleicht nicht nur auf den … »Weißt du, wieso die mit war?«

»Wahrscheinlich auch so eine Schönheitskönigin, oder?«, antwortete die Nikola unsicher. »Dieser Kunde hatte ja nur solche Mädchen mit.«

»Und der neue junge, also der Maier?«, lenkte die Charlotte schließlich das Gespräch wieder in eine andere Bahn.

»Seitdem der dabei ist, kommen keine jungen Damen mehr mit. Dafür muss ich ihn auch ab und zu bestrafen. Meistens, wenn der Alte abgefertigt und in der Dusche ist.«

»Fotos?«

»Nein, hätte ich bei dem nicht mitbekommen.«

Zum Verdauen (des Essens, aber viel mehr noch dieser Geschichte) bestellten sich die drei eine Runde Schnaps.

»Nicht falsch verstehen, aber ich bin froh, dass dieser Schuster tot ist«, meinte die Nikola schließlich gefasst. »Seine Drohungen sind mir ständig im Kopf herumgeschwirrt. Es ist gut zu wissen, dass das jetzt vorbei ist.«

Die Charlotte wollte auf gar keinen Fall die Spielverderberin sein, aber sie musste die Nikola doch warnen. Nämlich vor dem Maier und dass diese Geschichte noch lange nicht ausgestanden war.

»So wie das für mich aussieht«, erklärte die Charlotte, »hat der Schuster seinen alten Chef mit den Fotos erpressen wollen. Die jungen Mädchen, wie du gemeint hast, sind ehemalige Schönheitsköniginnen, die dem Landeshauptmann zu Diensten waren. Gerüchte darüber gibt es schon lange, aber niemand hatte bisher dafür Beweise. Oder hätte sich getraut, das an die Öffentlichkeit zu bringen. An deiner Stelle wäre ich jetzt trotzdem mal still, Nikola. Am besten wäre es wahrscheinlich, wenn du überhaupt für ein paar Wochen nach Hause fährst. Der Schuster ist ja nicht eines natürlichen Todes gestorben, sondern ermordet worden. Und es müsste mit dem Teufel zugehen, wenn das nicht was mit dieser SM-Geschichte zu tun hätte. Der Schuster musste sterben, weil er zu viel wollte.«

Die Nikola schluckte und wurde blass.

»Nikola?«, fragte die Elena besorgt.

»Schon gut«, winkte die Angesprochene ab. »Meine Schicht ist in drei Tagen sowieso vorbei, dann bin ich wieder daheim. Und wenn bis jetzt nichts passiert ist … Der Mord am Schuster ist ja auch schon eine Zeit her.«

»Schau zu, ob du nicht trotzdem schon morgen heimfahren kannst«, riet ihr die Charlotte. Jetzt war ihr auch klar, wieso da von so vielen Seiten gemauert und mäuschenstill geschwiegen wurde. Wenn diese Geschichte an die Öffentlichkeit geriet, wäre es mit dem mächtigen Landeshauptmann ganz schnell vorbei. Und die ganze Partei würde mit drinhängen.

»Noch was«, hakte die Charlotte nach, »sind dir beim Maier vielleicht mal schwule Gelüste aufgefallen?« Ihr war nämlich noch immer nicht klar, wer sich beim Zombieball in dem Darth-Vader-Kostüm versteckt hatte.

»Nein, auf gar keinen Fall. Der war so straight, wie es nur ging. Der ist schon panisch geworden, wenn ich ihn zu tief am Arsch angegriffen habe. Dass der sich dort von einem anderen Mann … nein, ganz sicher nicht.«

Während der Heimfahrt versuchte die Charlotte vergeblich zu begreifen, wie das an dem Abend beim Zombieball wirklich abgelaufen war. Wer war Darth Vader wirklich? Wenigstens schien jetzt klar zu sein, warum der Schuster hatte sterben müssen. Den Landeshauptmann erpresste man nicht so einfach mit eindeutig zweideutigen Fotos. Aber wer zum Teufel war der Mörder gewesen? Wenn der Maier wirklich so paranoid war, was Berührungen an bestimmten Körperstellen betraf – wieso hätte er sich dann beim Schuster/Batman eingehängt? Und überhaupt: Der Maier war ja am Ball auch ständig in seinem Captain-America-Kostüm gesehen worden.

Oder hatte die Flora doch recht, und die Gina hatte in dem Kostüm gesteckt? Und wieso hatte die Gina verschwiegen, dass sie auch mal Schönheitskönigin war und sich mit dem Sagmeister eingelassen hatte? Oder hatte einlassen müssen. Was aber eigentlich auch schon wurscht war. Was zum Teufel hatte die Gina zu verstecken?

ZWANZIG

Am späten Nachmittag saßen sie alle gemeinsam rund um den großen Küchentisch am Nöhrer-Weingut: die Charlotte, die Andrea, die Flora, der Noah, der Leo und die Elena. Der Leo hatte während der Erzählungen seiner Cousine seinen Mund gar nicht mehr zubekommen. Die Charlotte hatte auch den Grafen eingeladen. Der war in Begleitung der Julijana Michailowitsch gekommen, und irgendwie machten die beiden den Eindruck, als wäre die Michailowitsch am Samstagabend doch nicht allein ins Bett gegangen. Sugardaddy und so, aber wurscht.

Die Omama hatte für alle Surschnitzel gezaubert, die wiederum der Charlotte Freudentränen in die Augen zauberten. Nach der Schuhsohle, die sie zu Mittag gegessen hatte, war das einfach ganz was anderes. Daneben zog die Andrea ein Schnoferl, weil die Charlotte es verabsäumt hatte, sie ebenfalls zum Mittagessen mit der Nikola mitzunehmen. Sie arbeitete ja quasi ums Eck und fand es gar nicht lustig, dass sich ihre Freundin nicht bei ihr gemeldet hatte. Der Noah und die Flora saßen nebeneinander, und doch war zwischen den beiden genug Platz, dass sich sogar der Balu dazwischendrängen konnte. Was der schwarze Labrador auch tat, nachdem die Schnitzel am Tisch standen und der köstliche Duft durch die Küche und bis ins Freie gezogen war. Sogar Frambi und Puschkin hatten sich ausnahmsweise mal ins Haus gewagt. Normalerweise taten die beiden Haus- und Hofkatzen das nur im Winter, wenn es draußen gar nicht mehr auszuhalten war.

»Und du meinst, dass der Schuster sterben musste, weil er den Sagmeister erpresst hat?«, meinte der Leo schließlich.

»Fragen wir doch den Grafen. Was meinst du? Als ehemaliger Geheimdienstler? Und schließlich geht's ja auch um deine Partei.«

Dem Grafen war das Ganze sichtbar unangenehm. Als er die Einladung der Charlotte angenommen hatte, hatte er nicht damit gerechnet, dass es sich dabei um ein Kreuzverhör handeln würde. Langsam legte er Gabel und Messer zur Seite, nahm einen Schluck von seinem weißen Spritzer und tupfte sich dann mit einer Serviette die Lippen ab. Daneben machte die Michailowitsch große Augen. Das mit dem Ex-Geheimdienstler hatte ihr neuer Sugardaddy bislang anscheinend verschwiegen. Der Graf räusperte sich und begann schließlich zu erzählen: »Also, erstens ist es nicht ›meine‹ Partei, sondern heutzutage ist es ja eine Bewegung.«

»Fragt sich nur, was da bewegt wird«, warf die Charlotte säuerlich ein. »Wohl eher Geld und Posten als was anderes.«

Der Graf ignorierte den Einwurf. »Ja, das mit dem Sagmeister … das ist so eine Sache. Sehr mächtig in der Partei, weil er verlässlich für Stimmen bei Wahlen sorgt.«

»Jetzt hast aber du ›Partei‹ gesagt.«

Da musste auch der Graf lächeln. »Ja, mir kommt das Wort ›Bewegung‹ so schwer über die Lippen. Wahrscheinlich, weil es dasselbe in Grün ist. Jetzt haben halt die Jungen das Sagen, und da muss alles hip sein und so. Aber egal, unsere Partei regiert seit Jahrzehnten das Bundesland, und weil es das größte in Österreich ist, sind das eine Menge Stimmen. Man darf nicht vergessen, dass wir in Niederösterreich sogar eine absolute Mehrheit haben. Das macht den Sagmeister zu einem sehr einflussreichen Mann in der Partei. Ohne seine Stimme geht nicht viel. Deshalb will es sich natürlich auch keiner mit ihm verscherzen. Diese Geschichten mit den Schönheitsköniginnen sind ja allgemein bekannt. Also, unter der Hand natürlich nur. Offiziell würde so etwas nie zugegeben. Die Auswirkungen wären nicht abzusehen, obwohl es ja nicht so ist, als hätte der Sagmeister etwas Ungesetzliches gemacht. Diese Mädchen waren alle volljährig.« Unbewusst umarmte der Graf dabei die Jahrzehnte jüngere Opernsängerin, die locker seine Tochter sein könnte.

»Und moralisch verwerflich findest du das nicht?«, hakte die Charlotte nach.

»Wenn du meinst, ob ich das gutheiße, dann kann ich dich beruhigen. Nein, tue ich nicht. Natürlich kann Amors Pfeil auch mal so treffen, aber der Sagmeister hat das ja quasi zu einem Sport gemacht. Aber so ein hohes Tier bin – oder war – ich nie, dass ich da hätte einschreiten können.«

Da war sich die Charlotte nicht so sicher. Sie hielt den Grafen sehr wohl für jemanden, der großen Einfluss hatte. Im Hintergrund halt. Aber die wirklich cleveren und einflussreichen Leute sah man ja nur selten in den Politik- oder Gesellschaftsspalten. Die hatten so etwas nicht nötig.

»Außerdem gab es ja auch keine Beweise für die Umtriebe vom Sagmeister. Also alles gut. Bis der Schuster begonnen hat, den Sagmeister zu erpressen. Was sollten wir schon tun? Natürlich alles unter den Teppich kehren. Der Schuster wollte eine bessere Position. Also wurde er vom Pressesprecher vom Sagmeister zum ÖL-Leiter befördert. In der Partei nahm man an, dass er dort keinen Schaden anrichten konnte und Frieden geben würde. Was ein paar Jahre auch so blieb. Aber dann wurde er gieriger. Er wollte auf Biegen und Brechen diese Fracking-Geschichte durchziehen. Hat sich ein bisschen wie J.R. Ewing aufgespielt. Der Sagmeister war nicht sonderlich begeistert, weil er ja wusste, was Fracking anrichten kann. Man sollte den Landeshauptmann nicht unterschätzen. Nur weil er immer auf volkstümlich tut und keinen Frühschoppen auslässt, ist er doch ein studierter Doktor. Hinter den Kulissen kann man den Sagmeister ganz anders erleben. Knallhart, immer gut informiert, aber halt mit dieser Schwäche bei seinen sexuellen Vorlieben. Das macht ihn angreifbar. Zum Glück für ihn hat die Partei die Presse in dieser Hinsicht im Griff. Da geht nichts raus. Eben auch, weil es bislang keine Beweise gab. Die Gerüchte, die immer wieder mal in Umlauf gesetzt wurden, sind schlicht und ergreifend ignoriert und totgeschwiegen worden. Du wirst kein offizielles Wort vom Sagmeister zu diesen jungen Schönheitsköniginnen finden. Bei der Landbevölkerung kommt er gut an. Solange ihr Dorf die notwendigen Subventionen bekommt und alles passt, würde niemand drauf kommen, den Herrn Landeshauptmann auch nur irgendwie zu verdächtigen.«

Da konnte die Charlotte nur zustimmend nicken. Sie sah es ja an ihren eigenen Eltern. Die würden auf die Partei und den Sagmeister auch nichts kommen lassen. Das war fast ein bisschen wie ein Sektenbetrieb. Wenn es Anschuldigungen gegen den Sagmeister gab, waren die Eltern immer ganz empört, wieso da schon wieder ein politischer Gegner den Landeshauptmann »anpatzen« musste. Irgendwie krank, aber so funktionierte das Land. Der Sagmeister war für die meisten mehr geliebter Monarch als gewählter Politiker.

»Wie gesagt, zuletzt wurde der Schuster immer gieriger. Er wollte die Fracking-Geschichte unbedingt durchsetzen. Scheinbar steckten da auch ausländische Investoren dahinter, die mit dicken Geldbündeln winkten. Das war wiederum der Moment, wo auch der Sagmeister schwach wurde. Zusätzlich wollte der Schuster aber auch politisch höher hinaus, er wollte die Nachfolge vom Sagmeister antreten.«

»Was dem Herrn Landeshauptmann natürlich überhaupt nicht schmeckte«, führte die Charlotte den Gedanken des Grafen zu Ende.

»Exakt. Aber der Schuster hatte noch immer diese Fotos, von denen du erzählt hast. Und zusätzlich noch DNA-Beweise, dass der Sagmeister mindestens vier uneheliche Kinder mit diversen Schönheitsköniginnen hat.«

»Also hat der Sagmeister den Auftrag gegeben, den Schuster umbringen zu lassen«, stellte die Charlotte fest.

Der Graf schüttelte den Kopf. »Nein, natürlich nicht. Auch wenn das alles sehr abenteuerlich klingt, wir sind hier nicht in irgendeinem Bananenstaat in Mittelamerika. Aber es wurde bereits daran gearbeitet, den Schuster anders zu Fall zu bringen. Man wollte ihn diskreditieren, als verrückt hinstellen und so in die Wüste jagen. Nach Möglichkeit sollten alle Beweise gegen den Sagmeister vernichtet werden. Weiß Gott, da hat es schon genug Versuche gegeben, aber der Sagmeister ist fast ein bisschen paranoid. Sieht überall Verschwörungen gegen sich und hat alles doppelt und dreifach abgesichert.« Kurze Pause. »Also, das habe ich halt so gehört. Und dann ist der Mord dazwischengekommen, und alle Probleme hatten sich mit einem Schlag in Luft aufgelöst.«

»Und niemand weint dem Schuster eine Träne nach. Deshalb auch die Weisungen der Staatsanwaltschaft, dass man keine weiteren Spuren verfolgen soll. Es war allen egal, wer den Schuster ermordet hatte. Hauptsache, er war weg und alles konnte weiter in den altgewohnten Bahnen laufen.«

Das stumme Kopfnicken des Grafen war Antwort genug.

»Und was war deine Rolle bei der ganzen Geschichte?«, bohrte die Charlotte weiter.

»Meine?«, fragte der Graf verwundert. »Ich habe damit gar nichts zu tun. Ich bin einfach noch gut vernetzt und bekomme diese Geschichten erzählt. Das ist alles.« Irgendwie war die Charlotte gewillt, dem Grafen diesmal sogar zu glauben. Irgendwie halt. Blieb aber nach wie vor die Frage, wer den Schuster jetzt wirklich am Gewissen hatte.

»Was ich nicht verstehe, ist ja, wieso man den Schuster vergiftet und erstochen hat. Ich meine, Overkill und so.«

Jetzt mischte sich die Flora ein. »Ich glaube ja noch immer, dass unter dem Darth-Vader-Kostüm die Gina gesteckt hat. Überleg doch mal: Von der Statur und Körpergröße würde das schon passen. Und mit dem Kostüm hat sie alle an der Nase herumgeführt, weil natürlich jeder sofort an einen Mann gedacht hat.«

»Sie hätte auch die notwendigen Schlüssel gehabt, um in die nicht öffentlichen Räume der Burg zu gelangen und sich dort schnell wieder umzuziehen«, ergänzte der Leo.

»Und dann diese Vertrautheit«, meinte die Andrea. »Fehlte ja nur noch, dass die beiden miteinander herumgeschmust hätten.«

»Ja, da habt ihr recht. Und die Nikola hat mir zu Mittag bestätigt, dass der Schuster überhaupt keine homoerotischen Neigungen hatte«, erklärte die Charlotte, die sich von Minute zu Minute sicherer war, dass der oder die unter dem Darth-Vader-Kostüm tatsächlich die Gina gewesen war.

»Gut, gehen wir mal davon aus, dass die Gina den Schuster erstochen hat. Bleiben noch immer zwei Fragen: Wieso hat sie das getan? Sie hat uns ja glaubwürdig versichert, dass sie mit ihm abgeschlossen hatte. Wieso sollte sie ihn also nach so vielen Jahren auf einmal ums Eck bringen wollen? Und zweitens: Wer hat dem Schuster das Gift verabreicht? Und wie? Doppelt gemoppelt und so, schon klar. Aber die Gina ist doch eine Amateurin, das hat man ja auch bei dem Messerstich gemerkt. Ich kann mir nicht vorstellen, dass sie ihn sicherheitshalber auch noch vergiftet hat. Eigentlich hätte der Messerstich reichen müssen, und sie hätte nicht riskiert, dass sie bei ihrem Mordversuch beobachtet und sogar gefilmt wird. Also immer vorausgesetzt, es war tatsächlich die Gina.«

»Ich glaube dir, Charlotte«, sagte der Leo, »aber wir haben leider überhaupt keine Beweismittel in der Hand. Wenn wir wenigstens dieses verdammte Kostüm gefunden hätten. Dann könnten wir es mit den DNA-Proben vergleichen, die wir von der Gina genommen haben, bevor die Anweisung reingeflattert ist, dass wir sie in Frieden lassen sollen. Aber so …« Wie zum Beweis hielt er seine leeren Hände offen vor sich hin.

»Jaaaa«, meinte die Charlotte lang gezogen. »Durch die Weisung der Staatsanwaltschaft sind dir ja die Hände gebunden. Mir aber nicht.«

»Was meinst du?«, fragte der Leo, der diesen Tonfall der Charlotte nur zu gut kannte. Und gar nicht mochte. »Hat dir die Drohung vom Maier nicht gereicht?«

»Keine Angst, ich breche schon nicht bei der Gina ein.« Wenigstens nicht physisch, fügte die Charlotte still in Gedanken hinzu.

»Was sonst?«

»Ach, vergiss es. War nur so eine Schnapsidee. Apropos: Schnaps irgendwer?«

Die Bahia brachte eine Flasche vom hauseigenen Traubenschnaps, ordentlich gereift im Eichenfass. Der war ursprünglich nur ein Hobby vom Herrn Papa gewesen. Nach dem Einstieg der Charlotte und ihrer nachweislich durchaus profitablen Modernisierungswut hatte den Herrn Papa aber auch der Ehrgeiz gepackt, und er hatte die Schnapsproduktion heimlich, still und leise professionalisiert. Natürlich produzierte er keine Unmengen davon, aber für den Heurigenbetrieb und ein paar ausgewählte Gastrokunden reichte es schon. Und so viel Traubenschnaps wurde sowieso nicht produziert, weil der ja eher was für sehr erlesene Geschmäcker war.

Das Ablenkungsmanöver der Charlotte funktionierte jedenfalls hervorragend. Für den Leo war der Traubenschnaps auch noch neu, und er »verkostete« den Hochprozentigen mit großer Hingabe. Nach einer Stunde war sich die Charlotte sicher, dass die Elena heute Nacht keinen Spaß mehr im Bett haben würde. Der Graf und die anderen verkosteten etwas gemächlicher. Die Omama steuerte noch eine Brettljause bei, um dem Schnaps zu fortgeschrittener Stunde wenigstens ein bisschen Unterlage im Magen zu bieten.

Etwas später nahm die Charlotte ihre kleine Schwester zur Seite. Die beiden tuschelten für ein paar Minuten, dann verschwand die Flora.

Als sie fünf Minuten später zurückkehrte, zwinkerte sie der Charlotte zu und meinte: »Passt, morgen Abend um acht Uhr ist er da.«

Die Charlotte nickte zufrieden. Der Leo hatte davon nichts mitbekommen, er hatte seinen Kopf in den Schoß der Elena legen müssen, weil sich der Traubenschnaps letztlich doch als übermächtiger Gegner herausgestellt hatte. Nur die Andrea und der Noah warfen der Charlotte fragende Blicke zu. Der Graf tat so, als hätte er nichts gehört. Vielleicht hatte er auch wirklich nichts mitbekommen, denn seine Augen hingen an den Lippen seiner Opernsängerin. Zwei Schnäpse später waren es nicht mehr die Augen, sondern seine Lippen. Die Melange aus (sehr) jung und (fortgeschritten) alt brachte die Charlotte auf andere Gedanken. Sie war sich nicht mehr so sicher, dass der Schuster wirklich der Vater der Livia war. Wäre nicht der Landeshauptmann die logischere Variante? Dass da mal ein »Unfall« bei einem der SM-Spiele im Puff passiert war. Das würde auch das viele Geld der Gina erklären. Schweigegeld. Und es würde auch erklären, warum der Schuster sterben musste. Hätte er den Sagmeister bloßgestellt, wäre damit auch der Geldfluss gestoppt worden. Also musste der Schuster aus Sicht der Gina sterben. Von wegen unbekannter Vater, der auf großzügigen Mäzen mit schlechtem Gewissen macht. Jetzt fehlten der Charlotte halt nur noch die Beweise für ihre Theorie.

EINUNDZWANZIG

Man konnte nicht behaupten, dass es dem Leo am nächsten Morgen gut gegangen wäre. Und das nicht nur wegen des Traubenschnapses vom Nöhrer-Papa. Es war sogar einer der seltenen Fälle, in denen er es nicht selbst ins Büro schaffte. Die Elena musste den trotz zweimaliger Dusche noch immer nach Schnaps stinkenden Leo mit dem Auto zur Polizeiinspektion bringen. Der Weg in sein Büro glich einem Spießrutenlauf, denn natürlich pfiffen sich die werten Herren Kollegen nichts. Also, eigentlich pfiffen sie schon. Weil die Elena einerseits so sexy durchs Büro stöckelte und der Chef andererseits wie ein Zombie an ihrer Hand hinterherschlurfte.

Auf seinem Schreibtisch wartete bereits ein Paket auf den Leo. Die Elena musste ihm beim Öffnen helfen. Und im nächsten Moment war der Leo putzmunter und stocknüchtern. Besser ging es ihm dennoch nicht. Was ihm da aus dem braunen Karton entgegenlächelte, war nämlich ein Kostüm. In Schwarz. Mit Helm.

Es war das lang gesuchte Darth-Vader-Kostüm. Der schwarze Helm glänzte, als hätte man ihn eben erst auf Hochglanz poliert. Spuren? Das musste die Spurensicherung herausfinden. Offensichtlich war auf den ersten Blick jedenfalls nichts.

Vorsichtig nahm der Leo das Kostüm aus dem Karton. Zuvor hatte er sich Einweghandschuhe angezogen, um nur ja keine Spuren zu verwischen. Als das Kostüm auf seinem Schreibtisch ausgebreitet war, waren darauf gut ein paar Blutflecken in Bauchhöhe zu erkennen. Die Flecken waren noch dunkler als das Schwarz des Kostüms.

Er ließ sich in seinen Sessel fallen. »Könntest du mir bitte einen Kaffee holen?«, fragte er die Elena abwesend. Dann blickte er noch mal in den Karton. Dort fand er einen kleinen weißen

Zettel mit einer kurzen Botschaft. Die Wörter waren aus ausgeschnittenen Buchstaben von Zeitungen und Magazinen zusammengesetzt. Ganz wie in einem alten, schlechten Thriller. Die Botschaft bestand nur aus zwei Wörtern: »Viel Spaß!«

Kaum war die Elena mit dem gewünschten Kaffee zurück, kamen auch schon zwei Kollegen von der Spurensicherung ins Büro vom Leo reingerauscht. Sie fanden es gar nicht lustig, dass ihr Chef das Packerl geöffnet und den Inhalt herausgenommen hatte, bevor sie sich um das Beweisstück kümmern konnten. Zur Entschuldigung hielt Leo seine Hände mit den Latexhandschuhen hoch. Na, wenigstens was, sagte der Blick der Spurensicherer. Sie packten das Kostüm vorsichtig wieder ein und machten sich an die Arbeit. Aufgrund der Weisung der Staatsanwaltschaft würde das länger als normal dauern.

Eigentlich durften sie ja gar nicht. Aber was für Polizisten wären sie gewesen, wenn sie nicht wenigstens ein bisschen geschnüffelt hätten? Auf Hilfe von außerhalb durfte man nicht zählen. Wenigstens nicht auf offizielle.

Die Elena verabschiedete sich mit einem Kuss vom Leo, den er abwesend über sich ergehen ließ. Wieso tauchte das Kostüm gerade jetzt auf? Und wer hatte es geschickt? Die Auswertung der Spuren würde darüber wohl Auskunft geben, aber der Leo war bereit, sein Jahresgehalt darauf zu verwetten, dass es sich bei dem anonymen Absender wieder um den Maier handelte. Nachdem sein erster Versuch, die Gina anzuschwärzen, in die Hosen gegangen war, war dies nun offenbar der Versuch mit dem Holzhammer – so sich wirklich DNA-Spuren der Gina finden ließen. Das Blut konnte nur vom Schuster stammen. So blöd konnte ja niemand sein, da ein paar fremde Blutflecken draufzumachen. Das musste nun wirklich jedem klar sein, dass man so einer falschen Fährte früher oder später auf die Schliche kommen würde.

Er nahm sein Handy und tippte eine Nachricht an die Charlotte. Dann schloss er sein Büro ab, legte die Füße auf den Tisch und schloss die Augen. Eh nur für einen Moment. Wirklich.

Die Charlotte las die Nachricht vom Leo beim Frühstückstisch. Sie wunderte sich über gar nichts mehr. Hatte also die andere Seite wieder einen Versuch gestartet, Licht in die Sache zu bringen. Wobei sie sich nicht ganz sicher war, wer die eine und wer die andere Seite war. Und welche Ziele hier wirklich verfolgt wurden. Gut, die »andere« Seite dürften wohl der Maier und der Sagmeister sein, die unbedingt die Gina im Gefängnis sehen wollten. Versuchte da der Sagmeister, seine letzten Spuren zu verwischen? Wäre es denn wirklich so schlimm, sich als Vater eines unehelichen Kindes zu outen?

Und die »eine« Seite, die ständig die Gina beschützte? Verwandtschaft hatte sie keine mehr, außer ihrer Tochter. Ihre Umweltpartei hatte zu wenig Einfluss, um da etwas zu bewirken. Blieb eigentlich nur die Partei vom Landeshauptmann. Aber das würde ja bedeuten, dass da welche von derselben Seite gegeneinander arbeiteten.

Die Charlotte schüttelte den Kopf. Sie wusste schon, wieso sie sich nie sonderlich für Politik interessiert hatte. Wenn sogar sogenannte Parteifreunde versuchten, sich gegenseitig ans Messer zu liefern! Wie auch immer, ihr Plan war voll im Laufen. Es galt allerdings, noch einen halben Tag totzuschlagen. Wobei totschlagen sowieso das falsche Wort war. Immerhin hatte sie einen Betrieb, um den sie sich kümmern sollte. Musste. Whatever. Tatsache war leider, dass ihr Weingut zu kurz kam, sobald sie sich mit einem Mordfall beschäftigen musste.

Sollte.

Okay, wollte.

Da war es schon ein Glück, dass es noch immer den Herrn Papa und die Frau Mama gab, die das Tagesgeschäft hingebungsvoll erledigten. Das war halt noch nie die große Stärke der Charlotte gewesen. Es gab für sie nichts Langweiligeres, als tagein, tagaus demselben Tagesablauf zu folgen. Aber das gehörte halt auch zum Geschäft. Immer nur neue Ideen zu gebären war zwar witzig – und ebenso notwendig, um heutzutage geschäftlich zu überleben –, aber es war eben nicht alles. Außerdem hatte sie in den Weingärten noch genug vom Herrn Papa zu lernen. Und wenn schon Alltagsgeschäft, dann wenigstens an der frischen Luft. Der Herr Papa tuckerte gerade mit dem Traktor beim hinteren Tor hinaus, als die Charlotte ungebeten aufsprang. In Hemd, Jeans und Gummistiefeln.

»Was willst du?«, fragte der Herr Papa verblüfft.

»Mitkommen, helfen und lernen«, antwortete die Charlotte zuckersüß. »Gehört ja dazu, oder?«

»Okay …«, meinte der Herr Papa, dem die ganze Sache recht verdächtig vorkam. Das Misstrauen war aber unbegründet. Die Charlotte hatte keine Hintergedanken. Aufmerksam folgte sie den Anweisungen vom Herrn Papa, als es an die Arbeit in den Weingärten ging. Als sie am späten Nachmittag aufs Weingut zurückkehrten, hätte sich die Charlotte am liebsten hingelegt, so müde war sie von einem ganzen Tag Herumstehen und Gebückt-an-den-Weinreben-Arbeiten. Aber nix da. Zuerst stand ein schnelles Abendessen mit der Andrea, der Flora und dem Noah am Programm. Und dann sollte es auch schon langsam losgehen.

Auf der Polizeiinspektion hatte der Leo seinen kurzen Ausnüchterungsschlaf mittlerweile beendet. Erschrocken fuhr er hoch. Gut, dass er sein Büro abgesperrt hatte, denn er hatte doch tatsächlich den ganzen Tag verpennt. In seiner Mailbox häuften sich die Mails, aber noch war keines dabei, das Aufschlüsse über den Träger des Darth-Vader-Kostüms gegeben hätte. Ein kurzer Bericht über die Demonstrationen beim Schiefergasbohrfeld, aber auch da war nichts Besonderes passiert. Außer einer Handvoll Demonstranten hatten alle anderen bereits aufgegeben. Auch der Graf mischte sich nicht mehr ein. Alles in Ordnung an dieser Front.

Beim Aufstehen krachte es gewaltig im Rücken vom Leo. Die Schlafposition war alles andere als bequem gewesen. Er blickte auf die Uhr. Zeit für Dienstschluss eigentlich. Ja, das schlechte Gewissen war schon da. Andererseits schob er eh so viele Überstunden, dass er sie in seinem Leben nicht mehr abbauen konnte. Selbst wenn er die nächsten drei Monate schlafend in seinem Büro verbrachte. In Gedanken ging er kurz seinen Kalender durch. Gut, da stand nichts auf dem Programm. Außer dass die Elena heute Abend freihatte. Bei diesem Gedanken grinste er verträumt, und jeglicher Rest von schlechtem Gewissen war endgültig wie weggeblasen.

Er packte seine Siebensachen zusammen, schloss das Büro auf und ging fröhlich vor sich hin pfeifend aus der Polizeiinspektion. Die spöttischen Rufe seiner Kollegen nahm er gar nicht erst wahr. Wer ohne Schuld war, sollte den ersten Stein werfen. Oder so halt.

Als er in seinen Wagen einstieg, dachte er für einen kurzen – wirklich ganz kurzen – Moment an die Charlotte. Der kurze Moment wurde dann aber doch länger und länger. Da war doch gestern Abend noch irgendwas gewesen, oder? Hatte sie nicht »gedroht«, dass sie die Sache mit dem Schuster jetzt selbst in die Hand nehmen wollte? Er hoffte inständig, dass seine Cousine keinen Blödsinn machen würde.

Würde sie doch nicht, oder? ODER?

ZWEIUNDZWANZIG

Die Charlotte hatte nach den Erzählungen des Grafen am Vorabend einfach genug gehabt. Genug von dem ewigen Hinhalten, genug von den ständigen Halbwahrheiten und genug davon, dass die Justiz aber so was von kein Interesse zeigte, den Mord am Schuster vernünftig aufzuklären. Also hatte sie beschlossen, die Sache selbst in die Hand zu nehmen. Wenn dem Leo schon die Hände gebunden waren, konnte man das Ganze überhaupt gleich komplett abseits des Gesetzes machen. Weil's eh schon wurscht war. Also hatte sie die Flora beauftragt, den Kevin zu engagieren. Ja genau, den Super-Hacker, der beim Installieren des WLAN im Weinkeller gleich mal ihre größten Geschäftsgeheimnisse ausgelesen hatte, als wäre ihre Datenbank eine öffentliche Leihbibliothek. Da müsste es doch möglich sein, so eine ähnliche Aktion bei der Gina zu starten. Wäre doch gelacht, wenn sich auf ihrem Computer nicht etwas finden ließe. Über den Schuster. Über den Maier. Und vor allem über den Sagmeister.

Der Kevin war natürlich sofort Feuer und Flamme für die Idee gewesen. Die Trennung der Flora von ihrem Antoine hatte sich wenig verwunderlich wie ein Lauffeuer in der Schule verbreitet. Ein Schelm, wer da jetzt denkt, dass der Noah der Überbringer der freudigen Nachricht gewesen sein könnte. Auf jeden Fall machte sich der Kevin jetzt wieder neue Hoffnungen auf ein Date mit der kleinen Nöhrer. Ein bisschen Hilfe für die große Nöhrer konnte da sicher nicht schaden.

An dieser Stelle sei hinzugefügt, dass da ausschließlich der Wunsch der Vater des Gedankens war, weil der Kevin so überhaupt nicht der Fall von der Flora war. Oder jemals sein würde. Rein freundschaftlich schon, aber alles andere? Aber natürlich tat sie in der jetzigen Situation einen Teufel, dem

Kevin geradeheraus einen Korb zu geben. Sie benötigten seine Qualitäten, um dem Mörder auf die Schliche zu kommen. Früh übt sich …

Als der Kevin auf seinem Rad den Hügel heraufgejapst kam, warteten die Charlotte, die Flora und die Andrea bereits vor dem Weingut auf ihn. Es war kurz vor sieben Uhr abends. Dem Noah hatte man ausreden können, dass er auch mitkam. Eigentlich hätte die Charlotte auch die Flora am liebsten daheim gelassen, aber das Schwesterherz ließ sich dieses Abenteuer nicht ausreden. Schließlich war sie es gewesen, die den Kevin aufgestellt hatte. Also konnte sich die Charlotte das gleich wieder aus dem Kopf schlagen.

So marschierten sie nun zu viert durch die Weingärten zum Bio-Traumhaus der Gina Blauensteiner. Auf das Auto hatte man verzichtet, weil man das unmöglich in der Nähe vom Haus hätte verstecken können. Also hatte die Charlotte den Schleichweg durch die Weinberge und das kleine Wäldchen vorgeschlagen. Proteste kamen nur vom Kevin, der schon von der Anfahrt mit dem Rad völlig geschlaucht war. Die wurden aber geflissentlich ignoriert.

Von den Weinbergen zu kommen hatte auch den Vorteil, dass sie das Grundstück oberhalb des künstlich angelegten Teichs erreichten und vom Wasserfall aus einen guten Blick auf die Terrasse und den Wohnbereich des Hauses hatten. Hier waren sie weit genug entfernt, um nicht entdeckt zu werden, zugleich aber nahe genug, um brauchbaren WLAN-Empfang zu haben, den der Kevin benötigte, um sich in das Heimsystem der Gina einzuhacken. Da es bereits dämmerte, sanken die Chancen noch weiter, dass sie jemand entdecken würde. Außer die Gina verspürte plötzlich den unwiderstehlichen Drang, lustwandelnd über ihr großes Anwesen zu flanieren.

Die Flora und der Kevin staunten nicht schlecht, als die Charlotte sie auf das Grundstück führte.

Der Kevin pfiff bewundernd durch die Zähne. »Das ist ja mehr ein Park als ein Garten.«

»Jaja, eh«, drängte die Charlotte. Inzwischen war die Sonne komplett untergegangen, der Garten wurde in erster Linie durch ein paar vereinzelt aufgestellte Laternen in der Nähe der Terrasse beleuchtet. Am oberen Rand des Wasserfalls war die Fallkante ebenfalls bestrahlt, da hatte sich der Gartendesigner ausleben können. Es waren nämlich sanfte LED-Spots halbkreisförmig in die Erde eingelassen worden, deren Farbverlauf sich im Sekundentakt änderte. Sicher ein spektakulärer Anblick bei Nebel, wenn das Licht auch etwas reflektiert und weichgezeichnet wurde. Und durch das farbenfrohe Licht änderten sich die Schatten ständig, was der Charlotte natürlich in die Hände spielte, denn sie wollte alles, nur nicht vom Haus aus gesehen werden. So konnten sie bis ziemlich direkt an die Kante des Wasserfalls schleichen, wo sie sich flach ins feuchte Gras legten. Vor ihnen wuchsen ein paar große Schilfstängel aus dem Boden. Nicht genug, um sie komplett zu verdecken, aber es war wenigstens irgendwas.

Unter ihnen breiteten sich der Teich und der restliche Teil des Gartens aus. Wie geplant hatten sie einen perfekten Blick auf die Terrasse und den Wohnbereich des Hauses. Im Hausinneren war nur gedämpftes Licht, was es schwierig machte zu erkennen, ob sich jemand darin befand.

»Und?«, fragte die Charlotte ungeduldig zum Kevin hinüber. Der war gerade dabei, seinen Laptop und das restliche Equipment auszupacken.

»Moment! Ich kann ja nicht zaubern.«

In diesem Moment wurde der Wohnbereich auf einmal hell erleuchtet, und die Charlotte konnte die Gina erkennen. Sie trug einen Kimono, vielleicht war es aber auch nur ein – wahrscheinlich sündteurer – Bade- oder Morgenmantel. Hinter ihr trabte die kleine Livia, einen Rucksack über die Schulter geworfen und mit einem Stofftier unter dem Arm. Von hier oben konnte die Charlotte nicht hören, was die beiden sagten, es sah aber so aus, als würde sich die Livia gegen etwas sträuben.

»Hast du das Fernglas mit?«, fragte die Charlotte.

Die Flora antwortete schnippisch: »Ja, natürlich. Hältst du mich für einen Amateur?«

»Willst du darauf wirklich eine Antwort? Ach, gib schon her.« Sie nahm der Flora den Operngucker ab, den die Kleine von Muttern ausgeborgt hatte. Selbstredend ohne deren Wissen. Durch das Miniatur-Fernglas konnte die Charlotte erkennen, dass die Livia Tränen in den Augen hatte. Die Augen von der Gina machten einen glasigen Eindruck. Ein Hupen ertönte von der anderen Seite des Hauses. Die Gina schob ihre Tochter durch die Terrassentür. Instinktiv pressten sich die Charlotte und ihre Gruppe noch fester ins Gras. Aber weder Mutter noch Tochter warfen einen Blick hinauf zum Wasserfall. Die Gina schob ihre Tochter weiter ums Haus, wo die Charlotte sehen konnte, wie sich eine Motorhaube um die Hauskante schob. Die Livia fiel ihrer Mutter noch einmal um den Hals, dann wurde sie von der Gina ins Auto bugsiert. Wahrscheinlich, denn durch das Haus war ein genauer Blick auf das Auto verstellt. Ein paar Sekunden später verschwand die Motorhaube rückwärts aus dem Bild, und die Gina schlurfte zurück auf die Terrasse. Diesmal allein. Sie schien ihre Tochter für den Abend oder die ganze Nacht also ausquartiert zu haben. Während die Gina so die Hauswand entlangschlappte, löste sie gedankenversunken den Knoten, zu dem ihre Haare hochgesteckt waren. Automatisch schüttelte sie ein paarmal den Kopf und setzte sich dann auf eine der Couches auf ihrer Terrasse. Verdammt, konnte sie nicht wieder reingehen? Wie sollte die Charlotte ihr das alles erklären, wenn sie sie entdeckte?

»Keinen Mucks und Handys abdrehen«, zischte sie, denn im Garten war es absolut still. Ein paar Grillen zirpten, und das war es. Autolärm von der Straße, die Perchtoldsdorf mit dem Gießhübl verband, drang nicht bis hierher vor. Hektisch zogen die anderen drei ihre Handys hervor und versicherten sich, dass die Geräte auf lautlos gestellt waren.

»Also?«, wandte sich die Charlotte wieder an den Kevin. Sie blickte zu ihm rüber. »Oida!«, fluchte sie. »Dreh die Helligkeit runter!«

»Ups«, murmelte der Computerzauberer, drückte ein paarmal auf eine Taste, und schon wurde das Laptop-Display dunkler. Davor hatte der Bildschirm das Gesicht vom Kevin angeleuchtet wie ein Kinderlampion zu St. Martin. Ohne das Schilf vor ihnen wären sie in diesem Moment wohl aufgeflogen.

»Ja, also, ich bin jetzt drin«, meldete der Kevin endlich den Vollzug. »Sie hat ihren Rechner laufen, und ich habe Zugriff. Unfassbar, wie wenig die Leute mitdenken. Die hat nicht einmal eine ordentliche Firewall. Ist sie nicht Politikerin? Man sollte doch annehmen, dass man denen wenigstens ein paar sicherheitstechnische Grundlagen erklärt.«

»Soll uns recht sein«, meinte die Charlotte zufrieden. »Außerdem kannst du dich ja mit der Idee selbstständig machen. Private Politiker-Rechner sichern. Natürlich erst, wenn du groß bist.« Den letzten Seitenhieb hatte sie sich nicht verkneifen können. Der Kevin fühlte sich zu Recht verarscht. Nicht zuletzt, weil auch die Flora und die Andrea gekichert hatten.

»Ich kann mich auch wieder schleichen«, meinte er beleidigt.

»Nein, nein«, stoppte ihn die Flora und legte ihm vielsagend eine Hand auf die Schulter. »Meine Schwester ist manchmal so deppert. An das gewöhnt man sich.«

Beim Griff der Flora an seine Schulter nahmen die Pupillen vom Kevin Herzerlform an. Oft schien er von einem weiblichen Wesen noch nicht angegriffen worden zu sein. Sofort machte er sich wieder an die Arbeit.

»Dann schauen wir uns doch mal an, was so auf dem Rechner der Gina ist«, verkündete er voller Tatendrang.

Da war jede Menge drauf. Privat und beruflich, wobei Letzteres die Charlotte nicht interessierte. Die privaten Sachen waren da eine ganz andere Geschichte. Eh klar, dass die Flora darauf bestand, dass man sich zuerst mal die Datei mit dem Namen »Mein Cosplay« anschauen sollte. Der Ordner war groß, sicher ein Gigabyte, und randvoll mit Fotos und Videos von diversen Conventions. Auf den meisten Fotos trug die Gina ihr Captain-Phasma-Kostüm, es gab aber auch Ausnahmen. Wobei ihr »Schneewittchen« nicht so toll stand. Auch bei ihren Manga-Kostümen war die Flora der Meinung, dass die Andrea heißer ausgesehen hatte. Aber ihr Harley-Quinn-Kostüm … das ließ die Flora vor Neid erblassen. Die Gina noch dazu mit einer Langhaar-Perücke – das machte sie gleich zu einem ganz anderen Menschen. Was natürlich der ganze Sinn und Zweck der aufwendigen Kostümierung war. Ja, und dann waren da auch noch etliche Fotos, auf denen man den Markus Maier als Captain America sehen konnte. Fast ausschließlich in diesem einen Kostüm, und die Flora wusste auch, warum. Auf einem Foto war der Maier nämlich als Superman verkleidet, und das sah irgendwie lächerlich aus.

»Können wir jetzt weiterschauen? Wir versuchen hier, einen Mord aufzuklären, und nicht, Inspirationen für dein nächstes Kostüm zu klauen«, schnaubte die Charlotte schließlich genervt. Die Flora nickte.

»Also, was haben wir da sonst noch? Gibt's nicht einen Ordner ›Sagmeister‹ oder so ähnlich?«

»Das da, das da!«, sagte die Andrea hektisch. Sie zeigte auf einen Ordner mit dem Titel »My dirty hobby«.

»Hätte ich mir denken können«, seufzte die Charlotte.

Der Kevin machte einen Doppelklick auf das Symbol, und am Screen tat sich ein völlig neues Bild der Gina auf. Nämlich massenweise Bilder von ihr in ihrem »Hobbyraum«. Nicht allein und nicht beim Nähen. Sondern natürlich bei diversen akrobatischen Verrenkungen auf den SM-Möbeln, wobei die Gina zumeist in der Domina-Position war. Soweit die Charlotte es auf die Schnelle überblicken konnte, war ihr Partner immer der Markus Maier.

»Ruhe!«, zischte in diesem Moment die Andrea. Über den

Schotterweg an der Vorderseite des Hauses hörte man das Knirschen von Autoreifen. An den Ästen und Nadeln der Föhren konnte man einen Lichtschein erkennen. Erwartete die Gina heute noch Besuch? Nach einigen Momenten schob sich wieder eine Motorhaube in den von ihnen aus sichtbaren Bereich an der Hauskante.

»Ein Porsche«, stellte der Kevin bewundernd fest. Wem konnte der gehören? Auch diesmal blieb das Auto gerade so stehen, dass man nicht sehen konnte, wer sich darin befand. Die Gina hatte inzwischen ihren Platz auf der Terrasse verlassen und war durch den Wohnbereich zur Eingangstür gegangen. Dabei hatte sie das Licht völlig gelöscht.

»Können wir sehen, wer da kommt?«, fragte die Charlotte hektisch. Keiner der drei anderen fühlte sich angesprochen. Und tatsächlich erkannte man nun nichts mehr. Nur zwei Schatten, die durch den Wohnbereich huschten und dann über den Stiegenabgang in den Keller verschwanden.

»Schauen wir uns den Computer von der Gina weiter an. Irgendwas muss sich doch finden lassen. Irgendwas Brauchbares für unseren Fall. Die SM-Geschichten mit dem Maier wissen wir ja eh schon.« Der Charlotte ging langsam die Geduld aus. Sie war sich sicher, dass sie auf dem Rechner Beweise gegen den Sagmeister finden würden. Es musste einfach so sein.

»Wie wär's damit?«, schlug die Flora vor. Ihr Zeigefinger lag auf einem Ordner mit dem Titel »Zombieball«. Ja, warum eigentlich nicht?

Der Kevin öffnete den Ordner. Hunderte Dateien erschienen. Von Rechnungen über Designvorschläge war da alles vorhanden. Natürlich auch VIP-Einladungen. Die Charlotte ließ den Kevin eine öffnen. Aber Fehlanzeige, nichts Besonderes außer dem üblichen Geschwurbel. »Sehr geehrter Herr XY, wir dürfen Ihnen hiermit eine VIP-Einladung für den ersten Perchtoldsdorfer Zombieball zukommen lassen.« Und dann noch einiges an Blablablabla. Ein paar Zeilen darunter wurde es schließlich interessant. Auf Geheiß der Charlotte öffnete der Kevin die Datei mit dem Namen »DS_Einladung.doc«. Die Charlotte hatte einen Verdacht. Wofür konnte »DS« schon groß stehen?

Und endlich, endlich hatte sie gefunden, wonach sie so lange gesucht hatte. Wenn schon keinen Beweis, so wenigstens doch ein Indiz, dass die Gina den Dirk Schuster umgebracht hatte.

Lieber Dirk,
ich weiß, dass es zwischen uns in den letzten Jahren nicht so toll gelaufen ist. Ich möchte dir hiermit ein Friedensangebot machen – vor allem wegen unserer gemeinsamen Tochter Livia, die einen Vater wirklich gut gebrauchen könnte. Ja, du hast schon immer gesagt, dass dir dein Kind egal ist, aber ich bin mir sicher, du wirst deine Meinung ändern, wenn du sie einmal kennengelernt hast. Sie hat deine Augen, deinen Mund und, was ich am schönsten finde, auch deinen Humor. Der geht mir am meisten ab, seit wir uns getrennt haben. Wie schön war es, als wir noch zusammen waren und du mich so mühelos zum Lachen bringen konntest. Von den anderen Dingen will ich jetzt gar nicht reden … Vielleicht gibt es ja noch einmal eine zweite Chance für uns? Anbei findest du die offizielle VIP-Einladung für unseren Maskenball, den ich heuer zum ersten Mal veranstalte. Ich würde mich freuen, wenn du kommen könntest. Wer weiß? Vielleicht haben wir ja dort schon die Möglichkeit, uns wieder etwas näherzukommen? Wichtig ist auf jeden Fall, dass du eine Maske trägst, damit dich niemand erkennt. Du weißt, wegen dieser Fracking-Gerüchte wärst du eigentlich nicht willkommen bei uns. Bis vor ein paar Wochen auch oder gerade bei mir nicht. Aber meine Sehnsucht nach einer Familie ist stärker und lässt sich nicht mehr verleugnen.
In Vorfreude, deine Gina

Ooookkayyyyy ... Da hatte die Gina ganz schön in den Schmalztopf gegriffen, um den Schuster in ihre Falle zu locken. Und eine Falle war es ganz sicher. Die Gina hatte ja immer abgestritten, dass sie den Schuster zum Ball eingeladen hatte. Sogar als sie die Leiche gefunden hatten, hatte sie auf völlig überrascht gemacht. Was für ein Spiel wurde hier nur gespielt?

Am Laptop vom Kevin machte es: »Pling!«

»Was?«, fragte die Charlotte ungehalten.

»Interessant«, meinte der Kevin ruhig. »Soeben hat sich ein zweiter Laptop im Netzwerk angemeldet.«

»Wird wohl der Gast von soeben gewesen sein. Kann man herausfinden, wer es ist?«

»Kann man«, grinste der Kevin, tippte ein paar Tasten und meinte dann: »Markus Maier.«

Was zum Teufel machte der denn jetzt schon wieder hier? Holte er sich seine gebügelten Hemden ab? Dabei hatten sich die beiden doch getrennt – wegen der Fracking-Geschichte und so. Oder waren die beiden tatsächlich nie richtig zusammen gewesen? Weiß der Teufel, was da zwischen den beiden wirklich abging. Und dann hatte der Maier die Gina auch noch bei der Polizei verpfiffen. Oder es wenigstens versucht. Also, was hatte der hier zu suchen? Aber immerhin war jetzt geklärt, wer da vorhin mit dem Porsche vorgefahren war.

»Können wir uns auch in seinen Computer reinhacken?«

»Natürlich«, meinte der Kevin, als wäre es nur eine Kleinigkeit.

Hatten die beiden gar gemeinsame Sache gemacht? War die ganze Umweltgeschichte nur ein Schmäh von der Gina? Eigentlich hätte die Charlotte sie nicht so eingeschätzt. Aber jetzt, wo sie endlich ein paar Antworten hatten, waren gleich neue Fragen aufgetaucht.

»Wonach suchen wir?«, fragte der Kevin. Der Rechner vom Maier quoll förmlich über vor Dateien. Aber es schien sein Privat-Laptop zu sein, denn es waren – wenigstens auf den ersten Blick – hier keine ÖL-Dateien zu sehen. Das wunderte die Charlotte nicht. Sein Dienst-Laptop war sicher besser gesichert als sein privater. Der Kevin hatte ja keine sechzig Sekunden gebraucht, um sich da reinzuhacken.

Zu viert überflogen sie die Liste mit den Dateiordnern auf der Festplatte vom Maier. Viele Bilder, Musik, ein paar Videos. Alles in allem nichts Verfängliches. Der Flora stach schließlich ein Ordner in die Augen, der fast ganz am Ende der Liste zu finden war: »verMissen«.

»Was soll das heißen?«, wunderte sich die Charlotte. »Sammelt der Maier Vermisstenanzeigen? Ich meine, pervers schön und gut, aber das?«

»Bist du wirklich so doof?«, wurde sie von der Flora belehrt. »Das Präfix hat er doch nur vorangestellt, damit der Ordner irgendwo nach unten rutscht. Wahrscheinlich für den Fall, dass wer mal in den Computer reinschaut und nicht gleich darauf stoßen soll.«

Präfix? Vorangestellt? Wovon sprach ihre Schwester da schon wieder?

Die Flora deutete den irritierten Blick ihrer Schwester richtig. »Komm, ich zeig's dir.« Sie schob den Kevin mit der Schulter zur Seite und öffnete den »verMissen«-Ordner. »Würde mich schwer wundern, wenn ich danebenliege.«

Und tatsächlich lag die Flora richtig. In dem Ordner befand sich alles, um den Landeshauptmann politisch (und wohl auch gesellschaftlich) zu Fall zu bringen. Hier waren die Fotos, die der Schuster im Nobel-Puff vom Sagmeister mit den Missen gemacht hatte, ärztliche PDF-Dateien mit dem Nachweis, dass der Landeshauptmann seine Saat schön gleichmäßig über vier Schönheitsköniginnen verteilt hatte – für jedes niederösterreichische Viertel wohl eine. Aber keine davon war die Gina. Es fanden sich Audiodateien mit Aufzeichnungen von Telefonaten zwischen Schuster und dem Landeshauptmann, in denen der Schuster dem Landeshauptmann mit der Veröffentlichung der inkriminierenden Dokumente drohte. Und zu guter Letzt – und das war das wirklich Überraschende –

Mitschriften von Diskussionen zwischen dem Maier und dem Schuster.

Ganz offensichtlich hatten die beiden gemeinsame Sache gemacht. Der Sagmeister war mit dem Schuster zwar eine Ratte losgeworden, hatte sich mit dem Maier aber gleich die nächste in sein Vorzimmer geholt. Der Maier hatte den Schuster auch nach dessen Ausscheiden aus der Politik mit Informationen versorgt und gemeinsam mit ihm Pläne geschmiedet, den Sagmeister als Landeshauptmann loszuwerden. Der Schuster hätte dann dessen Platz einnehmen und Maier die Leitung der ÖL übernehmen sollen.

So weit, so durchtrieben. Dann war da aber noch archivierter Mailverkehr zwischen dem Maier und dem Landeshauptmann, in dem sich der Maier schließlich als Doppelagent entpuppte. Bis ins kleinste Detail wurde dem Sagmeister berichtet, welche Daten der Schuster über den Landeshauptmann gesammelt hatte und wie er ihn damit zu Fall bringen wollte. Was der Maier dem Sagmeister allerdings verschwieg, war, dass er selbst Kopien dieser Dateien gespeichert hatte. Also quasi ein Dreifachagent. »Schuster ist wie Unkraut«, lautete der Abschluss eines Mails vom Sagmeister wenige Tage vor dem Perchtoldsdorfer Zombieball.

»Und Unkraut muss vernichtet werden«, war die Antwort vom Maier.

Wieder der Landeshauptmann: »Aber unauffällig.«

Und der Maier: »Kein Problem. Die Gina will sich sowieso am Schuster rächen. Ich werde da nur ein bisschen nachhelfen. Ich traue der Umweltschlampe nicht zu, dass sie das auch richtig durchzieht.«

»Kannst du diese Daten sichern?«, fragte die Charlotte hektisch, so als ob die Gefahr bestünde, dass der Maier sie just in diesem Moment löschen könnte.

Ein neuerliches »Pling!« zog die Aufmerksamkeit der vier wieder auf den Bildschirm. Diesmal war es der Kevin, der die Flora wegdrängte. »Schau an«, meinte er.

»Was sollen wir anschauen?«, fragte die Charlotte genervt. Die Halbsätze und Andeutungen vom Kevin gingen ihr langsam auf die Nerven.

»Eben hat sich eine Webcam am Rechner vom Maier eingeschaltet.« Noch ein Klick und ein Live-Feed aus dem Hobbyraum der Gina füllte den Bildschirm.

»Gute Qualität«, meinte der Kevin fachmännisch. Tatsächlich war das Bild gestochen scharf. Fast schon zu scharf.

»Knackarsch!«, hauchte die Andrea. Es war jener vom Maier, dessen nackte Rückseite zu sehen war, die sich vom Laptop entfernte. Hinter ihm war die Gina zu erkennen. Oder auch nicht. Denn sie trug jetzt ein schwarzes Irgendwas aus Lack und Leder. Es hatte eine gewisse Ähnlichkeit mit einem Badeanzug, nur dass man sie damit in kein öffentliches Bad gelassen hätte. Nicht mit den drei Löchern an strategisch wichtigen Stellen. Über ihren Kopf hatte sie eine schwarze Maske gezogen, aus dem oben Teile ihrer blonden Haare wie ein »Iro« herausstanden. An den Beinen hatte sie lange schwarze Lackstiefel, die bis über die Knie reichten. In der rechten Hand hielt sie eine Peitsche, mit der linken lockte sie den Maier mit dem Zeigefinger zu sich. Der Maier folgte dem Lockruf und ließ sich protestlos ein nietenbeschlagenes Halsband umlegen. Dann … die Charlotte hatte genug gesehen. Sie wollte den beiden jetzt nicht weiter zuschauen.

Damit war sie aber allein. Die Andrea wollte nämlich, genauso wie die Flora. Und was den Kevin betraf: Welcher Sechzehnjährige hätte sich diese Möglichkeit schon freiwillig entgehen lassen?

Die Charlotte drehte sich weg und zündete sich eine Zigarette an. Die Gina und der Maier waren beschäftigt. Keine Chance, dass man sie jetzt entdeckte. Sie überlegte, ob sie den Leo verständigen sollte, aber die Daten, die sie geklaut hatten, würden sie eher selbst ins Kriminal bringen. Es hatte zwei Mörder gegeben: die Gina und den Maier. Mehr oder weniger unabhängig voneinander. Der Maier war mehr ein Trittbrettfahrer gewesen, der auf Nummer sicher gehen wollte, falls die Gina ihren Plan nicht in die Tat umsetzen würde. Verständlich aus seiner Sicht, einen Mord beging man nicht so mir nichts, dir nichts. Das Motiv beim Maier war klar, das bei der Gina hingegen noch immer nicht ganz.

»Was macht die Gina da?«, fragte die Andrea hinter ihr überrascht.

»Na, was wohl?«, äffte die Charlotte zurück, ohne auf den Bildschirm zu schauen.

»Nein, im Ernst, Charly. Schau mal her.«

Wenn es denn unbedingt sein musste. Gelangweilt wandte sich die Charlotte wieder dem Bildschirm zu.

Und ließ vor Schreck die Zigarette fallen.

Am Bildschirm war zu sehen, dass der Maier inzwischen auf die Streckbank gefesselt war. Sein Blick wechselte zwischen schmerzverzerrt und verzückt. Je nach Spannungslage der Muskeln. Aber die Gina? Die hatte den Captain-America-Schild von der Wand genommen. Was wollte sie denn damit nur? Sie schob einen Hocker an die Streckbank und stieg auf das Foltergerät. Der Blick vom Maier hing am Schritt seiner Domina.

Die Gina stellte sich mit gespreizten Beinen über ihren Lover. Sie wackelte ein paarmal mit dem Arsch und hob dann den Schild über ihren Kopf.

»Scheiße!«, fluchte die Charlotte und sprintete los. »Ruft den Leo, schnell!«, rief sie über ihre Schulter, als sie die Stufen neben dem Wasserfall hinunterraste. Ein paar Schritte dahinter folgte die Andrea, die auch endlich überrissen hatte, was die Gina vorhatte.

Die beiden rannten durch den Garten, über die Terrasse und hinein in den Wohnbereich. Die Charlotte stieß sich in dem dunklen Raum das Knie am Couchtisch an, lief aber humpelnd weiter. Die Andrea erreichte die Stufen hinunter in den Keller als Erste. Sie nahm jeweils zwei Stufen auf einmal, die Charlotte humpelte langsamer hinterher. Sie hoffte, dass sie sich nichts Schlimmeres am Knie getan hatte, aber im Moment behielt das Adrenalin die Oberhand. Sie kniff die Zähne zusammen und sprang die letzten drei Stufen hinunter. Au, Scheiße, tat das weh. Irgendwie schaffte sie es aber doch bis zum Eingang des Hobbyraums. Dort stand bereits die Andrea im Türrahmen. Das Gesicht bleich, die Hand vor dem offenen Mund. Die Charlotte drängte sich an ihr vorbei. Erst jetzt bemerkte die Gina, dass sie Gesellschaft hatte. Sie ließ den blutigen Schild aus ihren Händen gleiten. Klappernd blieb er neben dem abgetrennten Kopf vom Maier am Boden liegen.

DREIUNDZWANZIG

Es war ein irgendwie komischer und doch passender Anblick, die Gina so auf der Streckbank sitzen zu sehen. In ihrem Lack-und-Leder-Outfit mit den vielen passenden Öffnungen, dazu die silbern glänzenden Handschellen. In diesem Fall war es halt nur so, dass es Polizeihandschellen waren. Echte. Die hatte ihr der Leo persönlich umgelegt. Den seidenen Morgenmantel hatte ihr einen Moment später die Andrea übergehängt. Auch wenn sie eine Mörderin war, ein wenig Würde sollte sie doch behalten dürfen. Und das war kaum möglich, wenn ihr jeder vorbeihuschende Polizist auf die Titten und zwischen die Beine lugte, nur weil es da was gratis zu sehen gab.

Die Charlotte saß still neben der teilnahmslos wirkenden Gina. Beide ließen ihre Beine über dem Boden baumeln. Die Augen der Gina waren glasig. Nicht vom vielen Weinen, denn die Gina hatte keine einzige Träne vergossen. Sie war erstaunlich gefasst dafür, dass man sie auf frischer Tat ertappt hatte. An Beweismitteln mangelte es nicht, denn kaum war der Leo mit seiner ganzen Mannschaft eingetroffen, hatte man gleich mal als Erstes die Laptops beschlagnahmt. Für die Spurensicherer war der Abend sowieso ein Freudenfest, Spuren waren nun wirklich reichlich zu finden.

»Was hast du dir dabei nur gedacht?«, versuchte die Charlotte, irgendeine Reaktion aus der Gina rauszukitzeln. Aber die zuckte nur mit den Schultern, ihr Blick war im Nirgendwo. Die Charlotte hatte den Verdacht, dass sich die Gina mit Tranquilizern auf diesen Abend vorbereitet hatte. Anders war ihre absolute Wurschtigkeit nicht zu erklären. Ein toxikologisches Gutachten würde das später sicher bestätigen.

Und so schauten sie der Polizei ein paar Minuten bei der Arbeit zu. Die Flora und der Kevin hatten sich nach dem Anruf beim Leo sofort aus dem Staub gemacht, sie wollten nicht riskieren, dass man ihre frisch gestohlenen Daten beschlagnahmte. Eigentlich hätte keiner von ihnen hier sein dürfen. Also hatten sie sich über den Trampelpfad durch das kleine Wäldchen und die Weingärten wieder hinunter zum Weingut geschlichen. Aus den Weinbergen waren die Kolonnen an Blaulichtern auf der Straße hinauf in Richtung Tirolerhof gut zu sehen, deren flackerndes Licht die Nacht wie Blitze durchzuckte.

Schließlich setzte sich der Leo zur Charlotte und zur Gina. »Will ich wissen, wieso du überhaupt hier bist?«, fragte der Leo mit einer Mischung aus Erleichterung und Angespanntheit.

»Sag du's mir«, antwortete die Charlotte kurz. Als keine Reaktion kam, sagte sie: »Ich war mit der Andrea spazieren, und wir sind zufällig –«

»Zufällig?«

»… und wir sind zufällig hier vorbeigekommen. Da habe ich mir gedacht, dass wir die Gina besuchen könnten. Als wir die Tür offen vorfanden (was natürlich eine glatte Lüge war, denn die Vordertür war versperrt gewesen), ist mir das verdächtig vorgekommen. Du weißt schon, Polizistengespür und so.«

»Ja, genau.« Der Leo runzelte die Stirn. Er konnte ihr aber nicht das Gegenteil beweisen, denn als er im Affentempo beim Haus der Gina angekommen war, hatte die Andrea bereits in der Tür auf ihn gewartet. Und eigentlich wollte er es auch gar nicht.

»Lass mich doch mal ausreden. Ja, es ist mir verdächtig vorgekommen. Die Tür offen, das Haus stockdunkel, aber vor der Tür zwei Autos? Wer hätte da nicht nachgeschaut?«

»Wahrscheinlich jeder andere, der noch bei Verstand ist«, antwortete der Leo trocken.

Die Charlotte ignorierte das einfach. »Dann haben wir aus dem Keller Geräusche gehört, also sind wir runtergegangen. Hätten ja Einbrecher sein können.«

»Denen du womit genau entgegengetreten wärst? Mit einem Packerl Zigaretten und einem Feuerzeug?«

»Hat jemand eine Zigarette für mich?« Das waren die ersten Worte, die die Gina seit der Ankunft der Polizei gesprochen hatte. Verblüfft schauten der Leo und die Charlotte sie an.

Zögerlich nahm die Charlotte ihre Packung aus der Tasche und bot sie der Gina an. Die fingerte sich eine Zigarette heraus, was mit gefesselten Händen gar nicht so einfach war. Die Charlotte hielt ihr das Feuer vor die Nase, und die Gina zog kräftig an der Zigarette.

»Jetzt bereit zu reden?«, fragte die Charlotte so einfühlsam, wie man eine auf frischer Tat ertappte Mörderin fragen konnte.

»Worüber?«, fragte die Gina noch immer teilnahmslos zurück. »Über den da?« Sie nickte mit dem Kopf hinüber zu der enthaupteten Leiche vom Maier, die gerade in einen schwarzen Plastiksack verpackt wurde.

»Zum Beispiel«, schlug die Charlotte vor.

Sekundenlange Stille, dann kam für einen Moment Leben in die Augen der Gina. Sie sah die Charlotte und den Leo an, als würde sie die beiden an diesem Abend zum ersten Mal sehen. »Was ist hier los? Und wieso habe ich Handschellen an?« Sie sah sich um, nahm anscheinend erst jetzt das gute Dutzend Polizisten wahr. »Ihr seid pervers«, fauchte sie den Leo an. Sie schüttelte die Hände mit den Handschellen. »Ich steh nicht auf Gangbangs mit gefesselten Händen. Schon gar nicht mit einer Horde Kieberer!« Hilfesuchend sah sie sich um. Ihre Bewegungen wurden panischer. »Charlotte!«, kreischte sie schließlich. »Hilf mir! Herrgott, das könnt ihr doch nicht machen!« Sie war drauf und dran, völlig durchzudrehen.

Der Leo winkte den Gerichtsmediziner zu sich. Der sah sich die Gina kurz an, kramte in seinem Koffer herum und versuchte, ihr eine Spritze zu geben. Das war gar nicht so einfach, denn die Gina wehrte sich nach Kräften. Es gelang ihr sogar, den Mediziner mit ihren Stiefeln genau dort zu treffen, wo es einen Mann am meisten, nun ja, traf. Der Arzt ließ die Spritze fallen und ging zu Boden.

Die Charlotte und der Leo hatten alle Mühe, die Gina mit dem Rücken auf die Streckbank zu pressen. Ein Sanitäter schnappte sich die Spritze und verabreichte der Gina schließlich das Beruhigungsmittel. Es dauerte, bis die Schmerzen beim Arzt so weit abgeklungen waren, dass er die Sanitäter anweisen konnte, die ruhiggestellte Gina auf eine Trage zu binden und ins Spital zu bringen.

Der Rettungswagen war kaum aus der Auffahrt verschwunden, als ein neues Kontingent Polizisten beim Haus der Gina eintraf. Diese waren vom Landeskriminalamt und entbanden den Leo und seine Mannschaft umgehend von ihrer Arbeit. Alles, was der Leo beschlagnahmt hatte, wanderte in den Besitz der Landeskrimineser. Jetzt war die Charlotte doppelt froh, dass sie die Daten – hoffentlich – in Sicherheit gebracht hatten. Sie war noch nicht dazu gekommen, der Flora eine Whatsapp zu schicken, ob sie gut am Weingut angekommen waren. Nachdem sie aber auch nichts Gegenteiliges gehört hatte, nahm sie einfach mal an, dass das der Fall war. Sie blickte verstohlen zur Andrea hinüber, die sich die ganze Zeit im Hintergrund gehalten hatte. Sie war über ihr Handy gebeugt und tippte wild darauf herum. Als sie einmal kurz den Kopf hob, blickte sie zur Charlotte und zwinkerte ihr zu. Mit der linken Hand machte sie unauffällig das »Thumbs up«-Zeichen. Jetzt war die Charlotte endgültig davon überzeugt, dass es die Flora und der Kevin gut nach Hause geschafft hatten.

Die Beamten vom Landeskriminalamt scheuchten die »Dorfpolizisten« aus dem Haus. Dem Leo blieb nichts anderes übrig, als den Anweisungen zu folgen. »Kannst du mir jetzt erklären, was hier wirklich los war?«, fragte der Leo seine Cousine, als sie sich vor seinem Dienstwagen noch eine Zigarette anzündeten.

»Woher soll ich das wissen?«, antwortete die Charlotte unschuldig.

»Ach, geh doch …«

»… nach Hause? Genau das habe ich jetzt auch vorgehabt. Obwohl ich eigentlich gehofft hatte, dass du uns vielleicht runterbringen kannst.«

»Dafür, dass du mich hier für blöd verkaufst?«

»Dafür, dass ich hier gerade versuche, deinen Arsch zu retten«, antwortete die Charlotte ruhig, trat ihre Zigarette am Boden aus, nahm die Hand der Andrea und schlenderte davon.

»Warte!«, rief der Leo ihnen genervt nach.

Die Charlotte machte noch ein paar Schritte, bevor sie stehen blieb. Das zufriedene Lächeln auf ihren Lippen konnte der Leo nicht sehen.

Fünf Minuten später setzte der Leo die beiden am Weingut ab. Da von der Charlotte keine Einladung kam, noch auf einen Spritzer mit reinzuschauen, düste der Leo angepisst davon.

»Der kriegt sich schon wieder ein«, meinte die Charlotte schmunzelnd. »Ist ja nur zu seinem Besten. Je weniger er weiß, desto eher kann man ihm daraus keinen Strick drehen.«

In ihrem Büro trafen sie die Flora und den Kevin. Die hatten dort bereits den Laptop vom Kevin aufgebaut und nochmals alle Daten durchforstet, während sie auf die Ankunft der Charlotte und der Andrea warteten. Als die beiden endlich kamen, fiel der Flora ein kleiner Stein vom Herzen. Konnte ja niemand wissen, wie der Abend wirklich ausgehen würde.

»Noch was gefunden?«, wollte die Charlotte wissen, als die Flora sie endlich aus ihrer Umarmung entlassen hatte.

»Ja, einiges«, bestätigte die Flora aufgeregt. »Das Wichtigste: Die Gina hat den Maier für heute Abend zum ›Versöhnungssex‹ eingeladen. Das war in einem Mail, das wir in seinem Posteingang gefunden haben.«

»Das hat sie so geschrieben?«

Die Flora wurde rot. »Nein, den genauen Wortlaut erspar ich dir lieber. Aber es kommt auf dasselbe hinaus. Auf jeden Fall dürfte sie alles so geplant haben. Wieso, ist die Frage.«

»Auf die uns nur die Gina eine Antwort geben kann.«

In diesem Moment bekam die Charlotte eine Nachricht auf

ihr Handy. Vom Leo. Der kurze Inhalt: Die DNA-Spuren auf dem Darth-Vader-Kostüm stammten von der Gina und vom Schuster.

»Oder vielleicht haben wir die Antwort auch gerade bekommen«, meinte sie. »Sie wollte sich wohl einfach am Maier rächen, weil er sie gleich zweimal bei der Polizei verpfiffen hat. Sonst noch was?«

»Ja«, mischte sich der Kevin ein. Er wollte auch was zu der ganzen Sache beitragen und nicht nur den stillen Computer-Nerd spielen. »Ein Memo vom Maier an den Sagmeister. Ist ein paar Wochen her, kurz vor dem Zombieball.«

»Lies vor«, forderte ihn die Charlotte auf.

Der Kevin durchstöberte ein paar Ordner, bis er das gesuchte Memo gefunden hatte.

Gina jetzt völlig durchgeknallt. Total angefressen auf Schuster, weil er Fracking-Pläne für die Heide vorantreibt. Sie meint, dass er damit die Zukunft seiner eigenen Tochter aufs Spiel setze. Er könne ja nicht so einfach die Natur zerstören, in der das kleine Gör aufwächst. Meinte, sie wird ihn umbringen müssen, wenn er da nicht zurückzieht. Meine Einschätzung: Wenn ich sie ein wenig anstachle, dann versucht sie es wirklich. Keine Ahnung, ob sie das auch schafft, aber sie ist dazu in der Lage. Seitdem ich ihr die Psychotherapie-Sitzungen ausreden konnte und ihre Medikamente ausgetauscht habe, wird sie immer labiler und spricht besser auf die kleinsten Suggestionen an. Kann da im Notfall auch etwas nachhelfen.

»Psychotherapie? Medikamente?«, meinte die Andrea verblüfft. Die Charlotte zuckte mit den Achseln. Das war jetzt Sache der Polizei, aber immerhin fügte sich das Bild nun langsam zusammen. Die Gina musste schon länger in psychologischer Behandlung gewesen sein, warum auch immer. Das hatten sich der Maier und der Sagmeister zunutze gemacht, um den

Schuster loszuwerden. Weil man der psychisch labilen Gina aber nicht zu hundert Prozent traute, hatte der Maier noch mit Gift nachgeholfen. Waren die beiden davon ausgegangen, dass man das Gift wegen der Stichwunden übersehen würde? Oder war sich der Sagmeister einfach sicher gewesen, dass er die Untersuchungen ohne Weiteres abwürgen konnte? Mit der Gina hatte man ja den perfekten Sündenbock. Blöd halt, dass sie nicht mit ein paar »Dorftrotteln« wie dem Leo und der Charlotte gerechnet hatten, die sich mit einfachen Erklärungen nicht so leicht abspeisen ließen.

Der Sagmeister und der Maier wollten das Fracking-Geschäft oder vielmehr die damit verbundenen Schmiergeldzahlungen für sich allein haben. Zudem konnte man so den Schuster und seine Erpressungsversuche elegant loswerden. Der Sagmeister würde nun allerdings nie erfahren, dass ihm der Maier in naher Zukunft ebenfalls das Messer an die Kehle gesetzt hätte. Einen anderen Grund konnte es nicht geben, warum der Maier die inkriminierenden Daten auf seinem Privat-Laptop gespeichert hatte, statt sie zu vernichten.

»Und jetzt?«, fragte der Kevin.

»Jetzt«, sagte die Charlotte, »schicken wir das ganze Material an die Öffentlichkeit. Oder besser gesagt: an eine Zeitung, die das Ganze auch veröffentlicht und nicht in einer Schublade verschwinden lässt.«

»Oh, ich liebe es, wenn du so richtig schuftig wirst«, flötete die Andrea und begann, am Ohrläppchen der Charlotte zu knabbern.

»An welche Zeitung hast du gedacht?«, wollte die Flora wissen. »Doch sicher nicht an ›Heimatland‹ oder ›Rund um die Uhr‹?«

»Nein, die sind doch allesamt ganz tief im Arsch der Politiker. Solange das Geld für Anzeigen fließt, wird da niemandem ans Bein gepinkelt. Da reichen nicht einmal die Fotos vom Sagmeister mit seinen Schönheitsköniginnen. Er hätte es schon mit einer Minderjährigen treiben müssen, damit die

Boulevardblätter Skandal schreien. Nein, ich dachte da mehr an den ›Gradmesser‹. Lesen zwar nicht so viele Leute, aber die scheinen mir noch am vertrauenswürdigsten. Können wir das anonym machen, Kevin?«

Konnten sie. Das war für den Kevin die leichteste Aufgabe des Abends.

Dass die Charlotte mit ihrer Wahl richtiggelegen war, merkten sie am nächsten Tag noch nicht. Ganz im Gegenteil, da war nämlich von dem belastenden Material noch nichts in der Zeitung zu sehen. Stattdessen wurde über die »verrückte«, »durchgeknallte« und so weiter Gina Blauensteiner berichtet und ihr quasi das ganze Böse der Welt umgehängt. Der Sagmeister durfte mit traurigem Dackelblick im Fernsehen über das Ableben seiner ehemaligen rechten Hand trauern, und ganz allgemein wandten sich alle anderen Parteien und politischen Beobachter gegen die UPÖ und ihren sorglosen Umgang mit Drogen. Denn eines war klar: Im normalen Zustand konnte niemand so einen bestialischen Mord begehen. Womit sie ja auch nicht ganz unrecht hatten, aber die Hintergründe, warum die Gina mit gerade diesen Psychopharmaka zugedröhnt war, blieben im Dunkeln.

Der »Gradmesser« ging im Stillen seiner journalistischen Sorgfaltspflicht nach und prüfte zunächst die anonym übermittelten Vorwürfe. Wenigstens war es das, was die Charlotte hoffte.

Dafür erhielt die Charlotte Post vom Sagmeister. Natürlich nicht offiziell und nicht vom Landeshauptmann unterschrieben. Aber der Inhalt und der Ton sprachen für sich. Darin wurde der Charlotte nämlich in freundlichen Worten angekündigt, dass die Pachtverträge für einige ihrer Weingärten leider frühzeitig gekündigt werden müssten. Zudem würde es eine Untersuchung des Betriebs durch das Gesundheitsamt geben, und auch die Anstellungs- und Aufenthaltsverhältnisse der (ehemaligen) syrischen Flüchtlinge in ihrem Betrieb würden einer genauen Kontrolle unterzogen werden. Zu guter

Letzt würden Ende der Woche auch die Baumaschinen auffahren und den frisch restaurierten Weinkeller wieder dem Erdboden gleichmachen. Als Grund dafür wurde angegeben, dass die Charlotte beim Ausbau des Weinkellers gegen die Bauvorschriften verstoßen hätte, und, tja, Gesetz war nun mal Gesetz.

Muttern und der Herr Papa waren natürlich am Boden zerstört. Sie konnten sich überhaupt nicht erklären, was da auf einmal los war. Die Charlotte versuchte, es ihnen so kurz wie möglich zu erklären, was natürlich nur dazu führte, dass vor allem Muttern noch angefressener auf die Charlotte war. Wieso hatte sie auch unbedingt den Landesvater anpatzen müssen! Der hatte doch gar nichts getan. Nein, eh nicht. Nur einen Mord in Auftrag gegeben, ein einmaliges Stück Natur aus Geldgier zur Vernichtung freigegeben und reihenweise Teenager geschwängert. Aber sonst war eh alles gut.

Da war es echt ein Glück, dass der »Gradmesser« flott arbeitete und noch in der Nacht online die Bombe platzen ließ.

Epilog

Die Charlotte wusste, dass etwas im Busch war, als der Graf am nächsten Vormittag fröhlich vor sich hin pfeifend schon eine Stunde vor der offiziellen Öffnung des Heurigen an der Glocke läutete.

»Herr Hinteregger, was verschafft mir die Ehre?«, empfing ihn die Charlotte kühl und verschlafen. Nachdem seine Partei sie so bedrohte, mochte sie ihn nicht mehr duzen. Sie hatte sich aus Verzweiflung über die angedrohten »Nettigkeiten« des Landeshauptmanns am Vorabend gemeinsam mit der Andrea in ihrer Wohnung am Weingut noch mit ein paar Flaschen Schüttelwein aus dem Leben geschossen. Daher hatte sie jetzt echt keine Lust auf einen Besuch vom Grafen. So nett und jovial er sich auch immer gab, so war er doch Mitglied dieser korrupten Partie. Oder Partei. Oder Bewegung. Völlig wurscht.

»Lass uns doch gemeinsam ein bisschen fernschauen«, entgegnete der Graf gut gelaunt und mit den Augen zwinkernd.

»Wo ist denn deine Opernsängerin?«

»Die Julijana? Die sitzt gerade im Flieger nach New York. Die Renate hat Wort gehalten und ihr einen Auftritt an der Met verschafft. Ich fliege nächste Woche nach und schaue mir das live vor Ort an.« Ja, wo Tauben sind … »Also, wollen wir?«

Die Charlotte zuckte gleichgültig mit den Schultern. Sie nahmen in der Privatküche Platz, dort gab es in einem Eck auch einen Fernseher. Die Andrea schleppte sich im Morgenmantel ebenfalls in die Küche. Ausnahmsweise sah auch sie nach der durchzechten Nacht nicht mehr wie das frische Leben aus. Die Situation setzte ihr genauso zu.

Die Charlotte fingerte nach der Fernbedienung. Nach ein paar Sekunden erschien ein Nachrichtensprecher am Bildschirm. »Wir schalten jetzt zur kurzfristig einberufenen Pressekonferenz nach St. Pölten, wo Landeshauptmann Sagmeister ein kurzes Statement zu den heute Nacht aufgetretenen Vorwürfen abgeben wird.«

Noch während die Charlotte das eben Gesagte verarbeitete, hämmerte die Andrea schon auf ihrem Handy herum. Sie graste die einzelnen Nachrichtenseiten ab, fand aber vorerst nur auf der Website des »Gradmesser« einen ausführlichen Bericht über die Umtriebe des Landeshauptmanns und die Vorwürfe, die sich aus den Daten vom Maier ableiten ließen. Die anderen Nachrichtenportale hatten bislang nur Kurzmeldungen und »Breaking News«, bestehend aus zwei oder drei Zeilen, online.

Die Kamera zoomte nun auf ein Rednerpult mit Mikrofon und Miniaturausgaben der Flaggen von Österreich und Niederösterreich. Fünf Meter davor waren Dutzende Journalisten versammelt. Mikrofone und TV-Kameras rangelten um die besten Plätze. Eine Minute später erschien der Landesvater in ganzer Pracht beziehungsweise Tracht. Fehlte nur noch der Hut mit Gamsbart oder einer anderen waidmännischen Trophäe. Das silbergraue volle Haar hing dem Sagmeister in großen Locken bis über die Ohren, die Augen waren blutunterlaufen und von dunklen Ringen umrahmt. Nein, es sah nicht so aus, als hätte er eine gute Nacht gehabt.

Forsch trat der Sagmeister ans Rednerpult. »Meine Damen und Herren, werte Kollegen der Presse und zu Hause vor den Fernsehgeräten. Es tut mir leid.«

»Na, das lässt sich ja gut an«, murmelte die Charlotte erfreut.

»Es tut mir leid, dass ich nicht schon früher auf diese korrupten Elemente in meiner Umgebung aufmerksam gemacht worden bin. Es kann nicht sein, dass sich gewisse Leute in meinem Namen …«, dabei schaute der Sagmeister treuherzig in die Kameras, »… bereichern und unser schönes Niederösterreich an den Höchstbieter verkaufen wollen. Glauben Sie mir, wenn ich Ihnen sage, dass ich davon nichts wusste und nur das Opfer einer großen Verschwörung bin.«

»Aber, aber …«, schnappte die Charlotte nach Luft. Auch dem Grafen schien die gute Laune zu vergehen. Er runzelte ernst die Stirn.

Der Sagmeister fuhr ungerührt fort: »Diese Schmutzkübelkampagne, die gegen mich geführt wird, ist nur der letzte Versuch meiner politischen Gegner, ach, was sage ich, UNSERER politischen Gegner, sich unser schönes Niederösterreich unter den Nagel zu reißen. Aber nicht mit mir! Seitdem ich dieses Land regiere, ist es nur aufwärtsgegangen, und das lasse ich mir jetzt ganz sicher nicht kaputtreden. Ich sage nur: Derjenige, der ohne Schuld ist, werfe den ersten Stein.« Dramatische Kunstpause. »Habe ich auch Fehler gemacht? Natürlich! Auch ich bin nur ein Mann. Bin ich manchmal schwach geworden? Natürlich! War das unrechtmäßig? Natürlich nicht! Glauben Sie mir, wenn ich Ihnen sage, dass ich vierundzwanzig Stunden am Tag für unser schönes Bundesland unterwegs bin. Immer mit dem Ziel, es noch besser, noch schöner und noch erfolgreicher zu machen. Aber auch ich bin nur ein Mensch, und was für ein Landesvater wäre ich, wenn ich die Schönheiten unseres Landes nicht zu schätzen wüsste?« Der letzte Satz führte zu einigen dreckigen Lachern unter der anwesenden, hauptsächlich männlichen Journaille. Der Charlotte, der Andrea und auch dem Grafen verging derweil das Lachen.

»Aber«, fuhr der Sagmeister nun ernst fort, »ich kenne auch die Verantwortung meiner Partei und meinem Land gegenüber.« Wieder eine dramatische Kunstpause. Nur das Knipsen von Dutzenden Fotoapparaten war zu hören. »Und aus diesem Grund werde ich mein Amt mit sofortiger Wirkung zur Verfügung stellen. Wie Sie alle wissen, wollte ich mich in wenigen Monaten ohnehin aus der aktiven Politik zurückziehen. Nun wurde mir diese Entscheidung leider Gottes aus der Hand genommen, und ich muss unser schönes Niederösterreich schon früher als geplant in andere, ebenso fähige Hände übergeben.«

An dieser Stelle atmete der Graf, der ebenfalls alles andere als frisch aussah, tief durch.

»Bis sich der Parteivorstand auf einen geeigneten Nachfolger geeinigt hat, wird meine Stellvertreterin, Frau Dr. Annemarie Klöber, die Amtsgeschäfte übernehmen. Ich persönlich ziehe mich nun ins Privatleben zurück und werde zugleich alles daransetzen, dass diese unwahren und unhaltbaren Vorwürfe gegen meine Person entkräftet werden. Vielen Dank.« Damit machte er am Absatz kehrt und verschwand hinter einer Tür. Die Fragen der Journalisten wurden ignoriert.

Der Graf schnappte sich die Fernbedienung und schaltete den Fernseher aus.

»Das kann doch alles nicht wahr sein«, schnaufte die Charlotte. »Jetzt stellt sich der Sagmeister auch noch als Opfer hin.«

Der Graf nickte schwermütig. »Ja, eine ordentliche Rücktrittskultur hat es in diesem Land leider noch nie gegeben. Aber so ist die Politik eben. Lug und Trug und Täuschung. Der Sagmeister ist nicht der Erste, und er wird auch nicht der Letzte sein. Eigentlich war das Drehbuch für die Presseerklärung ganz anders, aber der Sagmeister war schon immer eine *loose cannon*, wie man so schön sagt. Egal, Hauptsache, er hat seinen Rücktritt bekannt gegeben. Da werden jetzt einige Herrschaften in der Partei kräftig durchatmen.«

»So wie du?«, meinte die Andrea sarkastisch.

»Stimmt«, meinte der Graf verlegen lächelnd. »Es war eine harte Nacht und der Sagmeister eine harte Nuss, aber letztendlich haben wir es geschafft, ihn zu überzeugen, dass er sich zurückziehen muss. Ansonsten hätten wir für nichts garantieren können.«

»Wir?«, hakte die Charlotte nach, aber die Miene des Grafen blieb neutral. Na gut, vielleicht war der Anflug eines spöttischen Lächelns zu sehen.

»Wenn du ein Glas von deinem Schüttelwein für mich hast, könnte es sein, dass sich meine Zunge etwas lockert.«

Die Charlotte schlurfte in die Betriebsküche hinüber, nahm

sich zwei Häferl Kaffee und eine Flasche vom Schüttelwein. Den fragenden Blick der Omama, die schon wieder Mehlspeisen für den Heurigen in Arbeit hatte, ignorierte sie geflissentlich. Zurück in der Privatküche schob sie der Andrea einen Kaffee rüber und schenkte dem Grafen ein Glas vom Schüttelwein ein.

»Also«, begann der Graf, »nachdem du vorgestern das belastende Material an den ›Gradmesser‹ geschickt hast –«

»Moment!«, unterbrach ihn die Charlotte. »Wie kommst du darauf, dass ich das war?« Nachdem sich die Sache geklärt hatte, verfiel die Charlotte schnell wieder ins Du.

»Charlotte«, mahnte der Graf mit erhobenem Zeigefinger, »verkauf mich nicht für blöd. Du warst dabei, als die Gina den Maier aus dem Leben beförderte. Daneben stand der Rechner vom Maier. Unbeaufsichtigt. Und woher hätte der ›Gradmesser‹ sonst die Daten haben sollen? Ja, der Rechner wurde vom Landeskriminalamt beschlagnahmt, und alle Daten wurden vernichtet. Das war klar. Genauso wie dass man die Gina als Sündenbock hinstellen würde. Das ließ sich nicht verhindern. Also, jetzt schon, weil ja *jemand* die Daten der Presse zugespielt hat. Wofür ich dir übrigens nicht undankbar bin. Wäre doch unfair, wenn das alles der armen Gina in die Schuhe geschoben würde. Manchmal ist ein Ende mit Schrecken besser als ein Schrecken ohne Ende, nicht? Diese Katharsis wird vielleicht auch meiner Partei ganz guttun.«

Immerhin, dachte die Charlotte, so allwissend war der Graf dann doch nicht. Denn er nahm ja an, dass sie die Daten geklaut hatte. Vom Kevin und seinem Anteil an der ganzen Geschichte wusste er nichts.

»Nachdem sich diese Sache also nicht mehr verheimlichen ließ«, fuhr der Graf fort, »ging es nur mehr um Schadensbegrenzung. Und das bedeutete, dass der Sagmeister wegmusste. Also hat man sich darauf geeinigt, als neue Sündenböcke den Maier und den Schuster hinzustellen. Das war ja nicht einmal gelogen. Aber halt nicht die ganze Wahrheit. Ob der Maier auch den Sagmeister erpressen wollte? Dieses Geheimnis hat der Maier mit ins Grab genommen, und in Wirklichkeit macht es auch überhaupt keinen Unterschied. Die Schiefergasbohrungen werden übrigens auch umgehend gestoppt.«

»Aber das heißt trotz allem, dass der Sagmeister ungeschoren davonkommt?«

Der Graf überlegte lange, bevor er antwortete. »Wenn du meinst, dass ihm juristisch nichts passieren wird, dann ja. Aber sein Ego ist schwer beschädigt, und sein Ruf ist ruiniert. So hat er sich seinen Abgang und sein Vermächtnis nicht vorgestellt. Glaub mir, das ist für einen wie den Sagmeister die größte Strafe.«

Die Charlotte musste dem Grafen glauben. Etwas anderes blieb ihr ja gar nicht übrig.

»Was passiert jetzt eigentlich mit der Gina?«

»Ja, das ist interessant. Aus ihren Krankenakten ist ersichtlich, dass sie schon länger unter einer Persönlichkeitsstörung leidet. Deshalb war sie in psychiatrischer Behandlung. Die ihr der Maier dann ausredete. Sie wird wohl in eine Anstalt für geistig abnorme Rechtsbrecher überstellt.« Der Graf kramte in seiner Sakkotasche herum. »Bevor ich es vergesse und weil du dreinschaust wie sieben Tage Regenwetter: Ich habe da noch etwas für dich, was deine Stimmung sicher aufheitern wird.« Damit schob er ihr ein offiziell aussehendes Kuvert mit dem niederösterreichischen Landeswappen über den Tisch.

Die Charlotte öffnete es. Und brach vor Freude fast in Tränen aus. Es war der Pachtvertrag für die zwei Zaitler-Weingärten, auf die sie es besonders abgesehen hatte. Vor allem den einen, der gleich an einen ihrer Weingärten angrenzte und auf dem der seltene Königsast gezogen wurde.

»Ein kleines Dankeschön und eine Entschädigung für das, was dir der Sagmeister angedroht hat«, meinte der Graf lächelnd. »Und den Schrieb, den du gestern erhalten hast, kannst du getrost vergessen. Die Sache ist gegessen, wie man so schön sagt.«

»Ich glaube, jetzt brauche ich Alkohol«, flüsterte die Charlotte geschafft. Das ließ sich die Andrea nicht zweimal sagen. Sie schenkte zwei weitere Gläser Schüttelwein ein und füllte das Glas des Grafen auf.

»Eines noch«, merkte der Graf an. »Wenn ich mich nicht irre, ist einer der beiden Weingärten jener, auf dem auch die Hiatahütte vom alten Zaitler steht?«

»Stand«, besserte ihn die Charlotte aus, denn nach der Brandstiftung war davon nicht mehr viel übrig.

»Wie auch immer. Und dort hat sich doch auch die Marianne Zaitler das Leben genommen?«

»Ja«, antwortete die Charlotte kurz. Sie wollte gar nicht daran denken.

»Tu mir nur einen Gefallen«, bat der Graf, »nenn den Wein, den du aus den Trauben dort machst, doch bitte ›Marianne‹ oder so ähnlich. Das wäre wirklich schön.«

»Kein Problem«, versicherte die Charlotte. Etwas Ähnliches hatte sie ohnehin selbst geplant gehabt, sollte sie jemals die Pacht für diesen Weingarten bekommen.

Nachdem sie angestoßen und die Gläser geleert hatten, verabschiedete sich der Graf. »So, ich muss jetzt gehen.«

»Wohin geht es?«, fragte die Charlotte mehr beiläufig als wirklich interessiert.

»Zu meiner Tochter ins Spital und dann zur Livia. Ich war ihr so lange kein Großvater, da wird es langsam Zeit, dass ich meine Pflichten endlich wahrnehme.«

Damit ließ er die beiden geschockt in der Küche sitzen.

Christian Schleifer
TOD IN PERCHTOLDSDORF
Broschur, 272 Seiten
ISBN 978-3-7408-0818-1

Der Heurigenort Perchtoldsdorf steht unter Schock: Bei den berühmten Sommerspielen wird ein Schauspieler auf offener Bühne getötet. Die ehemalige Polizistin Charlotte Nöhrer, die als Neu-Winzerin eigentlich versuchen wollte, dem Publikum ihren Frizzante nahezubringen, stolpert in die Ermittlungen. Schnell entspinnt sich ein Gewirr aus Liebe, Eifersucht und Erpressung. Dabei hat Charlotte mit dem elterlichen Weinbaubetrieb, den sie gegen alle Widerstände ins 21. Jahrhundert katapultieren will, alle Hände voll zu tun!

CHRISTIAN SCHLEIFER
PERCHTOLDSDORFER TODESRAUSCH
Kriminalroman
emons: